Harper Collins | ya!

Amy Tintera

Die Legende der vier Königreiche – Vereint

Roman

Aus dem Amerikanischen von
Milena Schilasky

Harper Collins | ya!

HarperCollins YA!®
Band 200044

FSC MIX Papier FSC® C014496

1. Auflage: April 2018
Deutsche Erstausgabe

Titel der amerikanischen Originalausgabe:
Avenged

erschienen bei: HarperTeen, New York

Umschlaggestaltung: Formlabor, Hamburg
Umschlagabbildung: Kostsov / shutterstock
Redaktion: Ira Panic
Satz: GGP Media GmbH, Pößneck
Printed in Germany
Dieses Buch wurde auf FSC®-zertifiziertem Papier gedruckt.
ISBN 978-3-95967-208-5

www.harpercollins.de

1. KAPITEL

Hinter den Trümmern von Ems Zuhause erhob sich ein kleiner Berg. Von der Ruined-Burg war nur ein Haufen Steine und Schutt geblieben, durch den bereits das Unkraut wucherte. Eine einzige Mauer stand noch, und Em wollte gern glauben, dass es ihrer Mutter zu verdanken war. Selbst im Tod blieb sie standhaft.

Als sie den Gipfel des Bergs erreicht hatten, seufzte Olivia. »Ich dachte, es wäre noch mehr übrig.«

Em nahm die Hand ihrer Schwester. Olivia war gefangen genommen worden, bevor die Burg zerstört und die meisten Ruined umgebracht worden waren. Sie sah ihr Heim gerade zum ersten Mal wieder.

Olivia drückte Ems Hand, etwas zu heftig. »Keine Sorge, Em. Dafür werden sie bezahlen.«

Solche Dinge sagte Olivia die ganze Zeit. »Keine Sorge, Em.« Doch Em machte sich trotzdem Sorgen. »Nicht weinen, Em. Sie werden uns noch früh genug fürchten.« Das waren ihre Worte gewesen, unmittelbar nachdem sie die Königin der Lera umgebracht hatte. Em war sich ziemlich sicher, dass die anderen bereits Angst vor ihnen hatten, aber das sagte sie ihrer Schwester nicht.

Aren blieb neben Em stehen. »Ich dachte, sie hätten das hier vielleicht weggeschafft«, murmelte er. Er machte einen sehr mitgenommenen Eindruck, das Gesicht ausgezehrt vor Erschöpfung. Die Olso-Krieger hatten ein paar Pferde entbehren können, aber die meisten Ruined mussten die Reise zu Fuß antreten, während sie eigentlich dringend einen Tag Ruhe gebraucht hätten – oder zehn Tage.

»So können wir wenigstens alles durchsuchen und nachschauen, ob noch irgendetwas vorhanden ist«, merkte Olivia an.

»Das habe ich vor einem Jahr schon gemacht«, antwortete Em. »Und nur deine Kette gefunden.«

»*Deine* Kette«, korrigierte Olivia sie. »Ich habe doch gesagt, dass du sie haben sollst.«

Em lächelte und ließ Olivias Hand los, um an den runden Anhänger zu fassen.

»Schlagen wir hier unsere Zelte auf?« Olivia zeigte auf die Überreste der Burg. »Wir könnten die Köpfe der Jäger aufspießen und als Warnung in der Nähe aufstellen.«

Abscheu stieg in Em auf, doch sie versuchte, sich nichts anmerken zu lassen. Während der letzten Woche hatten Olivia und Aren auf dem Weg von Lera nach Ruina eine Spur aus Leichen hinterlassen. Em konnte sie davon überzeugen, König Casimir und seine Cousine Jovita nach ihrem Aufeinandertreffen beim Fort Victorra am Leben zu lassen, aber wenn es um die Jäger ging, hatte sie sich gar nicht erst die Mühe gemacht. Es wäre sinnlos. Vielleicht hatten sie es auch verdient zu sterben, nachdem sie Tausende Ruined abgeschlachtet hatten.

Jedenfalls redete sie sich das ein.

»Ich glaube nicht, dass das nötig ist«, erwiderte sie. »Sie sind bereits gewarnt.«

»Außerdem möchte ich nicht bei dem Gestank von toten Jägern schlafen müssen«, fügte Aren hinzu.

»Es ist deine Entscheidung, wo wir unsere Zelte aufschlagen«, sagte sie zu ihrer Schwester.

»Wieso ist das meine Entscheidung?«, fragte Olivia.

»Weil du die Königin bist.«

»Sie haben dafür gestimmt, die Monarchie abzuschaffen, als ich entführt wurde«, widersprach Olivia. »Und ihr gewählter Anführer ist tot. Also bin ich genau genommen gar nichts.«

»Sie dachten, du wärst tot«, erklärte Em. »Ich bin mir sicher, dass sie dich als ihre Königin betrachten.«

Olivia zuckte nur mit den Schultern. »Wir können in ein paar Tagen eine Versammlung einberufen, wenn die meisten Ruined hierher zurückgefunden haben. Doch erst mal bin ich dafür, dass wir direkt hier unsere Zelte aufstellen. Dann wissen die Lera und ihre Jäger, dass wir keine Angst mehr vor ihnen haben.«

»Wir haben keine Angst mehr?«, hakte Aren leise nach. Erst kürzlich war ein neues Zeichen auf seiner linken Hand aufgetaucht, ein weißer Wirbel auf seiner dunklen Haut. Geistesabwesend rieb er die Stelle.

»Cas hat versprochen, dass er uns in Ruhe lässt«, meinte Em nicht zum ersten Mal.

Aren und Olivia tauschten vielsagende Blicke aus. Em redete immer wieder auf sie ein, dass sie in Sicherheit wären, dass der Krieg gegen die Ruined vorbei wäre. Cas hatte versprochen, dass er die Ruined nicht weiter verfolgen würde, jetzt wo er König war. Em war fest davon überzeugt, dass er sein Wort auch halten würde.

Olivia und Aren waren weniger überzeugt.

Ein kalter Windstoß blies Ems Mantel auf, sie vergrub ihre Hände in den Taschen und zog den Stoff fester um sich. Den Mantel und die anderen Kleidungsstücke hatte sie einer toten Ruined abgenommen, die beim Angriff auf Fort Victorra gefallen war. Schließlich konnte sie in ihrem blauen Kleid nicht durch den Dschungel laufen, aber dennoch zuckte sie bei dem Gedanken, woher die Sachen kamen, die sie trug, immer noch zusammen, wenn sie zu lange darüber nachdachte.

Hinter ihnen ertönte Lachen, und als Em sich umdrehte, entdeckte sie eine Gruppe von ungefähr hundert Ruined, die durch die Bäume kamen. Sie waren erschöpft vom Kampf und schmutzig von der Reise, aber kaum dass sie die Überreste der Burg erblickten, lächelten sie.

»Hier schlagen wir unsere Zelte auf«, bestätigte Olivia.

»Irgendwie sieht hier alles brauner aus als in meiner Erinnerung«, sagte Aren in die Runde.

Em konnte ihm da nur zustimmen. Aren und sie waren wochenlang im grünen, dicht bewachsenen Lera gewesen, das direkt am Meer lag – und wo es lange weiße Strände gab. Im Vergleich dazu kam Ruina nicht gut weg. Das Gras wirkte braun und tot, die sowieso schon spärlichen Bäume waren kahl. Neben der Burg erstreckte sich eine große, leere, schmutzige Fläche. Früher hatten hier eine Reihe von Läden gestanden, doch die hatten selbst zu ihrer Blütezeit nicht wirklich viel hergemacht.

Em starrte auf den Schutthaufen, der einst ihr Zuhause war. Vielleicht hätte sie doch einen anderen Ort vorschlagen sollen. Wie lange würde sie den Anblick ertragen müssen? Wie lange musste sie auf der nackten Erde übernachten, mit Aussicht auf die Stelle, wo mal ihr Schlafzimmer war?

Sie rief sich ins Gedächtnis, wie dieses Zimmer ausgesehen hatte – das Bett mit den vielen Kissen, der bodentiefe Wandspiegel, in den sie, als sie jung war, so oft geschaut und in dem sie verzweifelt nach Ruined-Zeichen gesucht hatte. Der abgenutzte grüne Sessel in der Ecke, in dem sie immer gelesen hatte.

Sie rechnete mit Tränen, stattdessen spürte sie allerdings nur eine Leere in sich. Das Mädchen, das früher einmal in dem Zimmer gewohnt hatte, war verschwunden, und vielleicht war sie sogar erleichtert, dass das Zimmer auch nicht mehr existierte. Alle hatten einen Neuanfang nötig. Sie könnten Ruina wieder aufbauen, noch besser als vorher. Sicherer als vorher. Schon seit einem Jahr schlief Em nur noch mit einer griffbereiten Waffe. Wenn es etwas gab, was sie brauchte, was alle Ruined brauchten, dann war es das Gefühl, wieder in Sicherheit zu sein.

»Ich sehe mir mal den Wagen an.« Em lief den kleinen Berg hinunter. Der Karren, den sie von den Lera-Soldaten gestohlen hatte, bahnte sich langsam seinen Weg durch die Bäume, gezogen von zwei müden Pferden.

In dem offenen Gefährt lagerten sie vor allem alles für die Zelte und Wasser, aber ein paar Kinder und kranke Ruined saßen ebenfalls darin. Ein junger Ruined namens Jacobo ging neben den Pferden her. Auf der anderen Seite lief Mariana, deren dunkle geflochtene Zöpfe hin- und herschwangen. Mariana und Jacobo trugen beide Zeichen der Ruined auf ihrer dunklen Haut. Die weißen Linien schlängelten sich über ihre Hälse und bei Jacobo sogar bis auf eine Wange hoch.

»Es ist …« Em wollte gerade »sicher« sagen, da bemerkte sie aus dem Augenwinkel eine Bewegung. Im Busch rechts von ihr raschelte etwas.

Sie zog ihr Schwert, warf Jacobo einen Blick zu und wies mit dem Kopf auf den Busch, während sie darauf zuging. Er lief zum Wagen und wies die Kinder darin an, zu ihm zu kommen. Mariana erstarrte.

Vorsichtig stieg Em über einen Baumstamm. Jemand schniefte.

Mit der Klinge ihres Schwertes drückte sie einen Ast zur Seite. Zwei Männer kauerten auf dem Boden. Ihre Kleidung war zerschlissen, einer von ihnen hatte seine Jacke so oft geflickt, dass das gesamte Kleidungsstück nur noch ein Wirrwarr an unterschiedlichen Farben war. Er hielt einen Dolch fest umklammert, doch der andere war unbewaffnet. Keiner der beiden trug blaue Abzeichen, es waren also keine Jäger.

»Wer seid ihr?«, fragte Em.

»Wir wollen nur bis Vallos kommen«, antwortete der Mann mit dem Dolch. Langsam stand er auf, seine Beine zitterten, er starrte direkt auf ihre Brust.

»Danach habe ich nicht gefragt. Wer seid ihr?«

»Wir sind Vallos-Arbeiter, wir arbeiten in den Minen.« Sein Blick war immer noch auf ihre Brust gerichtet. »Bist du … bist du Emelina Flores?« Er flüsterte ihren Namen beinahe ehrfürchtig.

Sie runzelte die Stirn, keine Ahnung, woher er das wusste.

»Der Kreis der Vergeltung. Ich habe schon davon gehört.«

»Der was?«

»Deine Kette. Der Kreis symbolisiert Vergeltung. ›Was man sät, das wird man ernten‹, heißt es doch.«

Ihre Lippen zuckten. Glaubte denn wirklich jeder, dass die Kette dafür stand?

Der Kreis der Vergeltung. Sehr passend. Olivia würde das gefallen.

Der bewaffnete Mann hielt seinen Dolch vor sich, aber er zitterte dabei. Der andere, hatte die Arme fest vor der Brust verschränkt und starb augenscheinlich fast vor Angst. Offenbar hatte sie sich einen gewissen Ruf erschaffen.

»Geht«, sie wies mit dem Kopf in eine Richtung, »und kommt nicht wieder.«

Beide drehten sich um und rannten weg. Alle flohen jetzt vor ihr. Die Leute flüsterten ihren Namen, so wie der Mann eben. Voller Furcht.

Das war es, was sie immer wollte.

Aber es fühlte sich nicht so gut an, wie sie gedacht hatte.

2. KAPITEL

Man hatte Cas' Mutter hinter Fort Victorra beerdigt, an einem schattigen Fleckchen, wo im Frühling wahrscheinlich Blumen blühten.

Cas ging jedoch nicht zu ihrem Grab. Er hatte zugesehen, wie die Soldaten sie begraben hatten, einen Tag nachdem Em und Olivia verschwunden waren. Danach war er nie wieder dort gewesen.

Stattdessen ging er zu der Stelle, an der sie gestorben war.

Vor zwei Tagen hatte es geregnet, und der Regen hatte ihr Blut weggespült. Jetzt war nichts mehr davon übrig, nur noch Erde, Gras und Bäume. Noch vor Kurzem leuchteten jede Menge roter und orangefarbener Blätter in den Baumwipfeln, doch inzwischen waren die Äste überwiegend kahl, das Laub lag unter seinen Füßen. So passten die Bäume auch besser zu diesem Ort, wenn man daran dachte, was hier passiert war.

Er sah das alles noch ganz genau vor sich: Em, dem Tode nah in seinen Armen. Olivia, die seine Mutter umbrachte und ihre Schwester rettete.

»Du hast nicht das Recht, hier zu sein«, sagte jemand hinter ihm.

Einen Moment lang befürchtete er, sich die Stimme nur eingebildet zu haben, denn genau das hatte er gerade gedacht. Doch als er sich umdrehte, sah er seine Cousine, die ein paar Meter entfernt stand. Jovita hatte die Hände auf die Hüften gestemmt und starrte ihn eiskalt an. Der Wind wehte ihr dunkles Haar nach hinten, sodass man die üble rote Narbe sah, die sich über ihre rechte Wange zog. Die hatte sie Em zu verdanken. Jovita sah ein bisschen aus wie Cas' Vater, sie hatte den gleichen Teint und den gleichen breiten Mund.

Er drehte sich wieder weg.

»Es ist auch gar nicht sicher«, fuhr Jovita fort. Sie klang eher wütend als besorgt.

»Die Ruined sind weg, die Krieger auch.«

»Und wessen Schuld ist das?« Jovita trat neben ihn und klopfte sich gegen das Kinn, als müsste sie erst nachdenken. »Ah, richtig. Es ist deine Schuld. Du hast Olivia Flores befreit und Emelina einfach davonspazieren lassen.«

Es *war* seine Schuld. Er hatte Olivia befreit, und die hatte seine Mutter umgebracht. Nachdem seine Mutter zuvor beinahe Em getötet hätte.

Er konnte nicht wütend auf Olivia sein. Er war einfach nur traurig.

»Ich will die Kette haben.« Jovita streckte fordernd eine Hand aus. »Die, die Fabiana dir gegeben hat, mit dem Schwächelkraut.«

»Die habe ich zusammen mit ihr vergraben«, antwortete er.

Jovita biss die Zähne zusammen. »Das war dumm, Cas«, zischte sie. »Die Kette hätte mich vor den Ruined beschützen können.«

Cas zuckte mit den Schultern. Schwächelkraut schwächte die meisten Ruined, aber Olivia schien es kaum etwas auszumachen. Daher bezweifelte er, dass die Kette seiner Cousine großartig helfen würde.

»Hätte sie die Kette behalten, anstatt sie dir zu geben, wäre sie vielleicht noch am Leben«, fuhr Jovita ihn an. »Und du hast sie einfach …«

»Heute Nacht sind noch zwei weitere Berater gekommen«, unterbrach er sie. »In einer Stunde treffe ich mich mit ihnen, falls du dabei sein möchtest.«

»Nein.« Jovita drehte sich auf dem Absatz um und marschierte los.

»Wieso nicht? Weil du dich schon hinter meinem Rücken mit ihnen getroffen hast?«

Sie blieb stehen und warf ihm über ihre Schulter einen fragenden Blick zu. »Wenn du davon weißt, war es nicht wirklich hinter deinem Rücken, oder?« Dann stampfte sie davon. Er sah ihr mit einem mulmigen Gefühl im Bauch hinterher.

Sobald Jovita außer Sichtweite war, kam ein Wachsoldat zwischen den Bäumen hervor. Es war Galo, der wie immer in Cas' Nähe geblieben war. In seiner Eigenschaft als Anführer der königlichen Wache ließ er Cas kaum noch aus den Augen, selbst wenn Cas ab und zu lieber allein wäre. Das Schicksal eines Königs. Heute war aber noch ein zweiter Wachmann dabei, Galos Freund Mateo. Er hatte in einiger Entfernung Stellung bezogen, mit dem Rücken zu ihnen, und behielt die Umgebung im Auge.

Sie machten sich auf den Weg zur Festung. Cas steckte seine Hände in die Taschen und zog die Schultern hoch, um sich gegen den kalten Wind zu schützen. Galo ging an Cas' Seite, Mateo bildete die Nachhut.

»Ist alles in Ordnung?«, erkundigte sich Galo leise.

»Wahrscheinlich nicht.«

Galo schien sich Sorgen zu machen, aber Cas wollte sich nicht weiter über seine Situation auslassen. Das Schloss und ein Großteil seines Königreiches befanden sich in den Händen der Olso-Krieger. Seine Cousine verabscheute ihn, seine Eltern waren tot, Em war weg, und er würde sie vermutlich nie wiedersehen.

Viel mehr gab es nicht zu sagen.

»Wir können jetzt bestätigen, dass der Gouverneur der südlichen Provinz beim Angriff auf das Schloss gestorben ist«, berichtete Galo. »Aber seine Tochter lebt noch, und sie ist hier. Violet Montero. Heute Morgen ist sie zu mir gekommen und wollte mit dir sprechen.«

»Sie ist hier? Seit wann?«

»Offenbar genauso lange wie du. Sie hat sich bei den Angestellten aufgehalten, und erst wusste niemand, wer sie ist. Sie war krank.«

»Geht's ihr jetzt besser?«

»Ja.«

Vor ihnen tat sich die Festung auf. Cas musste auf dem Weg über den Rasen über einen kleinen Haufen Steine steigen. Die Ruined und die Krieger hatten bei ihrem Angriff Teile der Mauer gesprengt; es würde noch eine ganze Weile dauern, bis die Schäden repariert waren. Hinter der Mauer lag die Festung, Ford Victorra, ein quadratischer, fast fensterloser Bau, den Cas inzwischen hasste.

»Sie ist wahrscheinlich gerade im Frühstückszimmer, falls du sie sehen möchtest«, fuhr Galo fort. »Ich kann sie herholen.«

»Schon gut, ich gehe nachsehen. Kannst du die beiden Berater, die gestern Nacht angekommen sind, daran erinnern, dass wir uns in einer Stunde treffen?«

»Natürlich.« Galo eilte davon.

Eigentlich hätte Cas längst einen persönlichen Berater ernennen sollen, Galo war schließlich der Anführer seiner Wache, nicht sein Laufbursche, und es tat ihm leid, dass er ihm momentan beide Jobs zumutete.

Aber Fort Victorra war anders als das Schloss in Lera. Es gab nicht genug Angestellte, und Cas musste vieles selbst übernehmen. Er war nicht mehr von einer ganzen Schar von Leuten umgeben, deren einzige Aufgabe darin bestand, sich um ihn zu kümmern und alle Besucher anzukündigen.

Ein Soldat hielt ihm die Eingangstür auf, und Cas murmelte beim Reingehen noch ein leises »Dankeschön«.

Drinnen war es ziemlich dunkel, er musste blinzeln, um seine Augen an das dämmrige Licht zu gewöhnen.

An den Wänden hingen Laternen, aber die ließen den düsteren Bau auch nicht freundlicher wirken.

Die ersten Tage nach dem Angriff waren ruhig gewesen, aber nachdem die Olso-Krieger das Schloss und die Städte übernommen hatten, versuchten sich Menschen aus ganz Lera zur Festung durchzuschlagen, und inzwischen platzte das nicht besonders große Gebäude aus allen Nähten. Bibliothek und Gemeinschaftsräume wurden zu Schlafplätzen umfunktioniert. Ein paar Leute, die gerade die Treppe herunterkamen, blieben bei Cas' Anblick wie angewurzelt stehen. Er tat so, als fiele es ihm gar nicht auf.

Cas durchquerte das Foyer und betrat das kleine Zimmer neben der Küche. Morgens versammelten sich hier zahlreiche Gäste, daher wurde es auch Frühstückszimmer genannt. Männer und Frauen verteilten sich um die runden Tische, die man im Raum aufgestellt hatte. Viel zu essen gab es nicht, aber immerhin standen Bohnen und Fisch auf den Tischen.

Bei Cas' Ankunft verstummten die Gespräche, und alle drehten sich zu ihm um. Erst jetzt ging ihm auf, dass er ja überhaupt nicht wusste, wie diese Violet aussah.

»Ich muss mit Violet sprechen?« Es klang wie eine Frage. Er hatte noch nicht wirklich gelernt, sich so wie sein Vater auszudrücken – jeder Satz ein Befehl.

Eine schlanke junge Frau in einem schlichten schwarzen Kleid stand auf. Ihr dunkles Haar war zu einem Dutt zusammengebunden, was ihre hohen Wangenknochen und die großen dunklen Augen hervorhob. Sie schien müde zu sein, lächelte ihn aber an. Sie kam ihm entfernt bekannt vor.

»Hier, Eure Majestät.« Obwohl sie eher klein war, trug ihre Stimme mühelos durch den ganzen Raum. Sie kam auf ihn zu, und plötzlich fiel ihm ein, wo er sie schon einmal gesehen hatte.

Im Wagen. Als das Schloss eingenommen wurde und sein Vater starb, wurde er zusammen mit den Angestellten in einen Wagen gesteckt. Daher kannte er sie, sie hatte ihm bei der Flucht geholfen.

»Ich kenne dich. *Splitter an ungünstigen Stellen*«, wiederholte er, was sie zu ihm gesagt hatte, als sie ihm half, aus dem Wagen zu entkommen.

Sie lachte etwas verlegen. »Das war ich, Eure Majestät.«

Alle starrten sie an. Er drehte sich abrupt um und wies sie an, ihm zu folgen.

Drinnen gab es keinen Ort, an dem er sich privat unterhalten konnte, also führte er sie nach draußen, hinter das Gebäude. Da seit dem Angriff der Ruined ein Stück der rückseitigen Mauer fehlte, achtete er darauf, sich mit Violet so weit vom Haus zu entfernen, dass niemand sie belauschen konnte. Links von ihnen kümmerten sich ein paar Angestellte um den Garten, aber die waren außer Hörweite.

»Mir wurde gesagt, dass du krank warst«, begann er.

»Ja, die Verhältnisse da im Wagen waren …«

»… schrecklich«, beendete er den Satz, während ihn eine Welle von Schuldgefühlen überrollte. Zwar hatte er die Angestellten, die er im Wagen zurückgelassen hatte, noch retten können, aber erst ein paar Tage später. Er konnte sich gar nicht ausmalen, wie quälend es gewesen sein musste, so lange in dem heißen vollgestopften Wagen auszuharren. Er wusste nicht genau, wie viele dieser Menschen nach seiner Flucht noch umgekommen waren, aber es waren auf jeden Fall zu viele.

»Ich hatte noch keine Gelegenheit, mich bei Euch zu bedanken«, sagte sie. »Dafür, dass Ihr uns gerettet habt. Wir wissen, dass Jovita uns zurücklassen wollte, und wir alle sind Euch sehr dankbar für das, was Ihr getan habt.«

»Das war selbstverständlich. Ich konnte euch nicht im Stich lassen.«

»Doch, das hättet Ihr tun können.« Sie sah ihm in die Augen. »Ich habe mich noch nicht richtig vorgestellt. Violet Montero. Mein Vater war Gouverneur der südlichen Provinz.«

»Das habe ich schon mitbekommen. Wieso hast du im Wagen nichts gesagt?«

»Es schien nicht wichtig. Was hätte Euch die Information gebracht?«

Sie hatte recht. Im Wagen hatte er kaum klar denken können. Sein Vater war gerade gestorben, außerdem setzte die Sache mit Em ihm noch schwer zu. Vermutlich hätte er selbst dann nur mit den Schultern gezuckt, wenn Violet ihm anvertraut hätte, dass ihr plötzlich drei zusätzliche Köpfe wuchsen.

»Hier sind Leute, die mich kennen«, sagte sie. »Falls Ihr eine Bestätigung möchtet.«

»Eine Bestätigung wäre gut. Das kannst du mir wohl kaum übel nehmen, oder?« Nachdem Emelina vorgetäuscht hatte, die Prinzessin der Vallosi und seine Verlobte zu sein, würde er wahrscheinlich keiner Person mehr einfach so glauben, dass sie war, wer sie zu sein behauptete.

»Nein, kann ich nicht.«

»Wieso haben wir uns im Schloss nicht getroffen?«, hakte er weiter nach.

»Ich war gerade erst angekommen, als der Angriff losging. Ich wollte zur Hochzeit kommen, aber meine Großmutter war krank, und ich habe mich um sie gekümmert.«

»Das mit deinem Vater tut mir leid«, sagte er.

»Mir auch das mit Eurem.«

»Lebt deine Mutter noch?« Plötzlich fiel ihm das Atmen schwer, und er konzentrierte sich angelegentlich auf einen Punkt hinter ihr.

»Nein, sie ist vor ein paar Jahren gestorben.«

»Bist du das älteste Kind?«

»Das einzige.«

»Dann erbst du die südliche Provinz.« Es sollte nach Gratulation klingen, kam aber eher lustlos rüber. Unwillkürlich fragte er sich, ob sie wohl ähnlich begeistert über ihre Erbschaft war wie er über seinen Thron.

»Das stimmt. Ich habe gehört, dass Ihr Euch bald mit den Beratern trefft, und dachte, dass ich dabei sein sollte.«

»Unbedingt. Der Süden ist die einzige Provinz, die nicht von den Olso eingenommen wurde.«

»Ja«, bestätigte sie stolz.

Der Wind frischte auf, und Violets Kleid flatterte in der kalten Luft. Sie schlang ihre Arme um sich, zitterte aber nicht, obwohl sie frieren musste.

»Hast du schon mit Jovita gesprochen?«, erkundigte er sich vorsichtig.

»Nein, Eure Majestät.«

»Du kannst mich Cas nennen.« So nannte ihn eigentlich niemand, abgesehen von Galo und Jovita, aber er wusste, wie wichtig dieses Mädchen war. Er brauchte sie als seine Verbündete. Als Freundin. Er blickte kurz zur Festung und machte einen Schritt auf Violet zu. »Sagst du mir, wenn Jovita mit dir reden möchte? Egal über was?«

Violet runzelte die Stirn. »Stimmt irgendetwas nicht?«

»Nein. Meine Cousine ist nur im Moment nicht besonders gut auf mich zu sprechen. Ich würde gern wissen, ob du auf meiner Seite bist, wenn ich dich brauche.«

»Ich bin schon längst auf deiner Seite, Eure … Cas.«

Immerhin war irgendwer auf seiner Seite. »Danke, Violet.«

3. KAPITEL

Olivia sah zum Himmel und atmete tief durch. Die Sonne war gerade aufgegangen, steckte aber hinter dunklen Wolken. Der kühle Wind wehte ihr die Haare aus dem Gesicht. Nach einem Jahr Kerkerhaft fühlte sich jeder Atemzug wie ein Geschenk an.

Sie ließ sich zwischen das Geröll fallen, das einmal ihr Zuhause war. Sie hatte nicht damit gerechnet, die Burg komplett zerstört vorzufinden. Olivia war davon ausgegangen, dass zumindest die Mauern noch standen, und hatte gehofft, die Truhen mit den Sachen ihrer Mutter durchsehen zu können. Doch das Feuer hatte nichts verschont, die Angst der Menschen alles zugrunde gerichtet, genau wie ihre Mutter es stets befürchtet hatte.

Sie stieß ein verkohltes Stück Holz zur Seite, unter dem ein weißes Auge und eine weiße Nase zum Vorschein kamen. Die Boda-Statue. Olivia hob sie auf und sah, dass nur noch der halbe Kopf übrig war. Da, wo sie gerade saß, musste früher die Bibliothek gewesen sein. Die Statue der Ahnen hatte in der Ecke gestanden, seit Wenda Flores zur Königin gekrönt wurde.

Olivia schloss die Augen, und vor ihrem geistigen Auge tauchte das Bild ihrer Mutter auf. Wenda trug ihr langes dunkles Haar oft offen, sodass es hinter ihr herschwebte, wenn sie durch die Burg stolzierte. Sie kleidete sich stets aufwendig, selbst wenn kein besonderer Anlass bestand, und immer, wenn Olivia das Rascheln eines Rockes hörte, musste sie an ihre Mutter denken.

Unmutig warf sie die Statue beiseite. Die wichtigste Ahnin ihrer Mutter hatte nichts getan, um sie zu beschützen. Wenn irgendjemand die Ruined retten könnte, dann war das Olivia.

»Liv.«

Sie drehte sich um und sah Em auf sie zukommen. Menschen und Ruined konnte Olivia spüren, selbst über eine gewisse Entfernung hinweg, aber Em nicht. Ihre Schwester war weder ein Mensch noch eine Ruined – die einzige Person, die sich an Olivia anschleichen konnte.

In Gedanken sah Olivia ihre Schwester immer noch genauso, wie sie sie in den ersten fünfzehn Jahren kennengelernt hatte. Diese Em war sarkastisch gewesen und oft sauer und verbittert darüber, dass sie keine Kräfte hatte. Genervt davon, Olivia beim Üben ihrer Magie zuzusehen.

Vielleicht hatte sie aber auch Angst und war gar nicht verbittert. Wenn Olivia sich unvermittelt zu ihr umdrehte, wandte sie sich oft ab, oder sie zuckte zusammen, wenn einer der Männer aufschrie, die Olivia zu Trainingszwecken folterte. Manchmal tat Olivia sogar absichtlich so, als reichten ihre Kräfte nicht aus, um jemandem den Kopf abzureißen, nur um die verstörte Miene ihrer Schwester nicht sehen zu müssen.

Aber Angst war keine Option mehr für Em. Das Jahr, in dem sie von Olivia getrennt gewesen war, hatte sie rücksichtslos und gefährlich werden lassen. Sie hatte noch denselben Teint und dasselbe dunkle Haar, aber die Traurigkeit in ihren Augen war neu. Olivia dachte, sie hätte es im Gefängnis schwer gehabt, aber sie konnte nicht mal ansatzweise nachvollziehen, was Em durchgemacht haben musste.

Trotz der schrecklichen Dinge, die sie erlebt hatte, war es Em gelungen, Lera zu Fall zu bringen, die Ruined wieder zusammenzubringen und Olivia zu retten. Und dabei hieß es doch immer, Em sei die Unbegabte. Auf einmal hatte Olivia einen bitteren Geschmack im Mund.

»Gerade sind noch ungefähr fünfzig Ruined eingetroffen«, sagte Em und setzte sich neben ihre Schwester. »Sie meinten, sie hatten keine Schwierigkeiten aus Olso rauszukommen. Anscheinend hat Olsos König sie eingeladen zu bleiben, aber niemand hat versucht sie aufzuhalten, als sie abgelehnt haben.«

»Zu versuchen, sie gegen ihren Willen dazubehalten, wäre auch sehr dumm«, erwiderte Olivia.

»Ich schätze, bald werden wir ein paar Krieger sehen.«

»Glaubst du wirklich?«

»Sie wollten, dass wir ihren König treffen. Ich kann mir nicht vorstellen, dass sie uns jetzt einfach so gehen lassen.«

Olivia schnaubte höhnisch. »*Lassen?* Sie müssen uns gar nichts tun *lassen.*«

»Wir wollen uns nicht mit den Kriegern anlegen«, beschwor Em ihre Schwester. »Wir sind noch nicht stark genug, um uns zu verteidigen.«

Olivia atmete tief durch, um die Wut zu unterdrücken, die in ihr hochkochte. Em hatte ja recht, so schwer es ihr auch fiel, das zuzugeben.

»Ich werde mit den Kriegern verhandeln müssen, oder?«, fragte Olivia.

»Wahrscheinlich.«

»Und wenn ich sie stattdessen töte?« Sie lachte. »Gleich zu Anfang ein starkes Zeichen setzen.«

»Ich bin nicht sicher, ob du das ernst meinst.«

Sie machte eine wegwischende Bewegung mit der Hand. »So halb.« Oder eigentlich sogar ziemlich. Jemanden in Stücke zu reißen – das Einzige, was ihren Zorn zumindest vorübergehend zum Verschwinden brachte. Sie spürte immer noch das Herz von Leras Königin zwischen ihren Fingern; fühlte, wie der Puls gegen ihre Handfläche schlug. Die Königin hatte es verdient, sie war bei mehreren Experimenten dabei gewesen, die sie an Olivia vorgenommen hatten. Genau genommen war es sogar noch freundlich gewesen, ihr einfach nur das Herz aus der Brust zu reißen.

Em riss sie aus ihren Erinnerungen. »Ich würde dir wirklich raten, sie nicht umzubringen.«

»Na gut.« Dann würde sie jemand anderen zum Umbringen finden. In Ruina liefen immer noch eine Menge Jäger herum, die versuchten zu fliehen, nachdem sie nun zu den Gejagten geworden waren. Schon bald könnte sie das Herz eines dieser Jäger in den Händen halten.

»Wir müssen einen richtigen Unterschlupf finden«, erklärte Em. »Ich würde gern mit ein paar anderen zu den Unterkünften der Minenarbeiter gehen. Die sollten inzwischen verlassen sein, und wir könnten sie nutzen, bis die Burg wieder aufgebaut ist.«

An die Unterkünfte konnte Olivia sich noch erinnern. Sie waren klein und erbärmlich und hätten schon vor Jahren erneuert werden müssen.

»Ist das wirklich unsere beste Möglichkeit?«

Em trat ein Stück Geröll weg. »Leider ja.«

Olivia musste an die Festung denken – mit ihren dicken Mauern und genug Zimmern für eine kleine Armee. Casimir hatte es bequem, während sie hier in diesem Dreckhaufen saßen, der mal ihr Zuhause war. Die Lera hatten es immer gemütlich gehabt, seit sie das Königreich der Ruined erobert und die ursprünglichen Bewohner ausgestoßen hatten.

»Die Kabinen sind nicht schön, aber ich denke, da könnten wir alle Ruined unterbringen«, fuhr Em fort.

»Du willst dich immer noch um sie kümmern?«, fragte Olivia.

»Was meinst du damit?«

»Die Ruined haben dich im Stich gelassen. Alle außer Aren wollten lieber jemand anderem folgen. Jemandem, der jetzt tot ist.«

Als ihre Schwester Damian erwähnte, legte sich ein Ausdruck der Trauer über Ems Züge. Doch Olivia hatte kein Mitleid mit ihrem toten Freund, obwohl er Em geholfen hatte. Er war zusammen mit Em und Olivia aufgewachsen und hatte sie verraten, als sie seine Hilfe am meisten gebraucht hätten. Es geschah ihm ganz recht, von Leras König enthauptet zu werden.

»Sie hatten Angst«, versuchte Em zu erklären. »Und ich habe ihnen inzwischen vor Augen geführt, dass sie mich nicht hätten ablehnen sollen.«

»Das hast du. Während ich nur in einer Zelle gehockt und Tausende Fluchtversuche geplant habe, von denen keiner funktioniert hat.«

»Es ist nicht deine Schuld, dass sie dich entführt haben. Ich habe nur die Führung übernommen, weil du weg warst.«

»Du hast auch an deiner Verantwortung festgehalten, als sie dir entrissen wurde. Du hast einen sehr riskanten Plan ausgeheckt, der das stärkste der vier Königreiche zu Fall brachte. Du hast Vallos'

Prinzessin umgebracht und an ihrer Stelle Leras Prinzen geheiratet. Du hast deine Leute gerettet, obwohl sie dich abgelehnt hatten. Ich weiß nicht, ob ich das Gleiche getan hätte.« Olivia wäre sehr versucht gewesen, alle sterben zu lassen, um zu zeigen, dass sie falschlagen.

»Das hättest du bestimmt«, sagte Em, wie immer optimistisch.

»Aber ich habe es nicht, das ist doch der springende Punkt. Ich hatte noch nie Interesse an den ganzen politischen Angelegenheiten, die mit dem Thron einhergehen. Die Gespräche, Verhandlungen, Kompromisse. Ich fand den Gedanken immer schrecklich, dass mein Mann für mich ausgesucht wird, und du bist einfach losgegangen und hast unseren Erzfeind geheiratet.«

Als Cas' Name fiel, senkte Em nur schweigend den Blick. Seit sie Lera verlassen hatten, sprach sie kaum von dem Prinzen – jetzt König –, aber Olivia hatte gesehen, wie die beiden miteinander umgingen. Es sah so aus, als hätte Em Gefühle für diesen schrecklichen Jungen entwickelt.

»Hast du wirklich mit ihm geschlafen?« Olivia gab sich alle Mühe, ihren Abscheu zu überspielen.

»Nein. Er hat gemerkt, dass ich das nicht wollte, und hat mich nicht gedrängt.«

»Hm, komisch.«

»Er ist nicht wie sein Vater, Liv. Er war nett zu mir.«

»Na ja, wenigstens musstest du nicht mit ihm schlafen.« Sie erschauderte dramatisch.

»Du wirst dir deinen Mann aussuchen können«, versicherte Em. »Erst recht so, wie die Lage jetzt ist. Ich bin mir sicher, dass du einen geeigneten Partner findest.«

»Eigentlich solltest du diejenige sein, die aus politischen Gründen heiratet. Darin bist du ja offensichtlich gut.«

»Aber du bist die Königin.«

»Wieso muss ich die einzige sein? Gibt es irgendein Gesetz, das sagt, ich muss allein regieren?«

Em musste unwillkürlich lachen. »Das gibt es tatsächlich. Ruinas Gesetze legen fest, dass das älteste Kind den Thron erbt, außer es ist ein Unbegabter, dann geht der Thron an den nächsten in der Erbfolge.«

»Du hast doch bewiesen, dass du gut wärst, du hast andere Kräfte, so wie unsere Mutter immer gesagt hat.«

»Die Ruined werden nie eine Unbegabte als Königin nehmen.«

»Und wenn wir zusammen regieren?«

Em sah ihre Schwester verwundert an. »Was?«

»In ein paar Sachen bin ich als Königin bestimmt gut. Armeen anführen. Ruined trainieren. Die Kleider.« Sie lächelte, und Em lachte. »Ich bin eine Kämpferin. Du bist eine Politikerin. Du kannst tatsächlich mit Olso-Kriegern in einem Raum sitzen, ohne ihnen die Köpfe abzureißen.«

»Worauf willst du hinaus?«

»Eine Dyarchie. Wir regieren Ruina gemeinsam. Als Königinnen.«

»Eine Dyarchie.« Em klappte die Kinnlade runter. Olivia musste lächeln. Sie wusste, dass ihre Schwester dankbar für diese Chance war, die Ruined anzuführen. Vielleicht war sie sogar besser dafür geeignet als Olivia, aber sie konnte sich nicht dazu überwinden, den Thron vollständig abzugeben. Em hatte viel dafür getan, die Ruined wieder zum Ruhm zu führen, aber sie ließ sich immer noch von ihren lächerlichen Gefühlen für Casimir beeinflussen. Olivia musste Em und ihre Leute in die richtige Richtung lenken. Sie musste sich beweisen, nachdem sie ein Jahr lang eingesperrt gewesen war.

»Wir werden alle Entscheidungen gemeinsam treffen«, erklärte sie. »Wir haben beide bestimmte Verantwortungsbereiche und Vetorechte.« Olivia stieß sanft gegen Ems Schulter. »Komm schon. Du weißt, dass du die Ruined anführen möchtest. Du weißt, dass du Königin sein solltest.«

»A...aber sie haben mich schon einmal abgelehnt«, stotterte Em. »Sie akzeptieren mich nicht als ihre Königin.«

»Dann sorgen wir dafür, dass sie dich akzeptieren.«

»Vielleicht sollten wir darüber erst mit ein paar Leuten reden, fragen ...«

»Wir fragen nicht.« Olivia richtete sich auf. Sie war ein Stück kleiner als Em, aber nicht viel. »Wir nehmen es uns. Wir nehmen uns den Thron, die Verantwortung, und wir vernichten alle, die sich gegen uns stellen. Verstanden?«

Em prustete kurz los. »Ernsthaft? Wir vernichten alle, die sich gegen uns stellen?«

»Na gut. Ich vernichte sie. Darin bin ich gut.« Tatsächlich wusste Olivia, dass sie bei den Ruined hart durchgreifen musste. Sie respektierten keine Königin, die sich erst entführen und dann von ihrer unbegabten Schwester retten ließ. Olivia musste fordern, nicht bitten.

»Bist du sicher?«, vergewisserte Em sich noch einmal.

»Absolut. Lass mich nicht allein dastehen. Die Ruined müssen so schnell wie möglich wiedervereint werden. Und ich denke, wir setzen ein kraftvolles Zeichen, wenn wir gemeinsam auftreten und regieren.«

Em musste sich ein paar Tränen verkneifen. »Ich liebe dich, Liv.«

»Ich weiß. Du hast Casimir für mich geheiratet. Du musst mich also *wirklich* lieben.« Olivia streckte Em die Hand hin. »Komm, stellen wir den Ruined ihre neue Königin Emelina vor.«

4. KAPITEL

Cas schritt die Treppen der Festung hinunter, drehte sich kurz um, als aus dem hinteren Teil des Gebäudes ein Lachen zu ihnen drang, ging dann aber weiter den Flur entlang, dicht gefolgt von Galo.

»Mehr Kraft dahinter!«, rief eine Frau.

»Mache ich doch!«, antwortete eine andere Frauenstimme.

Cas blieb im Eingang zur Küche stehen und sah, wie die Köchin Blanca mit der Hüfte ein junges Mädchen zur Seite stieß, um den Teig eigenhändig durchzukneten.

»So macht man das«, sagte sie. »Drück so fest zu, als wärst du wütend auf ihn.« Blanca machte einen Schritt zurück und bemerkte dabei Cas, der immer noch in der Tür stand. Sie stellte sich gerade hin und wischte ihre Hände an der Schürze ab. »Eure Majestät.« Das junge Mädchen wirbelte herum und quietschte eine Begrüßung.

»Guten Morgen«, antwortete Cas. »Wie sieht es aus?«

»Sehr gut. Seid Ihr zufrieden mit dem Essen?«

»Natürlich.« Er lächelte ihr beruhigend zu. Im Schloss war Blanca nur zweite Köchin gewesen, aber der eigentliche Küchenchef wurde noch vermisst. Wahrscheinlich war er tot. Cas zeigte auf den Teigklumpen. »Ich wusste nicht, dass wir Mehl haben.«

»Es ist gestern angekommen. Einer der Leute aus Gallego hat es aus seiner Bäckerei mitgebracht, damit es nicht schlecht wird.«

Er hörte Schritte hinter sich, und als er sich umdrehte, sah er Daniela, die gerade mit einem Korb voll Gemüse hereinkam. Als sie ihn entdeckte, breitete sich ein Lächeln über ihr faltiges Gesicht.

»Schön, Euch zu sehen, Eure Majestät.« Sie verbeugte sich. Wie viele der Angestellten hier war auch sie mit ihm im Wagen gewesen, und Cas hatte sich durch sein Verhalten offenbar ihre lebenslange Treue gesichert.

»Kann ich Euch helfen?«, fragte Blanca.

»Nein danke.« Er war auf dem Weg zu einem Gespräch mit Jovita und den Beratern, daher war ihm schon schlecht, ohne etwas im Magen zu haben. Er verabschiedete sich und ging. Sobald er die Küche verlassen hatte, ertönte Lachen. In letzter Zeit verstummte das Lachen immer, wenn er einen Raum betrat.

Er stieg die Treppe in den zweiten Stock hoch und betrat das große leere Zimmer. Bei solchen Gesprächen war sein Vater immer als Letzter gekommen. Cas entschied sich, das Gegenteil zu tun.

Die Angestellten hatten die Sessel und Sofas entfernt und mehrere kleine Tische zu einer großen Tafel in der Mitte des Zimmers zusammengeschoben. Es gab keine Fenster, nur ein paar Lampen an den Wänden. Das Ganze war überhaupt nicht mit dem Meeressaal im Schloss zu vergleichen, in dem solche Treffen normalerweise stattfanden. Wenn Cas die Lider schloss, hatte er noch immer das riesige Panoramafenster vor Augen, hinter dem sich die Sonnenstrahlen auf dem Wasser brachen und es glitzern ließen.

Er ließ sich in den Stuhl am Kopf des Tisches fallen. Galo blieb in der Tür stehen.

»Setz dich«, bat Cas ihn und schob mit dem Fuß den Stuhl neben sich vom Tisch weg. »Hierhin.«

Galos Blick wanderte von dem angebotenen Platz zu Cas. »Sicher?« Cas' Vater hätte niemals zugelassen, dass bei einem Treffen mit seinen Beratern ein Wachsoldat neben ihm saß, aber das bestärkte Cas nur noch in seinem Entschluss.

»Setz dich einfach hin.«

Galo ließ sich gehorsam nieder. Cas knackte nervös mit den Fingerknöcheln, während er auf die anderen wartete. Es kam ihm noch immer unglaublich vor, dass nun alle auf seine Befehle hörten.

Nach ein paar Minuten traten Colonel Dimas und General Amaro ein und begrüßten ihn leise. General Amaro wich Cas' Blicken aus und setzte sich so weit wie möglich von ihm weg.

Als Nächstes kamen die beiden Beraterinnen, mit denen er sich gestern noch getroffen hatte. Die ältere, Julieta, kannte Cas eigentlich ganz gut. Sie war ungefähr so alt wie seine Mutter und wohnte in der königlichen Stadt. Die andere, Danna, hatte er ein paarmal getroffen, aber sie lebte in der östlichen Provinz, also besuchte sie das Schloss nur wenige Male im Jahr. Am Tag zuvor waren sie freundlich gewesen und hatte ihm ihr Beileid bekundet, aber heute wirkten sie angespannt. Julieta warf Cas ein Lächeln zu, das eindeutig aufgesetzt wirkte.

Dann trat Violet ins Zimmer. Sobald sie Cas sah, fing sie an zu strahlen. Er bedeutete ihr, sich neben Galo zu setzen, und sie kam schnell zu ihnen.

»Der Gouverneur in der südlichen Provinz hat eine Tochter. Nach Mary war sie meine zweite Wahl. Sie passt gut, ist auch viel hübscher als Emelina.« Cas musste unwillkürlich an die Worte seines Vaters denken, als er Violet anschaute. Der König hatte nicht gelogen. Violet war wirklich auffallend schön mit ihrem langen schwarzen Haar, den ausdrucksstarken dunklen Augen und den vollen Lippen, aber der Vergleich zu Em schien unpassend. Em war vielleicht nicht das hübscheste Mädchen, aber sie zog immer alle Blicke auf sich. Es wirkte immer so, als hätte sie ein Geheimnis, dem alle anderen auf die Spur kommen wollten.

Cas verdrängte alle Gedanken an Em; er musste sich konzentrieren.

Der Gouverneur der nördlichen Provinz trat ein, gefolgt von einigen wichtigen Beratern aus dem Westen. Da so viele Leute gestorben waren, sollte Cas den Überlebenden allmählich richtige Titel geben, aber dafür blieb keine Zeit. Er musste sich schon genug anstrengen, um jeden einzelnen Tag zu überstehen, ohne zusammenzubrechen und hysterisch zu werden.

Als Letzte ließ sich Jovita blicken. Ihr dunkles Haar hing offen über ihre Schultern, und sie trug ein blaues Kleid. Woher hatte sie das bloß? Im Schloss hatte sie kaum Kleider getragen, wieso fing sie jetzt in der Festung damit an, wo es nur begrenzte Mittel und eine begrenzte Auswahl gab?

Sie setzte sich auf den leeren Platz neben Cas. »Wie geht es dir, Casimir?«

»Gut«, antwortete er, dabei konnte er sein Misstrauen kaum verbergen. »Dir?«

»Auch gut, danke. Mir fiel auf, dass du heute Morgen wieder rausgegangen bist, um zu der Stelle zu gehen, wo die Königin gestorben ist.«

Alle Blicke richteten sich auf Cas, der sich zusammenreißen musste, um nicht zurückzuzucken.

»Du gehst oft dorthin«, fuhr Jovita fort.

»Ja«, entgegnete er. »Da kann ich besser nachdenken.«

»Ich verstehe, dass du trauerst, aber Grübeleien bringen nichts. Es ist an der Zeit zu handeln. Wie willst du irgendetwas erreichen, wenn du den Großteil des Tages ziellos durch die Gegend irrst?«

»Ich bin nicht den *Großteil* des Tages da. Aber es scheint fast so, als würdest du den Großteil deines Tages damit verbringen, mich zu verfolgen.«

Das ärgerte Jovita. »Ich mache mir Sorgen um dich – und damit auch um Lera. Du hast bisher noch keinen Plan …«

»Darum geht es doch bei diesem Treffen«, unterbrach er sie. »Also, wenn du genug darüber geredet hast, wie ich um meine Mutter trauere, würde ich gern anfangen.«

Jovita biss die Zähne zusammen.

»Gut.« Cas richtete seinen Blick nach vorn und versuchte, seine Cousine nicht mehr anzusehen. »Die Festung ist bereits voll, aber es kommen täglich mehr Menschen. Bald brauchen wir mehr Platz, und ich denke, im Süden haben wir die besten Chancen. Ich würde gern ein paar Soldaten hinschicken, um mit den Anführern dort zu reden. Die Gouverneurin ist auf unserer Seite«, er zeigte auf Violet, »aber ich möchte wissen, wie es den Menschen vor Ort geht. Niemand ist hergekommen.«

»Die Ruined haben sich nach dem Angriff nach Süden gewandt«, sagte Danna. »Es sind vielleicht nicht mehr viele unserer Leute übrig.«

»Die Ruined sind nach Ruina geflohen«, antwortete Cas. »Sie haben niemanden angegriffen.«

Danna sah ihn verwundert an. »Wieso bist du dir da so sicher?«

»Als sie gegangen sind, waren sie nicht auf eine weitere Schlacht vorbereitet. Sie haben zu viele Leute verloren.«

»Ein Ruined ist immer für die Schlacht vorbereitet«, erklärte Jovita. »In Wahrheit hat Emelina dir erzählt, dass sie niemanden mehr angreifen, wenn du ihr Olivia aushändigst, und dummerweise hast du ihr geglaubt.«

Das konnte er nicht leugnen, dachte Cas und verspannte sich unwillkürlich. Er ging zwar davon aus, dass Lera nach wie vor den Süden kontrollierte, da die Olso-Krieger noch nicht zur Festung durchgedrungen waren, aber ganz sicher konnte er sich da nicht sein.

Violet ergriff das Wort. »Ich wäre gern Teil der Gruppe, die nach Süden geht.« Sie wirkte plötzlich besorgt.

»Natürlich, als Gouverneurin der Provinz solltest du die Soldaten anführen«, sagte Cas.

»Als Gouverneurin sollte sie hierbleiben, wo sie in Sicherheit ist«, widersprach Jovita. »Wir dürfen nicht riskieren, noch mehr Anführer zu verlieren.«

»Was schlägst du dann vor?«, fragte Cas sie. »Dass wir uns hier verstecken, bis Olso wieder angreift?«

»Nein, jetzt, da die Jäger wieder hier sind, haben wir genug Leute, um selbst einen Angriff zu starten.«

»Auf wen genau?«

»Die Ruined.«

Cas versuchte nicht einmal, seine Ungläubigkeit zu verbergen. »Du willst die Ruined angreifen?«

Jovita beugte sich vor. »Natürlich will ich das. Die Frage ist doch eher, wieso du das nicht willst. Emelina Flores hat die Prinzessin der Vallosi umgebracht, sich mit den Olso verbündet, das Schloss eingenommen und einen Krieg angezettelt. Ihr haben wir das alles zu verdanken, und du hast sie einfach ziehen lassen. Du hast den Jägern befohlen, die Ruined nicht mehr umzubringen, obwohl die wiederum jede Gelegenheit nutzen, uns zu töten!«

»Sie sind weg! *Wir* sind diejenigen, die man fürchten sollte, nicht die Ruined. Wir haben sie ohne Grund abgeschlachtet.«

»Ohne Grund?« Jovita lehnte sich wieder nach hinten. »Denkst du wirklich so über die Ruined? Dass sie nicht gefährlich sind?«

»Nicht alle, nein.«

Jovita setzte eine besorgte Miene auf. »Ich … Ich weiß nicht, was ich dazu sagen soll, Cas.«

»Sie haben uns *gerade* angegriffen«, mischte General Amaro sich ein. »Ich weiß nicht, was sie noch machen müssen, damit du sie als gefährlich wahrnimmst.«

Ein unangenehmes Schweigen legte sich über den Raum. Cas blickte in die Gesichter seiner Berater und suchte nach jemandem, der seiner Meinung war, aber Galo und Violet waren die einzigen Teilnehmer der Runde, die weder wütend noch entsetzt aussahen. Ihm stieg das Blut in den Kopf.

»Die Ruined sind im Moment nicht meine Priorität«, erklärte er knapp. »Wir müssen uns darauf konzentrieren, den Süden zu behalten, und uns darauf vorbereiten, das Schloss wieder einzunehmen. Das Beste für Lera ist …«

»Du hast kein Interesse daran, was am besten für Lera ist«, unterbrach Jovita ihn.

»Alles, was ich jemals getan habe, war zu Leras Besten!«

»Du hast Olivia Flores freigelassen. Sie hat die Königin und zahllose Wachen und Soldaten umgebracht. War das für das Beste für Lera?«

Cas' Magen drehte sich, auf einmal war sein Kopf komplett leer. Darauf hatte er keine Antwort.

»Ich möchte dich nicht angreifen, Cas«, fuhr Jovita sanfter fort. Niemandem sonst schien die Herablassung in ihrer Stimme aufzufallen. »Ich denke, wir sollten erst mal einen Schritt zurück machen und über deinen geistigen Zustand nachdenken.«

Der Raum fing an sich zu drehen, und für einen Moment fragte Cas sich ernsthaft, ob er den Verstand verloren hatte. Aber verrückt zu werden fühlte sich bestimmt nicht so schlimm an wie das hier.

»Mein geistiger Zustand«, wiederholte er.

»Du trauerst noch um deine Eltern. Deine Frau hat dich verraten. Du wurdest im Dschungel angegriffen. Ich verurteile dich nicht, Cas, jeder würde unter diesen Umständen zusammenbrechen.«

»Er ist *nicht* verrückt«, ging Galo scharf dazwischen.

Jovita hielt nur einen Finger hoch, als wäre Galos Meinung ihr vollkommen egal. »Das habe ich auch nicht behauptet. Ich meine nur, dass du eventuell im Moment nicht klar denken kannst. Hast du dir etwas Zeit gelassen, runterzukommen? Das ist vielleicht genau das, was du brauchst.«

»Mir geht es gut«, antwortete Cas bestimmt.

Jovita warf einen prüfenden Blick in die Runde. Die Berater kauften ihr anscheinend alles ab. Keiner wollte Cas ins Gesicht sehen.

»Wieso nimmst du dir nicht etwas Zeit, um über meinen Plan nachzudenken, die Ruined anzugreifen?«, fragte sie. »Wir können uns morgen erneut zusammensetzen, wenn du noch mal in dich gegangen bist.«

Cas stand auf, sein Stuhl schrammte über den Boden. »Ich muss nicht darüber nachdenken. Die Antwort lautet nein.«

»Aber …«

»Nein«, wiederholte er noch entschlossener. Dann schritt er aus dem Zimmer, Galo dicht hinter ihm. Sie hörten die anderen noch hinter sich raunen, als die Tür zufiel.

»Ohne das Einverständnis des Königs können sie nichts tun«, versuchte Galo ihn zu beruhigen.

Cas strich sich durchs Gesicht – er war sich da nicht so sicher.

Fast zweihundert Leute starrten zu Em hoch. Sie musste schlucken und versuchte, sich ihre Nervosität nicht anmerken zu lassen. Fast erwartete sie, dass die Ruined anfangen würden zu randalieren.

Neben ihr stand Olivia, vor ihnen waren alle Ruined versammelt, die es bisher nach Ruina geschafft hatten. Sie hatten ihre Zelte in der Nähe der alten Burg aufgeschlagen, waren Olivias Ruf gefolgt, und nun saßen sie auf dem Boden, während die neuen Pläne für die Führung bekannt gegeben wurden. Hinter ihnen blies der Wind die Zelte auf, und es fing an zu nieseln. Em wünschte sich nicht zum ersten Mal, sie hätten einen Unterschlupf mit richtigen

Mauern, sie hasste den Anblick der vielen Menschen da draußen in der Kälte.

»Eine Dyarchie«, wiederholte Olivia. »Wir regieren beide zusammen, als Ebenbürtige.« Ihre Augen leuchteten vor Begeisterung, als ginge sie davon aus, dass alle sich über diese Entscheidung freuen würden.

Stattdessen reagierten die Ruined skeptisch. Ein Murmeln ging durch die Menge, und alle Blicke richteten sich auf Em. Vielleicht war das ja ein gutes Zeichen. An dem Tag, als sie selbst vom Thron gestoßen wurde, hatte sie gemerkt, dass etwas nicht stimmte, weil niemand sie anschauen wollte.

Aber heute starrten alle auf sie. Allerdings sah sie nicht jeder freundlich an. Erneut musste sie schlucken. Vielleicht sollte sie etwas sagen, ihnen erklären, dass sie Ruina wieder zu einem sicheren Ort für sie machen wollte. Ein Zuhause bauen, auf das sie stolz sein konnten.

»Wir wollen Ruina wiederaufbauen, besser als vorher«, fing Olivia an, bevor Em ein Wort herausbrachte. Die Leute starrten sie nur weiter an, offenbar glaubten sie an keine von ihnen. Ob sie sich deswegen nun besser oder schlechter fühlen sollte, wusste Em nicht.

Ein langes Schweigen folgte den Worten Olivias, deren Wangen sich langsam röteten. »Bald verraten wir euch mehr«, fuhr sie eingeschnappt fort. »Jetzt würden wir erst mal gern Mariana, Aren, Ivanna, Davi und Jacobo sehen.«

Ivanna und Davi saßen nebeneinander, sie waren die einzigen älteren Ruined, die noch lebten. Em sah Ivanna ihre Zweifel deutlich an.

Aren stand auf und drückte Ems Arm, während sie darauf warteten, dass die Angesprochenen zu ihnen nach vorn kamen. Als sich alle durch die Menge gedrängelt hatten, führte Olivia sie zu dem Zelt, das sie sich mit Em teilte. Es war eng, aber immerhin passten sie alle gerade so eben hinein. Sie setzten sich im Schneidersitz zu einem kleinen Kreis zusammen.

»Ihr wisst wahrscheinlich, wieso ihr hier seid«, sagte Olivia.

»Em und ich wollen ein Gremium bilden, das uns in wichtigen Angelegenheiten berät.«

Unter den fünf Leuten, die Olivia aufgerufen hatte, waren sämtliche Kräfte der Ruined vertreten – Aren hatte Macht über den Körper, Jacobo und Ivanna kontrollierten die Elemente und Mariana und Davi den Geist. Em und Olivia hatten sich schnell darauf geeinigt, wer zu ihrem Rat gehören sollte, schließlich gab es nicht mehr allzu viele qualifizierte Ruined.

Ivanna strich sich ihr graues Haar hinters Ohr. »Ich fühle mich geehrt, aber ich denke, wir sollten über die Herrschaftsform sprechen.«

Olivia legte den Kopf schräg. »Ach ja?«

»Ja. Dir ist doch bewusst, dass die Ruined die Monarchie gestürzt haben, nachdem du entführt wurdest, und einen neuen Anführer gewählt haben?«

»*Verbotenerweise* wurde die Monarchie gestürzt«, korrigierte Olivia sie. »Und der gewählte Anführer ist tot.«

Davi funkelte Em wütend an. »Weil sie ihn hat sterben lassen.«

In Ems Kehle bildete sich ein Kloß. Ja, sie hätte mehr tun können, um Damian zu retten. Zwar hatte sie zuletzt alles versucht, um Leras König daran zu hindern, ihn umzubringen, aber sie hätte früher eingreifen müssen. Und das hatte sie die Ruined auch wissen lassen, als sie ihnen davon erzählte. Sie wollte keine Geheimnisse vor ihnen haben.

»Ich war auch dabei«, ging Aren dazwischen. »Ich musste Em sogar zurückhalten, wenn ihr also jemandem die Schuld geben wollt, dann mir.«

»Ja, geben wir den beiden die Schuld«, meldete Olivia sich aufgesetzt fröhlich zu Wort. »Die Einzigen von euch, die tatsächlich etwas erreicht haben. Ohne Em und Aren wärt ihr immer noch auf der Flucht. Oder tot. Aber reden wir ruhig weiter von eurem tollen Anführer, der sich hat schnappen lassen.«

»Er hat uns immerhin geholfen, nach Olso zu kommen!« Davi lief knallrot an.

»Um Em und Aren zu helfen, Lera zu stürzen. Wir werden sein Opfer nicht vergessen.«

»Gibt es denn jemanden, den ihr lieber als Anführer hättet?«, fragte Em vorsichtig. Olivia funkelte sie finster an.

»Nein«, antwortete Jacobo, lächelte dabei aber nur Olivia an.

»Na ja, wir ...«, Ivanna räusperte sich. »Es gibt einige unter uns, die lieber einen Anführer wählen würden. Wieso hatte Aren nicht die Chance ...?«

»Ich lehne ab«, unterbrach Aren sie.

»Aren, neben Olivia bist du der Stärkste hier«, versuchte Davi auf ihn einzureden. »Und du bist trotz des großen Risikos nach Lera gereist.«

»Um Ems Plan zu folgen«, beharrte Aren. »Vergesst es, ich würde die Wahl nicht annehmen.« Er zeigte auf Olivia. »Außerdem bin ich nur der Zweitstärkste hier. Wieso wollt ihr nicht von der stärksten Ruined angeführt werden?«

»Es hat uns nichts gebracht, vor allem auf die Kraft zu setzen«, gab Ivanna zurück. »Wenda Flores war mächtig, konnte aber nicht verhandeln. Sie hat alle umgebracht, die nicht ihrer Meinung waren.«

»Das ist doch eine solide Verhandlungsstrategie«, kommentierte Olivia, woraufhin Em zusammenzuckte. Ihre Schwester bestätigte Ivanna nur in ihrer Meinung.

»Em ist gut im Verhandeln«, mischte Aren sich erneut ein. »Ich glaube, der Sinn dieser Dyarchie ist, dass die beiden Herrscherinnen einander gut ergänzen.«

Ivanna warf Em einen Blick zu, sah ihr aber nicht direkt in die Augen. »Wir hatten noch nie eine Unbegabte als Anführerin.«

»Und gerade eben sagtest du noch, dass es nichts bringt, allein auf die Kräfte zu setzen«, hielt Em dagegen. »Was denn nun?«

Ivanna kniff die Lippen zusammen, alle schwiegen.

Plötzlich und ohne ersichtlichen Grund fing Olivia an zu lachen, und alle drehten sich zu ihr. »Glaubst du wirklich, dass das verhandelbar ist? Dass ein paar von euch einen Anführer wählen wollen, heißt noch lange nicht, dass das auch passieren wird. Vor einem Jahr wurde unser Volk auseinandergerissen. Wir führen alles wieder so zusammen, wie es sein sollte.«

Ivanna sagte kein Wort, ihr Mund war zu einer harten Linie verzogen. Davi wollte gerade widersprechen.

»Außerdem wird Aren eine von uns heiraten«, fuhr Olivia fort. »Dann regiert er auch.«

Em hob überrascht die Brauen, als Olivia so beiläufig erwähnte, dass Aren eine der Königinnen heiraten würde. Auch Aren sah Em völlig verwirrt an, musste aber lachen, als Em auf sich selbst zeigte und energisch den Kopf schüttelte.

Sie sah wieder Cas' Gesicht vor sich. Sie war bereits verheiratet. Sie war zwar als angebliche Prinzessin Mary seine Frau geworden, aber alles, was danach in ihrer Beziehung kam, war wahr gewesen. Sie konnte sich nicht vorstellen, jemand anderen zu heiraten. Es tat schon weh, nur daran zu denken.

Olivia wechselte das Thema. »Machen wir weiter.« Em versuchte, die Gedanken an Cas zur Seite zu schieben, was ihr aber nur halbwegs gelang. »Wir haben jedem von euch eine bestimmte Aufgabe zugedacht«, fuhr ihre Schwester fort. »Ihr könnt ablehnen oder jemand anderen vorschlagen, wenn ihr wollt. Aren, wir hätten dich gern als Gefechtsleiter. Du bist für das Training der Ruined und die Waffen zuständig. Zu deinem Verantwortungsbereich gehört alles, was wir brauchen, um für den Krieg vorbereitet zu sein. Davi, du wirst Gesundheitsbeauftragter. Du kümmerst dich um sauberes Wasser, stellst sicher, dass alle Kleidung haben, und kümmerst dich um die allgemeine Gesundheit. Ivanna, du bist für den Wiederaufbau von Burg und Stadt zuständig und organisierst die entsprechenden Maßnahmen. Ihr drei untersteht mir.«

»Für die anderen beiden bin ich zuständig«, fügte Em hinzu. »Jacobo, wir möchten dich zum Ernährungsleiter ernennen. Wir brauchen jemanden, der die Fischerei, die Jagd und die Landwirtschaft überwacht. Und Mariana, deine Aufgabe soll die Außenpolitik sein. Du hilfst mir, die Beziehung zu den Olso-Kriegern aufrechtzuerhalten.«

Sie war jung, ungefähr in Ems Alter, und man sah ihr deutlich an, wie sehr sie sich darüber freute, für diese Aufgabe ausgewählt worden zu sein.

»Morgen machen wir uns auf den Weg zu den alten Minen«, fuhr Em fort. »Für die Vorbereitungen brauchen wir eure Hilfe. Ihr fünf seid ab sofort die Stimme der Ruined. Ihr übermittelt uns, was bei ihnen abgeht, und gebt unsere Befehle an sie weiter. Habt ihr damit ein Problem?« Alle schüttelten die Köpfe. »Gut. Ein paar eurer Positionen sind schon älter, aber andere, zum Beispiel den Bereich Wiederaufbau, führen wir gerade erst ein. Wir sind also offen für eure Ideen.«

»Sofern sie sich nicht auf die Bildung einer neuen Regierung beziehen«, murmelte Davi.

»Oh, dabei fällt mir ein!«, rief Olivia. »Da wir uns derzeit im Krieg befinden, tritt das Kriegsrecht in Bezug auf Loyalität in Kraft. Alle Drohungen gegen die Regierung oder eine der Königinnen gelten damit als Verrat und werden auch entsprechend bestraft.« Sie legte wieder den Kopf schräg und lächelte Davi breit an. »Verstanden?«

Davi erblasste, Em ballte ihre Hände zu Fäusten. Darüber hatte sie noch nicht mit Olivia gesprochen. Das Loyalitäts-Kriegsrecht war schon abgeschafft worden, als ihre Mutter noch jung war. Es hatte keinerlei Spielraum gelassen, den königlichen Anführern zu widersprechen, und war daher nicht sehr beliebt gewesen.

»Verstanden«, sagte Ivanna knapp. »Eure Majestät.«

»Fantastisch.« Olivia klatschte in die Hände. »Ich glaube, wir werden gut zusammenarbeiten. Oder seid ihr etwa anderer Meinung?«

Em blickte in die Gesichter der Runde. Davi und Ivanna sahen aus, als wollten sie am liebsten jemandem eine Ohrfeige verpassen, Mariana und Aren schienen nervös, nur Jacobo erwiderte Olivias Lächeln.

Em konnte sich des Gefühls nicht erwehren, dass ihr beratendes Gremium von vornherein zum Scheitern verurteilt war.

5. KAPITEL

»Was haltet Ihr davon, Eure Majestät?« In Arens Frage schwang eine gewisse Belustigung mit, und Em lächelte ihn an. Er war im Grunde weniger amüsiert als stolz auf das Erreichte und hatte das Gefühl, dass sie das sehr wohl wusste.

»Sie sehen perfekt aus.«

Aren kniff die Augen zusammen, um die Hütten in der Ferne besser erkennen zu können. Am Morgen war er mit Em, Olivia und Mariana zu Fuß aufgebrochen, um die Hütten der Minenarbeiter zu begutachten. Nach nur ein paar Stunden hatten sie ihr Ziel erreicht. Olivia und Mariana gingen vor.

Es mussten so um die dreißig Hütten sein, die Hälfte davon waren alt, mit löchrigen Decken und schiefen Veranden. Sie standen schon dort, solange Aren denken konnte. Aber die anderen waren neu, von den Lera errichtet.

»Sie müssen viele Leute in die Minen geschickt haben«, bemerkte Aren. »Ich wusste gar nicht, dass die Lera so ein großes Interesse an Kohle haben.«

»Olso schon«, erklärte Em. »Das ist auch der Grund, warum sie sich solche Mühe gegeben haben, die Beziehung zu uns aufrechtzuerhalten, meinte meine Mutter.«

»Wofür brauchen sie die Kohle denn?«

»Gute Frage.«

»Ihre Schiffe!«, rief Mariana und drehte sich zu Aren und Em um. Sie blieb stehen und wartete, bis die anderen zu ihr aufschlossen. »Sie benutzen die Kohle, um ihre Schiffe anzutreiben. Ich habe den Weg von Olso nach Lera auf so einem Schiff zurückgelegt.«

»Wie genau treiben sie die Schiffe denn damit an?«, wollte Em wissen.

»Sie sagten, es ist eine Art Maschine, die mit Dampf funktioniert. Jedenfalls war ich noch nie auf einem so schnellen Schiff.«

Olivia warf ihnen über ihre Schulter einen nachdenklichen Blick zu. »Dann haben wir die Olso-Krieger vermutlich nicht zum letzten Mal gesehen.«

»Ganz sicher nicht«, erwiderte Em.

Olivia zog eine Grimasse und schaute wieder nach vorn zu den Hütten. »Die sind ziemlich elend.«

»Besser als Zelte«, betonte Aren.

»Was denkst du, wie lange brauchen wir, um die Burg wieder aufzubauen?«, wollte Olivia wissen.

»Jahre«, antwortete er.

Schockiert drehte sie sich wieder zu den anderen um. *»Jahre?«*

»Nach Ivannas Einschätzung.«

Sie schüttelte den Kopf. »Nein. Ich werde mit ihr darüber reden, wie man es schneller machen kann. In diesen schäbigen Hütten wird doch niemand die Ruined jemals ernst nehmen.«

Aren glaubte nicht, dass es eine große Rolle spielte, wo sie wohnten. Schloss, Zelt, Hütte – alles war unsicher. Die Burg, die einst sein Heim war, gab es nicht mehr, und es war ihm nicht besonders wichtig, eine neue zu errichten. Ohne seine Eltern, die nie wieder bei ihm sein würden, wäre es ohnehin kein Zuhause für ihn.

Olivia rannte los, ihr dunkler Pferdeschwanz schwang auf und ab. »Lass uns wenigstens die beste für uns beide aussuchen, Em!«

Em lachte. »Welche auch immer du willst!«

»Wir müssen in jeder Hütte ziemlich viele Ruined unterbringen«, gab Aren zu bedenken. »Steckt mich nicht zu Jacobo, er schnarcht.«

»Du kannst bei mir und Liv wohnen«, schlug Em vor.

»Wirklich? Ich dachte, da ihr jetzt Königinnen seid, bekommt ihr eure eigene Hütte.«

»Wir haben nur begrenzt Platz.« Em zuckte mit den Schultern. »Außerdem habe ich dich lieber in meiner Nähe.«

Er stieß mit seiner Schulter gegen ihre. »Für meine Königin tue ich alles.«

»Alles? Dann hätte ich auch gern ein heißes Bad und ein Festmahl mit Feigentörtchen, bitte.«

Sein Magen knurrte. Sie ernährten sich nur von Nüssen, Samen und dem Fisch, den sie im Fluss fingen. Essen würde sehr bald zu einem richtigen Problem werden. In Ruina wuchs nicht viel. »Ich auch.« Er griff nach der Flasche an seinem Gürtel und nahm einen Schluck. »Lera hatte schon auch seine Vorteile, was?«

Em versuchte offensichtlich, sich nichts anmerken zu lassen, aber immer, wenn Aren Lera oder Cas erwähnte, legte sich ein Schatten über ihr Gesicht.

Er konnte Ems Zuneigung zu Cas nicht verstehen und wollte es auch gar nicht. Sie würde ihn sowieso nie wiedersehen. Jedenfalls hoffte Aren, dass sie Cas nie wiedersah. Er selbst wollte jedenfalls keinen einzigen Lera jemals wiedersehen. Es war schon gut so, dass Cas weg war, selbst wenn es Em traurig machte.

Ein scharfer Windstoß traf ihn von hinten, brannte auf seiner Haut. Er legte eine Hand in den Nacken und sah augenrollend zum Himmel.

»Ich weiß, ich weiß«, sagte er in Gedanken.

Doch der Wind ließ nicht nach, als wäre er sich sicher, dass Aren absolut nichts wusste. Als wäre dem Wind klar, dass Aren nicht auf die Worte seiner Mutter hörte, die ihm gerade wieder durch den Kopf gingen. *Die Güte, die du anderen zeigst, kommt eines Tages zu dir zurück.*

Der Wind hatte recht, er ignorierte die Worte seiner Mutter. Aren war sein ganzes Leben lang freundlich gewesen, bis seine Eltern ermordet wurden und sein Zuhause niederbrannte. Aktives Handeln hatte die Lage verbessert, nicht Güte.

Verstohlen schaute er in Ems trauriges Gesicht. Sie waren seit Kleinkindertagen befreundet und konnten normalerweise über alles miteinander reden.

Er öffnete schon den Mund, um ihr das zu sagen, brachte aber keinen Ton heraus. Ihm fehlten immer dann die Worte, wenn er sie am meisten brauchte.

Als sie bei den Hütten ankamen, trat Olivia gerade aus einer der mittig gelegenen heraus. »Die älteren sind besser«, verkündete sie. »Die neuen sind kleiner.«

»Wir sollten eine der kleineren nehmen«, sagte Em. »Sie ist ja nur für dich, mich und Aren.«

Olivia schnaubte. »Na gut.« Sie zwinkerte Aren zu, als wäre sie nicht wirklich genervt. Sie sah Em sehr ähnlich, der gleiche Teint und das gleiche dunkle Haar, aber alles wirkte an ihr etwas kleiner und zerbrechlicher – was in Anbetracht ihres Charakters rasend komisch war.

Er nahm im Augenwinkel eine Bewegung wahr und schaute hastig nach links. Zwei Männer kamen aus der letzten Hütte. Einer von ihnen war verletzt und zog sein linkes Bein nach, der andere stützte seinen Arm. Sie humpelten weg von ihnen und den Minen, in Richtung der spärlichen Bäume im Norden.

»Sieht aus, als hätten wir ein paar Nachzügler«, bemerkte Olivia.

»Lass sie in Ruhe«, bat Em. »Sie können kaum laufen.«

Ein harter Zug legte sich um Olivias Mund. »Haben sie uns etwa davonkommen lassen, als einige kaum laufen konnten?« Sie zeigte auf Aren. »Haben sie ihn gehen lassen, nachdem sie ihn halb verbrannt hatten?«

Plötzlich musste er wieder an seine verbrannte Haut denken und verbarg die Hände hinter seinem Rücken. Die Narben, die sich über seinen ganzen Oberkörper zogen, machten ihm eigentlich nichts aus, sie erinnerten ihn vielmehr daran, dass er den Überfall auf die Burg überlebt hatte, obwohl sich Leras König so viel Mühe gegeben hatte, das zu verhindern. Dennoch war er nicht besonders scharf darauf, als Beispiel für schlimmstmögliche Entwicklungen herhalten zu müssen.

Daher zuckte er nur mit den Schultern, als Olivia ihn erwartungsvoll ansah. Er hatte wirklich nicht vorgehabt, die beiden Minenarbeiter zu verfolgen. Die Chancen, dass sie es zu Fuß lebendig nach Vallos schaffen würden, standen ohnehin nicht gut.

»Nein«, antwortete Em leise auf die Frage ihrer Schwester.

»Lass uns mit ihnen reden«, schlug Olivia vor und drehte sich zu Aren. »Bist du dabei?«

Er sah ihr in die begeistert glänzenden Augen. Vielleicht freute sie sich ja einfach immer noch über ihre Freiheit. Oder vielleicht machte sie die Vorstellung glücklich, Leute jagen und töten zu können. Er war sich nicht sicher, ob ihn interessierte, welche der beiden Möglichkeiten zutraf.

»Klar.«

Olivia sprang fröhlich auf und hakte sich bei ihm unter. »Em, ist es in Ordnung für dich, mit Mariana zurückzugehen und den anderen Ruined Bescheid sagen, dass wir hier einziehen können? Aren und ich fangen schon mal an, die Hütten sauber zu machen, wenn wir uns um die beiden da vorn gekümmert haben.«

»In Ordnung.« Ems Blick wanderte zu Aren. »Sei vorsichtig …?« Es klang wie eine Frage.

Olivia zog schon ungeduldig an seinem Arm und führte ihn in die Richtung der beiden Männer.

»Also ehrlich, sie hätten schon längst abhauen sollen«, sagte Olivia, während sie neben ihm herging. »Wenn sie so lange hiergeblieben sind, sind sie sowieso zu dumm, um am Leben zu bleiben.« Sie lachte.

Aren ging davon aus, dass die beiden nicht früher geflohen waren, weil sie zu schwach waren, aber er machte sich nicht die Mühe, es auszusprechen. Olivia hatte recht. Die Jäger scherten sich auch nicht darum, ob ein Ruined langsam, schwach oder verletzt war. Sie töteten rücksichtslos.

Er tauchte unter einem Ast durch und hatte die Männer wieder im Blick. Sie humpelten noch langsamer als vorher, und der Verletzte schaute über seine Schulter zu ihnen. Mit weit aufgerissenen Augen starrte er Aren an. Dann drehte er sich schnell wieder um und duckte sich, als ob ihm das irgendwas nützen würde. Als ob Aren ihn nicht angreifen würde, wenn er selbst nicht den ersten Schritt machte.

»Ich bin ja so froh, dass wir jetzt diese Chance haben. Ich möchte dir etwas zeigen.« Olivia räusperte sich und hob den Kopf, um die beiden Männer zu rufen. »Entschuldigung?«

Langsam drehten sie sich um. Aren konnte den genauen Moment erkennen, in dem sie die Ruined-Zeichen an Olivias Hals entdeckten. Seine eigenen Zeichnungen waren fast vollständig unter den Narben verschwunden, aber ein paar wenige hoben sich doch noch von seiner dunklen Haut ab. Er spürte beinahe, wie der Puls der beiden Männer vor Angst zu rasen begann.

Vielleicht konnte er es sogar tatsächlich spüren. Seit er so viel Zeit in der Nähe von normalen Menschen verbrachte, veränderten sich seine Kräfte. Manchmal war es fast so, als könnte er ihre Panik wahrnehmen, ihren Schmerz und ihre Erleichterung, wenn er sie gehen ließ. Um den Körper eines Menschen zu kontrollieren, musste er sich auch auf seinen eigenen konzentrieren, und wenn er seine Kraft einsetzte, war es fast so, als wären sie eins.

»Wir … wir verschwinden ja schon«, stotterte der jüngere Mann.

»Du.« Olivia zeigte auf den älteren Mann. »Du siehst müde aus. Wieso setzt du dich nicht?«

Er wischte sich zitternd über die Stirn, gehorchte aber nicht.

»Setz dich hin«, wiederholte Olivia. Die Beine des Mannes wurden unter ihm weggezogen, und mit einem kurzen Schrei fiel er hin. Olivia zeigte wieder auf den jüngeren. »Du, bleib so stehen.«

Das mulmige Gefühl in Arens Bauch wurde stärker. Noch könnte er gehen, dann würde Olivia das hier allein erledigen.

»Ich zeige dir, wie du deine Kräfte nutzen kannst, ohne dabei schwächer zu werden«, erklärte sie.

Damit hatte sie wieder seine volle Aufmerksamkeit. »Ich wusste nicht, dass das möglich ist.«

»Ich kann es. Ich glaube nicht, dass alle Ruined es können, aber du bist bestimmt dazu imstande.«

Ein Funke Hoffnung erwachte in ihm und verdrängte einen Teil seiner Beklommenheit. Die Erschöpfung, die jedem Einsatz seiner Kraft folgte, war sein größter Schwachpunkt. Dadurch war es ihm in manchen Situationen unmöglich, seine Ruined-Fähigkeiten anzuwenden.

»Konzentriere dich auf seinen Arm, aber mach noch nichts weiter.« Sie wies auf den jüngeren Mann.

Dessen Züge verzerrten sich vor Angst, und er drehte sich wieder um, bereit wegzurennen.

»Nein.« Olivia zeigte wieder auf ihn, und der Mann erstarrte, er stand wie angewurzelt da. Sie legte eine Hand auf Arens Rücken. »Los.«

Er fokussierte sich auf den Arm des Mannes, bis sein eigener anfing zu kribbeln. Er konnte die Knochen nicht wirklich sehen, aber er kannte ihre genaue Position. Er konnte jeden einzeln brechen, wenn er wollte.

»Spürst du es hier?« Olivia strich über Arens rechten Arm.

Ein Schauder lief ihm über den Rücken. »Ja.«

»Trenne die Gefühle.«

Verwundert sah er sie an. »Wie?«

»Lass dich selbst nicht Teil davon sein. Es geht um ihn, nicht um dich. Du bist stärker als er, er kann dich nicht kontrollieren, also lass es auch nicht zu. Wiederhole es in Gedanken.«

Du kontrollierst mich nicht. Du kontrollierst mich nicht. Wieder und wieder dachte er diese Worte.

»Mache nichts, bevor du dich selbst nicht von ihm gelöst hast. Nimm deine Emotionen raus, er verdient sie nicht.«

Bei dieser letzten Bemerkung machte etwas in ihm klick. Olivia hatte recht. Natürlich verdiente der Mann seine Emotionen nicht. Nicht sein Mitgefühl, nicht seine Traurigkeit, nicht mal seine Wut.

Arens Körper wurde kalt, das Kribbeln verschwand aus seinem Arm. Es wurde still um ihn.

Er fühlte sich wie betäubt. Alles, was er das letzte Jahr über gefühlt hatte, war verschwunden.

Das hier war so viel besser.

Er wollte nicht, dass irgendetwas von vorher zurückkam. Er wollte an diesem Gefühl, das ihn gerade erfüllte, für immer festhalten.

»Genau so.« Er konnte das Lächeln in Olivias Stimme hören. »Tu es.«

Sie musste ihn nicht zweimal bitten. Er zerschmetterte den Arm des Mannes. Der Schrei hallte durch den Wald.

Danach fühlte Aren sich nicht anders als zuvor. Normalerweise war er schwächer, nachdem er seine Kraft nutzte, aber jetzt nicht. Genau genommen fühlte er sich sogar besser.

»Noch mal«, sagte Olivia. »Mach, was immer du willst.«

Aren hob den Mann mühelos vom Boden auf und warf ihn ein paar Meter weiter. Der Ältere stand wackelig auf, und Aren ließ ihn nach vorn stolpern. Der Mann stöhnte, als er mit dem Gesicht auf die Erde knallte.

»Kümmerst du dich darum?« Olivia zeigte auf den Jüngeren, der versuchte wegzulaufen.

Aren hatte schon öfter Leuten das Genick gebrochen, aber diesmal fiel es ihm so leicht, dass er es selbst kaum mitbekam. Eine angedeutete Geste, dann lag der Mann schon auf dem Boden, mit verdrehtem Hals und schlaffem Körper.

»Fühlst du dich, als könntest du noch Hunderte mehr erledigen?«, fragte Olivia.

»Ja«, erklärte er keuchend.

Sie deutete auf den anderen Mann. Aren war sich nicht sicher, was genau sie mit ihm anstellte, aber aus seinem Mund spritzte Blut und traf Arens Wange.

Olivia lächelte ihn an und wischte den Fleck mit ihrem Daumen weg. Dann streifte sie das Blut an ihrer Hose ab und legte beide Hände an seine Wangen. »Gut?«

Er umschloss ihre Arme mit seinen Fingern und sah ihr tief in die Augen. »Ja. Sehr gut. Danke.«

»Gern geschehen.« Sie wippte hin und her. »Ich wusste, dass du das kannst.«

Er blinzelte – noch immer etwas benommen. Die Taubheit ließ langsam nach, und ein anderes Gefühl breitete sich in seiner Brust aus. Plötzlich wünschte er, er wäre früher weggelaufen. Er wünschte, er hätte nicht auf sie gehört und diesen Mann nicht umgebracht.

Olivia sah so glücklich aus. Sie lächelte immer noch, als sei ihr entgangen, wie schlecht er sich plötzlich fühlte, dabei glaubte er nicht, dass er es gut verbarg.

Vielleicht interessierte es sie einfach nicht.

Er wollte sich von ihr lösen, aber Olivia stellte sich auf die Zehenspitzen und drückte ihre Stirn an seine. »Du und ich, wir sind ein gutes Team, Aren.«

6. KAPITEL

Nachdem Jovita ihn öffentlich darauf angesprochen hatte, ging Cas nicht mehr zu der Stelle, an der seine Mutter gestorben war. Die nächsten paar Tage verbrachte er ausschließlich in der Festung und nahm an sinnlosen Konferenzen teil, bei denen sich alle nur anschrien.

Am meisten schrien sie allerdings ihn an, weil er sich weigerte, die Ruined anzugreifen.

Das letzte Treffen endete damit, dass Jovita wütend aus dem Raum marschierte, woraufhin Cas sich ebenfalls zurückzog. Danna und General Amaro waren ihr gefolgt.

Galo und Violet hingegen begleiteten Cas in sein Zimmer und schlossen hinter sich die Tür. Es war kein großer Raum – zwei Lampen an der Wand, ein kleines Bett, ein Tisch, ein Holzstuhl in einer Ecke. In den setzte Violet sich, während Galo auf und ab lief.

»Wenn Jovita noch einmal andeutet, dass du verrückt bist, kann ich nicht versprechen, dass ich mich zurückhalte«, platzte er heraus.

Cas ließ sich seufzend auf das Bett sinken. »Wenn sie es oft genug wiederholt, fangen die anderen an, es zu glauben.« Sie glaubten es jetzt schon. Er konnte es in den Augen der Berater sehen – und auch denen einiger Soldaten. Er wusste nicht, was er dagegen tun sollte. Immer wieder zu beteuern, dass er nicht den Verstand verloren hatte, machte alles nur noch schlimmer. Nur verrückte Leute versuchten, ihre geistige Gesundheit zu verteidigen.

Er lachte kurz auf, und Galo schaute ihn genervt an.

»Einfach nur lachen ist nicht gerade hilfreich in deiner Situation«, bemerkte er.

»Niemand, der selbst noch bei Verstand ist, hält dich für verrückt.« Violet rollte mit den Augen, eine Reaktion, die Cas in den wenigen Tagen ihrer Bekanntschaft schon oft gesehen hatte. Sie konnte ihre Verachtung für Jovita nicht besonders gut verbergen. Das gefiel Cas an ihr.

»Dann waren wohl einige Menschen ohne Verstand auf der Konferenz eben«, erwiderte er.

»Ach was«, murmelte sie. »Du musst nur dieses Rumgerede beenden.«

»Wie?«

»Schmeiß Jovita raus. Feuer ein paar der Berater von ihren Posten. Nur, weil sie deinem Vater gedient haben, heißt das nicht, dass sie dir treu sind. Wie sich nun ja herausstellt.«

»Wir sind im Krieg«, sagte Cas. »Ich glaube nicht, dass das der richtige Zeitpunkt ist, Leras Führung durcheinanderzubringen.«

»Zu spät. Wir sind bereits durcheinander, und zu allen nett zu sein, bringt dich nicht weiter«, beharrte Violet.

Galos Blick wanderte von Cas zu Violet, er war eindeutig beeindruckt.

»Lass mich mit ein paar Beratern sprechen«, fuhr sie fort. »Julieta und Danna sind nicht überzeugt …« Sie verstummte, als ein Grollen durch die Festung hallte. Erst nur leise, aber langsam wurde es immer lauter, und man hörte auch Stimmen.

Cas sprang auf und eilte durch die Tür, dicht gefolgt von Galo und Violet. Der Lärm kam von draußen, also rannte er die Treppe herunter und zog die Eingangstür auf. Der Himmel war bedeckt, die Sonne hinter den grauen Wolken verschwunden.

Um Jovita herum bildete sich eine Gruppe, sie selbst stand auf einer Kiste, nicht weit von der Eingangstür entfernt. Alle stampften immer wieder gleichzeitig auf den Boden und fingen an zu rufen.

»Tötet die Ruined! Tötet die Ruined!«

»Lauter!«, schrie Jovita, dann sah sie über ihre Schulter zu Cas hin. »Euer König ist da!«

»TÖTET DIE RUINED! TÖTET DIE RUINED!«

Cas marschierte auf Jovita zu, packte sie am Handgelenk und zog sie von der Kiste herunter.

»Was machst du?«, fuhr er sie an.

»Ich zeige dir, was alle wollen.« Sie entriss ihm ihren Arm. »Als König solltest du den Wünschen deines Volkes gerecht werden, nicht einfach nur das tun, was du willst.«

Er sah wieder in die Menge. Alle Jäger waren da, auch mehrere

Soldaten, aber ein Großteil der Wachen fehlte, und einige Soldaten standen auch nur am Rand – mit unsicheren Mienen.

»Das hier ist das, was du willst, nicht, was die Leute wollen«, gab er zurück.

Jovita zeigte auf die versammelten Menschen. »Was sind die denn deiner Ansicht nach?«

»Ich werde das nicht mehr weiter diskutieren, wir greifen die Ruined nicht an.« Er drehte sich zur Menge. »Geht auseinander …«

»Tötet die Ruined!«, unterbrach Jovita ihn und stellte sich vor ihn. General Amaro trat nach vorn. Ihr Gesichtsausdruck war grimmig.

Hände schlossen sich um Cas' Arme. Er verrenkte den Hals, um hinter sich zu blicken, und sah zwei große Soldaten, die ihn festhielten. Als er versuchte, sich zu befreien, packten sie nur umso entschlossener zu. Er hörte, wie Violet erschrocken nach Luft schnappte.

Jovita sah ihn an. »Es tut mir leid, Cas. Wir können uns keinen verrückten König leisten, während wir im Krieg sind. Du brauchst Zeit, dich auszuruhen und gesund zu werden. Wenn du es nicht freiwillig machst, zwinge ich dich.«

Cas sah zwischen Jovita und General Amaro hin und her. »Dass ich die Ruined nicht angreifen will, macht mich nicht zum Verrückten.«

»Du lässt nicht mit dir reden«, hielt General Amaro ihm vor. »Dein Vater ist scharf gegen die Ruined vorgegangen, und jetzt ist nicht der richtige Zeitpunkt, damit aufzuhören.«

»Wegen meines Vaters stecken wir jetzt in diesem Krieg! Meine beiden Eltern sind durch ihren Hass auf die Ruined gestorben.«

»Emelina ist schuld am Tod deines Vaters, und du bist schuld an dem deiner Mutter«, korrigierte Jovita ihn.

Ihre Worte durchfuhren ihn wie ein Schwert, und einen Moment lang fragte er sich, wieso er noch aufrecht stehen konnte, wenn doch die Hälfte seines Körpers zusammengesackt auf dem Boden lag.

»Ruhe dich einfach eine Weile aus, und denk noch mal nach«, fuhr Jovita etwas sanfter fort. »Ich kann an deiner Stelle regieren, bis du dich besser fühlst, es macht mir nichts aus.«

Cas lachte dumpf. »Natürlich macht es dir nichts aus.«

Jovitas Mundwinkel zuckten, aber sie schaffte es, sich das Lächeln zu verkneifen. »Bringt König Casimir bitte auf sein Zimmer. Schließt ihn ein, zu seiner eigenen Sicherheit.«

Cas versuchte, sich aus dem Griff der Soldaten zu befreien.

»Macht bitte keinen Aufstand, Eure Majestät«, murmelte einer der Soldaten.

Zu spät. Alle starrten sie an, ein paar der Jäger lachten.

Es sah aus, als wollte Galo losstürzen, aber Mateo konnte ihn gerade noch zurückhalten. Er flüsterte Galo etwas ins Ohr, was diesen offensichtlich niederschmetterte.

Cas ließ die Schultern hängen, zu viele seiner Leute waren auf Jovitas Seite. Es war sinnlos, sich zu wehren.

Jovita stieg indessen wieder auf die Kiste. »Meine Soldaten haben von mehreren Ruined berichtet, die auf dem Weg nach Ruina sind. Als Erstes wollen wir so viele von ihnen erledigen, wie wir können. Wir müssen die Verbindung zwischen den Ruined und Olsos Kriegern zerbrechen.«

Unter dem Jubel der Menge wurde Cas die Stufen zur Festung hochgezerrt.

»Ich schicke nur die Hälfte von euch weg«, fuhr Jovita fort, »denn wir brauchen noch viele Leute hier, um die Festung zu bewachen. Die Jäger mit den meisten Abzeichen werden gehen. Ihr tötet *alle* Ruined, ohne Ausnahmen.«

Der Jubel wurde noch lauter, dann fiel die Eingangstür hinter Cas ins Schloss, und der Lärm drang nur noch gedämpft an seine Ohren.

»Tötet die Ruined!«

7. KAPITEL

Olivia schlich vorsichtig an Ems Bett vorbei. Ihre Schwester schlief noch zusammengerollt unter der Decke.

Die ersten Sonnenstrahlen schienen gerade erst durch die Fenster in das staubige Wohnzimmer. Die Hütte war klein und erbärmlich, das Sofa stand vermutlich schon seit drei Generationen dort. An den Küchentisch passten nur zwei Leute, und er war so wackelig, dass man ihm mit einem Tritt den Rest geben könnte. Seufzend und genervt zog Olivia die Haustür auf.

Vor der Veranda wartete Aren schon auf sie, er trug sein Schwert am Gürtel. Sie selbst hatte eigentlich nie eine Waffe dabei, sie brauchte keine.

Um die Hütten herum war es größtenteils wie ausgestorben, abgesehen von Ivanna, die nicht weit entfernt auf einem Fleck braunem Gras hockte, die Hände auf den Boden gedrückt, und ein Gebet flüsterte. Ihre Augen waren geschlossen.

»Lass uns gehen.« Olivia marschierte zielstrebig los. Sie hatte sich gestern schon um ein paar Jäger gekümmert, aber den Süden musste sie noch absuchen.

Als sie an Ivanna vorbeikamen, öffnete die ihre Augen. »Wohin geht ihr?«

»Auf die Jagd«, antwortete Olivia.

Ivanna sah sie missbilligend an, schwieg aber. Im Weggehen warf Olivia noch einen Blick über ihre Schulter. »Undankbar«, murmelte sie.

»Was?«, fragte Aren.

»Sie ist undankbar. Wir beschützen alle, und sie beschwert sich nur.«

»Sie hat doch nichts gesagt.«

»Ich kann es in ihren Augen sehen.«

»Ivanna findet, dass wir nicht nach Ärger suchen sollten.«

»Wie? Wir sollen warten, bis der Ärger zu uns kommt? Weil das in der Vergangenheit so gut für uns lief?«

Aren hob abwehrend die Hände. »Ich sage ja nicht, dass ich ihrer Meinung bin.«

Olivia versuchte, ihre Wut loszuwerden, indem sie schneller lief, aber der Zorn haftete weiter an ihr, während sie immer weiter nach Süden vorstießen. Die Ruined hatten keinen Respekt vor ihr, weil sie noch nichts Großartiges errungen hatte. Sie war nur die unfähige Tochter einer mächtigen Königin, die in einer heruntergekommenen kleinen Hütte hauste. Sie konnte ihrem Volk nicht einmal eine richtige Heimat bieten oder ausreichend Essen. Kein Wunder, dass Ivanna sie so missbilligend ansah.

Plötzlich streckte Aren seinen Arm aus, um Olivia aufzuhalten, er zeigte nach vorn.

Um sie herum standen nur ein paar kahle Bäume, daher waren die fünf Männer, die auf sie zukamen, nicht zu übersehen. Ihre Kleidung schien nass zu sein, sie klebte an ihren Körpern.

»Jäger«, sagte Aren leise.

»Woran erkennst du das?«

»An den blauen Abzeichen.«

Olivia kniff die Lider zusammen. Ja, jetzt erkannte sie es auch: Alle Männer hatten blaue Anstecker an ihren Jacken.

»Jäger haben es verdient, zu sterben.« Es klang beinahe so, als wolle Aren sich selbst davon überzeugen. Oder sie. Aber bei ihr musste man wirklich keine Überzeugungsarbeit mehr leisten.

»Müssen wir etwa den ganzen Weg nach Vallos laufen?«, jammerte ein junger rothaariger Mann, der vor Kälte zitterte.

»Hast du vielleicht eine bessere Idee?«, fragte ein anderer, der einen Vollbart trug. »Du kannst ja die Reste unseres Bootes aus dem Meer angeln, wenn du willst.«

Darauf grummelte der Rothaarige etwas, was Olivia aber nicht verstand. Die Magie in ihr flehte sie an, zum Einsatz kommen zu dürfen.

»Hast du dir schon einen ausgesucht?«, flüsterte Olivia.

»Nein«, entgegnete Aren.

»Ich nehme den mit dem Bart«, sagte sie laut. Er erinnerte sie an Leras König.

Die Köpfe der Jäger drehten sich alle gleichzeitig in ihre Richtung.

Einer von ihnen hatte Pfeil und Bogen bei sich, rannte hinter einen Baum und zielte auf sie. Olivia lachte, dann hörte man nur noch, wie sein Kopf dumpf auf den Boden fiel.

Aren hatte die anderen unter Kontrolle, aber Olivia ging auf den Mann mit dem Bart zu. Sie wollte, dass er auf dem Boden lag, was er eine halbe Sekunde später auch tat. Sie setzte sich auf seine Beine.

»Fünf Abzeichen, ja?« Sie riss eins von seiner Jacke. »Von denen hat mir meine Schwester erzählt. Du hast also fünfzig Ruined umgebracht und bist stolz darauf?«

Panisch schüttelte er den Kopf.

»Ich habe wahrscheinlich auch schon ungefähr so viele Menschen getötet, aber ich gebe damit nicht an.« Sie legte den Kopf schräg. »Obwohl – gerade habe ich das doch getan, oder?« Sie öffnete seine Jacke und stieß eine der Anstecknadeln durch sein Oberteil hindurch, direkt in seine Brust. Er heulte auf.

»Och, komm schon, so weh kann das nicht getan haben. Du solltest mal die Nadeln sehen, die dein König in mein Fleisch gestoßen hat.« Sie zog ein weiteres Abzeichen von seiner Jacke und drückte es in seine Brust, direkt neben das andere. Das Gleiche machte sie mit den übrigen Nadeln, und nachdem sie fertig war, stöhnte er, während ihm Tränen über die Wangen liefen.

»Aren, gib mir die restlichen Abzeichen. Es gibt so viele schöne Stellen, wo man die hinstecken kann.« Olivia klopfte dem Jäger auf den Bauch.

Keine Antwort. Sie drehte sich um. Aren lehnte blinzelnd an einem Baum. Er sah aus, als hätte ihm einer eine reingehauen.

»Aren!«, rief sie.

Er sah zu ihr, und sein Blick wurde wieder etwas klarer.

»Gib mir ihre Abzeichen.« Sie zeigte auf die anderen toten Männer.

»Ist es …?« Er verzog das Gesicht. »Ist es normal, dass ich mich so fühle?«

»Wie?«

»Benommen. Kommt das davon, wenn man sich löst?«

»Ja, aber es wird mit der Zeit besser.«

Langsam stand er auf und strich den Dreck von seiner Hose, dann wandte er ihr den Rücken zu.

»Aren! Die Nadeln!«

»Bring ihn einfach um«, sagte er, ohne sich zu ihr umzudrehen. Der Jäger begann, um sein Leben zu flehen.

Olivia seufzte nur tief auf. Zu schade, dass ihre Mutter nicht da war. Sie hatte eine gute Folter mehr zu schätzen gewusst als jeder andere. Sie verstand deren Nutzen.

Aber sie erhob sich, woraufhin der Jäger versuchte wegzukriechen; seine Füße scharrten über die Erde. Sie brach ihm das Genick. »Ich wollte mit den Abzeichen einen lächelnden Mund und Augen auf seine Brust malen«, beschwerte sie sich.

Aren blieb stehen und schaute sie über seine Schulter an. In seinen Augen blitzte Angst auf. Der zweitstärkste Ruined, der Junge, der mehr Jäger getötet hatte als jeder andere, den sie kannte, hatte Angst vor ihr. Vielleicht konnte sie ja auf diese Weise die Treue der Ruined gewinnen und sie alle retten, durch Angst.

Olivia lächelte.

Als Em aufwachte, drehte sie sich direkt um und schaute zum Bett gegenüber. Leer. Schon eine Woche lang war Olivias Bett jeden Morgen leer, seit sie in die Hütten gezogen waren.

Em schob ihre Decke beiseite, stand auf und starrte durch das kleine Fenster neben ihrem Bett. Draußen legten ein paar Ruined eine Feuerstelle an, nicht weit von den Hütten entfernt. Die Sonne war gerade erst aufgegangen, und sie waren die einzigen draußen. Der Bereich vor den Hütten bestand größtenteils aus Dreck und vertrocknetem Gras. Wieder war alles grau, und Em musste einen Moment lang an Lera denken. An den blauen Himmel und das glitzernde Meer. An die Käsebrötchen und die bunten Kleidungsstücke.

Cas tauchte vor ihrem geistigen Auge auf, wie er ihr lächelnd das Brot reichte. Wenn er hier wäre, könnte sie vielleicht mit ihm unter die Decke schlüpfen, und sie würden den ganzen Tag zusammen im Bett verbringen.

Sie zog sich an und ging aus dem Zimmer, aber Cas blieb in ihren Gedanken. Auf der anderen Seite des Flurs stand die Tür zu Arens Zimmer offen, und sie konnte sein leeres Bett sehen.

Die Eingangstür wurde geöffnet, Lachen drang an Ems Ohren, dann traten Olivia und Aren ein. Olivias Wangen waren vom kühlen Wind leicht gerötet, und sie winkte ihrer Schwester freudig zu.

»Was habt ihr gemacht?« Em konnte sich den misstrauischen Tonfall nicht verkneifen. Olivia strahlte nur dann so, wenn sie gerade jemanden umgebracht hatte.

»Wir haben die Gegend im Süden ein bisschen erkundet«, antwortete Aren. Er zog seinen Mantel aus, ohne Em ins Gesicht zu sehen.

»Zum Glück, denn eins von Leras Schiffen hatte wohl ein Problem, und sie mussten umkehren«, erklärte Olivia. »Ein paar Jäger waren dabei.«

Em hatte Angst, nach näheren Einzelheiten zu fragen.

»Jetzt sind sie tot«, sagte Aren.

Wahrscheinlich war es am besten so. Mit Jägern in der Nähe waren sie nicht sicher.

Dennoch beunruhigte sie Olivias euphorischer Gesichtsausdruck.

Aren ging zügig und mit sicheren Schritten in die Küche. »Hat es dich nicht erschöpft, deine Kraft zu benutzen?«, wollte Em wissen.

»Ich habe ihm gezeigt, wie man sie einsetzen kann, ohne sich dabei selbst zu schwächen«, sagte Olivia. »Das werden wir auch ein paar anderen Ruined beibringen. Nicht alle können es lernen, aber die stärkeren schon.«

Aren füllte etwas Wasser aus der Karaffe in einen Becher. »Wir sind sehr viel sicherer, wenn wir unsere Kräfte benutzen können, ohne davon schwächer zu werden. Die besten …«

Ein Schrei von draußen unterbrach ihn. Em schnappte sich ihr Schwert aus der Ecke und eilte durch die Tür. Ruined strömten aus ihren Hütten, alle starrten in dieselbe Richtung: nach Norden, von wo ungefähr zwanzig Reiter auf sie zukamen. Die erste Reiterin hielt eine weiß-rote Flagge. Es handelte sich also um Olso-Krieger.

»Bleib hinter mir«, rief Olivia ihrer Schwester zu und rannte los.

»Nicht angreifen!« Em folgte ihr, so schnell sie konnte. »Sie sind auf unserer Seite!«

Die Pferde hielten in einer Staubwolke an. Auch Olivia blieb stehen und streckte einen Arm aus, als wollte sie Em beschützen. Sie schluckte, und die Zeichen der Ruined an ihrem Hals bewegten sich mit. Ganz offensichtlich glaubte sie nicht, dass die Krieger ihre Verbündeten waren.

Insgesamt waren es neunzehn Pferde, auf jedem saß ein schwarz gekleideter Reiter. Alle hielten die Hände hoch. Die Kriegerin mit der Flagge sprang von ihrem Pferd und kam mit erhobenen Armen auf sie zu. Em kniff die Augen zusammen, um sie besser sehen zu können, und machte einen Schritt nach vorn.

»Das ist Iria«, sagte Aren hinter ihr.

Em steckte ihr Schwert wieder weg und ging weiter auf Iria zu, doch Olivia packte sie am Arm.

»Ist schon gut.« Em befreite sich sanft aus dem Griff ihrer Schwester. »Es ist nur Iria.«

Das schien Olivia nicht zu überzeugen, aber sie hielt Em nicht weiter davon ab, zu ihr zu gehen.

Iria senkte die Arme und kam schief lächelnd auf sie zu. »Emelina.«

»Iria.« Em blieb vor der Kriegerin stehen. Sie wirkte etwas abgemagert, ihr schwarzes welliges Haar war zu einem unordentlichen Dutt zusammengebunden. Unter ihren Augen lagen dunkle Ringe. Vermutlich hatte sie es kaum nach Olso geschafft, als sie schon wieder südwärts nach Ruina aufbrechen musste.

»Entschuldige den unangekündigten Besuch«, begann sie. »Wir wussten nicht, wie wir euch sonst erreichen können.«

»Solange ihr die Waffen unten lasst, ist alles in Ordnung.«

»Wir sind nicht hier, um zu kämpfen«, versicherte Iria. »Wir sind hier, um mit eurer Königin zu sprechen.« Sie sah an Em vorbei zu Olivia.

»Du sprichst mit einer von ihnen.«

Verwirrt blinzelte Iria. »Was?«

Em zuckte mit den Schultern und lächelte, immer noch etwas unsicher über ihre neue Stellung. »Olivia und ich regieren zusammen, ebenbürtig, in Ruina. Ich bin eine von zwei Königinnen.«

Irias Gesichtsausdruck spiegelte Ems eigene Ungläubigkeit wieder. »Oh. Wow.«

»Ja.«

»Möchte Olivia nicht herkommen?«, fragte Iria. »Dann stelle ich ihm euch beide vor.«

»Wem?«

Statt zu antworten, drehte Iria sich um, ging auf einen der Krieger zu und hielt ihm ihre Hand hin. Er nahm sie allerdings nicht an, als er von seinem Pferd stieg.

Em bedeutete ihrer Schwester, zu ihr zu kommen. Olivia runzelte die Stirn, stellte sich aber neben Em.

Der Mann, der gerade vom Pferd gestiegen war, schritt auf sie zu. Er war sehr groß, viel größer als Iria, die beinahe rennen musste, um mit seinen langen Schritten mitzuhalten. Seine schwarze Hose war dreckig, und auch er hatte dunkle Augenringe, wirkte aber offen und freundlich.

»Das sind Emelina und Olivia Flores, die Königinnen der Ruined«, verkündete Iria. »Ich würde euch gern August Santana vorstellen, den Prinzen von Olso.«

Em schaute ihn argwöhnisch an. Was hatte der junge Olso-Prinz in Ruina zu suchen?

»Königinnen?« August lächelte. »Wie ungewöhnlich. Gefällt mir.« Er verbeugte sich und schlug sich mit der Faust gegen die Brust. Das war die traditionelle Begrüßung eines königlichen Ruined, und für einen Moment stand Em sprachlos da, verblüfft von der respektvollen Geste.

Aber sie bekam schnell wieder einen klaren Kopf, verschränkte ihre Finger, hielt sie unter ihr Kinn und verbeugte sich ebenfalls. Ihre Mutter hatte ihr gezeigt, wie man jemanden aus der Königsfamilie der Olso angemessen begrüßte, und in diesem Moment war Em ihrem jüngeren Ich sehr dankbar, dass es so gut aufgepasst hatte. Olivia hingegen blieb regungslos stehen.

»Freut mich auch, Euch kennenzulernen …?« Em konnte nicht verhindern, dass es wie eine Frage klang.

August schien ihre Verwirrung zu gefallen. Sein Teint war heller als ihrer, und er hatte goldenes Haar. Ansonsten war er muskulös, hatte breite Schultern, und wenn man rein nach Masse ging, war er vermutlich ungefähr das Doppelte von ihr. Normalerweise würde sie – mit einem solchen Mann konfrontiert – eine Hand am Schwert lassen, doch er wirkte so entspannt und freundlich, dass sie es nicht für nötig hielt.

Das hieß allerdings nicht, dass sie nicht nach der Waffe greifen wollte, im Gegenteil. Sie standen so nah beieinander, dass sie die Klinge binnen fünf Sekunden auf ihn richten und in seine Brust rammen könnte.

Doch sie unterdrückte diesen Drang und lächelte den Prinzen stattdessen höflich an. »Das kommt unerwartet.«

Er lachte leise. »Als Ihr die Einladung des Königs ausgeschlagen habt, nach Olso zu kommen, hielt mein Bruder es für angemessen, dass ich zu Euch komme.«

»Wir wollten so schnell wie möglich nach Hause«, erklärte sie.

»Verständlich. Ich bin hier, um über unser Bündnis zu reden. Seid Ihr offen für Verhandlungen?«

»Natürlich.«

August warf einen Blick auf Olivia, als erwartete er auch von ihr eine Antwort. Doch sie schwieg.

August räusperte sich. »Ist es in Ordnung, wenn wir da drüben unser Lager aufschlagen?«

»Selbstverständlich.« Em drehte sich um und gab Mariana ein Zeichen, zu ihnen zu kommen. »Mariana ist hier für auswärtige Angelegenheiten zuständig, sie hilft Euch.«

Mariana begrüßte August.

»Kannst du bitte eine der Hütten für Prinz August vorbereiten?«, bat Em.

»Das ist nicht nötig«, wehrte er ab. »Das Zelt reicht mir vollkommen.«

»Ich bestehe drauf«, erwiderte Em. »Die Hütten sind nicht besonders schön, aber sicher gemütlicher als der harte Boden.«

»Dann bedanke ich mich.« August erwiderte Ems Lächeln. »Ich freue mich schon auf unsere weiteren Gespräche.«

Daraufhin ging er wieder zurück zu seinen Kriegern.

»Sie sind hier, weil sie etwas wollen«, sagte Olivia leise.

Natürlich wollten sie etwas. Ihr Abkommen mit König Lucio war eigentlich beendet, nachdem die Olso in Lera einmarschiert waren, aber sie war nicht so naiv gewesen, zu glauben, dass es tatsächlich so ablaufen würde. Der König wollte Zugang zu den Minen, die Hilfe der Ruined oder etwas Schlimmeres – etwas, was sie nicht bereit war, ihm zu gewähren.

»Ich weiß.«

8. KAPITEL

Cas hörte, wie sich die Tür öffnete, machte sich aber nicht die Mühe, hinzusehen. Er wusste schon, dass es der Soldat war, der ihm zweimal am Tag Essen brachte. Fünf Tage war es inzwischen her, dass Jovita ihn in seinem Zimmer eingesperrt hatte, und außer diesem Soldaten war noch niemand gekommen.

Die Tür fiel wieder zu, und das Klicken des Schlosses hallte durch die Stille. Cas drehte sich um und zog sich die Decke bis zum Kinn hoch. Das Frühstücksbrett stand neben der Tür auf dem Boden. Ein paar Minuten starrte er es nur an und überlegte, ob es den Aufwand wert war, das Bett zu verlassen.

Den ersten Tag hatte er noch gegen die Tür geschlagen und immer wieder gerufen, dass man ihn freilassen sollte, sogar versucht, den Türknauf abzudrehen. Nichts funktionierte.

Am zweiten Tag bat er darum, mit Jovita zu sprechen, aber sie kam nicht.

Am dritten Tag gab er auf.

Seufzend rappelte er sich hoch, und sein Magen zog sich schmerzhaft zusammen. Offenbar war er zu allem anderen auch noch krank. Vielleicht ja sogar lebensbedrohlich, das würde es für Jovita sehr viel einfacher machen.

Er lachte schwach auf und schleppte sich mühsam zur Tür. Auf dem Tablett waren ein Stück Fleisch, Brot und eine kleine Schale mit Suppe. Er ließ sich auf den Boden sinken und nahm die Schale. Er mochte die süßliche dickflüssige Suppe, sie war bei jeder Mahlzeit sein Lieblingsgang.

Ihre Wärme füllte seinen Magen, und ihm war nicht wirklich danach, auch noch das Fleisch und das Brot zu essen. Er kletterte wieder in sein Bett und konzentrierte sich auf seine Erinnerungen an Em, in der Hoffnung, dass er dann auch von ihr träumen würde. Manchmal stellte er sich vor, wie es gewesen wäre, wenn er mit ihr aus diesem schrecklichen Land geflohen wäre, das einmal seine Heimat war. Vielleicht wäre er dann jetzt in Ruina, würde neben ihr aufwachen, ihr helfen, das Frühstück vorzubereiten, und dann wieder mit ihr ins Bett schlüpfen und die Welt da draußen so lange wie möglich ignorieren. Seine Augen fielen langsam zu.

»Cas.«

Sein Name riss ihn aus dem Schlaf. Als er sich umdrehte, sah er Galo, der mit seinem Essenstablett in der Tür stand. Er dachte, er wäre nur ein paar Sekunden weggedriftet, aber wenn schon das Abendessen kam, mussten Stunden vergangen sein. Er zwang sich dazu, sich aufzusetzen. Beim Anblick seines Freundes überrollte ihn eine Welle der Erleichterung.

»Ich habe schon befürchtet, du wärst tot, oder sie hätten dich weggeschickt«, murmelte er.

Galo musterte ihn kritisch. »Du siehst schrecklich aus.« Er zeigte auf das Frühstückstablett, auf dem noch das Fleisch und Brot neben der leeren Suppenschale lagen. »Wieso isst du nicht?«

»Ich habe doch was gegessen. Ich fühle mich nicht so gut.«

Galo stellte das neue Tablett auf der Kommode ab und ging zu Cas, um ihm eine Hand auf die Stirn zu legen. »Fieber hast du nicht.«

»Vielleicht ist es dann nur das allgemeine Elend.« Cas lachte, aber Galo stimmte nicht ein.

»Tut mir leid«, sagte er. »Ich wäre früher gekommen, aber Jovita hat niemanden in die Nähe deines Zimmers gelassen, aber jetzt ist sie weg und …«

»Weg? Wohin?«, unterbrach Cas ihn.

»Ruina«, antwortete er leise.

»Nein«, stieß Cas heiser hervor.

»Laut den Gerüchten sollen sie in der Nähe der Minen ihre Zelte aufgeschlagen haben. Jovita ist mit einer Armee auf dem Weg dahin, um sie anzugreifen.«

»Sind die Krieger bei den Ruined?«

»Wissen wir nicht.«

»Haben die Ruined angegriffen, seit sie von hier weg sind?«

»Nicht ein einziges Mal.«

»Dann wird sie ihnen nur einen Grund dazu geben.«

Vom Flur her ließ sich eine Stimme vernehmen, und Galo warf einen Blick zur Tür. »Ich sollte nicht so lange bleiben. Mateo steht gerade Wache, deswegen konnte ich mich reinschleichen. Ich wollte dir sagen, dass ich an einem Plan arbeite, dich hier rauszuholen.«

Cas ließ sich wieder nach hinten fallen. »Spar dir die Mühe.«

»Cas …«

»Wo sollte ich hin?« Er lachte dumpf. »Nach Norden? Zu meinem Schloss? Die Krieger haben es übernommen und wollen mich umbringen. Südwärts? Nach Vallos? Wohin, wie ich annehme, Jovitas Getreue geflohen sind?« Ein kurzer Blick in Galos Gesicht bestätigte seine Vermutung. »In den Westen? Nach Ruina? Die Ruined würden sich bestimmt über meine Ankunft freuen, wenn man bedenkt, dass mein Vater versucht hat, sie auszurotten.«

»Wir finden einen Ort«, beteuerte Galo. »Nicht alle stehen auf Jovitas Seite. Wir müssen die anderen nur zusammentrommeln und einen Plan machen.«

»Das ist sinnlos, es gibt ohnehin kein Königreich mehr, das ich regieren kann.«

»Natürlich! Fast alle Wachen und die Angestellten sind bereit, zu rebellieren. Die einzigen, die der Meinung sind, dass du nicht dazu geeignet bist, den Thron zu übernehmen, sind die Idioten, die jetzt auf dem Weg nach Ruina sind. Ich habe mit Violet geredet, und sie meint, der Süden steht hinter dir.«

Cas zuckte mit den Schultern. Der Süden mochte hinter ihm stehen, aber um was genau zu tun?

Vielleicht hatte Lera es ja verdient, in Flammen unterzugehen. »Das alles hier wurde auf Kosten der Menschen erschaffen, die ihr umgebracht habt«, hatte Em einmal zu ihm gesagt, nicht ganz zu Unrecht. Vielleicht war Lera tatsächlich nichts weiter als ein blutbeschmiertes, sinkendes Schiff, und es war an der Zeit für ihn, es zu verlassen.

»Konzentrieren wir uns auf die schönen Dinge«, sagte Cas schließlich. »Jovita hat mich zumindest nicht umgebracht.«

»Das ist wirklich schön.«

»Ich finde es ganz gut so.«

Galo lief im Zimmer auf und ab. »Wir sind genug Leute, um sie zu stürzen. Wir können …«

»Nein, das können wir nicht«, unterbrach ihn Cas. »Jovita hat alle Jäger und ziemlich viele Soldaten auf ihrer Seite.«

Galo sah ihn gequält an. Er wusste, dass es stimmte.

»Wenn wir kämpfen, gewinnt sie und lässt uns wahrscheinlich alle als Verräter hinrichten.«

»Was sollen wir dann machen?« Galo hob unmutig die Hände. »Du lässt sie einfach den Thron übernehmen?«

»Vielleicht will sie ihn mehr als ich.«

»Du lässt dir also dein Königreich von Jovita wegnehmen, lässt zu, dass sie die Ruined abschlachtet und dich wie ein Tier einsperrt.«

»Sieht ganz danach aus.«

Galo schnaubte, nahm das Essenstablett von der Kommode und ließ es auf den Nachttisch fallen. Ein paar Bohnen hüpften aus der Schüssel.

»Iss wenigstens was. Du siehst grauenvoll aus, und wenn du nicht bei Kräften bist, kannst du nicht kämpfen.«

»Gut, Kämpfen ist anstrengend.«

»Ich versuche, morgen noch mal wiederzukommen. Wenn du dann nicht gegessen hast, zwinge ich es dir rein.« Galo schlug die Tür hinter sich zu.

9. KAPITEL

Von der Veranda seiner Hütte aus sah Aren zu, wie zwei der Krieger ihr Zelt aufstellten. Es war sehr windig, daher hatten sie Schwierigkeiten, es zu halten, während sie die Holzpflöcke in den Boden hämmerten. Er hätte ihnen helfen oder einem Ruined mit Kraft über die Elemente auftragen können, den Wind zurückzuhalten, aber ihm war heute nicht sehr wohltätig zumute. Was eigentlich auch für jeden anderen Tag galt.

Wieder hörte er in Gedanken die Stimme seiner Mutter. *Junger Mann, die Ahnen haben dir die starke Macht nicht gegeben, damit du sie nur für dich selbst nutzt.* Er war zwar ziemlich sicher, dass sie es nie genau so zu ihm gesagt hatte, aber das spielte keine Rolle. Er hatte ihre Stimme immer im Kopf, selbst wenn er es nicht wollte.

»Meine Kräfte sind nicht dazu da, anderen zu helfen, ihr Zelt aufzuschlagen«, murmelte er vor sich hin. Er konnte sich den missbilligenden Blick, den er für diese Aussage kassieren würde, lebhaft ausmalen.

»Was?«

Aren fuhr zusammen, als Iria plötzlich vor ihm stand. Er hätte schwören können, dass das Mädchen beim Gehen nicht mal den Boden berührte. Es gelang ihr jedenfalls immer, sich unbemerkt an ihn heranzuschleichen.

»Was? Nichts«, antwortete er schnell. »Hallo Iria.«

Sie lächelte. »Hallo Aren.« Sie sah etwas erschöpft aus, was an dem brutalen Zeitplan lag, den sie einhalten mussten, um so schnell wie möglich nach Ruina zu kommen. Dennoch war sie auf eine Art und Weise schön, die Augenringe und dreckige Kleidung nicht verbergen konnten.

»Ich bin froh, dass du es geschafft hast.« Sie setzte sich neben ihn auf die Stufe, wobei ihre Schulter seine streifte. »Nach dem Angriff auf Fort Victorra habe ich nach dir und Em gesucht.«

»Wir sind sofort geflohen, nachdem Olivia die Königin getötet hat. Um der Rache der Lera zu entgehen.« Das stimmte nicht ganz, denn mit Vergeltung war nicht wirklich zu rechnen gewesen, nachdem Leras Königin umgebracht worden war. Aren hatte nicht mit angesehen, wie es passierte, aber er lag in der Nähe verletzt auf dem Boden und hörte Cas' panisches Atmen und die erstickten Schreie, die so sehr den Schreien glichen, die er selbst in der Nacht, als seine Eltern starben, ausgestoßen hatte, dass er sich mit aller Kraft die Ohren zuhielt. Aber es hatte nichts genützt.

»Du weißt, dass ich nicht mitgekommen wäre, wenn die Krieger irgendeinen Hinterhalt planen würden, oder?«, fragte Iria. Sie sah ernst aus und versuchte, ihm in die Augen zu sehen, aber er wich ihrem Blick aus.

»Ich weiß. Ich kann mir nicht vorstellen, dass du mich im Dschungel am Leben gelassen hast, um jetzt herzukommen und mich umzubringen.«

Als er den Dschungel erwähnte, huschte ein seltsamer Ausdruck über ihr Gesicht, und auf einmal hämmerte sein Herz wie verrückt. Er versuchte es zu ignorieren und rieb sich den Nacken.

»Ein schönes Zuhause habt ihr euch hier aufgebaut«, unterbrach Iria die peinliche Stille. Aren zuckte nur mit den Schultern. Es war kein Zuhause und erst recht nicht schön.

»Wir haben Essen mitgebracht«, fuhr sie fort. »Hat Em das erzählt? Jede Menge Bohnen und etwas getrocknetes Fleisch.«

»Habe ich gehört. Danke.« Er stand auf, bereute es aber sofort, weil er Irias Wärme an seiner Seite vermisste. »Sag mir, wenn ihr irgendwelche Probleme kriegt, und halte dich von den Ruined fern, besonders von Olivia.«

Iria erhob sich ebenfalls. »Wie geht es ihr?«

»Sie gewöhnt sich noch an die Situation. Natürlich ist sie wütend. Sie war über ein Jahr lang gefangen und hat dann erfahren, dass neunzig Prozent der Ruined ermordet wurden. Daher ist sie meistens nicht wirklich freundlich drauf.«

»Verständlich.«

Sie konnte es unmöglich verstehen, aber das behielt Aren für sich. »Ihr seid hier in Sicherheit«, sagte er stattdessen, obwohl er es ihr eigentlich nicht zusichern konnte.

Iria lächelte ihn an. Dabei kräuselte sich ihre Nase etwas, was ihre Sommersprossen betonte. »Danke, Aren.«

Er drehte sich schnell wieder weg und trat in die Hütte. Drinnen stand Olivia neben einem Fenster und spähte von hinter dem Vorhang nach draußen.

»Ich kenne das Mädchen«, verkündete sie. »Als ich jünger war, ist sie manchmal zu uns gekommen.«

»Iria. Sie war auch dabei, in Lera.«

»Genau, das hat Em erzählt.« Olivia beobachtete, wie Iria wegging. »Du vertraust ihnen? Den Kriegern?«

»Natürlich nicht.« Er hielt einen Moment inne. »Ich vertraue Iria.«

Olivia runzelte skeptisch die Stirn.

»Meistens«, schob er noch schnell nach. »Es ist nur … im Dschungel, als die Krieger mich gefangen genommen hatten, da wollte sie mich freilassen.«

»Was?«

Aren musste wieder an Irias Worte vor ein paar Wochen denken. *Ich nehme dir die Augenbinde ab.* Sie lagerten mitten im Dschungel, es war an dem Abend, nachdem Em und Cas den Kriegern entkommen waren. Seine Augen waren verbunden, die Arme vor dem Körper gefesselt, als eine sanfte Stimme ihm ins Ohr flüsterte.

»Sie hat mir vorgeschlagen, mich freizulassen«, wiederholte er, und eine glühende Hitze stieg ihm in den Nacken, als er sich den Moment vor Augen rief, in dem Iria ihm die Binde abnahm. Er hatte geblinzelt und sie dann in der Dunkelheit vor sich gesehen, so nah, dass ihre Nasenspitzen sich beinahe berührten.

»Und … was? Du bist trotzdem geblieben? Bist du nicht zusammen mit den Kriegern bei der Festung angekommen?«

»Ich habe das Angebot abgelehnt«, erklärte er. »Man hätte ihr Verrat vorwerfen können, und sie hat mir versichert, dass die Krieger mir nichts tun würden, also bin ich geblieben. Es schien sinnvoller, sie im Auge zu behalten.«

»Wahrscheinlich«, erwiderte Olivia etwas misstrauisch.

Aren wandte sich ab, aus Angst, sie könnte ihm seine Emotionen vom Gesicht ablesen. Die Erinnerung an jene Nacht leuchtete so hell durch seine Gedanken, dass es schwierig war, sich nichts anmerken zu lassen.

»Du Idiot«, hatte er halb als Scherz zu ihr gesagt, nachdem sie ihm die Augenbinde abgenommen hatte. »Ich könnte dich umbringen.«

»Aber du wirst mich nicht umbringen«, hatte sie mit so viel Überzeugung entgegnet, dass er sich beinahe angegriffen fühlte. Er konnte sich auch noch an ihr leises Lachen erinnern, als wäre seine Drohung das Lächerlichste, was sie jemals gehört hatte. Noch nie zuvor war Aren einem Menschen begegnet, der sich nicht vor ihm fürchtete.

Er lehnte ihr Angebot ab, also hatte sie ihm die Augenbinde wieder angelegt und sich neben ihn gesetzt. Als er dann am nächsten Morgen aufwachte, lag sein Kopf auf ihrer Schulter, und die anderen Krieger machten sich über ihn lustig. Unauffällig hatte sie seine Hand gedrückt und war von seiner Seite gewichen.

»Sie ist vor allem den Kriegern treu«, erklärte Olivia entschieden. »Und das wird sich auch nicht ändern.«

Es war sinnlos, mit Olivia zu diskutieren. Genau wie der Versuch, ihr klarzumachen, dass die Krieger tatsächlich nichts im Schilde führten. Oder dass Iria ihm angeboten hatte, für ihn Verrat zu begehen.

Vielleicht war er auch dumm. Oder übertrieben optimistisch. Oder zu sehr davon abgelenkt, wie sich ihre Nase kräuselte, wenn sie lächelte.

Doch Aren war sich fast sicher, dass Irias Treue ihm galt, nicht den anderen Kriegern.

10. KAPITEL

Gelächter drang zu ihr, also blieb Em auf der kleinen Veranda vor ihrer Hütte stehen und sah sich nach der Quelle der Heiterkeit um. Die Krieger hatten vor ihren Zelten ein großes Feuer entfacht. Ein Mann mit einer Gitarre saß auf einem Stein, um ihn herum bildete sich ein Kreis von Zuhörern.

Auch ein paar Ruined standen auf den Veranden ihrer Hütten und schauten zu, aber keiner ging zu den Kriegern.

Sie öffnete die Eingangstür und spähte in ihre Hütte, wo Aren und Olivia am Küchentisch saßen.

»Ich gehe rüber und sage Hallo zu den Kriegern. Wollt ihr mitkommen?«

Aren stand auf, aber Olivia schüttelte den Kopf.

Em sprang von der Veranda und ging zum Lagerfeuer, Aren dicht hinter ihr. In der Nähe des Gitarrenspielers stand Iria und sah einer Gruppe Kriegern beim Tanzen zu. Als sie Em und Aren entdeckte, winkte sie und kam auf sie zu, wobei sie ein paar Sekunden lang nur Aren anschaute.

Dann streckte sie Em die Hand hin. »Prinz August ist auf der Suche nach dir, aber erst tanzt du mit mir.«

»Mit dir tanzen?«

»Komm schon«, erwiderte Iria. »Das ist schließlich Tradition.«

»Ist es das?«

»Na ja, wir haben schließlich in Lera zusammen getanzt, also finde ich schon, dass man von Tradition sprechen kann.« Iria packte Em und zog sie auf die provisorische Tanzfläche, dann hob sie einen Arm, und Em drehte sich im Kreis.

»Dass du immer führen musst«, sagte sie, beinahe lächelnd.

»Ich bin eben die bessere Tänzerin von uns beiden.«

Em hätte ja gern widersprochen, aber es stimmte. Hinter ihnen lachte jemand laut los, und als Em einen Blick über ihre Schulter warf, sah sie, wie Aren mit einem Krieger redete, den sie nicht kannte.

Sie wandte sich wieder zu Iria. »Aren hat mir erzählt, was im Dschungel passiert ist. Danke.«

»Nicht der Rede wert.« Irias Miene wurde ernst. »Das meine ich so, erzähle es bitte niemandem.«

»Natürlich nicht. Ich weiß, wie riskant das für dich war, deswegen bin ich so dankbar.«

Irias Aufmerksamkeit richtete sich auf einen Punkt hinter Em.

»Eure Majestät«, erklang eine tiefe Stimme.

Em drehte sich um und sah, dass August neben ihnen stand. Sie machte einen Schritt von Iria weg.

August trug inzwischen saubere Kleidung, seine schwarze Hose und das graue Hemd waren nur leicht zerknittert. Seine Jacke hatte er nicht an. Waffen konnte sie auf den ersten Blick nicht entdecken, und seine Kleidung lag eng an, also war ein Messer im Stiefel die einzige Möglichkeit.

»Kann ich einen Moment mit dir und deiner Schwester sprechen?«, fragte er.

»Klar, als ich sie das letzte Mal gesehen habe, war sie in unserer Hütte.«

August bedeutete ihr, voranzugehen. Sie lächelte Iria zu und ging dann zusammen mit August zu den Hütten.

Als sie ihre Bleibe betraten, war das Wohnzimmer leer. Sie ließ August stehen und ging zum Schlafzimmer. Die Tür stand offen, Olivia saß auf der Bettkante und grübelte über der Landkarte in ihren Händen.

»Hast du etwa einen Menschen zu uns reingelassen?«, fragte sie, ohne dabei hochzusehen.

»Prinz August. Er möchte mit uns sprechen.«

Olivia faltete die Karte zusammen und warf sie auf den Tisch. »Muss ich dabei sein?«

»Er hat explizit gebeten, mit uns beiden zu reden.«

»Der Sinn dieser Dyarchie war doch, dass ich mich nicht um den langweiligen Kram kümmern muss.«

»Ich dachte, der Sinn wäre, dass du mich für eine gute Anführerin hältst«, entgegnete Em und trat ihrer Schwester leicht gegen das Bein.

Olivia trat zurück. »Na schön, das auch.«

»Höre dir wenigstens an, was er zu sagen hat.«

Olivia seufzte laut, stand aber auf. »Na gut.«

»Und sei nicht so voreilig. Wir hören ihm zu und besprechen alles, wenn er wieder weg ist«, flüsterte Em.

»Na schön.« Olivia schob Em zur Tür.

Im Wohnzimmer wartete August noch immer bei der Tür und blickte zu Olivia.

»Danke, dass Ihr zugestimmt habt, Euch mit mir zu treffen, Eure Majestäten«, begann er.

»Ihr könnt mich Em nennen«, sagte Em.

»Mich könnt Ihr Eure Majestät nennen«, fügte Olivia hinzu.

Em zuckte kurz zusammen und fürchtete schon, August könnte das als Beleidigung empfinden, doch stattdessen verzog er sein Gesicht, als müsse er sich das Lachen verkneifen. Em stieß ihrer Schwester mit dem Ellenbogen zwischen die Rippen.

»Ihr könnt mich Olivia nennen«, murrte sie.

»Wunderbar. Ihr könnt mich auch August nennen, das tut sowieso jeder.«

»Möchtest du etwas trinken? Wir haben nur Wasser.« Dabei zeigte Em auf die Karaffe auf dem Tisch.

»Nein danke.«

»Setz dich doch«, forderte sie ihn auf.

Das Wohnzimmer bestand aus einem Sofa und drei Stühlen, von denen zwei in einem fragwürdigen Zustand waren. August setzte sich auf den schäbigen grauen Stuhl, der unter seinem Gewicht knarrte. Em nahm auf dem Sofa gegenüber Platz, neben Olivia.

»Ich muss schon zugeben, nachdem ich das hier gesehen habe, finde ich es doch etwas verwunderlich, dass ihr die Einladung meines Bruders, nach Olso zu kommen, abgelehnt habt. Da wärt ihr im Schloss untergekommen.«

»Wir mögen Ruina«, erklärte Olivia, wobei Em das leise Zittern in ihrer Stimme nicht entging. Keine von ihnen mochte Ruina besonders gern, erst recht nicht, nachdem sie Lera gesehen hatten, aber es war das einzige Zuhause, das sie hatten.

»Schon klar, aber wir hätten euch gern unsere Gastfreundschaft angeboten, während eure Burg wieder aufgebaut wird.«

»Es ist am besten, wenn wir hier alle zusammenbleiben«, sagte Em. »Die Ruined brauchen keine Königinnen, die sich in Olso amüsieren.«

»Amüsieren«, wiederholte August lachend. »Schön.«

»Bist du hergekommen, um uns zu überzeugen, mit nach Olso zu kommen? Falls ja, verschwendest du deine Zeit.« Olivia zeigte auf die Tür. »Dann kannst du genauso gut einfach zurückreisen.«

»Nein«, antwortete er. »Mein Bruder hat mich gebeten, weiterzugeben, dass die Einladung weiterhin steht und wir hoffen, dass ihr uns bald besuchen kommt. Aber ich verstehe, wieso jetzt nicht der richtige Zeitpunkt ist.«

»Du verstehst es.« Olivia beugte sich ein Stück vor. »Aber seien wir mal ehrlich. Dein Bruder ist der König. In der Erbfolge sind noch zwei ältere Brüder vor dir, wieso schicken sie den unwichtigsten Thronanwärter?«

»Ich denke gern, dass ich etwas wichtiger bin als ein paar meiner Cousins.«

»Hast du irgendeine tatsächliche Befugnis?«, fragte Olivia unverblümt. »Wird der König sich daran halten, wenn wir ein Abkommen mit dir treffen? Oder verschwendest du unsere Zeit?«

Für einen kurzen Moment entgleisten die Gesichtszüge des Prinzen. »Ich kann gewisse Vereinbarungen treffen«, sagte er mit der Verbitterung des unwichtigsten Erben. Em musste ein Lachen unterdrücken, und Olivia schien zufrieden damit, ihn verärgert zu haben.

Dann lächelte er wieder, aber diesmal wirkte es aufgesetzt. »Es gibt natürlich Dinge, die ich nicht gestatten kann, aber das lasse ich euch wissen, wenn wir dazu kommen. Ich bin aus einem bestimmten Grund hier.«

»Und der wäre?«, hakte Em nach.

»Mein Bruder möchte das Bündnis zwischen Olso und Ruina stärken.«

»In welcher Hinsicht?«, fragte Olivia.

»Er hat mich hergeschickt, um eure Königin zu heiraten.«

In der Hütte wurde es plötzlich ganz still. Em fühlte sich wie betäubt.

»Natürlich gingen wir davon aus, dass es nur eine gibt, aber da es nun gleich zwei sind …« Ein schiefes Lächeln breitete sich über seinem Gesicht aus.

Heiraten? *Heiraten?* Cas' Gesicht tauchte in Ems Gedanken auf.

Olivia schnaubte. »Also, ich bin raus.«

»Olivia!«, rief Em.

»Was?« Sie hob die Brauen. »Das mache ich nicht.«

»Falls es dir nicht aufgefallen ist, ich habe nicht *dich* gefragt, ob du mich heiraten möchtest«, stieß August hervor.

»Gott sei Dank.« Olivia drehte sich zu Em. »Klingt, als würde er dich bevorzugen.«

Em klammerte sich an die Sofalehne und schaute sehnsüchtig zur Tür. Wäre es komisch, wenn sie jetzt einfach aus dem Raum laufen würde?

Sie konnte August nicht heiraten. Klar, er war süß, aber sein Lächeln wirkte zu oft künstlich, und sie kannte ihn gar nicht. Sie wartete immer noch halb darauf, dass er gleich etwas Schreckliches tun würde.

Cas zu heiraten war einfacher gewesen, auch wenn sie ihn zu dem Zeitpunkt noch gehasst hatte. Zumindest hatte sie damals die Kontrolle über die Situation. Das hier kam unerwartet und brachte sie ziemlich aus der Fassung.

»Können wir darüber sprechen?«, fragte August.

Nein. Sie hatte noch gar nicht über ihre nächste Ehe nachgedacht. Ihr war bewusst, dass es für eine Königin mehr um politische Verbindungen als um Liebe ging, aber sie dachte, sie hätte noch lange Zeit.

Cas.

Der Name brannte ein Loch durch ihr Herz. Sie versuchte, es zu ignorieren. Ihre Gefühle für Cas spielten keine Rolle. Er würde niemals derjenige sein, egal wie sehr sie es sich wünschte.

»Ich weiß, dass es überraschend kommt«, fuhr August fort, als sie nichts sagte. »Aber sowohl die Ruined als auch Olso könnten davon profitieren. Ihr braucht Essen, Kleidung und Schutz. Das können wir bieten.«

»Wir brauchen gar nichts von euch«, fuhr Olivia ihn an. »Ganz sicher keinen Schutz. Wir sind schnell genug wieder auf den Beinen, dafür sorge ich.«

Ganz offensichtlich war August da skeptisch, aber er schwieg und sah Em erwartungsvoll an.

Sie könnte ihn direkt abweisen. Ihm sagen, er sollte zusammenpacken und verschwinden. Olivia wäre entzückt.

Aber Olivia lag falsch. Die Ruined waren sehr wohl auf Olsos Hilfe angewiesen. Die Krieger boten Schutz und Mittel, die Em nicht bieten konnte. Sie könnten auch dabei helfen, die Burg wieder aufzubauen. Wäre eine Ehe denn wirklich so ein schlechter Tausch gegen die Möglichkeit, Ruina viel schneller wieder aufzubauen? Den Ruined mehr Schutz zu bieten?

»Ist dir bewusst, was du da vorschlägst?«, fragte Em vorsichtig nach. »Seit Jahrhunderten hat kein Mensch mehr einen Ruined geheiratet.«

»Ich weiß.«

»Unsere Kinder wären Ruined. Ich bin unbegabt, aber das bedeutet nicht, dass meine Kinder es auch wären. Sie wären nicht so stark wie Olivia.« Plötzlich schnappte sie nach Luft. »Moment mal. Das hast du alles bedacht.«

»Natürlich.«

»Mit Ruined in der Königsfamilie würde nie jemand versuchen, euch den Thron streitig zu machen. Jedenfalls nicht erfolgreich.«

»Genau.« Er beugte sich vor, die Ellenbogen auf die Knie gestützt. »Und mit Ruined in der Königsfamilie müsst ihr euch außerdem keine Sorgen machen, dass wir uns gegen euch stellen. Euer Blut wäre auch unser Blut.«

»Und du würdest hier leben«, mutmaßte sie. »In Ruina.«

»Natürlich. Unsere Kinder sollten allerdings zur Hälfte in Olso groß werden.«

Bei der Erwähnung von Kindern packte sie eiskaltes Entsetzen, und sie stieß ein fast schon hysterisches Lachen aus.

Sie wollte ihn abweisen. Sie wollte ihm sagen, dass sie jede Minute an Cas denken musste und dass sie keinen anderen Mann in ihrem Kopf wollte.

Vielleicht war es aber auch lächerlich zu glauben, dass er überhaupt jemals Platz in ihren Gedanken einnehmen würde. Es wäre eine reine Zweckehe. Sie müsste keine Gefühle für ihn haben. Eventuell wäre es sogar besser so.

»Du brauchst nicht gleich zu antworten. Ihr könnt es ja mit euren Ratsmitgliedern besprechen und …«

August wurde von einem Schrei unterbrochen.

Panisch sprang Em auf. Sie rannte in die Ecke und schnappte sich ihr Schwert. Olivia war bereits rausgelaufen, Em folgte ihr, August dicht auf den Fersen.

Aren stürzte aus der Dunkelheit auf sie zu und blieb vor ihnen stehen. »Soldaten aus Lera«, stieß er keuchend hervor. »Mindestens einhundert. Sie greifen an.«

Hinter Aren konnte Em Pferde und Fackeln erkennen, die über den Berg auf sie zukamen. Ein Feuerball flog durch die Luft, und eines der Zelte fing an zu brennen. Ruined strömten aus ihren Hütten, zogen sich dabei eilig Jacken und Schuhe an. Die Krieger waren um das brennende Zelt versammelt und versuchten, das Feuer zu löschen.

»Ich wusste es!«, schrie Olivia. Sie rannte davon und ließ Em in einer Staubwolke stehen. Dann rief sie über ihre Schulter: »Aren! Ruined! Mir nach!«

Aren lief ihr hinterher, gefolgt von den anderen Ruined. Die Flammen brachten ihre Gesichter zum Leuchten, als sie auf die näher rückende Armee zurannten. Jacobo blieb stehen und drehte sich zum Feuer, dann streckte er die Hand aus. Die Flammen schlängelten sich durch das Gras – an Em vorbei, auf Leras Soldaten zu. Zwei Männer fingen an zu brennen.

Zitternd hielt Em sich eine Hand vor den Mund. Wieso wurden sie von den Lera angegriffen? War Cas dabei? War er so wütend über den Tod seiner Mutter, dass er sich gegen sie stellte?

Sie hatte keine Zeit, sich Gedanken darüber zu machen.

Stattdessen wandte sie sich an August. »Versteckst du dich, oder kämpfst du?«

»Ich kämpfe«, antwortete er, ohne zu zögern.

Sie zeigte auf die Krieger hinter ihm. »Sag ihnen, sie sollen den Ruined folgen. Alle müssen ihre roten Jacken tragen, wenn sie nicht aus Versehen enthauptet werden wollen. Auch du.«

Er wandte sich ab, um den Kriegern Befehle zu geben. Dann drehte er sich wieder zu ihr um, öffnete den Mund, um zu sprechen, aber etwas hinter ihr lenkte ihn ab. Er packte sie an der Hüfte und zog sie gerade noch rechtzeitig aus dem Weg. Ein brennender Pfeil schoss knapp an ihrem Kopf vorbei und traf die Veranda der Hütte. Em schnappte erschrocken nach Luft und sah August dankbar an.

Dann löste sie sich aus seinem Griff und trat den Pfeil aus. »Komm«, sagte sie, ergriff seinen Arm und rannte zu den Kriegern.

Binnen Sekunden hatten die Krieger ihre roten Jacken an und die Waffen gezogen. Oben auf dem Hügel bildeten die Ruined eine Mauer, in der Mitte Olivia und Aren. Daneben Ivanna, deren Haare im starken Wind wehten, den sie erzeugte, um die Flammen abzuwehren.

Mehrere Krieger eilten den Hügel hoch, an den Ruined vorbei. Wütend wirbelte Jacobo herum und zeigte auf die Flammen, die sich langsam durch das Gras bewegten, bevor sie erloschen. Seine Knie knickten ein.

Währenddessen lief Em auf die Soldaten zu und wies die Krieger an, ihr zu folgen. Schreie durchbrachen die Stille der Nacht, und Em vermutete, dass es nicht die der Ruined waren. Sie kannte die Schreie eines Menschen, dessen Körper von Olivia zerrissen wurde.

Mindestens zehn Männer griffen sie an, auf ihren Uniformen glitzerten die Abzeichen. Em umklammerte ihr Schwert noch etwas fester. Jäger. Von denen hatte sie schon einige umgebracht.

Iria und die anderen Krieger drängten sich vor Em und August. Das Klirren von Metall auf Metall ertönte, als ihre Schwerter aufeinandertrafen. Eine Kriegerin schrie auf, als ein Jäger ihr sein Schwert in den Bauch stieß.

Cas konnte Em nirgends entdecken.

Sie sollte auch nicht nach ihm Ausschau halten. Sie hatte gerade wichtigere Dinge zu tun, zum Beispiel nicht zu sterben.

Ein Soldat schaffte es an Iria vorbei und ging auf Em los. Mit beiden Händen hob er sein Schwert, bereit zuzuschlagen. Em zog ihr Bein an und trat ihm kräftig gegen den Bauch. Er stöhnte, stolperte nach hinten, wo Iria ihn an der Schulter festhielt und ihm ihr Schwert in den Rücken rammte.

Neben Em keuchte August, während er sich unter einem Hieb wegduckte. Em drückte ihm eine Hand auf den Rücken, damit er unten blieb, und stach dem Soldaten ihr Schwert zwischen die Rippen.

»Danke«, sagte August außer Atem, als er sich wieder aufrappelte.

Mit gezogenem Schwert wirbelte Em herum, aber alles um sie herum war rot. Sämtliche blau gekleideten Kämpfer lagen tot auf der Erde. Ein Stück weiter weg zog ein Krieger sein Schwert aus einem Lera-Soldaten und bedachte die blutverschmierte Klinge mit einer angeekelten Grimasse.

Em sah zum Hügel, wo noch ungefähr zwanzig Ruined Seite an Seite standen. Es kamen keine weiteren Soldaten mehr durch.

Ein paar der Ruined sackten zu Boden, erschöpft vom Einsatz ihrer Kräfte. Jacobo lag mit ausgestreckten Armen auf dem Rücken, im Gesicht ein irres Lächeln.

»Schickt nächstes Mal mehr!«, rief er. »Das war zu einfach!«

Em atmete erleichtert durch; wie es aussah, hatten sie keine Ruined verloren. Sie ging weiter nach vorn, wo Aren und Olivia nebeneinanderstanden, auf die Szene vor sich konzentriert. Als Em oben auf dem Hügel ankam, folgte sie ihren Blicken. August blieb neben ihr stehen.

Der Boden war von Körpern der Lera-Soldaten übersät. Nein,

eher von Körperteilen. Sie lagen überall verteilt. Die Flammen gefallener Fackeln brannten sich langsam durch das Gras. Hier und da blitzten herrenlose Schwerter auf. Em wurde übel, während sie das Durcheinander nach Cas absuchte. Man konnte unmöglich jemanden erkennen.

Die übrig gebliebenen Soldaten flohen, so schnell sie konnten, zwischen ein paar Bäume. Olivia fixierte einen mit ihrer Kraft und trennte seinen Kopf vom Körper.

August drehte sich weg, schloss die Augen und holte tief Luft.

Em wandte sich wieder an Olivia und Aren. »Ich brauche einen«, aber ihre Stimme war zu leise. Sie räusperte sich. »Olivia, Aren, ich brauche einen, lebendig. Ich habe Fragen.«

»Der da.« Aren zeigte auf einen Mann, der noch ein Stück von den Bäumen entfernt war. Olivia blickte hinüber, und der Mann blieb abrupt stehen. Er wedelte mit den Armen, aber seine Füße klebten am Boden.

»Danke.« Em stieg den Hügel hinab.

»Ich komme mit«, verkündete Olivia.

»Ir…Iria, geh mit ihnen.« August hatte Mühe, die Worte rauszubringen, er klang, als müsste er sich gleich übergeben. Als Em sich umdrehte, sah sie, dass er immer noch mit dem Rücken zu ihnen stand. Iria steckte ihr Schwert weg und kam auf Em zu. Dabei zog sie die Augenbrauen hoch, als wollte sie fragen, ob es Em gut ginge.

»Seid Ihr sicher, dass Ihr nicht mitkommen wollt, Eure Hoheit?«, fragte Olivia gespielt freundlich. Noch nie hatte jemand »Eure Hoheit« mit so viel Verachtung ausgesprochen.

Ohne sich umzudrehen, ging August einen Schritt von ihnen weg. »Ich sehe nach meinen Kriegern.«

Olivia schob sich an Em vorbei und sprang lachend über einen abgetrennten Arm.

Iria, die neben Em herging, seufzte tief auf. »Geht es Aren gut?«

Überrascht von der Frage warf Em einen Blick zurück zu Aren. Sein Gesicht schien leer und sein Blick nicht fokussiert. Er wirkte nicht schwach, nicht erschöpft von der Anstrengung, seine Kraft zu nutzen. Tatsächlich zeigte seine Miene keinerlei Ausdruck. Es war, als wäre alles aus ihm herausgesogen worden und nur die leere Hülle geblieben.

»Em!«, rief Olivia. Sie stand bereits neben dem Soldaten und winkte ihre Schwester ungeduldig zu sich.

Aren blinzelte Em an.

Iria beobachtete ihn und biss sich auf die Unterlippe. Sie wirkte besorgt. Sollte Em sich auch Sorgen um Aren machen?

Sie wandte sich ab und konzentrierte sich auf den Lera-Krieger. Als sie auf ihn zuging, zitterte er, und eine Schweißperle lief an seinem Kopf herunter.

»Wieso seid ihr hier?«, fragte sie.

Der Mann kniff die Lippen zusammen und sah nervös zu Olivia.

»Wenn du mir sagst, wieso ihr hier seid, lasse ich dich gehen. Dann kannst du zurückkehren und erzählen, was mit deinen Freunden passiert ist. Wenn du nicht redest, lasse ich dir von Olivia alle Gliedmaßen ausreißen.«

»Und zwar ganz langsam«, fügte Olivia lächelnd hinzu. »Ehrlich gesagt hoffe ich, dass du nicht redest.«

»Wir ... Wir wurden angewiesen, das Lager der Ruined anzugreifen«, stammelte der Soldat.

»Von wem?«

»Jovita.«

»Wieso gibt Jovita Anweisungen? Ist Casimir etwas passiert?«, wollte Em wissen.

»Er ...« Der Soldat starrte Em an, als ob er krampfhaft versuchen würde, Olivias Blicken zu entgehen. »Nach dem Tod seiner Eltern und dem, was du ihm angetan hast, ist er durchgedreht. Jovita hat seinen Platz vorübergehend übernommen.«

Em wich zurück. Cas hatte bestimmt nicht den Verstand verloren, nicht der Junge, der es unversehrt aus dem Schloss geschafft hatte, der aus dem Wagen der Krieger entkommen war und sich allein durch den Dschungel geschlagen hatte. Sie konnte nicht glauben, dass Cas nach allem, was er durchgestanden hatte, ausgerechnet jetzt zusammengebrochen war.

»Und wer hat dir das gesagt? Jovita?«

»Und die Berater.« Der Soldat klang plötzlich etwas kleinlaut.

»Und wo ist euer angeblich verrückter König jetzt?«

»Jovita hat ihn zu seinem eigenen Schutz eingesperrt.«

Em legte sich eine Hand auf die Stirn. Mit Jovita an der Macht waren die Ruined nicht mehr sicher. Ihre Abmachung mit Cas war bedeutungslos geworden.

Sie warf einen Blick über ihre Schulter auf die Leichen. »Ist sie dabei? Ist Jovita mit euch mitgekommen?«

»Sie hat uns geholfen, nach Ruina zu gelangen, aber dann ist sie umgekehrt. Inzwischen sollte sie wieder in Lera sein.«

»Wie mutig«, warf Olivia trocken ein.

»Ist Cas in der Festung?«, hakte Em nach.

Der Soldat zögerte und leckte sich nervös die Lippen.

»Zum Rennen brauchst du wahrscheinlich beide, oder?«, erkundigte Olivia sich beiläufig und zeigte auf seine Beine. »Also würde es dir sicher nicht gefallen, wenn ich jetzt gleich eines abreiße?«

»Ja«, antwortete er hastig. »Er ist in der Festung.«

»Gut.« Em gab ihrer Schwester ein Zeichen, und Olivia kam näher. »Töte ihn. Schnell«, flüsterte sie ihr ins Ohr.

Olivia drehte sich zu ihm um und ließ ihren Finger in der Luft kreisen. Das Genick des Soldaten brach, und sein Körper fiel schlaff zu Boden. Iria sprang zurück.

Olivia sah ihre Schwester anerkennend an. »Ich dachte, du lässt ihn laufen.«

»Wollte ich, aber Jovita darf nicht wissen, dass er mir das alles verraten hat. Dann würde sie unseren nächsten Schritt ahnen.«

»Der wäre?«

Em machte ihr Schwert an ihrem Gürtel fest. »Ich werde Jovita finden und töten.«

11. KAPITEL

Aren konnte immer noch Menschen in der Umgebung spüren.

Er fühlte ihren Herzschlag, fühlte, wie das Blut durch ihre Körper strömte. Unten am Fuß des Hügels lag einer, der noch nicht ganz tot war. Das dumpfe Schlagen seines langsamen, unregelmäßigen Pulses durchbrach die Nacht.

Em, Olivia und Iria kamen angeregt miteinander redend auf ihn zu. Konnte Olivia den Herzschlag nicht hören?

»Wir waren schon bei der Festung«, sagte Iria. »Du kannst nicht einfach ohne einen Plan da einfallen.«

»Wir machen einen Plan«, erklärte Olivia.

»Wir greifen nicht direkt die Festung an«, führte Em aus. »Wir fallen in Vallos ein. Die Krieger haben das Land nördlich der Festung eingenommen. Wir übernehmen den Süden, dann ist Jovita gefangen, und wir zwingen sie, rauszukommen.«

Olivia sprang aufgeregt auf und ab. »Perfekt, wann geht's los?«

»Ihr braucht Unterstützung«, betonte Iria. »August soll in Olso Bescheid sagen, dass sie mehr Krieger schicken sollen.«

Arens Blick fiel wieder auf die leblosen Körper vor ihnen. Brauchten sie wirklich mehr Krieger? Olivia und er hatten all diese Menschen getötet, mit nur wenig Hilfe von den anderen Ruined.

»Das ist ein gutes Angebot«, sagte Em. »Aber ich möchte nicht so lange warten, bis sie hier sind. Sie können in Vallos dazustoßen.«

»Ich weiß nicht, ob das die beste …« Mehr hörte Aren nicht, da er, so schnell er konnte, den Hügel hinunterlief. Jemand rief noch seinen Namen, aber das ignorierte er.

Er stolperte fast über einen Gegenstand, und mit einem Aufflackern von Panik stellte er fest, dass es ein abgetrennter Kopf war.

Eine der Fackeln auf dem Boden brannte noch und tauchte das Massaker um ihn herum in ein schwaches Licht. Er sollte wohl umkehren, er wollte das alles nicht sehen.

Aber das dumpfe Schlagen hörte nicht auf, ihn anzuziehen. Es schien lauter als die Stimmen, die ihn riefen, lauter als die starken Herzschläge der Krieger.

Schließlich blieb er neben dem Mann stehen. Aren starrte in sein Gesicht, er konnte sich nicht dazu bringen, den verstümmelten Körper anzusehen.

Hatte er diesen Mann so zugerichtet? Er wusste es nicht mehr. Es war zu dunkel gewesen, um Gesichter zu sehen, und es waren zu viele davon.

Der Mann stöhnte. Aren war sich nicht sicher, ob er überhaupt bei Bewusstsein war. Vielleicht … vielleicht hatte er Schmerzen.

Seine Benommenheit verschwand schlagartig, und er wünschte sie sich sofort zurück. Der Druck auf seiner Brust war fast nicht mehr auszuhalten. Tränen stiegen ihm in die Augen.

Wieso weinte er? Sicher nicht um den Soldaten, der ihn vor Kurzem noch angegriffen hatte.

Solia, nimm seine Seele zu dir, und vergib ihm alle …

Das Gebet tauchte ungewollt in seinen Gedanken auf, aber er brach ab, bevor er es zu Ende dachte. Er betete nicht für Menschen. Er sollte die Seele dieses Kerls verfluchen, nicht die Ahnen darum bitten, sie an sich zu nehmen.

Aber er konnte sich nicht dazu überwinden.

Er brach dem Mann das Genick. Der Rückstoß seiner Kraft durchfuhr ihn, seine Schulter fielen nach vorn. Das war das einzige Mal an diesem Abend, dass es ihn schwächte, seine Kraft zu nutzen. Ansonsten hatten Olivias Anweisungen perfekt funktioniert.

Etwas berührte ihn an der Schulter, er wirbelte herum und packte die Hand, die ihn angefasst hatte. Er atmete schwer, aber wieso? Iria wich zurück und versuchte, ihre Hand wegzuziehen, aber er ließ sie nicht los.

Aren sah die Angst in ihrem Gesicht. Normalerweise hatte er kein Problem damit, Leuten Angst zu machen, aber bei ihr gefiel es ihm nicht. Sie hatte ihr Leben riskiert, um im Schloss in Lera bei ihnen zu bleiben, und sie hatte ihm im Dschungel geholfen. Iria sollte keine Angst vor ihm haben.

Als sie noch mal an ihrer Hand zog, ließ er sie los. »Ist alles in Ordnung?«, fragte sie.

»Ich wollte nur sichergehen, dass alle tot sind.« Seine Stimme klang ruhiger, als er sich fühlte. »Keine Überraschungen.«

Sie musterte ihn mit gerunzelter Stirn. Sie ahnte wohl, dass irgendetwas nicht stimmte, also drehte er sich schnell weg.

»Aren! Komm schon«, rief Olivia hinter ihnen.

»Sofort«, rief er zurück, ohne sich umzudrehen. Er stieg über einen der Körper.

Iria hielt ihn am Arm fest. »Ich bin mir ziemlich sicher, dass alle tot sind, Aren«, sagte sie sanft. »Komm schon.« Er sah sie wieder an. Die Angst war aus ihrem Gesicht verschwunden, von etwas anderem verdrängt. Vielleicht war es Mitgefühl. Verstand sie ihn? Er schwieg.

»Es tut mir leid, dass du das tun musstest«, fuhr sie fort. Sie ließ ihre Finger nach unten gleiten, zu seiner Hand, aber er zog sie weg. Danach verschränkte sie die Arme vor der Brust. Kurz wollte er ihre Hand wieder greifen und ihr sagen, dass es ihm nichts ausmachte, von ihr berührt zu werden, dass er es nur nicht erwartet hatte.

»Beten die Ruined, nachdem sie im Kampf jemanden umgebracht haben?«, fragte sie.

»Manche schon. Ich bete eigentlich nicht mehr.«

Oft vergaß er, dass sie seine Mutter gekannt hatte, die Geistliche der Burg. Iria kannte den jüngeren, glücklichen Aren, der noch betete und daran glaubte, dass sein Leben glücklich verlaufen würde.

Plötzlich wurde ihm der Geruch des ganzen Blutes um ihn herum zu viel. Abrupt drehte er sich um, nahm Irias Hand und zog sie mit sich, weg von den Toten. Als sie oben auf dem Hügel bei Em und Olivia ankamen, ließ er ihre Hand los. Auch die Ratsmitglieder hatten sich inzwischen eingefunden. Olivia starrte ihn finster an, woraufhin er sich schnell von Iria entfernte und zu den anderen stellte. Mariana und Davi lehnten sich erschöpft aneinander, und Jacobo kniete auf dem Boden, die Hände im Gras versunken.

Ruined mit Kräften über die Elemente glaubten, dass ein direkter Kontakt zur Erde ihnen half, ihre Kräfte wieder aufzufüllen. Nur Ivanna schien unberührt vom Kampf.

»Das ist eine gute Idee«, sagte sie gerade zu Em. »Wir können nicht einfach hier rumsitzen und warten, bis wir angegriffen werden. Wenn die Krieger mitkommen, sollten wir kein Problem haben, eine kleinere Stadt in Vallos einzunehmen.«

»Wir brauchen die Krieger nicht«, blaffte Olivia.

»Doch, das tun wir«, widersprach Ivanna. »Emelina hat recht. Sie hat Vallos Prinzessin umgebracht, es ist gut möglich, dass die Leute uns angreifen, wenn wir dort einfallen. Und es ist klug von ihr, eine Ehe mit August in Betracht zu ziehen, um unsere Verbindung zu Olso zu stärken. Wir …«

»Tut mir leid, was?«, fragte Aren verblüfft.

»Ich habe ihnen von der Unterhaltung erzählt, die ich vor Kurzem mit August hatte«, erklärte Em. »August wurde hergeschickt, um die Königin der Ruined zu heiraten. Es könnte ein guter Schachzug für uns sein.«

Aren fuhr zusammen, aber Em zuckte nur mit den Schultern, als hätte sie sich bereits mit der Idee abgefunden. Erst Leras Prinz und jetzt Olsos. Aren beneidete Ems Verehrer kein Stück.

»Wir denken aber nicht *ernsthaft* darüber nach, das zu tun«, warf Olivia ein. »Ruined heiraten keine Menschen.«

»Die Dinge sind inzwischen anders. Wir können uns nicht weiter abschotten«, gab Davi zu bedenken.

»Und was bringt uns eine Verbindung mit ihnen? Mehr von dem da?« Olivia zeigte auf die toten Soldaten.

»Die Krieger haben uns geholfen, Liv«, wandte Em leise ein.

Olivia sah sie wütend an. »Diesmal.«

Daraufhin schwiegen alle, und Olivia wandte sich zum Gehen. »Aber komm nicht weinend zu mir gelaufen, wenn sie versuchen, uns im Schlaf abzuschlachten«, murmelte sie.

»Ich überzeuge sie schon noch«, versicherte Em, sobald Olivia außer Hörweite war.

»Können wir dir dabei vertrauen?«, fragte Ivanna.

»Natürlich. Bereitet die Ruined darauf vor, dass wir gleich morgen früh abreisen. Ich kümmere mich darum, dass die Krieger auch dabei sind. Wahrscheinlich bedarf es dazu einer vorläufigen Annahme von Augusts Antrag.«

»Und das ist in Ordnung für dich?« Mariana klang verwundert.

Einen Moment lang zögerte Em, aber so kurz, dass es nur Aren auffiel. »Ja.«

»Gut«, sagte Ivanna anerkennend. »Dann folgen wir dir.«

12. KAPITEL

»Das mit der Zwangsernährung war mein voller Ernst.«

Cas fehlte die Kraft, sich umzudrehen und Galo anzusehen. Stattdessen zog er seine Knie noch enger an sich und sank tiefer in seine Matratze. Vom tagelangen Liegen war seine verletzte Schulter ganz steif, daher tat ihm jetzt jede Bewegung weh.

Das Zimmer war komplett dunkel, bis Galo eine Lampe anzündete und es plötzlich so hell wurde, dass Cas die Augen zusammenkniff.

Er hörte Schritte, dann stand Galo vor ihm. Die Wut in seinem Blick verwandelte sich schlagartig in Sorge. Er hielt Cas seine Hand an die Stirn.

»Du glühst ja«, sagte er.

»Mir ist kalt.«

Daraufhin verschwand Galo, tauchte aber etwas später wieder auf, zusammen mit zwei Frauen. Cas blinzelte – es waren Violet und Daniela.

»Ist Jovita schon zurück?«, murmelte er. Er fühlte sich, als wäre sein Kopf in Watte gepackt. »Was ist passiert?«

»Sie ist wieder da, die Soldaten aber nicht. Sie ist nur bis zur Grenze mitgekommen.« Galo drückte Cas' Schulter nach unten, sodass er auf dem Rücken lag, dann legte er ihm einen nassen Lappen auf die Stirn.

Daniela knöpfte sein Hemd auf, Cas sah ihr verwundert dabei zu. »Ich werde Eure Brust mit Medizin einreiben, Eure Majestät. Das sollte helfen.«

»Ist sonst noch jemand krank?«, erkundigte Galo sich.

Daniela schüttelte den Kopf und trug eine kühlende Salbe dick auf Cas' Brust. »Soweit ich weiß, nicht.«

Galos Blick wanderte von Cas zu dem Frühstückstablett, das halb leer war.

»Etwas habe ich gegessen«, sagte er schwach. »Zufrieden?«

Statt zu antworten, nahm Galo das Tablett näher in Augenschein. »Wer bereitet seine Mahlzeiten zu?«

»Blanca«, antwortete Violet. »Die Köchin.«

»Holt sie bitte her.«

Violet eilte davon und kam kurz darauf mit Blanca zurück. Beide sahen besorgt aus.

Blanca ging sofort zum Tablett, dann flüsterte sie Galo etwas zu.

»Die Suppe habe ich nicht gemacht«, sagte Blanca dann lauter.

»Die Suppe ist aber das Beste daran«, brachte Cas noch heraus, obwohl seine Augen schon wieder zufielen. Er fragte sich, wer die Suppe sonst gekocht haben könnte. Vielleicht sollte die Person in die Küche wechseln.

»Wer bringt ihm das Essen?« Galos Stimme klang angespannt.

»So ein Soldat. Er kommt immer in die Küche, wenn es an der Zeit ist. George.«

»Mateo!«, rief Galo. Schritte donnerten über den Holzboden. Jemand sprach, aber Cas konnte nicht verstehen, was er sagte.

»Hattest du die Suppe oft?«, fragte Violet.

»Ein paarmal in letzter Zeit«, nuschelte er.

Plötzlich brach um ihn herum ein Tumult aus, und er hoffte, dass alle endlich verschwanden. Er wollte nur noch schlafen.

»Cas!« Galos Stimme weckte ihn auf. Er lag auf dem Boden. Wie war er dahin gekommen?

»Halt seinen Mund auf«, sagte jemand.

Er saß an jemanden gelehnt, und noch jemand öffnete ihm unsanft mit den Fingern den Mund. Violet steckte ihm etwas in den Hals, Cas würgte und versuchte, sich zu befreien.

»Halt still.« Das hinter ihm war Galo, er hielt seine Arme fest.

Er gehorchte, einfach weil er zu schwach war, um dagegen anzukämpfen. Er blinzelte mehrmals, versuchte klar zu sehen. Sie schoben ihm einen Schlauch in den Hals.

Komisch. Er wollte keinen Schlauch im Hals haben.

Dann verkrampfte sein Bauch sich plötzlich. Er wurde gegen Galo gedrückt, während sein kompletter Mageninhalt durch den Schlauch gepresst wurde. Galo hielt ihn ohne Probleme fest. Wieso war er so schwach?

Nach ein paar unendlich langen Minuten verschwand der Schlauch wieder. Cas schluckte, sein ganzer Hals brannte.

»Trink«, sagte Violet und hielt sein Kinn hoch. Kaltes Wasser berührte seine Lippen, er stöhnte ein wenig, als es durch seinen Hals lief.

Mehrere Leute hievten ihn vom Boden wieder auf sein Bett.

»Findet heraus, was der Soldat Cas verabreicht hat, und schmeißt ihn aus der Festung«, sagte Galo entschlossen. »Die Ruined und die Krieger sollen ihn ruhig erwischen.«

»Ich bezweifle, dass er allein gehandelt hat«, merkte Violet leise an. »Er hatte wahrscheinlich Anweisungen ...«

»Von Jovita«, beendete Galo ihren Satz. »Das ist mir egal. Schmeißt ihn raus. Und sagt Mateo, er soll Pferde und einen Wagen bereitmachen. Wir bringen ihn weg von hier.«

Wieder brach eine gewisse Hektik aus. Diesmal rollte Cas sich auf dem Bett zusammen und ließ seinen Kopf auf das Kissen sinken.

Dann war er plötzlich nicht mehr in seinem Zimmer. Wie war er da rausgekommen?

Er hob den Kopf und war überrascht, dass er auf den Füßen war. So halb jedenfalls. Von beiden Seiten stützten ihn Arme.

»Was habt ihr vor?«, murmelte er. Jemand gab ihm zu verstehen, dass er leise sein sollte.

Cas versuchte die Person neben sich zu erkennen, die einen Arm um seine Hüften gelegt hatte. Es war Galo. Dann schaute er zur anderen Seite, zu Mateo. Vor ihnen lief Violet, die gerade um die Ecke spähte.

»Geh«, flüsterte sie.

Galo und Mateo schoben ihn vorwärts. Cas versuchte zu laufen, aber es klappte nicht.

Sie waren jetzt bei der Treppe, die Festung wirkte wie ausgestorben. Seltsam. Cas fragte sich, wo wohl alle waren.

Galo und Mateo halfen ihm die Treppe herunter, an deren Ende Daniela wartete und die Tür aufhielt.

»Alles frei«, flüsterte sie und drückte Cas' Arm, als er an ihr vorbeigetragen wurde.

Dann waren sie in der Küche und kurz danach draußen. Es war Nacht, der Wind traf ihn im Gesicht, er sah an sich hinunter. Jemand hatte ihm eine dicke Jacke angezogen, die einer Wache. Sehr rücksichtsvoll.

»Mateo, wo sind die Pferde?«, fragte Galo.

»Geradeaus, wir sind fast da.«

»Hey!«, bei dem Ruf spannten Galo und Mateo sich beide an. Fußschritte näherten sich schnell.

Violet hatte ein Schwert, was Cas vorher gar nicht aufgefallen war, aber jetzt hielt sie es in der Hand und ging auf einen Mann in Wachuniform los. Dann verschwand Mateo von Cas' Seite, und Galo packte ihn noch fester.

Violet traf den Mann mit ihrem Schwert am Arm, er stolperte zurück, woraufhin Mateo ihm ins Gesicht schlug.

Danach rannte Mateo wieder zurück zu Cas. »Beeilung.«

Sie liefen los, Cas' Füße streiften über den Boden. Er wollte rennen, war aber zu schwach. Er konnte sich kaum aufrecht halten.

Was war nur mit ihm passiert?

Erinnerungen an Suppe und einen Schlauch in seinem Mund tauchten in seinem Kopf auf. Hatte ihn jemand vergiftet?

Plötzlich blieben sie stehen. Galo und Mateo hoben ihn in einen Wagen. Diesen Wagen kannte er, und er mochte ihn überhaupt nicht.

»Alles in Ordnung«, Violet packte ihn unter den Armen und zog ihn weiter rein. Dann verschwanden Mateo und Galo.

Rufe drangen aus der Ferne zu ihm, Cas blinzelte, aber das Gefährt war geschlossen. Plötzlich ruckte es, und der Wagen wurde nach vorn gezogen.

»Hier.« Violet schob ihm etwas Weiches unter den Kopf. »Keine Sorge, du wirst wieder gesund.«

Gegen seinen Willen fielen ihm die Augen zu. »Hat Jovita mich vergiftet?«, murmelte er.

»Davon gehen wir aus. Wir denken, sie hat der Wache den Befehl erteilt.«

Hasste seine Cousine ihn denn wirklich so sehr? Sie waren doch die einzige Familie, die sie beide noch hatten, und dennoch verabscheute sie ihn genug, um ihn umbringen zu wollen?

»Jetzt bist du in Sicherheit.« Violet strich ihm über das Haar. »Versprochen.«

Es war zwar ein Versprechen, das sie unmöglich halten konnte, aber seine Augen fielen wieder zu, und er schlief ein.

13. KAPITEL

Em hatte angeordnet, die Soldaten zu verbrennen. Der Rauch hing noch in der Luft, als die Ruined und die Krieger ihre Sachen packten, um nach Vallos zu reisen.

August bat sie, noch eine Weile hierzubleiben, er hatte sofort einen Krieger nach Olso geschickt und meinte, in weniger als zwei Wochen wäre Unterstützung da. Aber sie konnte nicht noch zwei Wochen warten und weigerte sich, tatenlos herumzusitzen und auf Jovitas nächsten Angriff zu warten. Die letzten Ruined zu beschützen war wichtiger, als Ruina wieder aufzubauen.

Die Hütten der Minenarbeiten standen zwar nicht weit weg von der Grenze zu Vallos, aber da sie nicht genügend Pferde für alle hatten, mussten die meisten zu Fuß gehen. Diesmal war die Reise ganz anders als die, die Em und Aren vor Monaten hinter sich gebracht hatten. Damals waren sie, noch bevor sie Vallos erreichten, dreimal fast von Jägern umgebracht worden.

Jetzt gab es keine Jäger auf dem Weg. Die Grenze zu Vallos war durch eine Reihe aufgehäufter Steine markiert, die von niemandem bewacht wurde. Es war schon immer einfacher gewesen, nach Vallos zu gelangen als in die anderen Königreiche, aber das hier war nur noch lachhaft.

Olivia und Aren führten die Gruppe an, beide saßen auf Pferden. Knapp hinter der Grenze zu Vallos lag eine kleine Stadt namens Sacred Rock. Em hatte entschieden, dass hier der beste Platz war, um den nächsten Schritt zu planen. Sacred Rock hatte kaum Einwohner, es führten nur zwei Straßen hinein, und der Ort lag dicht genug an der Festung, um von hier aus einen Angriff zu starten.

Mit dem Pferd brauchte man nur ein paar Stunden von Sacred Rock nach Fort Victorra. Nur ein paar Stunden bis zu Cas. Em hätte ihr Pferd einfach nach Norden lenken können und wäre noch heute bei ihm.

Es wurde auch immer wärmer und grüner um sie herum. Der Boden in Vallos war sehr viel fruchtbarer als der in Ruina, in der Ferne konnte Em große bewachsene Felder sehen.

»Em«, sagte August und riss sie damit aus ihren Gedanken.

Sie wandte sich ihm zu. Auf der ganzen Reise von Ruina hierher hatte er nicht viel gesprochen, sie fragte sich, ob er vielleicht wütend war, dass sie nicht auf Unterstützung von den Kriegern warten wollte.

»Tut mir leid, dass du dein Zuhause schon wieder verlassen musstest«, fuhr er fort.

Verwirrt runzelte sie die Stirn. »Was?«

»Du warst gerade erst wieder nach Hause gekommen und musst nun gleich wieder los, wegen alledem, was passiert ist.« Er zeigte mit der Hand nach hinten, zu den Ruined und den Kriegern, die ihnen folgten. »Das tut mir leid. Ich weiß, dass du zu Hause glücklich warst.«

»Oh, ähm, danke.«

Er lachte etwas verlegen. »Das war nicht besonders gut, oder? Ich überlege schon die ganze Zeit, wie ich wohl eine Unterhaltung mit dir anfangen kann.«

»Ich schätze mal, es könnte schlechter sein.«

Er lächelte und präsentierte dabei seine geraden weißen Zähne. »Danke, jetzt fühle ich mich viel besser.«

Ihre Mundwinkel zuckten, aber sie verkniff sich, ihn anzulächeln. Noch war sie nicht sicher, ob sie glücklich über die Gelegenheit war, sich dauerhaft mit Olso zu verbünden, oder ob sie den Gedanken an eine Ehe mit diesem Mann zutiefst verabscheute.

»Darf ich noch etwas sagen?«, fragte er.

»Warum nicht?«

»Ich bin froh, dass du eine der Königinnen bist.« Das sagte er so leise, dass nur sie ihn hören konnte. »Als ich losgeschickt wurde, dachte ich, Olivia hätte den Thron wieder eingenommen. Ich möchte nicht schlecht über sie reden, aber ich bin sehr froh, dass du auch da bist.«

»Wieso? Weil ich keine Kräfte habe? Weil du dir keine Sorgen machen musst, dass ich deinen Kopf abreiße, während du schläfst?«

Er lachte, wobei seine Schultern bebten. »So meinte ich das nicht.«

»Natürlich nicht.«

»Nein! Ich wollte nett sein, wir hatten einen besonderen Moment!«

»Hatten wir nicht.«

Er seufzte übertrieben. »Na gut. Ich hatte einen besonderen Moment. Ich habe versucht zu sagen, dass ich dich mag. Du faszinierst mich, und ich respektiere dich. Das hat nichts mit den Kräften zu tun.«

»Kannst du damit aufhören? Ich habe doch schon gesagt, dass ich darüber nachdenke, dich zu heiraten.«

Ergeben hielt August eine Hand hoch. »Ich werde dir nie wieder sagen, wie sehr ich dich mag.«

»Wie schrecklich«, kommentierte sie trocken. Dann musterte sie ihn misstrauisch. »Du kennst mich kaum. Du magst mich nicht.«

»Ich mag, was ich bisher gesehen habe.«

»Was du bisher gesehen hast, ist die Aussicht auf eine eheliche Verbindung, durch die du mehr wirst als der ›unwichtigste Thronerbe‹, wie es meine Schwester so charmant ausgedrückt hat.«

Er zuckte mit den Schultern. »Natürlich. Aber das heißt nicht, dass ich dich nicht gleichzeitig mögen kann.«

Olivia hielt ihr Pferd an und drehte sich zu Em um. Dann zeigte sie nach vorn.

Der Weg nach Westen führte direkt in die Stadtmitte. Ems Blick folgte dem Finger ihrer Schwester, und als sie das Ortsschild las, zog sich ihr Magen nervös zusammen. Gleich würden sie in Sacred Rock sein. Noch nie war Em in eine Stadt eingefallen.

Olivia wandte sich an die anderen. »Ruined, Team eins! Wir gehen als Erste rein! Alle anderen Teams hinterher! Der Befehl lautet, alle zu töten.«

»Liv.« Em redete leise auf ihre Schwester ein. »Wenn ein paar von ihnen fliehen, dann lass sie gehen.«

Olivia musste einen Moment lang überlegen. »Wenn du willst«, gab sie schließlich nach. »Aber das macht keinen Spaß.«

Die Ruined fingen an zu lachen, obwohl es nicht der richtige Zeitpunkt dafür zu sein schien.

Olivia ritt weiter, gefolgt von den ersten Ruined. Team eins bestand aus den stärksten Ruined. Sie konnten eine halbe Stadt auslöschen, bevor die anderen überhaupt ankamen.

Schreie erfüllten die Luft, als die Ruined über die Schotterstraße in die Stadt stürmten. Em gab ihrem Pferd die Sporen. Plötzlich war August wieder an ihrer Seite.

Als sie um eine Ecke bogen, konnten sie die Stadtmitte ausmachen. Zwei- und dreistöckige Häuser reihten sich entlang beider Straßenseiten, insgesamt gab es aber nur fünfzehn oder zwanzig Gebäude, außerdem ein paar frei stehende Wohnhäuser abseits des Ortskerns. Die Straße war staubig und braun, doch drum herum spross saftig grünes Gras. Ein paar Grünflächen waren eingezäunt, vermutlich Gemeinschaftsgärten.

Die Einwohner kamen aus ihren Häusern und den Läden auf die Straße gerannt. Ein paar von ihnen liefen sofort wieder in die entgegengesetzte Richtung davon, als sie die Ruined entdeckten. Olivia sah ihnen hinterher, dann schaute sie nach hinten zu Em und zog eine Augenbraue hoch, als wollte sie »Bist du jetzt zufrieden?« fragen.

»Verschwindet hier!«, rief Olivia, während sie von ihrem Pferd stieg. Mit nur einer Handbewegung köpfte sie einen Mann, der auf sie zukam. »Verschwindet – oder sterbt. Eure Entscheidung.« Sie zeigte hoch zu ein paar Menschen, die alles vom Fenster aus beobachteten. »Versteckt euch, und ihr sterbt.« Sofort verschwanden die Gesichter, und kurz darauf hasteten Menschen aus dem Haus.

Zwei Frauen flohen nach Norden, direkt gegen die Wand aus Kriegern. Iria schüttelte den Kopf und zeigte in die andere Richtung.

»Alle nach Süden!«, rief Olivia. »Es gibt zwei Straßen die aus der Stadt führen, ihr nehmt die nach Süden, oder ihr sterbt.«

Em deutete mit dem Kopf in Richtung des Waldes im Osten. »Ich gucke mich da mal um.«

»Ich komme mit«, bot August sich an.

Em trieb ihr Pferd an und wich dabei den panischen Bürgern aus. Sie versuchte, nicht darüber nachzudenken, wohin diese Leute wohl laufen würden. Sie war schließlich auch schon aus ihrem Zuhause verjagt worden, in die Nacht getrieben, zitternd und ohne Essen oder Hoffnung.

Aber es war zumindest besser, als zu sterben.

Sie ritten zum östlichen Stadtrand, wo es einen von Bäumen gesäumten schmalen Pfad gab. Em kannte ihn gut, sie war ihn selbst schon entlanggelaufen. Es war der unauffälligste Weg in der Gegend.

»Em«, sagte August leise.

Sie folgte seinem Blick und entdeckte nicht weit vor ihnen einen Wagen. Die Pferde waren unbemannt. Sie lehnte sich zur Seite und sah einen Mann, der vor einem der Räder kniete, das wohl im Matsch stecken geblieben war. Seine Jacke war blau, wie die der Wachen von Lera.

Sie glitt von ihrem Pferd und zog ihr Schwert, August folgte ihrem Beispiel.

Vorsichtig stieg sie über einen Baumstamm, ihre Schritte waren nahezu lautlos.

»Ich denke, wenn wir es auf dieser Seite ausgraben …« Hinter dem Wagen tauchte eine weitere Wache auf, ein junger Mann mit dunklen Locken. Als er Em entdeckte, blieb er abrupt stehen. »Galo«, flüsterte er und legte eine Hand auf die Schulter des anderen Soldaten.

Der sprang mit gezücktem Schwert auf. Em schnappte nach Luft, als sie Cas' besten Freund erkannte.

»Emelina?«, sagte Galo ungläubig.

»Du kennst sie?«, fragte August.

Em blickte nur um sich und suchte die Gegend um den Wagen herum ab. War Cas in der Nähe?

»Was machst du hier?«, wollte Galo wissen. »Seid ihr für die ganze Aufregung verantwortlich?«

Der Wagen hatte Aussparungen im Holz, um Luft reinzulassen, und Em bemerkte durch die Löcher eine Bewegung im Inneren des Gefährts. Sie machte einen Schritt nach vorn und zeigte mit dem Schwert auf die Luftlöcher. »Was ist da drin?«

Sie wartete die Antwort nicht ab, sondern ging zum Wagen und öffnete die Türen.

Ein Schwert war direkt auf ihre Brust gerichtet.

Em machte einen kleinen Schritt zurück und musterte das Mädchen, das mit gezogener Waffe vor ihr stand. Das Schwert wackelte, ihre dunklen Augen glänzten, als würde sie gleich anfangen zu weinen. Nicht gerade die furchterregendste Frau, die Em jemals gesehen hatte.

»Emelina?«, fragte sie mit zittriger Stimme. »Wie Emelina Flores?«

»Ist schon gut, Violet«, beruhigte Galo sie, der jetzt hinter Em stand. »Sie wird ihm nichts tun.«

Verwirrt verzog Violet das Gesicht, ließ aber langsam ihr Schwert sinken.

Ems Herz schlug ihr bis in den Hals. »Sie wird ihm nichts tun«, hatte Galo gesagt. Wer war »er«?

Violet machte einen Schritt zur Seite, woraufhin Em erschrocken Luft holte. Cas.

Er lag zusammengekauert auf dem Boden des Wagens, den Kopf auf zusammengefalteten Decken gestützt. Er zitterte und sah blass aus.

»Was ist mit ihm?« Em sprang in den Wagen und sank neben ihm auf die Knie. Sie griff nach seiner Hand, die sich viel zu heiß anfühlte.

»Er wurde vergiftet«, erklärte Galo. »Wir denken, dass es Jovita war.«

Em hätte am liebsten laut losgeschrien. Sie hätte Jovita umbringen sollen, als sie die Chance hatte. Sie hätte Jovita von Olivia in Stücke reißen lassen sollen.

»Wir gehen davon aus, dass sie ihm ein paar Portionen verabreicht hat, bevor wir etwas mitbekommen haben«, fuhr Galo fort. »Wir haben ihn dann so schnell wie möglich da rausgeholt.«

»Was für ein Gift?«, fragte Em. »Wisst ihr das?«

»Todesrose. Jedenfalls behauptete das der Wachmann, aus dem wir es herausgeprügelt haben.«

»Kann gut sein«, stimmte Em zu und legte Cas ihre Hand auf die Stirn. »Verliert er immer wieder das Bewusstsein?«

»Ja«, bestätigte Galo.

»Meine Mutter wurde mal damit vergiftet. Habt ihr seinen Magen ausgepumpt?«

»Ja, aber wir glauben, dass er das Gift über ein paar Tage hinweg verabreicht bekommen hat.«

Em musste eine kleine Panikattacke unterdrücken. Das klang nicht gut. Todesrose wirkte zwar langsam, aber effektiv.

»Wir müssen das Gift aus seinem System bringen.« Em packte ihn an den Schultern. »Galo, nimm seine Beine. Wir müssen ein Bett finden, in dem er sich ausruhen kann.«

»Wir können nicht hierbleiben. Jovita wird merken, dass er weg ist und …«

Em unterbrach ihn. »Wenn er sich nicht ausruhen und das Gift loswerden kann, stirbt er.«

Das brachte Galo zum Schweigen. Er kletterte in den Wagen und nahm Cas' Beine. »Mateo?«, rief er.

»Bin schon da.« Der andere Wachmann kam herbeigeilt, um zu helfen.

»Du.« Em zeigte auf die junge Frau. »Wie heißt du?«

»Violet.«

»Kennst du Wildes Hesskraut, Violet?«

»Das hat so rosafarbene Blätter, oder?«

»Ja. Nimm so viel davon, wie du finden kannst, und zermahle es zu einem Pulver. Dann bring es zu mir.«

Violet zögerte und sah verunsichert zu Galo.

Em hob Cas' Schultern, und Galo und Mateo nahmen seine Beine. Zusammen trugen sie ihn aus dem Wagen.

»Ähm, Em? Ist das, von dem ich denke, dass er es ist?«, fragte August. Em hatte ihn komplett vergessen. Sie warf schnell einen Blick über ihre Schulter, um sicherzugehen, dass keine Krieger dem Prinzen gefolgt waren. Immer noch allein. Sollte er versuchen, Cas etwas anzutun, könnten sie, Galo und Mateo ihn leicht aufhalten.

»Ja«, antwortete sie.

»Rettest du ihn?«, fragte er ungläubig. Em sah ihn so wütend an, dass er sofort einen Schritt zurück machte und beschwichtigend die Arme hob.

Sie schluckte und versuchte, etwas freundlicher zu schauen. Die Ruined brauchten August und seine Krieger, aber sie konnte Cas nicht sterben lassen. Erst recht nicht, wenn das bedeuten würde, dass Jovita den Thron erbte und noch mehr Soldaten schickte, um sie zu töten.

»Wer ist das?«, erkundigte Galo sich.

»Das willst du gar nicht wissen.«

»Ich denke, das wollen wir sehr gern wissen«, widersprach Mateo.

»August. Der jüngste Prinz von Olso.«

Galo und Mateo wechselten einen Blick, sagten aber nichts.

»Em«, murmelte Cas, dessen Lider kurz aufflatterten.

»Ich glaube, er wird wach«, sagte Em hoffnungsvoll und ging noch etwas schneller.

Galo schüttelte den Kopf. »Er sagt deinen Namen oft im Schlaf.«

Die Worte trafen sie wie ein Messer ins Herz, und sie vergrub ihre Finger noch etwas fester in Cas' Schultern. Wahrscheinlich sagte sie seinen Namen ebenfalls im Schlaf. Er war jedenfalls immer in ihren Träumen.

Em ignorierte die neugierigen Blicke, als sie Cas zu einem der Häuser außerhalb des Stadtkerns brachten. Sie trat die Tür auf und sah sich kurz um. Es war ein kleines Haus mit einer Sitzecke links, einem Esszimmer rechts und der Küche dahinter. Eine Treppe führte nach oben, dort müssten die Schlafzimmer sein.

»Ich sehe nach, ob alle weg sind.« Vorsichtig legten sie Cas auf dem Sofa ab. »Einer von euch sollte sauberes Trinkwasser holen. Viel.«

Mateo eilte aus dem Haus, vorbei an Violet. August stand währenddessen auf der Straße und starrte sie verblüfft an. Em schloss die Tür.

»Lasst keinen außer Mateo rein, und schließt ab, wenn er wieder da ist.«

Em rannte die Treppe hoch. Oben befanden sich zwei Schlafzimmer, von denen sie das größere aussuchte. Das Bett war nicht gemacht, die Decke und das Bettlaken lagen zusammengeknüllt am Fußende.

In einem Schrank fand sie frische Bettwäsche, die sie gegen die alte austauschte. Dann rief sie Galo und Mateo zu, dass sie Cas hochbringen sollten.

Kurze Zeit später legten sie ihn sanft aufs Bett. Em kletterte hinter ihn und hob seine Schultern an, um ihm die Jacke auszuziehen. Er stöhnte und wehrte sich.

»Alles ist gut«, flüsterte sie ihm ins Ohr. Dann deckte sie ihn zu und ließ ihn zurücksinken, sodass er gegen ihre Brust lehnte. Sie nahm ihn in den Arm und drückte ihre Wange gegen seinen Kopf. »Du wirst wieder gesund.«

14. KAPITEL

Irgendetwas war in Cas' Mund gestorben und hatte davor noch ein paarmal auf seinen Kopf eingehämmert.

Er schluckte, dann stöhnte er vor Schmerz, als er sich gegen etwas Warmes, Hartes drehte. Er lehnte sich bei jemandem an.

»Hier«, sagte eine Stimme, und ihm wurde ein Becher vor das Gesicht gehalten. »Trink.«

Misstrauisch musterte er den Becher.

»Das ist nur Wasser.«

Die Stimme klang wie die von Em. Träumte er wieder? Denn dann hörte er immer wieder ihre Stimme. Diesmal fühlte es sich so real an, dass er hätte schwören können, bei ihr zu sein.

Mit zitternden Händen nahm er den Becher und schüttete sich etwas Wasser in den Mund. Danach nahm ihm jemand den Becher wieder ab. Cas drehte sich um und hob den Kopf, um zu sehen, an wem er lehnte.

Em.

Er wich zurück und blinzelte ein paarmal. Er träumte – definitiv. Oder er war tot. War es das, was ihn nach dem Tod erwartete? Würde er in Ems Armen aufwachen?

Sie lächelte. »Hey.«

»Was machst du …?« Seine Stimme klang merkwürdig.

»Galo und ein paar andere Freunde von dir haben dich durch Vallos gefahren, um dich vor Jovita zu beschützen. Ich habe sie zufällig getroffen.«

»Wieso bist du in Vallos?« Er war sich immer noch nicht ganz sicher, ob er vielleicht doch nur halluzinierte.

»Mich rächen. Lange Geschichte.«

Er spürte, wie ihm erneut schwindelig wurde, und ließ seinen Kopf gegen ihre Brust sinken.

»Sterbe ich?«, murmelte er.

Sie fuhr ihm durch die Haare. »Auf keinen Fall. Ich habe dir was gegeben, wodurch das Gift neutralisiert wird. Es war ein anstrengender Tag, aber du machst Fortschritte.«

»Wie lange bin ich schon hier?«

»Seit heute Morgen. Die Sonne ist gerade untergegangen.«

»Geht es Galo und Mateo gut? Und Violet?«

»Ja.« Sie hatte einen Arm um seine Hüften gelegt. Er tastete nach ihrer Hand, schob seine Finger zwischen ihre und zog ihren Arm fester an sich.

»Ich kann nicht glauben, dass du hier bist«, flüsterte er. »Du bist hier, und ich bin zu krank, um es zu genießen. Und ich stinke.«

Sie musste lachen, wobei ihre Brust bebte. »Du riechst wundervoll.«

»Nein, tue ich nicht.«

»Nein, tust du nicht.« Ihre Lippen strichen über seine Stirn. »Aber das ist mir egal. Außerdem rieche ich auch nicht so gut. Ich bin seit Tagen unterwegs. Also sind wir quitt.«

»Sehr rücksichtsvoll«, murmelte er. Sein Körper sagte ihm, dass er schlafen sollte, aber er zwang sich, die Augen offen zu halten. Er wollte noch nicht wieder weg von Em. »Jovita hat mich vergiftet.«

»Habe ich gehört.« Ihre Stimme klang eiskalt.

»Meine eigene Cousine wollte mich umbringen. Sie hat alle davon überzeugt, dass ich verrückt bin, und den Thron praktisch übernommen. Jetzt, wo ich weg bin, ist es wahrscheinlich offiziell.«

»Dafür wird sie noch büßen.«

»Was für ein König lässt sich von seiner eigenen Cousine den Thron stehlen?«

»Die Art König, die niemals auf die Idee kommen würde, so etwas der eigenen Cousine anzutun.«

»Ein schwacher König.«

»Ihre Zeit auf dem Thron wird nur kurz sein«, versicherte Em ihm.

Seine Augen fielen wieder zu. Er versuchte noch, sie zu öffnen, aber es klappte nicht wirklich.

»Schlaf«, flüsterte Em ihm ins Ohr. »Du brauchst Ruhe. Ich werde immer noch da sein, wenn du wieder aufwachst.«

Er drückte ihre Hand. Dann wurde sein Kopf noch etwas schwerer, und er schlief ein.

Aren trommelte mit den Fingern auf den Tisch, den Blick starr auf Galo gerichtet. Der Wachsoldat ertappte Aren zum hundertsten Mal dabei, wie er ihn anstarrte, und seufzte genervt.

»Kannst du aufhören mich so anzuglotzen?«

»Ich kann nicht anders«, erklärte Aren. »Ich traue dir nicht.«

»Dito.«

»Em hat befohlen, dass ihr alle unversehrt bleibt. Wir gehorchen ihr.«

Aber Galo und Mateo schienen nicht überzeugt.

»Also.« Aren beugte sich vor und stützte das Kinn auf seine linke Hand. »Hat Cas dich zum Hauptmann der königlichen Garde ernannt?«

»Ja«, antwortete Galo.

»Da leistest du aber nicht so gute Arbeit, mein Freund. Er wurde mit einem Messer attackiert, gefangen genommen und vergiftet, das alles binnen ziemlich kurzer Zeit. Man sollte meinen, dass er so langsam darüber nachdenkt, das Personal zu wechseln.«

Galo biss die Zähne zusammen. »Und wessen Schuld ist das alles?«, zischte er.

Aren tat überrascht und zeigte mit dem Finger auf sich selbst. »Meine?«

»Schon als du das Schloss zum ersten Mal betreten hast, wusste ich, dass etwas mit dir nicht stimmt.«

»Und dennoch bist du nicht darauf gekommen, was es war«, erwiderte Aren selbstgefällig. Galo sah ihn an, als spielte er in Gedanken ein paar besonders innovative Methoden durch, ihn umzubringen.

Am anderen Ende des Zimmers bewegte Violet sich auf dem Sofa. Sie rieb sich die Augen und setzte sich blinzelnd auf. »Habe ich lange geschlafen?«

»Ein paar Stunden«, erwiderte Galo.

»Ist Emelina noch bei ihm, oben?«

»Ja«, sagte Aren.

»Sie war den ganzen Tag da. Ob ich ihr noch mal anbieten soll, für sie zu übernehmen?«

»Kannst du dir sparen«, vermutete Aren. »Sie wird ihm nicht von der Seite weichen.«

Violet stand auf, kam zu ihnen rüber und ließ sich in den Stuhl neben Galo sinken. Dabei versuchte sie, nicht auf die Brandwunden an Arens Armen zu sehen, schaffte es aber nicht. Diesen Gesichtsausdruck kannte Aren gut. Er legte seine Hände mit den Handflächen auf den Tisch, sodass sie alles gut sehen konnte.

»Liegt ihr tatsächlich etwas an ihm?«, fragte Violet überrascht.

»Sie ist nicht da oben und rettet ihm das Leben, weil sie ihn hasst«, entgegnete Aren trocken.

»Ja, er ist ihr wichtig«, bestätigte Galo. »Und andersrum genauso.«

»Er ist nachsichtiger, als ich sein würde«, stammelte Mateo.

Aren funkelte ihn an. »Und sie ist nachsichtiger, als ich sein würde.«

»Was hat Cas schon getan?«, fragte Mateo.

»Sich zurückgelehnt und zugesehen, wie seine Leute uns abschlachten? Sein Vater hat ihre Mutter umgebracht, ihre Schwester entführt und ein Jahr lang an ihr herumexperimentiert.«

»Nichts davon hat Cas selbst getan«, warf Violet ein.

»Angesichts solcher grauenvollen Taten ist es beinahe so schlimm, den Mund zu halten, wie es selbst zu tun«, wandte Aren ein.

»Ich weiß nicht, ob ich dir da zustimme«, gab Mateo zurück.

Aren öffnete schon den Mund, um zu antworten, aber Galo war schneller. »Cas würde dir da allerdings zustimmen«, bemerkte er.

»Wirklich.«

»Ja.« Weiter ging Galo nicht darauf ein.

»Habt ihr noch mal nach ihm gesehen?«, erkundigte Violet sich nach einem kurzen Moment des Schweigens. »Geht es ihm besser?«

»Ich bin vor einer Weile nach oben gegangen. Em meinte, er war zwischendurch für ein paar Minuten wach und tatsächlich ansprechbar.«

»Gut.« Violet schob ihren Stuhl zurück. »Kann ich heute Nacht auf dem Sofa schlafen?« Sie sah Aren fragend an.

»Du meinst, ob ich dir ein paar Gliedmaßen abreiße, während du schläfst? Vermutlich nicht. Probiere es doch aus, dann schauen wir mal, was passiert.«

»Aren.« Sie klang genervt. Ihm war gar nicht bewusst, dass sie überhaupt seinen Namen kannte. »Ich bin erschöpft. Die letzten Tage habe ich mich nur um den König gekümmert und ihn aus einer gut bewachten Festung geschmuggelt. Kann ich auf dem Sofa schlafen oder nicht?«

Er kannte diese Art von Erschöpfung, die von der Flucht kam – und davon, alles verloren zu haben.

»Du kannst da schlafen«, antwortete er leise.

»Danke.« Sie stapfte zurück zum Sofa und ließ sich darauf fallen.

Aren zeigte zur Treppe. »Geht doch hoch und nehmt das zweite Schlafzimmer. Ich bleibe die Nacht hier unten. Niemand kommt an Cas ran, wenn Em dabei ist.«

Er hatte damit gerechnet, dass die Wachen sich wehrten, aber Galo stand sofort auf und streckte Mateo die Hand hin. »Weck mich ruhig, wenn Cas irgendetwas braucht«, sagte er noch.

»Mache ich.«

Dann verschwanden sie nach oben, und man hörte, wie sich eine Tür schloss. Aren lehnte sich zurück und strich über sein Gesicht.

»Ist sie jetzt eure Königin? Emelina?«, fragte Violet. Sie lag ausgestreckt auf der Liege, mit dem Gesicht zu ihm gedreht, die Hände unterm Kopf.

»Eine der beiden Königinnen, ja.«

Aren sah zu, wie Violet ihre Beine an sich zog. Er hatte schon ein Feuer im Kamin angezündet, aber es war dennoch kalt.

Seufzend stand er auf, nahm eine Decke von einem der Stühle und warf sie ihr zu. Dankbar zog sie sie bis zum Kinn hoch.

»Sehr verbunden.«

»Kein Problem. Ich … ähm, ich war ein Arsch, eben. Ich würde dir nichts tun.«

»Das weiß ich zu schätzen.«

Als er sich umdrehte, stand Iria in der Eingangstür und sah ihn sonderbar an. Ihr Blick wanderte zwischen Violet und Aren hin und her.

»Keine Krieger«, erinnerte er sie, während er zur Tür schritt. »Tut mir leid. Ems Anweisung. Keine Krieger im Haus.«

»Ich wollte fragen, ob ihr irgendetwas braucht.«

»Wir brauchen nichts.«

Iria hob den Kopf, um ihm direkt in die Augen sehen zu können. Das tat sie immer, und ihr durchdringender Blick sorgte stets dafür, dass sich die Haare in seinem Nacken aufstellten.

Aren wünschte, sie würde damit aufhören. Es fiel ihm leicht, zu ignorieren, wie schön Iria war, wenn sie sich in einiger Entfernung aufhielt, umgeben von anderen Kriegern. Aber wenn sie so nah vor ihm stand und ihm in die Augen schaute, hatte er sich nicht unter Kontrolle.

Er rieb sich den Nacken und richtete seinen Blick auf den Boden. »Gibt es noch etwas?« Die Frage klang härter, als er wollte.

Sie machte einen Schritt zurück. »Entschuldige. Nein. Bis morgen.«

Er drückte die Tür hinter ihr zu. Violet fing an zu lachen, und er drehte sich zu ihr um. »Was?«

»Du bist wirklich ein Idiot.« Sie rollte sich auf die andere Seite, sodass sie nicht mehr in seine Richtung sah. »Aber manche Mädchen scheinen das zu mögen.«

15. KAPITEL

Als Em die Augen öffnete, lächelte Cas sie an.

Sie schnappte kurz nach Luft und setzte sich dann auf. Die Sonne schien durchs Fenster ins Zimmer, und von unten drangen Stimmen zu ihnen.

»Wie fühlst du dich?«, fragte sie.

»Schrecklich«, antwortete er, immer noch lächelnd. »Aber besser.«

Em legte ihm eine Hand auf die Stirn. Kein Fieber mehr. Gestern Abend war seine Temperatur endlich unter den kritischen Punkt gesunken. Daraufhin hatte Cas tief und fest geschlafen. Em war ebenfalls eingenickt, eine Hand an seine Brust gepresst, um sich zu vergewissern, dass sein Herz nicht aufhörte zu schlagen.

Cas griff nach der Hand, die sie gerade von seiner Stirn nehmen wollte, drückte sie kurz an seine Lippen und zog sie dann ganz dicht an seinen Körper. »Wo bin ich?«

»Vallos. Ungefähr einen halben Tag von der Festung entfernt, in Sacred Rock, einer kleinen Stadt.«

»Wieso bist du in Vallos? Wolltet ihr nicht zurück nach Ruina?«

Sie erzählte ihm, was Jovita ihnen angetan hatte. Dass sie dabei waren, sich in Ruina ein neues Leben aufzubauen, als die Soldaten aus Lera angriffen. Sie erwähnte auch August und die Krieger, die sich draußen verteilt hatten.

Allerdings ließ sie aus, dass August sie heiraten wollte.

»Das tut mir alles so leid, Em«, sagte er leise, nachdem sie ihren Bericht beendet hatte. »Ich habe versucht, sie aufzuhalten. Ich wollte die Menschen davon überzeugen, dass die Ruined uns nichts tun, wenn wir sie in Ruhe lassen.«

»Ich weiß. Und wir hatten auch nichts geplant. Ich habe allen befohlen, in Ruina zu bleiben.«

Er sah sie fragend an. »*Du* hast es befohlen?«

»Ach so, ja. Ich bin, na ja, ihre Königin. Jedenfalls eine ihre Königinnen. Olivia hat eine Dyarchie vorgeschlagen.«

Ein feines Lächeln zuckte um seinen Mund. »Sehr eindrucksvoll, Eure Majestät.«

Sie stupste sein Bein an. »Hör auf.«

»Ja, Eure Majestät.« Sie verzog das Gesicht, und er lachte. »Mich kannst du ›Ehemalige Majestät‹ nennen. Klingt doch gut, oder?«

Ems Lächeln erstarb. »Du bist immer noch König, Cas. Du musst Jovita nur zeigen, dass du dich nicht so einfach geschlagen gibst.«

»Was würden wohl die Krieger da draußen zu diesem Vorschlag sagen?«

Darauf hatte sie keine Antwort, denn er hatte vollkommen recht. Die Krieger hatten keinerlei Interesse daran, Cas zurück nach Lera zu bringen. Es war schon schwierig genug gewesen, sie davon zu überzeugen, ihn nicht umzubringen.

»Ich glaube, ich würde gern ein Bad nehmen. Geht das?«, fragte Cas.

»Sicher.« Em stieg vom Bett. »Ich bezweifle allerdings, dass du schon kräftig genug bist, um das allein zu bewerkstelligen.«

Er hob vielsagend die Brauen. »War das etwa ein Angebot?«

Em wurde rot. »Das war das Angebot, Galo zu holen.«

Er richtete sich langsam auf, wobei er sich mit den Armen abstützen musste. »Ja, bitte. Ich werde auf jeden Fall Hilfe brauchen.«

»Ich sage ihm Bescheid.« Em ging zur Tür.

»Em.«

Sie drehte sich um. Cas' Miene war mit einem Mal sehr ernst.

»Bin ich hier in Sicherheit?«, wollte er wissen. »Müssen wir nicht damit rechnen, dass die Vallosi uns angreifen? Ich kann mir nicht vorstellen, dass sie dir den Mord an ihrer Prinzessin verziehen haben.«

»Wir haben durchaus Anlass zu Sorge, aber die Ruined und die Krieger halten Wache. Im Moment ist das hier wahrscheinlich der sicherste Ort für dich.«

»Danke, Em.«

»Keine Ursache.«

»Kommst du später wieder?«

»Auf jeden Fall.« Sie öffnete die Tür und trat auf den Flur. Als sie die Treppe herunterkam, verstummten die Stimmen unten, und alle schauten sie an. Aren saß allein am Küchentisch. Mateo, Galo und Violet hielten sich im Wohnbereich auf.

Galo sprang sofort auf. »Wie geht es ihm?«

»Viel besser. Er möchte ein Bad nehmen. Kannst du ihm helfen, Galo?«

»Selbstverständlich«, antwortete er. »Mateo, kannst du uns Wasser holen?«

Der Wachsoldat schnappte sich einen Eimer aus der Küche und eilte aus dem Haus. Galo lief die Treppe hoch.

Em schaute Violet an. Sie war ungefähr in ihrem Alter, vielleicht ein paar Jahre älter. Ihr dunkles Haar hatte sie zu einem lockeren Dutt gebunden, ein paar Strähnen hingen heraus und umrahmten ihr hübsches Gesicht.

»Violet, oder? Gehörst du zur Garde oder zum Personal?«

Violet erhob sich und kam auf sie zu. »Keins von beidem. Ich bin Gouverneurin von Leras südlicher Provinz. Seit Kurzem.«

»Seit dem Angriff auf das Schloss?«

»Ja.« Tränen schossen ihr in die Augen, aber sie blinzelte sie schnell wieder weg.

»Kanntet ihr euch schon vorher, Cas und du?«

»Nein. Wir haben uns zum ersten Mal in dem Wagen getroffen, in den uns die Krieger …«

»Ich weiß, welchen Wagen du meinst«, fiel Em ihr ins Wort. »Was hältst du von den Ruined?«

Violet deutete mit dem Kopf in Arens Richtung. »Na ja, dass er ein Idiot ist, steht schon mal fest.«

Bei dieser überraschenden Antwort musste Em kurz loslachen, versuchte es aber zu verdecken, indem sie sich räusperte. Aren rollte nur mit den Augen, seine Lippen zuckten aber auch ein wenig.

»Und du hast den Überfall aufs Schloss organisiert, bei dem mein Vater getötet wurde«, fuhr Violet fort, den Blick wieder auf

Em gerichtet. »Ich habe also keinen Grund, einen der Ruined hier im Raum zu mögen.«

Es wurde ganz still, während Violet Em weiter unverwandt anstarrte.

»Das tut mir sehr leid«, sagte Em schließlich leise. Violet sah sie skeptisch an. »Aber ich meinte eigentlich, was du von den Ruined im Allgemeinen hältst.«

»Ich beurteile die Ruined genauso wie jeden anderen. Einzeln.«

Das brachte Em beinahe zum Lächeln. Ob Violet sie persönlich mochte, war egal, solange sie keinen grundsätzlichen Hass gegen alle Ruined hegte. Sie war Cas' wichtigste Verbündete, seine größte Hoffnung, um wieder auf den Thron zu kommen. Soweit Em wusste, war die Provinz im Süden die größte, und die Krieger hatten sie noch nicht eingenommen.

»Dieses Haus ist nur für euch vier«, erklärte Em. »Außer dir, Cas, Galo und Mateo darf hier niemand ohne deine Erlaubnis rein. Ich habe angeordnet, dass man euch in Ruhe lässt. Wenn du das Gefühl hast, dass jemand sich nicht daran hält, komm direkt zu mir.«

»Gut«, antwortete Violet.

»Außerdem werde ich allen befehlen, kein Wort über deine Anwesenheit hier zu verlieren. Du bist hier fürs Erste in Sicherheit.« Em wandte sich zur Tür und bedeutete Aren, ihr zu folgen. »Los.« Die beiden gingen nach draußen, und Aren zog die Tür hinter ihnen zu.

»Lassen wir das Haus unbewacht?«, fragte er erstaunt.

»Für den Moment. Ich komme heute Abend wieder.« Sie sah sich um. Die Straße vor ihnen führte direkt in den Stadtkern, Krieger und Ruined schlenderten vorbei, man hörte Gelächter.

»Für euch beide hat Olivia eine Wohnung neben dem Gericht beschlagnahmt, und ich habe eine kleine Wohnung über der Bäckerei gefunden«, sagte Aren. »Ach so, und Olivia möchte mit dir sprechen.«

»Das dachte ich mir.« Em strich mit dem Daumen über ihre Kette. »Aber erst mal muss ich mit August reden.«

»Das dürfte interessant werden.« Aren schnaubte belustigt und wandte sich zum Gehen.

»Aren.«

Er drehte sich zu ihr um und kniff die Augen zusammen, weil die Sonne blendete.

»Habe ich deine Unterstützung? Wenn ich sie hier wohnen lasse?«

»Ich habe sie schließlich die ganze Nacht bewacht, oder?«

»Das meinte ich nicht. Ich weiß, dass du tust, was ich dir sage. Ich möchte wissen, ob du es für eine dumme Entscheidung hältst. Ob du auf meiner Seite stehst.«

»Natürlich stehe ich auf deiner Seite«, beteuerte er. »Und ich bin auch nicht der Meinung, dass deine Entscheidung dumm ist. Ich glaube nur, dass du sie aus einem dummen Grund getroffen hast.«

Sie sah ihn verwundert an.

»Du lässt Cas hierbleiben, weil er dir etwas bedeutet. Weil du an einer Beziehung festhältst, die keine Chance hat, jemals zu funktionieren. Du musst ihn irgendwann loslassen, Em.«

Er hatte recht, aber sie konnte nicht anders. Sie war so erleichtert gewesen, als sie Cas wiedergesehen hatte. Als wären diese paar Tage mit ihm ein Geschenk.

»Wäre ich an deiner Stelle, würde ich sie ebenfalls unbedingt hier festhalten«, fuhr Aren fort. »Schließlich hast du Leras König da drinnen und die Gouverneurin der mächtigsten Provinz. Diese beiden würde ich gewiss nicht einfach davonspazieren lassen. Aber das ist nicht der Grund, warum du sie hierbehältst.« Er rieb sich die Schläfen. »Ich bin völlig erschöpft, ich suche mir einen Platz zum Schlafen.«

»Danke, Aren.«

»Erkläre es einfach so, in Ordnung? So wie ich gerade? Bring auf keinen Fall deine Gefühle mit ein.«

»Versprochen.«

»Und versuche, diese Gefühle loszuwerden, Em. Er ist dir vielleicht wichtig, aber verglichen mit dir ist er gar nichts. Du bist unsere Königin, unsere Rettung. Du wirst die beste Anführerin sein, die die Ruined jemals hatten. Er ist nur ein Junge.«

Arens Worte trafen sie wie ein Schlag. Er hatte ruhig gesprochen, freundlich, aber dennoch warf seine Bemerkung sie aus der Bahn. Ihr fiel darauf keine Antwort ein.

Aber er wartete auch gar nicht auf eine. Er drehte sich um und ging weg.

Er brauchte nicht von ihr zu hören, dass er recht hatte.

16. KAPITEL

Olivia atmete tief durch die Nase ein, aber das half nicht gegen die Wut, die in ihr hochkochte.

Sie beobachtete, wie Em zusammen mit Aren das Haus am Stadtrand verließ. Olivia könnte jetzt da reinstürmen, und in weniger als zehn Sekunden wären alle tot. Kein Casimir mehr, Problem gelöst.

Olivia legte ihre Finger um die Hüften der Boda-Statue. Überall in der Stadt standen Figuren der Ahnen herum, aber die drei vor dem Gerichtsgebäude waren am größten. Viel größer als sie selbst, und sie alle trugen diese dämlichen Gesichtsausdrücke, die wahrscheinlich freundlich aussehen sollten. Olivia fand, dass sie nur müde wirkten.

Sie funkelte die Statuen finster an und machte einen Schritt zur Seite. Die vielen Skulpturen hatten nichts getan, um irgendjemanden zu beschützen. Die Einwohner von Sacred Rock waren dennoch aus ihrem Zuhause verscheucht worden. Sie hätten ihr Geld lieber in Waffen investieren sollen.

Sie sah, wie Aren sich umdrehte und von Em entfernte. Er wirkte genervt, hatte aber dennoch die ganze Nacht über die Leute aus Lera bewacht, weil Em das wollte. Aren stand definitiv auf Ems Seite, wenn es denn Seiten gab.

Aber gab es überhaupt Seiten?

Jedenfalls hatte sie Em nicht die Chance gegeben, Königin zu werden, damit sie sich um die Lera kümmerte. Die Ruined würden ihre Königinnen nie respektieren, wenn die solche dummen, schwachen Entscheidungen trafen.

Em bewegte sich zügig in ihre Richtung, wurde aber langsamer, sobald sie Olivia entdeckte. Offensichtlich sah man ihr ihre Wut an.

»Es ist nur vorübergehend«, erklärte Em hastig, sobald sie Olivia erreicht hatte. »Er …«

»Rein«, fauchte Olivia. Überall tummelten sich Ruined und Krieger, die Sachen aus den geplünderten Geschäften schafften.

Und diese Unterhaltung wollte Olivia nicht vor Publikum führen.

Em folgte ihr in die Wohnung neben dem Gericht. Sie ging über zwei Stockwerke, oben lagen zwei Schlafzimmer, unten befanden sich Küche und Wohnbereich. Weiter außerhalb gab es größere Häuser, aber Olivia gefiel die Lage.

Em zuckte zusammen, als ihre Schwester hinter ihnen die Tür zuschlug.

»Casimir kann *nicht* bleiben«, begann Olivia kategorisch.

»Jovita hat ihn vergiftet. Er ist keine Bedrohung. Er kann nicht mal allein gehen, so schwach ist er.«

»Casimir kann gar keine Bedrohung für mich sein«, sagte Olivia geringschätzig. »Darüber mache ich mir keine Sorgen. Ich frage mich nur, wieso wir Leras König aufpäppeln.«

»Er hat versprochen, uns in Ruhe zu lassen. Wenn er König ist, müssen wir keine Angst mehr haben, angegriffen zu werden. Es ist also in unserem Interesse, dass er wieder auf den Thron kommt.«

Olivia lachte dumpf auf. »Em, hörst du dir eigentlich selbst zu? Du bist nach Lera gereist, um die ganze Gallegos-Linie auszulöschen, und jetzt willst du, dass sie einfach so weitermachen?«

»Er ist anders als sein Vater. Er …«

»Das interessiert mich nicht!«, rief Olivia. »Es ist mir egal, ob er seinen Vater gehasst hat! Er ist immer noch einer der Leute, die uns den Krieg erklärt haben. Er hat unsere Eltern ermordet. Unsere Leute. Er hat vielleicht nicht das Schwert geschwungen, aber trägt dennoch einen Teil der Schuld.«

»Das weiß ich«, gab Em kleinlaut zu.

»Also? Du hast ihm einfach so vergeben?«

Em presste ihre Lippen zusammen, Tränen schossen ihr in die Augen. »Ja.«

Olivia blinzelte. Die Antwort lag eigentlich auf der Hand; trotzdem war es schockierend, sie laut zu hören.

»Ich war so lange wütend«, fuhr Em fort. »Ich dachte, Lera zu zerstören würde etwas daran ändern, aber das stimmte nicht. Das Einzige, wodurch ich mich besser gefühlt habe, war, Cas zu vergeben.«

»Er hat keine Vergebung verdient. Keiner von ihnen hat das. Und es ihnen anzubieten ist *schwach*.« Das letzte Wort spuckte sie abfällig aus.

»Das sehe ich anders«, widersprach Em.

Olivia drehte sich abrupt um und schwang die Tür auf.

»Liv, nicht …« Em verstummte.

»Was?«, Olivia warf ihrer Schwester einen wütenden Blick über die Schulter zu. »Hingehen und sie alle sofort umbringen?«

»Bitte nicht.«

Sie war tatsächlich versucht, es zu tun. Es würde den Tag sicherlich schöner machen. Aber Em sah sie flehend an, mit weit aufgerissenen Augen, und Olivia war sich nicht sicher, ob ihre Schwester ihr jemals vergeben würde, wenn sie Cas umbrächte. Der Junge machte Em wirklich blind.

»Ich tue ihnen nichts«, erklärte sie. »Und sei es nur, damit ich später, wenn er dich hintergeht, sagen kann, ich hätte dich gewarnt.«

Damit stampfte sie aus der Wohnung und knallte die Tür so heftig hinter sich zu, dass das ganze Gebäude wackelte. Ein paar Ruined, die gerade vorbeischlenderten, drehten sich erschrocken um und warfen ihr besorgte Blicke zu. Gut. Vielleicht hätte sie den Streit mit Em doch hier draußen haben sollen, dann wüssten die Ruined wenigstens, dass *sie* nicht die schwache Königin war.

Davi kam mit einem Laib Brot in der Hand aus der Bäckerei gegenüber. Er biss ein Stück ab und lächelte. Immerhin hatten sie jetzt Essen. Und Unterkünfte. Es war Ems Idee gewesen, aber ohne Olivia, die die Ruined angeführt hatte, hätten sie die Stadt niemals einnehmen können.

Sie trat einen Schritt zurück und musterte ihr vorübergehendes Zuhause. Immer noch nicht gut genug. Sacred Rock war nur eine winzige Stadt, ausgerechnet in Vallos, dem geringsten der vier Königreiche. Es war besser als die Hütten, aber immer noch nicht gut genug. Nicht für die Ruined, nicht für ihre Königin.

Sie wirbelte herum und marschierte zum Marktplatz. Mit so viel Wut im Bauch gab es nur eines, was sie tun konnte.

»Aren!«, brüllte sie. »Aren!«

Er kam angerannt. »Was ist los?«

»Nichts. Ich gehe jagen. Kommst du mit?«

»Jagen, so wie …«, er beendete den Satz nicht.

Sie antwortete nicht, aber ihm war klar, dass sie keine Tiere jagen wollte.

Zielstrebig schritt sie die Straße entlang und ignorierte dabei die Blicke der anderen Ruined. Links vor ihnen lag der Stall. Sie huschte an Jacobo vorbei, der gerade ein Pferd nach drinnen brachte.

Aren lief ihr hinterher. »Ist irgendetwas passiert? Wieso müssen wir jetzt jagen?«

»Wir sollten nicht einfach davon ausgehen, dass es hier sicher ist. Wir müssen die Umgebung kontrollieren.« Vielleicht stimmte das sogar, aber das war nicht der eigentliche Grund, der sie nach draußen trieb. Wenn sie Cas schon nicht die Wirbelsäule durch den Hals rausreißen konnte, musste sie jemand anderen finden, den sie töten könnte.

»Du hast recht«, stimmte Aren zu. »Ich komme mit.«

Sie nahmen sich zwei der Pferde aus dem Stall. Sobald die Stadt hinter ihnen lag, gab Olivia ihrem Reittier die Sporen. Ihr Haar wehte hinter ihr her.

Sie nahm die Straße nach Süden, auf die sie gestern die Einwohner der Stadt gezwungen hatten. Leider war direkt außerhalb der Stadt niemand mehr zu sehen. Sie zügelte ihr Pferd etwas und ließ ihren Blick über die Umgebung schweifen. Aren ritt neben ihr.

»Wieso warst du die ganze Nacht bei ihnen?«, wollte sie wissen.

»Weil Em mich darum gebeten hat.«

»Du hättest Nein sagen können.«

»Hätte ich vielleicht. Ich weiß es nicht. Es bringt nichts, mit Em zu reden, wenn es um Cas geht. In seiner Verfassung hätte sie ihn nie weggeschickt, also wollte ich mich nicht mit ihr anlegen.«

»Das ist dumm«, zischte Olivia. »Wir müssen jemand anderen finden, auf den sie sich fixieren kann.«

»Na ja, August versucht es ja.«

»Sie wird keinen Menschen heiraten.« Sie sah ihn an. »Und was ist mit dir? Interesse?«

»An Em? Nein. Sie ist nur eine Freundin.«

»Na und? Freunde verlieben sich doch ständig.«

»Vielleicht, aber das wird bei Em und mir nicht passieren.«

Olivia strich sich über die Stirn. »Schön. Dann wirst du wohl mich heiraten, denke ich.«

»Was?«

»Es gibt nicht mehr so viele junge Ruined-Männer«, führte sie aus. »Ich habe doch schon vorher gesagt, dass du wahrscheinlich eine von uns beiden heiraten wirst.«

»Ich weiß, aber …« Plötzlich wirkte er nervös. »Es gibt noch Jacobo. Und Paulo!«

»Keiner der beiden ist so mächtig wie du.«

Er wusste nicht, was er sagen sollte. Er musste wissen, dass sie recht hatte.

»Was? Willst du nicht König sein?«

»Nein, das ist es nicht, nur …« Er schluckte, wich ihrem Blick aus.

»Ich heirate nicht aus Liebe, Aren. Ich bin nicht wie meine Schwester. Ich kann dich gut leiden, aber mich interessiert vor allem deine Macht und deine Fähigkeit, die Ruined anzuführen.«

»Du kannst mich also gut leiden, ja?« Aren lachte kurz auf. »Sehr romantisch, Liv.«

Sie musterte ihn stirnrunzelnd. Es ging hier nicht um Romantik. Aren sah gut aus, keine Frage, mit diesen Grübchen und den dunklen Augen, aber Schönheit hatte sie noch nie besonders interessiert. Er war die beste Wahl als Ehemann, unabhängig von seinem Aussehen.

»Meine Ehe hat momentan auch nicht unbedingt die höchste Priorität, also mach dir darüber keine Gedanken. Wahrscheinlich dauert es bis dahin noch ein paar Jahre.«

Aren blieb wortlos, dann wich das Lächeln aus seinem Gesicht.

Sie bemerkte eine Bewegung und hielt ihr Pferd an. Ein Stück vor ihnen, am rechten Rand der Straße, hatte jemand ein provisorisches Lager aufgebaut. Zwei kümmerliche Zelte standen im Dreck. Der kleinste Windhauch hätte sie umstoßen können.

»Da.« Sie zeigte auf das Lager.

Aren kniff die Augen zusammen. »Ich sehe nur zehn oder so. Bestimmt machen sie nur eine Pause auf ihrem Weg in die nächste Stadt.«

»Und?«

»Ich will nicht …« Er brach ab und starrte auf die Zügel in seinen Händen.

»Was?«

»Ich finde nicht, dass wir Menschen jagen sollten, die uns nichts tun. Es fühlt sich zu sehr an wie das, was die Jäger mit uns gemacht haben.«

»Ganz genau. Das haben sie mit uns gemacht. Sie haben es also verdient.«

»Das da sind keine Jäger, Liv. Das sind Menschen, die geflohen sind, als wir es ihnen befohlen haben. Wir müssen doch ohnehin schon befürchten, dass Vallos' Armee versucht, Sacred Rock wieder einzunehmen.«

»Vallos' Armee«, spottete Olivia. »Wann waren die jemals erfolgreich bei irgendetwas?«

»Wir sollten sie dennoch nicht provozieren. Bei einem Angriff könnten wir noch mehr Ruined verlieren.«

»Ich bitte dich! Die können nichts gegen uns ausrichten. Ich kann die Ruined beschützen.« Sie trieb ihr Pferd an. »Du bist schwach, Aren!«, rief sie ihm über die Schulter zu.

Er folgte ihr nicht. Sie dachte noch, er würde vielleicht seine Meinung ändern, aber als sie sich noch mal umdrehte, saß er wie angewurzelt auf seinem Pferd.

Insgesamt waren es zwölf Menschen. Ein kleiner Junge entdeckte die Ruined-Zeichnungen an ihrem Hals und fing an zu schreien, die anderen taten es ihm nach. Sie hätte alle schnell umbringen und das Geschrei beenden können, aber das tat sie nicht.

Sie ließ sich Zeit. Ihre Mutter wäre stolz auf sie.

Als sie sich danach wieder umdrehte, war Aren verschwunden. In der Ferne konnte sie ihn noch ausmachen, er ritt zurück in die Stadt. Er hatte sich nicht nur geweigert, Menschen umzubringen, sondern war auch weggelaufen, statt ihr beim Töten zuzusehen. Erbärmlich.

Einen der Menschen ließ Olivia am Leben, damit er seinen Freunden von ihr erzählen konnte. Sie ließ ihn im Dreck liegen und machte sich auf den Rückweg.

Aren war nirgends zu sehen. Sie führte ihr Reittier in den Stall und gab ihm einen anerkennenden Klaps. Wenigstens auf das Pferd konnte sie sich verlassen.

Die elf Morde spürte sie noch in ihrem Körper, als sie durch den Stadtkern spazierte. Wäre Em keine Unbegabte, würde sie verstehen, wieso Vergebung nicht die beste Option war. Es war der Zorn, der Olivias ganze Kräfte zum Vorschein brachte. Sie war jetzt zehnmal so mächtig wie vor dem Angriff der Lera. Jeder einzelne Moment in ihrer Zelle, umgeben von Schwächelkraut, hatte sie zu einer stärkeren, besseren Ruined gemacht. Selbst die Pflanze, die ihr die Kräfte rauben sollte, machte sie nur noch mächtiger.

Was war überhaupt so wundervoll an Cas? Klar, er war süß, aber Em war doch sonst kein Mädchen, das sich von jedem gut aussehenden Typen den Kopf verdrehen ließ. Sonst hätte sie sich schon vor Jahren Aren an den Hals geworfen.

Casimirs Haus lag am Ende der Straße. Einer der beiden Wachsoldaten stand vorn auf der Veranda, die Hände in die Hüften gestemmt. Als er sie erkannte, flackerte Angst in seinen Augen auf. Gut.

Sie starrte ihn die ganze Zeit an, während sie sich dem Haus näherte. Der Wachmann trat zurück und versperrte mit dem Rücken die Tür. Olivia blieb am Fuß der Treppe stehen.

»Ich will mit Casimir sprechen.«

Der Wachmann schlug mit der Faust gegen die Tür. »Galo!«

Die Tür schwang auf, und eine weitere Wache tauchte auf. Galos Augen weiteten sich, als er sie sah.

»Ich will mit Casimir sprechen«, wiederholte sie.

Galo schüttelte den Kopf. »Nein.«

»Bist du sein Vorgesetzter? Geh – und frag ihn selbst.«

»Er braucht Ruhe.«

Olivia seufzte genervt, dann trat sie zurück, legte den Kopf in den Nacken und die Hände um ihren Mund. »Casimir! Hier ist Olivia! Ich will nach oben kommen und mit dir reden!« Sie hielt einen Moment inne und überlegte. »Ich verspreche auch, dass ich dir nicht das Herz aus der Brust reiße, falls du dir deshalb Sorgen machst!«

»Hey«, fuhr Galo sie an.

Olivia ließ ihre Hände fallen. »Was?«

Galo funkelte sie böse an. Hinter ihm tauchte ein Mädchen auf und sagte etwas zu ihm, was Olivia nicht hören konnte.

»Was?«, fragte Galo. »Wirklich?«

Galo rieb sich kurz übers Gesicht und wandte sich dann wieder Olivia zu.

»Er sagt, du kannst reinkommen.«

»Wunderbar.« Sie sprang die Treppe hoch und lief durch die Tür. Das Mädchen wich ihr schnell aus.

»Ich komme mit«, sagte Galo. »Keine Widerrede.«

»Du könntest ihn nicht vor mir beschützen, wenn du es versuchen würdest«, antwortete sie und ging mit großen Schritten die Stufen hoch. »Aber, wenn es dir lieber ist, nur zu.«

»Wenn du ihm etwas antust, dann schwöre ich …«

»Entspann dich«, unterbrach sie ihn. »Em hat mich gebeten, es nicht zu tun, also halte ich mich auch daran.«

»Er ist da drin«, presste Galo durch zusammengebissene Zähne hervor und zeigte auf die Tür rechts von ihnen.

Ohne zu klopfen, trat sie ein. Casimir saß auf der Bettkante, die nackten Füße auf dem Boden. Er sah schlimmer aus als beim letzten Mal, als sie ihn gesehen hatte, und das wollte etwas heißen, wenn man berücksichtigte, dass sie damals gerade seine Mutter umgebracht hatte.

»Hallo«, brachte Cas zögerlich heraus.

Sie hielt einen Finger vor ihre Lippen. »Schhh, sei mal kurz still.«

Nervös sah Cas zu Galo, aber der schwieg.

Olivia starrte ihn an. Sie wusste nicht, wonach sie suchte, aber sie wollte herausfinden, was ihre Schwester in ihm sah.

Selbst krank sah er noch recht gut aus. Sein dunkles Haar war leicht gewellt. Seine Augen waren eher blau als grün, aber es war genug Grün mit drin, um sie faszinierend wirken zu lassen. Er hatte auch ein schön definiertes Kinn und weiche, frisch rasierte Haut.

Er sah aus wie sein Vater. Er hatte andere Augen, aber König Salomir war so präsent in seinen Zügen, dass es Olivia schwerfiel, bei seinem Anblick nicht angewidert die Oberlippe hochzuziehen.

Endlich brach sie die Stille. »Was findet Em deiner Meinung nach an dir?«

»Was?«

»Wieso mag sie dich?«

»Ähm …« Er dachte einen Moment darüber nach. »Sie hat mir einmal gesagt, ich wäre freundlich. Und rücksichtsvoll. Und vernünftig.«

»Vernünftig?«, wiederholte Olivia ungläubig. »Ernsthaft?«

»Ja.«

»Wie romantisch.«

»Mit meinem Vater konnte man kein vernünftiges Wort reden, also ist es für mich durchaus ein Kompliment.«

Olivia schaute ihn wütend an.

»Es tut mir leid, was er dir angetan hat«, fuhr Cas fort. »Und dass deine Mutter umgebracht wurde. Dass du gefangen genommen wurdest. Das tut mir alles leid, auch dass ich nichts unternommen habe, um es zu verhindern.«

»Das kannst du nicht ernst meinen, Cas. Erwartest du wirklich, dass ich dir die Entschuldigung abnehme?«

»Was … was meinst du?«

»Du entschuldigst dich nur bei mir, damit du es Em erzählen kannst. Damit du dich besser fühlst.« Sie machte einen Schritt auf ihn zu und hörte, wie Galo angespannt Luft holte. »Ich habe deine Mutter umgebracht. Du hasst mich.«

»Nein.« Er zog die Schultern hoch. »Nein, ich weiß, dass ich es tun sollte, aber ich hasse dich nicht.«

Sie schnaubte. »Das glaubst du doch selbst nicht.«

»Ich gebe zu, dass es mir schwerfällt, dich anzuschauen. Ich glaube, ich werde dich niemals anschauen können, ohne zu sehen …« Er musste schlucken. »Aber ich verstehe deine Wut.«

»Du verstehst gar nichts.«

»Ich erwarte nicht, dass du mir vergibst, aber es tut mir leid. Ich möchte es besser machen.«

»Und was heißt das jetzt? Du verzeihst mir? Heute liegt so viel Vergebung in der Luft, dass ich schon den Überblick verliere.«

»Ich nahm an, dass es eine Beleidigung für dich wäre, wenn ich dir meine Vergebung anbiete«, erwiderte er. »Aber wenn du möchtest, dann vergebe ich dir.«

»Ich möchte es nicht, und du solltest es mir auch nicht anbieten.« Sie beugte sich vor, sodass sie auf Augenhöhe mit ihm war. »Denkst du wirklich, Em verzeiht dir? Selbst wenn sie das behaupten sollte, es stimmt nicht. Das, was du getan hast, kann man nicht verzeihen.«

Cas hielt ihrem Blick stand, aber sie konnte sehen, dass er schlucken musste. Er strahlte Angst aus. Was würde sie nicht geben, um ihm ein paar seiner Knochen zu brechen!

»Kennst du diesen Spruch ›Was man sät, das wird man ernten‹? Du hattest einiges zu ernten, oder? Du hast dein Königreich verloren, deine Eltern und deine Gesundheit«, bemerkte sie.

»Das ist mir auch schon aufgefallen«, antwortete er leise.

»Gut. Und rede dir nicht ein, dass du mir vergeben hättest. Ich habe deiner Mutter das Herz rausgerissen, und es tut mir auch nicht leid. Ich würde es wieder tun.«

»Sie haben es verdient«, kommentierte Cas, eher für sich selbst. Er schien mehr mit sich selbst zu reden als mit irgendwem sonst.

»Was?« Olivia war überrascht. Vielleicht hatte sie seine Liebe zu seiner Mutter überschätzt.

»Das hat Em mal zu mir gesagt. Dass es ihr kein bisschen leidtut, all diese Leute umgebracht zu haben. ›Sie haben es verdient.‹« Er lachte schwach. »Ich war irgendwie schockiert und beeindruckt zugleich.«

Olivia machte einen Schritt zurück und versuchte sich ihre Verwunderung nicht anmerken zu lassen. Sie war so besessen davon, herauszufinden, wieso Em ihn mochte, dass sie gar nicht darüber nachgedacht hatte, wieso er sie mochte. Natürlich gab es zahllose Dinge, die man an Em lieben könnte, aber der Ausdruck, der in sein Gesicht trat, wenn er von ihr sprach, war unerwartet, nichts, womit sie gerechnet hätte.

»Vielleicht vergebe ich dir auch gar nicht wirklich«, fuhr Cas fort. »Aber mir fehlt die Kraft, mir Gedanken darüber zu machen. Ich habe alles verloren, und ich bekomme es auch nicht zurück, wenn ich dich hasse.«

»Ich habe kein Mitleid mit dir«, blaffte sie ihn an. »Und du hast nicht alles verloren. Du hast noch meine Schwester, die sich bizarrerweise in den Kopf gesetzt hat, dir dein Königreich zurückzugeben. Ein Königreich, das du nicht mal verdienst.«

Cas sah auf den Boden. »Du hast recht«, sagte er leise. »Ich habe noch Em.«

»Das reicht«, mischte Galo sich ein und streckte eine Hand aus, als wollte er sie anfassen. »Gehen wir.«

Olivia wich seinem Griff aus und funkelte den Wachsoldaten finster an. »Ich gehe. Ich bin sowieso hier fertig.« Auf dem Weg zur Tür warf sie Cas noch einen Blick über ihre Schulter zu, doch er schaute nicht hoch. Sein Kopf war immer noch gesenkt, und dieses Bild ging ihr nicht aus dem Kopf, als sie die Treppe hinunter und aus dem Haus rannte.

17. KAPITEL

Bei Sonnenuntergang konnte Cas sich schon wieder allein aufrecht halten, also ignorierte er Galos Protest und humpelte nach unten. Im Wohnzimmer angekommen, wurde ihm etwas schummrig, sodass er sich einen Moment an seinem Freund festhalten musste.

Orangefarbenes Licht durchflutete den Raum, Violet lag zusammengerollt mit einem Buch auf einem Sofa. Neben ihr stand ein großes Bücherregal, und Cas fragte sich zum ersten Mal, wem das Haus eigentlich gehörte. Würden sie jemals ihre Bücher wiederbekommen?

Violet lächelte ihn an. »Du siehst gut aus.«

»Das stimmt nicht.«

»Na gut, du siehst nicht aus, als würdest du jeden Moment sterben. Das ist schon mal eine Verbesserung.«

»Danke.« Er lächelte schwach, ließ Galo los und schlurfte in Richtung Tür. »Ich setze mich mal kurz auf die Veranda.«

»Das ist keine gute Idee«, sagte Galo.

»Em hat gesagt, wir dürfen auf die Veranda. Ich gehe auch nicht weiter, ich brauche nur frische Luft.« In diesem Haus, das Fremden gehörte, fühlte er sich eingeengt und unwohl, außerdem wollte er wenigstens ein bisschen was von der Stadt sehen.

Und er hoffte auch, Em zu entdecken. Es gefiel ihm nicht, dass er nicht einfach rauslaufen und nach ihr suchen konnte. Er musste warten, bis sie zu ihm kam, und hatte Angst, dass sie nicht mehr kommen würde. Schließlich hatte sie viel zu tun – über ein Königreich herrschen, Leute beschützen, Kriege führen. Er konnte ihr nicht helfen, dadurch fühlte er sich nutzlos.

»Wird schon nichts passieren«, beruhigte er Galo, der Anstalten machte, ihm nach draußen zu folgen. »Du kannst mich ja wie ein Spanner durch die Fenster beobachten, wenn du dich dann besser fühlst.«

Galo grummelte etwas, was Cas nicht verstand und daher nicht weiter beachtete. Er war vielleicht sowieso nicht mehr besonders lange König, also sollte er sich schon mal daran gewöhnen, auf sich selbst aufzupassen.

Als er die Tür aufzog, traf ihn ein kühler Windstoß ins Gesicht. Er atmete tief durch und ging weiter. Er hatte bereits oben in seinem Zimmer die Fenster geöffnet, aber das half nicht gegen seine Klaustrophobie.

Er lehnte sich mit dem Rücken an die Wand und ließ sich zu Boden gleiten, bis er mit ausgestreckten Beinen auf den Verandabrettern saß. Das Haus lag am Stadtrand, daher sah er nicht viel mehr als die Umrisse einiger Gebäude. Außerdem hörte er aus der Richtung Gelächter.

Ob Em da drüben war? Sie war seit Olivias Stippvisite noch nicht wieder im Haus gewesen, daher wusste sie vermutlich nichts davon. Oder vielleicht doch. Vielleicht hatte sie Olivia ja zu ihm geschickt und gehofft, dass er und ihre Schwester sich tatsächlich verstehen würden. Falls das zutraf, war ihr Plan kläglich gescheitert.

Am Ende der Straße tauchte eine hochgewachsene Gestalt auf, die sich von der Stadt entfernte. Hoffnung stieg in Cas auf, aber dann sah er, dass es ein Mann war. Aren.

Cas seufzte. »Hallo, Aren«, begrüßte er ihn.

Arens Kopf fuhr zu ihm herum. »Cas? Solltest du hier draußen sein?«

»Wir dürfen auf die Veranda.«

Aren kam näher, blieb aber vor der Treppe stehen. »Ich weiß, aber es könnte dennoch jemand vorbeikommen und dich köpfen.«

»Das Risiko gehe ich ein. Außerdem hat Olivia mich schon nicht enthauptet, als sie mich vorhin besucht hat, also denke ich, dass ich in Sicherheit bin.«

»Olivia war bei dir?«, fragte Aren ungläubig.

»Ja, sie hat mich eine Weile angestarrt, und dann haben wir kurz geredet. Es war komisch.«

»Hm.« Aren sah grübelnd auf den Boden. »Hm.«

»Hast du Em gesehen?«

»Ja, sie trifft sich gerade mit ein paar Kriegern, sie planen …«, dann verstummte er plötzlich und räusperte sich. »Sie kommt bestimmt vorbei, wenn sie Zeit hat.«

Natürlich, Olivia hatte recht. Er hatte immer noch Em. Er verbrachte so viel Zeit damit, darüber nachzudenken, was er alles verloren hatte, dass er dabei die wichtigste Person vergaß. Em stand zu ihm, auch wenn das absolut keinen Sinn ergab.

»Du machst es ihr ziemlich schwer, weißt du«, fuhr Aren fort. »Olivia ist unheimlich wütend, dass du hier bist. Die Krieger wollen dich tot sehen, die meisten Ruined auch.«

»Ich weiß, aber wo soll ich hin? Mein Königreich ist weg, meine Cousine möchte mir den Thron rauben, und meine Eltern sind tot. Die einzige Familie, die ich noch habe, hat versucht mich umzubringen.« Er schloss seine Augen, und sofort tauchte Ems Gesicht vor ihm auf, sie lächelte ihn an. »Em hat davon Abstand genommen, mich umzubringen, nachdem sie mich näher kannte. Das muss doch etwas bedeuten, oder?«

Aren gab einen seltsamen erstickten Laut von sich. Als Cas die Augen wieder öffnete, sah er, dass der andere sich vergeblich bemühte, nicht zu lachen.

»Wahrscheinlich«, stimmte Aren zu. »Das klingt wie etwas, was sie sagen würde, um ehrlich zu sein.«

»Wir haben inzwischen sehr viel mehr gemeinsam.«

»Scheint so«, murmelte Aren.

»Und ich bin mir fast sicher, dass wir auch dann wieder zueinanderfinden würden, wenn ich jetzt von hier verschwinde.« Cas schaute zu den Sternen hoch. »Ich denke langsam, da hat noch jemand anders die Hand im Spiel.«

»Was meinst du?«

»Wie groß war denn die Wahrscheinlichkeit, dass wir uns im Dschungel treffen, auf dem Weg zur Festung? Es ist ein ziemlich großer Urwald, aber wir sind trotzdem übereinander gestolpert. Und jetzt wieder, hier in Vallos. Wäre das eine Rad unserer Kutsche nicht im Schlamm stecken geblieben, hätten wir uns garantiert verpasst, meinte Galo. Dann wären wir inzwischen mitten in Vallos.« Cas zog die Knie an. »Meine Eltern waren nicht besonders gläubig, aber ich glaube immer mehr, dass die Ahnen wirklich da draußen sind und über uns wachen.«

»Ich weiß nicht …« Aren schüttelte den Kopf. »Manchmal passieren solche Dinge eben. Zufälle.«

»Vielleicht ist ›Zufall‹ nur ein anderes Wort für ›Schicksal‹.« Cas lächelte. »Warte nur ab. Ich wette, dass wir wieder zusammenfinden, auch wenn wir jetzt getrennt werden sollten.«

»Bah, ekelhaft. Kannst du bitte nicht so dämlich gucken?«

Cas lachte. »Was meinst du denn?«

Aren machte eine kreisende Bewegung mit der Hand. »Diesen verliebten Blick oder was auch immer das ist. Das muss ich nicht sehen.«

Cas selbst hatte das Wort »Liebe« noch nie im Zusammenhang mit Em benutzt, aber es klang auch nicht falsch. Er lächelte Aren an. »Was? Ich kann meine Frau nicht mögen?«

»Ach komm. Sie ist nicht deine Frau. Du hast Vallos' Prinzessin geheiratet, nicht Em.«

Aber er hatte nicht Vallos' Prinzessin geheiratet. Em hatte sie vielleicht alle getäuscht, aber sie hatte sich nie viel Mühe gegeben, in die Rolle von Prinzessin Mary zu schlüpfen. Sie war immer mehr sie selbst gewesen.

»Du überlegst doch nicht etwa wirklich, diese Ehe für rechtskräftig zu erklären, oder?«, hakte Aren nach.

»Wieso? Würde mir denn irgendjemand zuhören?«

»Denk gar nicht erst drüber nach.« Arens Stimme wurde härter. »Du kannst sie nicht darauf festnageln …«

»Entspann dich, Aren«, fiel Cas ihm ins Wort. »Das würde ich nie tun. Außerdem haben wir die Ehe ja nie richtig vollzogen.«

Aren blinzelte, die Wut verschwand aus seinem Gesicht. »Was?«

»Oh, ich dachte Em, hätte es dir erzählt.«

»Nein. S…sie hat nie etwas gesagt …« Aren schien ernsthaft verwirrt. »Wieso nicht?«

Er zögerte, knackte mit einem Fingerknöchel. Er war sich nicht sicher, ob er Aren gerade etwas erzählt hatte, wovon Em nicht wollte, dass er es wusste.

»Es wirkte nicht so, als wollte sie das«, erklärte er leise.

»Das war sehr anständig von dir«, erwiderte Aren.

»Du brauchst nicht so erstaunt zu gucken.«

Aren sah ihn nachdenklich an, als gefiele es ihm nicht, überrascht zu werden.

»Aren?« Em tauchte hinter Aren auf und sah verwirrt aus. »Was machst du denn …?« Dann entdeckte sie Cas. »Cas! Du bist nicht mehr im Bett.«

»Das stimmt.« Er stützte sich vom Boden ab und stand langsam auf. Dann streckte er die Arme aus. »Siehst du! Ich kann sogar allein aufstehen.« Prompt wurde ihm schwindelig, und er musste sich an der Wand festhalten. »So halb.«

Sie sprang die Treppe hoch und legte einen Arm um seine Hüfte, damit er sich bei ihr anlehnen konnte. Em war so groß, er mochte, wie groß sie war. Stark genug, um ihn zu stützen, wenn er es brauchte.

»Was machst du hier?«, fragte sie Aren etwas misstrauisch.

»Wir haben nur geredet«, antwortete Cas für ihn.

Ihr Haar war noch feucht und roch nach Seife, er gab ihr einen Kuss über dem Ohr.

»Ugh«, murmelte Aren. »Ich verschwinde mal.«

»Tschüss, Aren!«, rief Cas ihm hinterher. »Danke für das Gespräch.«

Aren winkte im Weggehen, ohne sich umzudrehen.

»Worüber habt ihr geredet?«, wollte Em wissen.

»Über dich.« Cas griff nach ihrer Hand und zog an ihren Fingern, bis sie sich ganz zu ihm umdrehte. Dann strich er ihr mit seinem Daumen über die Lippen, was ihre Lider zum Flattern brachte.

Er beugte sich leicht nach vorn und ließ seine Hand über ihren Nacken wandern. Sie kam ihm das letzte Stück entgegen und drückte ihre weichen Lippen auf seine.

Sein Körper erinnerte sich noch gut an sie. Jede Faser seines Wesens reagierte auf ihren Kuss. Eine Hand hatte sie noch an seiner Hüfte, aber die andere vergrub sie in seinen Haaren, und plötzlich schien alles, worüber er heute nachgedacht hatte, vollkommen richtig zu sein. Er musste bei ihr bleiben. Sie war jetzt sein Zuhause.

Um ihn herum drehte sich alles, blinzelnd unterbrach er den Kuss. Em hielt ihn noch fester.

»Tut mir leid. Aufrecht zu stehen ist immer noch nicht so leicht.« Dann deutete er mit dem Kopf in Richtung des Hauses. »Möchtest du mitkommen, damit wir zusammen ein bisschen *nicht* aufrecht stehen können?«

Sie sah zögernd zur Tür.

»Nur schlafen. Um mehr bitte ich gar nicht. Für alles andere bin ich eh zu schwach.« Was ihn innerlich ärgerte, er würde einiges dafür tun, Em jetzt an sich ziehen und ihr die Kleider vom Leib reißen zu können.

»Es gibt ein paar Dinge, über die ich mit dir sprechen muss«, sagte sie.

»Morgen.« Er beugte sich vor, um sie zu küssen. Sanft drückte er seinen Mund auf ihren, zweimal hintereinander. »Heute Abend möchte ich nur das hier tun.«

Ihre Lippen schmiegten sich an seine. »Ich auch«, erwiderte sie hauchend.

Er nahm ihre Hand und hielt sich daran fest, als sie zusammen nach drinnen gingen und die Treppe hochstiegen. Er schlüpfte wieder ins Bett, das er inzwischen hasste, das ihm aber längst nicht mehr so schlimm vorkam, als Em ihre Schuhe auszog und sich neben ihn legte.

Er umarmte sie, und sie lehnte den Kopf an seine Brust. Genau dort gehörte sie hin. Olivia hatte recht. Er hatte sein Königreich nicht verdient. Er wollte es auch gar nicht.

Alles, was er wollte, war Em.

18. KAPITEL

Als Em aufwachte, hatte Cas seinen Arm um sie geschlungen, und mit dem Rücken berührte sie seinen Brustkorb. Sanft küsste er ihren Nacken, sein Atem kitzelte sie.

Sie musste lachen, beugte den Kopf nach vorn, und ein Lächeln breitete sich auf ihrem Gesicht aus.

»Guten Morgen«, murmelte er, dabei strichen seine Lippen über ihren Hals. Er umfasste ihre Taille, dort, wo ihr Oberteil hochgerutscht war.

Sie schloss die Augen, während ihre nackte Haut unter seiner Berührung anfing zu glühen. Sie wollte dieses Bett nie wieder verlassen.

»Ich möchte jeden Morgen neben dir aufwachen«, flüsterte Cas.

»Das wäre schön«, flüsterte sie zurück und stellte es sich für einen Moment vor. Doch in ihrer Fantasie hatten sie beide deutlich weniger an, und die Gefahr, die ständig über ihren Köpfen schwebte, wäre endgültig gebannt.

Als sie seine Lippen nicht mehr im Nacken spürte, drehte sie sich um, damit sie ihn anschauen konnte. Er war nicht mehr so blass wie gestern.

»Du siehst besser aus.«

»Ich fühle mich auch besser.« Er rollte sich auf den Rücken. »Viel besser sogar.«

Em rutschte nach oben und schmiegte sich an seine Brust. Sie sollte nicht länger bleiben. Durch die Vorhänge fiel schon etwas Licht ins Zimmer, und sie hatte heute ein Treffen mit August und noch ein paar anderen. Außerdem musste sie Cas noch ein paar Dinge mitteilen. Zum Beispiel, dass sie plante, das letzte verbleibende Mitglied seiner Familie zu töten. Und dass August ihr einen Antrag gemacht hatte.

Doch stattdessen senkte sie die Lider und lauschte seinem Herzschlag. Er glitt mit den Fingern durch ihr Haar, und so blieben sie noch lange liegen, ohne dass einer von ihnen etwas sagte. Sie hatten schon so viel von ihrer gemeinsamen Zeit mit Reden verbracht –

über ihre Familien, Politik oder die Ruined. Vielleicht war es ganz gut, mal etwas Zeit zusammen zu verbringen, ohne zu sprechen.

Die Sonne strahlte immer stärker durch die Vorhänge, und schließlich löste Em sich widerwillig aus seiner Umarmung.

»Ich muss los«, erklärte sie und griff nach seiner Hand. »Sehen wir uns später?«

Er ließ seine Lippen über ihre Finger wandern. »Ich werde hier sein. Schon deshalb, weil ich sowieso nicht rausdarf.«

Sie warf ihm einen entschuldigenden Blick zu und erhob sich vom Bett. »Tut mir leid. Du weißt, dass es nur zu deiner eigenen Sicherheit ist.«

»Ich weiß, ich wollte mich auch nicht beschweren.«

Em schnürte ihre Schuhe zu und kämmte mit den Fingern ihr Haar. Cas setzte sich zügig auf, ohne einen Anflug der gestrigen Schwäche.

»Wie viel besser fühlst du dich?«, erkundigte sie sich zaghaft.

»Ähm, sehr viel?«

»So viel besser, dass ich heute Abend wieder herkommen könnte und …« Sie war selbst nicht sicher, wie sie den Satz beenden sollte.

Langsam atmete Cas ein. Ihm war klar, was sie meinte. »Ja.«

Ihre Wangen wurden rot, und sie lächelte. »Gut. Dann bis später.« Dann machte sie die Tür auf und verließ das Zimmer, immer noch lächelnd. Es war gut möglich, dass sie sich bald von Cas verabschieden musste, aber sie würde das Beste aus der Zeit machen, die ihnen blieb.

Sie lief zu ihrer Wohnung. Olivia war nirgends zu sehen. Nach ihrem Streit gestern hatten sie noch nicht miteinander gesprochen. Wahrscheinlich war es auch klug, ihr einen gewissen Freiraum zu lassen, solange Cas und seine Freunde noch in der Stadt waren.

Em spritzte sich etwas Wasser ins Gesicht, zog sich um und griff nach der zusammengerollten Landkarte, die auf dem Tisch lag. Draußen verteilten Krieger gerade getrocknete Fleischstücke, eins davon nahm sie mit auf den Weg zu Augusts Quartier. Er hatte sich am Ende der Hauptstraße niedergelassen, so weit weg von Cas wie möglich, fiel ihr jetzt erst auf.

Aren und Iria warteten bereits auf der Veranda. Aren hatte die Hände in die Hosentaschen gesteckt, als wäre er nervös. Als er Em bemerkte, machte er einen Schritt weg von Iria.

»Ist Olivia schon da?«, fragte Em.

Aren schüttelte den Kopf. »Nein. Der Rest ist drinnen, aber Olivia habe ich seit gestern Abend nicht mehr gesehen.«

Olivia sollte eigentlich auch zu dem Treffen kommen, aber vielleicht war es auch keine große Überraschung, dass sie sich nicht blicken ließ. Sie hatte es ja deutlich gemacht, dass sie kein Interesse an Verhandlungen mit den Kriegern hatte.

Die Eingangstür war offen, also ging Em direkt ins Haus, gefolgt von Aren und Iria. August saß zusammen mit einer Kriegerin, die Lorena hieß, auf dem Sofa im vorderen Wohnbereich. Alle Ratsmitglieder der Ruined waren anwesend – Mariana, Ivanna, Davi und Jacobo saßen dem Prinzen gegenüber auf Stühlen. Alle erhoben sich, als Em den Raum betrat.

August kam auf sie zu und streckte den Arm aus. Sie zögerte einen Moment, bevor sie ihm ihre Hand reichte, da sie nicht ganz sicher war, was er damit vorhatte. Er hob sie an seinen Mund und küsste den Handrücken.

»Schön dich zu sehen, Em«, sagte er. »Du warst die letzten Tage verschwunden. So beschäftigt?«

Hastig entzog sie ihm ihre Hand und wünschte sich, sie hätte sie ihm nie gegeben. Das Gefühl seiner Lippen klebte weiter unangenehm an ihrer Haut.

»Bitte, nehmt doch alle Platz«, bat August.

Em setzte sich in den Stuhl neben Mariana, Aren ließ sich an ihrer anderen Seite nieder. Iria nahm neben August Platz. Über ihren Köpfen war ein rechteckiger hellerer Fleck an der Wand. Em schaute sich suchend im Raum um, bis sie ein Bild entdeckte, das gegen eine andere Wand gelehnt auf dem Boden stand, falsch herum, sodass sie nur die Rückseite sehen konnte. Wahrscheinlich waren die Ahnen darauf. Die Königsfamilie der Olso verehrte die Ahnen nicht.

»Danke, dass ihr dem Treffen heute zugestimmt habt«, begann

Em und schaute dann zu Ivanna. »Gibt es irgendwelche Neuigkeiten von den Wachen?«

»Noch tut sich nichts, soweit wir sehen können«, antwortete Ivanna. »Sollte sich Vallos' Armee auf einen Angriff vorbereiten, haben wir sie noch nicht erwischt.«

»Gut.« Em entrollte die Landkarte auf dem Tisch vor sich. Sie war etwas unsauber gezeichnet, zeigte aber Vallos und den Süden von Lera. Nördlich von ihnen hatte Em die Festung eingezeichnet und die Küste im Osten mit einem Stern markiert.

»Ich denke, wir sollten eine Gruppe Krieger und Ruined nach Norden schicken, damit wir wissen, wie es in Lera aussieht«, schlug sie vor. »Wir müssen verbreiten, dass wir die Stadt eingenommen haben. Wir haben die Festung von Norden und Süden umzingelt, aber keinen konkreten Plan und wissen nicht, was im Norden vor sich geht. Wir brauchen starke Leute, die zwischen den beiden Punkten hin- und herreisen können. Wenn unsere Leute sich entlang der Küste bewegen«, dabei zeigte sie auf den Stern, »dann sollten sie eigentlich nach Norden durchkommen. Erst recht, wenn ein paar mächtige Ruined dabei sind. Wir beide könnten ihnen Briefe mitgeben, in denen wir erklären, was passiert ist.«

»Und wann?«, wollte August wissen.

»Sobald wir Verstärkung von den anderen Kriegern bekommen.«

»Es wäre sicherer, zurück nach Ruina zu reisen und dann über Olso nach Lera zu gelangen«, gab Iria zu bedenken.

»Sicherer, ja, aber das würde Wochen dauern«, merkte Ivanna an.

»Und so viel Zeit haben wir nicht«, fügte Em hinzu. »Wir müssen das so schnell wie möglich auf die Beine stellen, wenn wir die Festung angreifen und Jovita umbringen wollen. Sie wird gut geschützt sein, da dürfen wir kein Risiko eingehen.«

»Na gut«, sagte August. »Wie viele sollten denn gehen?«

»Ich dachte, zehn Krieger und zwei oder drei Ruined«, antwortete Em.

»Und welche Ruined?«

»Das weiß ich nicht. Erst mal wollte ich nach Freiwilligen fragen. Zur Not suche ich welche aus.« Em sah nach rechts, die Ruined schienen zuzustimmen.

»Ich möchte vorher Bescheid wissen und mitbestimmen, welche Ruined gehen«, verlangte August.

»Natürlich, das Gleiche gilt für die Krieger.«

»Schön. Ich treffe die Entscheidung, sobald alle hier sind.« Dann klatschte August in die Hände. »Nun, kommen wir dazu, dass sich in einem Haus am anderen Ende der Straße Leras König aufhält. Der König, den ich auf Befehl meines Bruders töten soll.«

»Ich habe mich bereits einmal geweigert, diesen Befehl auszuführen«, gab Em zurück. »Wieso glaubst du, dass ich jetzt zulassen sollte, ihn umbringen zu lassen?«

August ballte seine rechte Hand so fest zur Faust, dass seine Knöchel ganz weiß wurden. »Man könnte durchaus vorbringen, dass eine weitere Beziehung zu Leras Anführer das Verhältnis der Ruined zu Olso schädigt.«

»Man *könnte* das vorbringen? Oder bringst du es gerade vor?«

»Casimir hat hier nichts verloren, wir führen Krieg gegen sein Land.«

»Es ist in unserem Interesse, dass Jovita nicht auf Leras Thron kommt«, rechtfertigte Em sich. »Wir wären nicht in dieser Lage, wenn sie nicht die Führung übernommen hätte.«

»Ach, deswegen versteckst du ihn also hier?«, fragte Jacobo ironisch. »Nicht, weil ihr euch gestern Abend auf der Veranda geküsst habt?«

Em wurde rot, und alle schwiegen.

»Er hat bewiesen, dass er seine Leute nicht unter Kontrolle hat«, meldete Ivanna sich wieder zu Wort. »Ehrlich, ich habe dir geglaubt, dass Casimir uns nicht angreifen wird, aber eure Abmachung bedeutet jetzt gar nichts mehr, und wir haben uns mit Olso verbündet, nicht mit Lera.«

Em starrte auf den Boden, Ivanna hatte nicht unrecht, aber Em auch nicht. Wenn man die Ruined beschützen wollte, war es das Entscheidende, Jovita vom Thron fernzuhalten.

Dennoch war es an der Zeit, dass Cas weiterzog und seinen Thron zurückforderte. Damit hatten sie recht.

»Ich werde sie bitten, zu gehen«, willigte Em angespannt ein. »Sobald Cas vollständig genesen ist. Ich gebe ihnen noch eine Woche.«

»Einen Tag«, wiedersprach August. »Morgen verschwindet er.«

Em verschränkte ihre Arme vor der Brust. »Fünf Tage.«

»Drei. Höher gehe ich nicht.«

»Na gut. Drei Tage. Sollte ihm in diesen drei Tagen irgendetwas zustoßen, haben wir ein Problem.«

»Niemand wird ihn anrühren«, versicherte August gereizt. »Aber du solltest dich fragen, ob deine Beziehung zu Casimir es wert ist, das Bündnis zu den Kriegern zu riskieren. Was würden deine Leute denken, wenn wir alle plötzlich abreisen?« Seine Stimme zitterte, als ob er sich schwer zusammenreißen müsste, um nicht loszubrüllen.

Also, Olivia würde vor Freude in die Luft springen. Die etwas vernünftigeren Ruined wie Ivanna und Mariana würden toben vor Wut. Ihnen wäre klar, dass Em ihre Sicherheit für das Leben eines Jungen riskierte. Eines Jungen, den sie hassten.

Das konnte sie nicht tun, ihre oberste Priorität waren die Ruined. Sie war jetzt ihre Königin. Es war ihre Pflicht, sie zu beschützen, auch wenn sie dabei ihre eigenen Wünsche hintanstellen musste.

»In drei Tagen reisen sie ab«, bestätigte sie.

»Gut.« Augusts Lächeln wirkte sehr aufgesetzt. »Das war alles, wenn nicht noch etwas von eurer Seite kommt.«

Sie stand auf und verabschiedete sich kurz bei den Kriegern, bevor sie rausging. Die Ruined folgten ihr.

»Du solltest Cas gar nicht gehen lassen«, begann Jacobo, als sie die Landstraße entlanggingen. »Wir sollten ihn als Gefangenen behalten, bis wir ihn nicht mehr brauchen.«

»Als Gefangener bringt er uns nichts«, wiedersprach Ivanna. »Außerdem sollten wir kein potenzielles Bündnis aufs Spiel setzen. Momentan nützt es uns zwar nichts, aber man weiß ja nie.«

»Die Ruined verbünden sich mit Lera«, spottete Jacobo. »Das wäre mal was.«

Ivanna zuckte mit den Schultern. »Ich sage ja nur, dass es klug von Emelina ist, sie sich nicht zum Feind zu machen.«

»Danke«, sagte Em, überrascht von der unerwarteten Unterstützung. »Könntest du dich mit Mariana mal für mich bei den Ruined umhören? Ob jemand Interesse daran hätte, mit den Kriegern nach Norden zu ziehen?«

»Klar«, sagte Mariana, dann drehten die beiden Frauen sich um und folgten Jacobo und Davi ins Stadtzentrum.

Em schaute Aren an. »Das war seltsam.«

»Nicht wirklich. Ich denke auch, dass du die richtige Entscheidung getroffen hast.«

»Ehrlich?«

»Ja. Du würdest Jovita einen Gefallen tun, wenn du Cas tötest. Außerdem ist er gar nicht so ...« Aren verzog das Gesicht. »Er könnte schlimmer sein, glaube ich.«

»Wow«, antwortete Em lachend. »Ich glaube, das ist das Netteste, was du jemals über einen Lera gesagt hast.«

»Erzähl es nicht weiter.« Er hielt inne. »Er hat mir erzählt, dass ihr eure Ehe nie ganz vollzogen habt.«

»Hat er?«

»Er dachte, du hättest es mir schon gesagt, was du übrigens auch hättest tun sollen.«

»Ach, na ja ...«, Em zuckte mit den Schultern und wich seinem Blick aus.

»Ich habe mir deswegen Sorgen gemacht, weißt du. Ich dachte, du wärst traumatisiert, weil du mit ihm schlafen musstest. Du hättest mir sagen können, dass du es nicht tun wolltest, weil du Angst hattest.«

»Ich hatte keine Angst! Es war nur ... irgendwie peinlich.«

»Ich verurteile dich nicht.«

Jetzt hatte sie definitiv keine Angst mehr davor. Sie drehte sich noch einmal zu Augusts Haus um und sah, dass Iria aus der Tür trat. Em winkte Aren zu und lief dann zu der Kriegerin.

»Kann ich dich was fragen?«, sagte sie, nachdem sie Iria eingeholt hatte.

»Ich melde mich freiwillig, um mit nach Norden zu reisen, falls es das ist.«

»Nein, aber das ist keine schlechte Idee. Ich wollte eigentlich wissen, ob du zufällig, ähm, Junerwurzel hast oder ob du hier in der Umgebung eine Stelle entdeckt hast, wo sie wächst.«

Iria blieb abrupt stehen und fing an zu lächeln. »Du willst wohl die letzten drei Tage nutzen, was?«

Em lief schon wieder rot an. »Äh, na ja …« Ja, das hatte sie vor, aber das Letzte, was sie jetzt brauchte, war ein Kind, und Junerwurzel war dafür bekannt, Schwangerschaften zu verhindern.

»Außerhalb der Stadt, im Nordosten, habe ich ein Feld damit gesehen, auf unserem Weg hierher.«

»Denkst du, na ja, dass du mir das zeigen kannst? Ich weiß nicht wirklich, wie die Wurzel aussieht.«

Iria hob die Brauen. »Klar. Wir können zu Fuß gehen, es ist nicht weit.«

»Danke.«

»Deine Mutter hat es dir nicht gezeigt?«, fragte Iria, als sie losgingen. »Oder wächst Junerwurzel in Ruina nicht?«

»Doch schon, aber ich glaube, es war ihr nicht besonders wichtig. Dafür kenne ich eine Menge tödliche Kräuter.«

»Nun ja, ich schätze, das ist auch ganz nützlich.«

19. KAPITEL

»Wohin geht's denn?«

Irias Stimme erschreckte Aren. Sie stand im Eingang zum Stall und band ihr wehendes Haar zum Zopf zusammen. Als er nicht reagierte, zeigte sie auf das Pferd, das er bereits gesattelt hatte.

»Ich … will etwas überprüfen«, antwortete er schließlich.

»Etwas überprüfen«, wiederholte sie misstrauisch.

Er schluckte nervös. Er wollte nachsehen, ob Olivia gestern alle Menschen umgebracht hatte. Wie ein Feigling war er abgehauen, als sie den ersten tötete, und nun wusste er nicht, ob noch jemand lebte. Vielleicht hatte sie ja Verletzte zurückgelassen. Olivia wusste natürlich, dass er sich nicht überwinden konnte, sie danach zu fragen. Er wollte überhaupt nicht in ihrer Nähe sein.

Panik stieg in ihm auf, als er an Olivias Worte dachte. *Dann wirst du wohl mich heiraten, denke ich.* Wie könnte er jemanden heiraten, der ohne Gewissensbisse Menschen abschlachtete? Der nicht nur keine Gewissensbisse hatte, sondern sich auch noch daran erfreute. Was würde sie ihm wohl antun, wenn sie wütend auf ihn war? Vielleicht würde er bei jedem Streit einen Körperteil verlieren.

Er lachte beinahe hysterisch auf, und Iria sah ihn besorgt an.

»Möchtest du Gesellschaft?«, fragte sie.

Ja. Das Wort lag ihm auf der Zunge, er wollte, dass sie mitkam. Er wollte jemandem erzählen, was Olivia getan hatte. Jemandem, der nicht Em war. Er wusste noch nicht ganz, wie er mit Em über ihre Schwester sprechen sollte.

»Kannst du für dich behalten, was du zu sehen kriegst, egal, was es ist?«, wollte er wissen. »Nur so lange, bis wir uns überlegt haben, was wir machen.«

Sie wirkte beunruhigt. Er half ihr, ein zweites Pferd zu satteln, und sie ritten zusammen durch die Stadt. Als sie am Gericht vorbeikamen, schaute er zu den Statuen der Ahnen hin. Er mochte sie nicht, ihre Blicke schienen einem überallhin zu folgen.

Die Sonne ging bereits unter und tauchte alles in ein orangefarbenes Licht. Er konzentrierte sich wieder auf die Straße vor ihm und tat so, als spürte er nicht, wie die Blicke der Ahnen sich in seinen Rücken bohrten.

Als sie an der Stelle ankamen, war es schon fast dunkel. Die paar Zelte am Straßenrand standen noch.

Die Toten lagen am Boden verstreut, Fliegen schwirrten über ihren Leichen. Sie hatte alle umgebracht.

Aren stieg aus dem Sattel. Er wusste, dass er stand, weil er hörte, wie seine Schuhe auf den Boden trafen, aber er fühlte sich wie betäubt.

Du hättest es verhindern können, schrie die Stimme in seinem Kopf ihn an.

»Was ist hier passiert?«, fragte Iria schockiert. Auch sie stieg ab, rannte dann aber direkt auf die Leichen zu, blieb abrupt stehen und hielt sich ihren Handrücken vor die Nase.

Aren streckte die Hand nach seinem Pferd aus. Er brauchte etwas, um sich festzuhalten – seine Beine drohten einzuknicken.

Wahrscheinlich sprach seine Mutter in Gedanken zu ihm, aber er konnte nur noch ein Rauschen hören. Er trug Mitverantwortung an dem, was hier geschehen war. Er hätte nie mit Olivia gehen sollen, als sie die Männer bei den Hütten in Ruina umgebracht hatten. Er hätte nie zusammen mit ihr jemanden töten dürfen, das hier war auch seine Schuld.

»Aren.« Iria stand plötzlich vor ihm, ohne dass er gemerkt hatte, wie sie zu ihm gekommen war. Sie war einfach da, nah genug, dass er sie berühren könnte. »Was ist passiert?«

Unerwartet lief ihm eine Träne über die Wange, die er aber schnell wegwischte.

»Aren«, wiederholte sie sanft und griff dabei nach seiner Hand. Ihre Haut fühlte sich weich und warm an, dankbar ergriff er sie.

»Olivia«, flüsterte er.

»Sie hat diese Menschen umgebracht? Wieso?«

Wieder stieg ein hysterisches Lachen in ihm hoch. Wieso? Wieso tat Olivia überhaupt irgendetwas? Sie hasste Menschen.

Aren sah Iria an. Er dachte immer, er würde die Menschen ebenfalls hassen, aber in diesem Moment stellte er erleichtert fest, dass das nicht stimmte.

»Weiß Em davon?«, wollte Iria wissen. Aren schüttelte den Kopf. »Wir müssen es ihr erzählen.«

»Es ist zu spät. Ich habe Olivia nicht aufgehalten.«

»Die Vallosi könnten sich rächen. Sie hassen Em ohnehin schon, weil sie ihre Prinzessin umgebracht hat. Es braucht nicht mehr viel, bis sie uns angreifen.«

»Stimmt.« Wie dumm, dass er nicht früher daran gedacht hatte. Theoretisch befanden sie sich auf gegnerischem Terrain.

»Hey, Aren«, Iria legte plötzlich ihre Hände an seine Wangen. Er blinzelte, sein ganzer Körper war in Alarmbereitschaft. »Geht es dir gut?«

Definitiv nicht, also schwieg er und starrte sie einfach nur an. Selbst in dem schwachen dämmrigen Licht konnte er ihre Gesichtszüge erkennen. Auch die Sommersprossen auf ihrer Nase, die Wölbung ihrer Lippen, ihre dunklen Augen.

»Es tut mir leid, dass ich sie nicht aufgehalten habe«, sagte er schließlich, weil er es irgendjemandem sagen musste.

»Hättest du das überhaupt gekonnt?«

»Vielleicht. Aber stattdessen bin ich weggerannt.«

Iria sagte ihm nicht, dass es nicht seine Schuld war. Darüber war er froh, denn das wäre gelogen. Es war gut, dass sie ihn nicht anlog.

»Lass uns zurückreiten und es Em erzählen.« Sie ließ ihre Hände wieder sinken. »Sie wird wissen …« Dann verstummte sie plötzlich und drehte sich zu ihrem Pferd. »Aren«, hauchte sie und zeigte auf etwas. Sein Blick folgte ihrem Finger. In der Ferne marschierte eine Armee nach Norden. Direkt auf Sacred Rock zu.

Em blieb vor dem Haus stehen und schaute zu Cas' Fenster hoch. Es war geschlossen, aber sie konnte sehen, dass hinter dem Vorhang Licht schien. Die Sonne war schon längst untergegangen, und die kühle Luft machte sie nervös.

Als sie an die Tür klopfte, öffnete Galo ihr. Violet und Mateo saßen am Tisch und spielten Karten. Sie begrüßten Em, als sie an ihnen vorbeiging.

Sie schlich die Treppe zu Cas' Zimmer hoch, aber sobald sie die Tür aufmachte, stellte sie fest, dass er sie gehört hatte. Er saß auf der Bettkante, mit den Füßen auf dem Boden, statt im Bett. Seine Augen leuchteten wieder und schienen voller Energie. Er sah noch besser aus als am Morgen.

»Hallo.« Sie schloss die Tür hinter sich. Die Lampe auf dem Nachttisch warf ein sanftes Licht über das Bett.

»Hallo.«

Sie ging auf ihn zu, bis ihre Knie seine berührten. Er schaute zu ihr hoch.

»Die Krieger wollen, dass ihr in drei Tagen weg seid«, begann sie, weil sie nicht wusste, was sie sonst sagen sollte.

Er griff nach ihrer Hand und schob seine Finger zwischen ihre, antwortete jedoch nicht.

»Und es gibt noch andere Dinge, über die ich mit dir reden sollte«, fügte sie leise hinzu.

Cas legte seine andere Hand in ihren Nacken und zog sie zu sich. »Was auch immer es ist, es ist mir egal.«

Dann küsste sie ihn, erst noch zaghaft. Seine Hände glitten an ihrer Taille entlang, er spreizte seine Beine und drückte Em näher an sich. Er ließ die Finger unter ihre Kleidung wandern und erforschte ihren nackten Rücken. Plötzlich spielte es keine Rolle mehr, dass sie ihm etwas erzählen wollte, sie konnte gar nicht mehr sprechen.

Sie setzte sich rittlings auf seinen Schoß. Dabei unterbrach sie eine Sekunde den Kuss, und er beugte sich vor, um ihre Lippen erneut zu erobern.

Sie küsste ihn nicht zum ersten Mal, nicht mal zum ersten Mal im Bett, aber diesmal war es anders. Der Kuss entfachte ein Feuer in ihr, das alle Gedanken verschwinden ließ. Es gab nur noch ihn und seinen warmen Atem an ihrem Mund.

Sie griff nach dem Saum seines Oberteils und zog es hoch. Er nahm die Arme hoch, und sie schob es über seinen Kopf.

Einen kurzen Moment schauten sie einander in die Augen. Sie würde sich für immer einprägen, wie er sie in diesem Moment anschaute. Wie seine Augen glühten, wie er sein Kinn reckte, um sie erneut zu küssen.

Er biss sie leicht in die Unterlippe, und sie spürte, wie sie in seinen Armen dahinschmolz. Er tastete nach den Knöpfen ihrer Bluse, öffnete sie und streifte ihr das Kleidungsstück ab, während er gleichzeitig ihre Schultern streichelte. Sie hob ihm ihren Mund entgegen, und er seufzte tief auf.

Sie vergrub ihre Finger in seinem weichen Haar. Das Gefühl seiner Hände auf ihrer Haut war so wundervoll, dass sie beschloss, nie wieder was anzuziehen. Sie hatte schon viel zu viel Zeit mit Cas voll bekleidet verbracht.

Er fasste sie an der Hüfte und drückte sie auf das Bett. Sie schlang ihre Beine um seine Taille und erkundete mit den Fingern seinen kräftigen Rücken.

Seine Lippen lagen jetzt an ihrem Hals und arbeiteten sich weiter abwärts, was einen knisternden Funkenschauer in ihrem Inneren auslöste.

Dann nestelte er an den Knöpfen ihrer Hose herum, und sie musste unwillkürlich lachen.

»Brauchst du Unterstützung?«, erkundigte sie sich.

Doch er schob ihre Hand beiseite. »Nein.« Er öffnete den obersten Knopf. »Du weißt ja gar nicht, wie oft ich mir schon vorgestellt habe, dir die Hose auszuziehen. Ich erledige das selbst.« Er machte den zweiten Knopf auf.

»Wie oft?«, hakte sie nach.

Er öffnete den letzten Knopf und griff nach dem Hosenbund. »Ein paarmal.« Er streifte die Hose an ihren Beinen hinab und warf sie auf den Boden. »Nicht so oft, wie ich mich daran erinnere, wie es war, in dieser einen Nacht dein Kleid aufzuknöpfen.«

»Ach ja?«

Er stützte sich rechts und links von ihrem Kopf mit den Händen ab und schaute ihr tief in die Augen, wobei ihm die Haare in die Stirn fielen. Em trug nur noch einen Hauch Stoff am Leib, und ihr ganzer Körper fing an zu glühen, als Cas sich zwischen ihre Beine schob.

»So oft«, flüsterte er und küsste sie.

Sie schlang ihre Arme um ihn und drückte ihn so fest an sich, wie sie konnte. Wenn sie sich stark genug an ihm festhielt, würde er vielleicht nicht gehen müssen. Vielleicht könnten sie das hier jeden Abend tun, für den Rest ihres Lebens.

Er presste seine Finger sanft in ihren Oberschenkel und ließ sie langsam zu ihren Hüften wandern, als sie den ersten Schrei hörten.

Cas erstarrte und sah zum Fenster. Noch ein Schrei.

Em sprang vom Bett und schnappte ihr Oberteil und ihre Hose. Sie warf die Sachen schnell über und rannte zur Tür.

»Bleib hier«, rief sie ihm über die Schulter zu und lief raus, ohne auf eine Antwort zu warten.

Unten standen Galo, Mateo und Violet, die Em ebenfalls aufforderte, drinnen zu bleiben.

Ruined und Krieger strömten aus ihren Häusern, während Em zum Stadtkern sprintete. Aren und Iria kamen von der anderen Seite angerannt.

»Vallos' Soldaten!«, schrie Aren.

Em drehte sich um und schaute nach Süden, von wo die Umrisse einer Armee auf sie zukamen. Hufe donnerten über den Boden. Das Licht einer Fackel spiegelte sich in einem Schwert.

Em hatte nicht damit gerechnet, dass die Vallosi so schnell angreifen würden. Zwar war irgendwann damit zu rechnen, immerhin hatten sie die Stadt eingenommen, und zuvor hatte Em ihre Prinzessin ermordet. Aber sie waren nicht stark genug, um allein gegen die Ruined zu kämpfen. Wieso sollten sie ohne Leras Unterstützung hier einfallen?

»Tötet sie alle! Jeden einzelnen!«, übertönte Olivias Stimme den Lärm. Mit gelassener Miene trat sie aus ihrem Haus. Sie hatte Ems Schwert bei sich und reichte es ihrer Schwester. »Die Krieger warten auf Anweisungen.«

Em drehte sich um und sah, dass August und seine Krieger sich auf dem Marktplatz versammelten, alle schon in Rot gekleidet und mit gezogenen Schwertern. Sie legte ihre Hände um ihren Mund.

»Angriff! Keine Gefangenen!«

20. KAPITEL

Als Aren Ems Anweisung hörte, hatte er das Gefühl, als würde jemand auf seiner Brust stehen. Iria und er waren so schnell geritten, wie sie konnten, trotzdem hatten sie es nur knapp vor den Soldaten zurück nach Sacred Rock geschafft.

»Tötet sie! Tötet sie alle!«, schrie Olivia.

Die Vallosi rächten sich nur für das, was Olivia getan hatte. Er konnte es ihnen nicht verübeln, sie hassten die Ruined allein schon deshalb, weil Em ihre Prinzessin umgebracht hatte. Er hätte an ihrer Stelle vermutlich genauso reagiert.

Krieger rannten an ihm vorbei, während Em ihnen Befehle zurief. Er nahm nur noch einen Strom von Rot wahr.

»Aren!«, brüllte Olivia wütend über die Menge hinweg. Er starrte sie blinzelnd an. Sie stand ein paar Meter von ihm entfernt, ihr Mantel wehte hinter ihr im Wind. »Willst du da einfach nur rumstehen, oder hilfst du mir?«

Alles in ihm sträubte sich, am liebsten wäre er weggerannt. Noch nie zuvor hatte er den Drang verspürt, vor einem anderen Ruined zu fliehen.

Iria preschte an ihm vorbei und rief über ihre Schulter einem anderen Krieger etwas zu. Sie warf wilde Blicke auf die anrückende Armee.

Das brachte ihn wieder ganz zu sich. Wenn er nicht kämpfte, würden zu viele Leute sterben. Iria könnte sterben. Er konnte nicht ändern, was Olivia getan hatte, aber er konnte seine Freunde beschützen.

Also lief er zu Olivia. Sofort griff sie nach seiner Hand und drehte ihn so, dass er der Armee die Stirn bot. Die Krieger machten den Weg frei, sodass nichts mehr zwischen Aren und den herangaloppierenden Pferden stand.

Die Vallosi trugen alle Schwarz, ihre Fackeln schwebten in der Dunkelheit auf und ab. Es müssten ein paar Hundert sein.

Olivia drückte seine Hand, und er hätte schwören können, dass er spürte, wie ihre Kraft ihn durchfuhr. Auch das hatte er noch nie bei einem anderen Ruined gefühlt, er wusste nicht einmal, dass es möglich war.

Das Getrampel der Pferde ließ den Boden vibrieren, sie waren nah genug, dass Aren die Rufe der Soldaten hören konnte.

»Löse dich«, redete Olivia auf ihn ein. »Ich kann noch immer deine Emotionen spüren. Lass mich das nicht alles allein machen.«

Er machte seinen Kopf frei, unterdrückte die Welle von Schuldgefühlen, die ihn zu überrollen drohte.

Zwei Männer in der ersten Reihe fielen von ihren Pferden. Olivia hatte angefangen.

»Du übernimmst die linke Seite«, ordnete sie an.

Er konzentrierte sich. Er war stark, er merkte gar nichts. Er würde das schaffen.

Aber wieso ging es nicht ohne Blutvergießen?

Blut spritzte aus den Männern heraus, als er ihre Brustkörbe sprengte. Bei Olivia ging das so viel sauberer. Wieso nicht bei ihm?

Die Männer auf der linken Seite fielen, einer nach dem anderen. Die Kraft rauschte durch seine Adern und jagte einen Feuerstrom durch seinen Körper.

Die Vallosi kamen näher, er konnte unmöglich alle erledigen, bevor sie ihn erreichten.

Ein Soldat stand direkt vor ihm. Aren schnappte nach Luft, plötzlich wurde alles um ihn herum wieder scharf, die Fähigkeit, sich zu lösen, entglitt ihm.

Der Soldat ballte seine Hand zur Faust, und Aren lehnte sich zurück, um dem Schlag zu entgehen, wurde aber an der Wange getroffen. Er konzentrierte sich auf den Hals des Mannes.

Eigentlich wollte er ihm das Genick brechen, doch stattdessen quoll Blut aus seiner Kehle. Alles wurde rot, der Soldat hielt sich die Hände an den Hals und fiel auf die Knie.

Arens Körper wurde ganz schwer vom Benutzen seiner Macht, für einen Moment schloss er die Augen. Da Olivia seine Hand nicht mehr hielt, war es anstrengender, sich innerlich von den Opfern zu lösen.

»Aren!«, durchbrach Olivias Stimme das Chaos, und er öffnete gerade noch rechtzeitig die Augen, um zu sehen, wie ein Soldat mit gezogenem Schwert direkt auf ihn zurannte.

Aren warf den Mann zur Seite, dabei zwang er sich, nicht auf die Geräusche zu hören, sondern seine ganze Aufmerksamkeit auf den Soldaten vor sich zu richten.

Knochen brachen, Köpfe rollten über die Erde.

Er konnte Olivias Lachen hören.

Er selbst versuchte zu lachen. Nichts.

Dann kam noch mehr Blut. Soldaten liefen vor ihm weg. Olivia kümmerte sich um ein paar der Flüchtenden.

Er wischte sich mit dem Arm über die Stirn, alles war nass.

Er schaute nach unten – Blut.

Kurz spürte er einen brennenden Schmerz auf seiner Haut. Er neigte den Kopf und sah zu, wie das neue Ruined-Zeichen an seinem Handgelenk aufplatzte. Schwächelkraut. Sie beschossen sie mit Schwächelkraut.

Aber er merkte davon nichts. Müsste er es nicht fühlen?

Die Ruined um ihn herum schrien, aber Olivia und er hielten die Stellung. Die Soldaten hatten nicht annähernd so viel Schwächelkraut wie die Festung, und nicht jedes Geschoss erreichte sein Ziel, so manches sank harmlos zu Boden.

»Aren.« Olivia zeigte auf etwas in der Ferne. Eine lange Reihe Menschen, zu Fuß, in Wagen, auf Pferden. Der Angriff diente nur der Ablenkung, damit die Leute es an Sacred Rock vorbei schafften. Wahrscheinlich wollten sie nach Lera.

Olivia rannte los. »Komm!«, rief sie ihm zu.

Aren bewegte sich nicht. Jacobo und ein paar andere Ruined drängelten sich an ihm vorbei, um Olivia zu folgen.

Schreie wurden laut. Körper flogen in die Luft und schlugen dumpf wieder auf. Olivia musste ihre Hände nicht benutzen, um ihre Kraft einzusetzen, aber dennoch schwang sie ihre Arme durch die Luft wie eine Dirigentin.

Er drehte sich weg.

Eine Soldatin raffte sich auf, erstarrte aber, als sie Aren sah. Ein Teil ihres dunklen Haares hatte sich aus ihrem Zopf gelöst, und mit ihrem keuchenden Atem blies sie die Strähne aus ihrem blutverschmierten Gesicht.

»Flieh.« Seine Worte waren kaum hörbar, und er war sich nicht mal sicher, ob er es zu ihr oder sich selbst sagte. »Flieh.«

Sie raste los, sprang dabei über die Toten. Etwas weiter vorn streckte ihr ein anderer Soldat eine Hand hin, sie griff danach, und dann rannten sie zusammen weiter. Eine Kriegerin sah ihnen nach, schaute Aren an und hob die Brauen. Sie nahm Pfeil und Bogen von ihrem Rücken und sah erneut fragend zu Aren. Er schüttelte den Kopf.

Hinter ihm verstummten die Schreie allmählich. Um ihn herum steckten die Krieger ihre Schwerter wieder weg. Einige Ruined lachten, und die wenigen Vallos-Soldaten, die noch am Leben waren, verschwanden wieder in die Richtung, aus der sie gekommen waren.

Aren warf einen Blick auf die Leichen, die um ihn herum am Boden lagen. Letztes Mal trugen alle Blau, diesmal war es Schwarz und Gelb. Es spielte keine Rolle, aus welchem Königreich sie kamen, welche Farbe sie trugen, alle endeten auf dieselbe Weise. Tot zu seinen Füßen liegend.

Plötzlich stand Em vor ihm. Sie runzelte die Stirn und sagte etwas, was er aber nicht verstand.

Dann murmelte er »Was?« und hoffte, dass es verständlich klang. Alles um ihn herum wurde schwarz, abgesehen von einem kleinen Punkt konnte er nichts mehr erkennen.

»Ich wollte wissen, ob mit dir alles in Ordnung ist«, wiederholte sie.

»Hm.« Was für eine dumme Frage. »Ich habe ihr gesagt, sie soll es nicht tun.«

»Du hast wem was gesagt?«

»Ich habe Olivia gesagt, sie soll diese Menschen nicht töten. Sie sind nur gekommen, weil Olivia die anderen umgebracht hat.«

»Warte mal, was? Wen hat Olivia getötet?«

Er schüttelte den Kopf. Er wollte keine Fragen mehr beantworten, er wollte nicht mehr vor Menschen stehen, die er ermordet hatte.

»Olivia!«, rief Em und lief davon. »Olivia!«

Aren ging ein paar erschöpften Ruined aus dem Weg und wischte sich mit der Hand über die Stirn. Rot. Dann sah er an sich hinunter. Rot.

Er wollte nur noch fliehen. Er versuchte, seinen Körper dazu zu bringen, loszurennen, aber er hörte nicht auf ihn. Es überraschte ihn, dass er überhaupt noch gehen konnte. Seine Beine schienen sich selbstständig zu bewegen.

Endlich kam er bei der Bäckerei an. Langsam schleppte er sich die Treppe zu der kleinen Wohnung hoch. Rief da jemand seinen Namen? Es wäre zu anstrengend, sich umzudrehen.

Er stieß die Tür auf, blieb aber an der Schwelle stehen.

Was sollte er jetzt tun? Ihm war so, als wäre er aus einem bestimmten Grund zur Wohnung gegangen.

»Aren.«

Er kannte die Stimme.

»Aren?« Iria tauchte plötzlich vor ihm auf. »Was ist …?« Sie verstummte, als sie ihn ansah.

Er schaute auf seine Hände, als er an ihr vorbeiging. Voller Blut.

»Es tut mir leid«, flüsterte er.

»Was?« Irias Schritte klangen ganz nah.

»Es tut mir leid«, sagte er noch mal, aber nicht zu ihr. »Ich weiß nicht, ob es das ist, was ihr getan hättet, aber ich glaube …« Er kniff seine Augen zu. »Es tut mir leid.«

Seine Eltern antworteten nicht. Das taten sie nie.

Aren blickte auf. Iria wirkte angespannt, als stimmte irgendetwas nicht.

Stimmte denn etwas nicht?

Dann fiel sein Blick wieder auf seine Arme. Blut. Das war das, was nicht stimmte.

Er klappte zusammen, fiel auf die Knie und fing an, seine Arme zu kratzen. »Mach es weg.« Wieso ging es nicht ab? »Mach es weg!«

Iria eilte davon, einen Moment lang dachte er, sie hätte Angst vor ihm. Nein, sie schloss die Wohnungstür.

Er zog mit solcher Kraft an seinem Oberteil, dass es an seiner Schulter einriss.

»Hier.« Iria half ihm, es auszuziehen, und warf es beiseite. Er knöpfte seine Hose auf, lehnte sich zurück und strampelte sich frei.

»Klar, die auch.« Irias Stimme klang jetzt etwas seltsam. »Genau.«

»Mach es weg«, murmelte er weiter vor sich hin. Er wischte über das Blut an einem Arm, verschmierte es aber nur noch mehr.

Iria holte einen Eimer Wasser, der in der Ecke stand. Als sie sich vor ihm auf die Knie warf, hielt sie einen Lappen in der Hand.

Sie legte ihm zwei Finger unter das Kinn und hob seinen Kopf, sodass er sie ansah. Dann wischte sie seine Wangen ab. Der Lappen färbte das Wasser rot, als sie ihn in den Eimer tauchte.

Er zitterte, während sie seine Arme wusch, das kalte Wasser lief über seine Haut.

»Sag mir, was los ist«, bat sie ihn.

Er schwieg. Wie konnte er es überhaupt in Worte fassen?

Sie wischte über seine Brust, dann stand sie auf und stellte den Eimer mit dem Lappen neben die Tür. Er sah an sich herab. Das Blut war verschwunden.

»Hände«, sagte sie nur.

Aren wusste nicht, wieso sie seine Hände haben wollte, aber er hielt sie ihr hin. Sie wickelte einen Verband um sein Handgelenk, dort, wo das Schwächelkraut ihn getroffen hatte, dann hievte sie ihn hoch und führte ihn zum Bett. Gute Idee. Er rollte sich zusammen, plötzlich lag eine Decke über ihm.

Iria hockte sich neben das Bett und nahm eine seiner Hände. Er atmete tief durch, ihre Haut zu spüren holte ihn irgendwie wieder zurück. Er sah ihr in die Augen.

»Soll ich jemanden herholen?«, fragte sie. »Em?«

»Nein«, antwortete er sofort. »Bitte nicht.« Was würde Em von ihm denken? Sie würde ihn sicher dafür verurteilen, nach so einem einfachen Kampf in diesem erbärmlichen Zustand zu sein.

»In Ordnung«, sagte sie leise.

Aren zog ihre Hand etwas näher an seine Brust und senkte den Kopf. Er wusste nicht, wieso er ihre Hand hielt, aber es gefiel ihm.

»Ich wollte diese Menschen nicht umbringen«, flüsterte er. »Meine Mutter hat oft gesagt, dass meine Kraft ein … meine Kraft …« Er senkte den Kopf noch weiter, der Rest des Satzes blieb ihm im Hals stecken. Tränen liefen über seine Wangen.

»Es tut mir so leid, Aren«, murmelte Iria. Sie drückte seine Hand etwas stärker und legte ihm ihre andere Hand auf den Kopf. »Es tut mir so leid.«

21. KAPITEL

Olivia seufzte, als sie auf die dunklen Blutspritzer auf ihrer Jacke sah. Kein Wunder, dass ihre Mutter so viele Kleidungsstücke hatte.

In dieser Nacht schlief Olivia nicht. Sie half, die Körper der Soldaten wegzuschaffen und das Gebiet nach restlichen Soldaten abzusuchen. Vor allem aber versuchte sie, ihrer Schwester aus dem Weg zu gehen.

Schließlich öffnete sie doch die Wohnungstür. Em saß am Küchentisch, die dunklen Augenringe verrieten, dass auch sie nicht geschlafen hatte.

»Wo warst du?«, fragte sie direkt.

Olivia zog ihren Mantel aus und ging ins Wohnzimmer, um sich vor das Feuer zu stellen. Die Wohnung hier war immerhin schöner als die Hütten. Die Möbel waren sauber und modern, die Regale gefüllt mit Büchern, und die Bilder waren von professionellen Künstlern. Es hing ein Gemälde von den Ahnen an der Wand, Olivia sah über ihre Schulter zu Boda. Die Lieblingsahnin ihrer Mutter starrte zurück, aus ihrem Platz im Garten.

Em hingegen sah sie erwartungsvoll an, während sie auf eine Antwort wartete.

»Ich habe die Umgebung kontrolliert, um sicherzugehen, dass nicht noch mehr Soldaten irgendwo lauern«, sagte Olivia.

»Und?«

»Ein paar waren da. Ich habe mich darum gekümmert.«

»Aren hat erzählt, sie haben angegriffen, weil du Leute umgebracht hast. Was meinte er damit?«

Olivia verzog das Gesicht. »Aren ist nicht mehr so, wie ich ihn in Erinnerung habe.« Sie dachte dabei an den Jungen, der die Krieger kaum tolerieren wollte, als sie sich ihnen anschlossen. Nun folgte er dieser Iria überallhin.

»Er hat eine Menge durchgemacht.«

»Und ich etwa nicht?« Wut kochte in ihr hoch, äußerte sich diesmal aber durch Tränen, die sie hastig wegblinzelte. »Ich weiß, dass Aren und du ein Jahr lang nur auf der Flucht wart, aber was denkst du, was ich die ganze Zeit gemacht habe? Es war nicht gerade ein traumhaftes Leben, da in der Zelle.« Jetzt lief ihr doch eine Träne über die Wange, und sie schloss die Augen und versuchte, die Bilder zu verdrängen, die in ihr hochstiegen. Wie man sie mit Schwächelkraut bedeckt hatte. Man zwang sie auch, verletzte Menschen zu heilen, und wenn sie sich weigerte, wurde sie verprügelt.

Und diese Menschen wollte Em beschützen?

»Ich weiß«, sagte Em sanft.

Olivia öffnete die Augen. »Ja, ich habe ein paar der Menschen umgebracht, die von hier geflohen sind.«

»Grundlos?«, hakte Em nach.

»Ja.«

»Wieso?«

Olivia hatte damit gerechnet, dass Em ausrastete, statt sich nach dem Grund zu erkundigen. Aren war wohl nicht der Einzige, der sich verändert hatte. Em wollte zwar Cas und seine Freunde beschützen, war aber immer noch diejenige, die Vallos' Prinzessin kaltblütig getötet hatte.

»Weil ich ihnen nicht vertraue«, erklärte Olivia ruhig. »Weil ich nicht möchte, dass ein anderer Ruined das durchstehen muss, was ich durchgestanden habe. Ich werde meine Leute beschützen, selbst wenn ich dafür jeden einzelnen Menschen umbringen muss.«

»Das verstehe ich«, antwortete Em. »Ich weiß, dass du glaubst, ich könnte es nicht verstehen, aber das stimmt nicht. Ich habe gesehen, wie gefährlich sie sein können.«

»Wieso bist du dann wütend?«

»Ich bin nicht wütend. Ich … habe Angst.«

Olivia kniff die Lippen zusammen. Vielleicht hatte sie auch Angst, aber sie weigerte sich, es zuzugeben. Angst bedeutete Schwäche, und sie würde sich nicht gestatten, noch einmal schwach zu sein.

»Ich habe Angst, dass ich nicht vernünftig mit dir reden kann, Liv. Angst, dass dein Hass dich dazu bringt, etwas Dummes zu tun, wodurch du stirbst.« Em beugte sich vor, ihre Stimme klang ruhig. »Wir brauchen die Krieger. Wir müssen schlau sein. Was wäre, wenn Vallos' über eine doppelt so große Armee verfügte? Wenn sie an dir und Aren vorbeigekommen wären? All das hier hätte vorbei sein können, bevor wir überhaupt angefangen haben.«

»Aber das ist nicht der einzige Grund, oder?«, mutmaßte Olivia. »Du findest, dass es falsch von mir war, diese Menschen umzubringen.«

»Ich glaube schon, dass es falsch war. Aber, was wichtiger ist: Ich glaube, dass es nicht klug war. Ich glaube nicht, dass die Tat einer Königin angemessen war. Wir müssen strategisch vorgehen. Wir müssen planen und miteinander sprechen. Wir können die Ruined nicht beschützen, indem wir einfach kleine Gruppen von Menschen angreifen.«

Olivia atmete langsam aus, genervt von Ems Logik. Dagegen konnte sie nichts sagen. »Du hast recht.«

»Ja?«, fragte ihre Schwester offensichtlich überrascht nach.

»Ja.« Olivia lachte. »Du hast recht und bist gleichzeitig eine Heuchlerin.«

»Wieso das?«

»Ist es angemessen für eine Königin, Cas hierzubehalten? Wenn du weißt, dass es August und mich stört? Ist das klug?«

Em sah auf den Boden. »Nein«, gestand sie leise.

»Dann lass uns beide klüger sein, in Ordnung?«

Die ganze Nacht wartete Cas auf Em, und als sie in der Dämmerung endlich in sein Zimmer kam, sprang er sofort auf.

»Ist jemand verletzt?«, wollte er wissen. »Wer war das?«

»Soldaten aus Vallos.« Sie kam nicht zu ihm, sondern lehnte sich mit dem Rücken an die Wand. »Niemand ist verletzt, wir haben sie abgewehrt.«

»Gut.« Er wollte zu ihr, sie in seine Arme schließen, aber alles an ihrer Körpersprache signalisierte, dass er das lieber lassen sollte.

»Ich muss dir etwas sagen«, fing sie an.

»Okay.«

»Wir sind hier, weil wir Jovita umbringen wollen. Das ist unser Plan.«

Er lachte. Es brach lauter aus ihm heraus als geplant. Es klang fast schon hysterisch.

»Ich meine es ernst, Cas.«

»Ich weiß, dass du es ernst meinst. Wieso solltet ihr sonst hier sein? Sie hat euch angegriffen, und ihr seid nur ein paar Stunden von der Festung entfernt.« Er hatte sich nicht großartig Gedanken darüber gemacht, wieso Em in Vallos war. Erst wunderte er sich, dann interessierte es ihn nicht mehr. Er war einfach nur glücklich, sie zu sehen.

Em war also hier, um sich für den Angriff zu revanchieren. Um die Anführerin zu töten, die ihrem Volk den Krieg erklärt hatte. Wie immer, saß sie nicht einfach nur rum, sondern handelte.

»Ich weiß, sie ist die letzte Angehörige, die du noch hast, aber …«

»Das ist mir egal«, unterbrach Cas sie. »Bring sie ruhig um. Richte ihr schöne Grüße von mir aus.«

Schockiert wich Em zurück.

»Du dachtest, ich wäre wütend?«

»Vielleicht.«

»Sie hat mich vergiftet. Mich tagelang in meinem Zimmer eingesperrt und meine Leute davon überzeugt, dass ich verrückt bin. Mir ist egal, was du mit ihr vorhast.«

Em senkte den Blick. »Du musst gehen. Wenn wir uns um Jovita gekümmert haben, kannst du wieder auf den Thron …«

»Das will ich gar nicht«, unterbrach er sie.

»Was?«

»Ich möchte das Königreich nicht. Olso kann es haben.«

»Was?«, wiederholte sie ungläubig.

»Sie haben ohnehin schon den Großteil des Landes, wir haben sowieso keine Chance, und ich bin zu müde, um weiterzukämpfen. Ich bleibe lieber hier, bei dir.«

»Das geht nicht.«

»Wieso nicht? Ich gebe Lera öffentlich auf oder tue, was auch immer du willst. Ich schicke Galo, Mateo und Violet zurück, wenn sie das möchten. Lass mich dir helfen. Lass mich auf deiner Seite stehen.«

Em fuhr sich über das Gesicht, dabei entfuhr ihr ein verzweifeltes Lachen. »Das ist das Dümmste, was ich jemals gehört habe.«

»Was?«, fragte er überrascht.

»Du willst aufgeben? Du hast mir versprochen, dass du die Ruined besser behandelst als Leras voriger König, und sobald sich das kleinste Problem auftut, willst du weglaufen?«

»Das kleinste Problem? Ich wurde für verrückt erklärt, Em. Mein eigenes Volk hat mich abgewiesen.«

»Und? Glaubst du, ich wüsste nicht, wie sich das anfühlt? Ich bin nicht beleidigt weggelaufen, ich habe etwas dagegen unternommen.«

»Das ist nicht das Gleiche. Ich schäme mich für das, was mein Vater getan hat. Ich schäme mich dafür, aus Lera zu sein.«

»Dann mach es besser!«

»Wieso stört dich das so?« Er wurde immer lauter. »Du hasst Lera! Ich biete dir an, alles für dich aufzugeben, um dir zu helfen …«

»Darum habe ich nicht gebeten. Ich würde nie von dir verlangen, alles für mich aufzugeben. Wenn du das von mir denkst, dann kennst du mich nicht besonders gut. Und ich dich wohl auch nicht, denn ich hätte niemals gedacht, dass du einfach aufgibst.«

»Anscheinend nicht«, sagte er verbittert. Er konnte ihr gerade nicht wirklich in die Augen sehen. Die Scham lag schwer auf seiner Brust und weigerte sich, zu verschwinden.

»Selbst wenn du nicht zurück nach Lera willst, kannst du nicht hierbleiben«, fuhr Em fort. »Es stört zu viele. Besonders Olivia und August. August hat vorgeschlagen, unsere Königreiche durch eine Ehe mit mir zu verbinden, und ich denke ernsthaft darüber nach.«

Cas' Herz blieb stehen. Alles um ihn herum drehte sich.

»Olso möchte sich langfristig mit uns verbünden, also soll er Olivia oder mich heiraten. Er bevorzugt mich.«

»Oh.« Seine Stimme klang seltsam. Während er im Bett lag und davon träumte, bei Em zu bleiben, plante sie, jemand anderen zu heiraten. Plante einen Angriff auf Leras Anführerin, um ihre Leute zu beschützen.

Kein Wunder, dass Jovita ihm den Thron stehlen wollte. Er hatte ihn absolut nicht verdient.

»Eure Pferde und der Wagen sind im Stall«, fuhr Em fort. »Ich glaube, es ist das Beste, wenn du jetzt gehst. Ihr habt ein paar Stunden, um euch auf die Reise vorzubereiten.« Dann drehte sie sich zur Tür, zögerte aber noch einen Moment, die Hand schon auf der Türklinke. »Es ist nicht so, dass du mir nichts bedeutest, Cas. Aber eine Menge Leute zählen darauf, dass ich sie beschütze, und an die muss ich zuerst denken.«

Sie ging aus dem Zimmer und zog die Tür hinter sich zu. Cas sank auf das Bett und lauschte ihren Schritten auf der Treppe.

Seine Hände zitterten, er dachte daran, ihr nachzulaufen, ihr zuzubrüllen, dass sie kein Recht hatte, wütend auf ihn zu sein. Sie war der Grund, dass er so viel verloren hatte.

Stattdessen saß er wie erstarrt auf dem Bett, der Druck auf seiner Brust wurde immer schlimmer.

»Cas?«, fragte Galo durch die Tür, bevor er sie aufstieß, die Stirn gerunzelt. »Was ist los? Em meinte, wir müssen gehen.«

Cas schaute auf seine Füße. »Ja. Heute noch.«

Galo schloss die Tür hinter sich und lehnte sich dagegen. »Was ist passiert?«

»Olivia und August haben etwas dagegen, dass wir hier sind.«

»Ach was! Ich meinte, wieso habt ihr euch gestritten, was nicht zu überhören war?«

»Ich wollte bei ihr bleiben. Das gefiel ihr nicht.«

»Wie meinst du das?«, hakte Galo nach. »Wie könntest du denn bei ihr bleiben?«

»Ich kann doch sowieso nirgendwohin. Jovita hat inzwischen

den Thron übernommen, ich könnte genauso gut bei Em bleiben und den Ruined helfen.«

Galo schwieg, Cas verschränkte seine Arme vor der Brust, er konnte Galo nicht in die Augen sehen. Je öfter er seinen Plan laut aussprach, desto mehr schämte er sich dafür.

Galo schritt durch den Raum und versetzte Cas eine heftige Ohrfeige. Schockiert schrie Cas kurz auf.

»Was zur …?« Mehr brachte er nicht heraus, weil Galo ihn noch mal schlug.

»Was? Du sagst doch, du bist kein König, dann kann ich dich auch schlagen.« Galo hob erneut die Hand, aber Cas erhob sich hastig vom Bett und wich ihm aus.

»Kannst du das bitte lassen?«

»Nein. Komm her. Ich mach das so lange, bis du wieder klar denken kannst.« Galo ging auf ihn zu, Cas sprang über das Bett und drückte sich gegen die Wand.

»Ich habe es verstanden«, rief er und hielt seine Arme hoch. »Ich bin ein Idiot.«

»Ja, bist du.« Galo blieb ein paar Schritte von ihm entfernt stehen. »Du hast ernsthaft angeboten, bei Em zu bleiben?«

»Sie hat abgelehnt.«

»Natürlich hat sie das! Ich kenne sie kaum, weiß aber, was für eine schreckliche Idee das ist.«

»Ja, reite nur darauf herum«, antwortete Cas. »Als ginge es mir nicht schon schlecht genug.«

»Cas«, sagte Galo etwas sanfter. »Für wen waren denn alle Entscheidungen, die Em getroffen hat?«

Cas sah an die Decke und weigerte sich, darauf einzugehen.

»Für sie«, fuhr Galo fort und zeigte dabei nach draußen. »Für die Ruined. Ich bezweifle nicht, dass sie Gefühle für dich hegt, aber alles, was sie jemals getan hat, hat sie für ihre Leute getan.«

Cas schwieg immer noch. Er war schon einmal wütend gewesen, dass Em sich für die Ruined und nicht für ihn entschieden hatte. Damals hatte sie ihm nicht erzählt, dass die Krieger angreifen würden, dadurch hatte er seinen Vater und sein Zuhause verloren. Er war so zornig auf sie, weil sie die falsche Entscheidung getroffen hatte, nicht für, sondern gegen ihn.

Aber sie würde sich niemals für ihn entscheiden.

»August will sie heiraten«, flüsterte er schließlich.

»Oh«, murmelte Galo. »Das ist schlau. Ein langfristiges Bündnis zwischen Olso und Ruina.« Er hielt einen Moment inne. »Tut mir leid, Cas.«

Cas stieß sich von der Wand ab und ließ seine Knöchel knacken. »Vergiss es. Wir müssen uns überlegen, wohin wir gehen wollen. Vielleicht könnten wir weiter nach Süden reisen, weiter nach Vallos hinein …« Seine Stimme erstarb. Er wusste selbst nicht, wohin sie sollten.

»Wir müssen zurück nach Lera«, widersprach Galo. »Es war nie unser Plan, in Vallos zu bleiben. Wir wollten warten, bis du wieder gesund bist, und dann zurück nach Lera gehen und im Süden eine Armee zusammentrommeln. Du willst doch nicht wirklich aufgeben, oder?«

»Ich weiß nicht, was ich tun soll! Jovita hat die Soldaten und die Berater unter Kontrolle!«

»Du hast Violet, das bedeutet, dass dir auch der Süden gehört, wenn du ihn willst. Ihre Leute halten zu ihr. Wir können nicht zulassen, dass Jovita vor uns dort ist.«

Vielleicht brachte Em Jovita ja demnächst um, dann hätte er tatsächlich die Chance, seinen Thron zurückzubekommen.

Ems wütendes Gesicht tauchte vor seinem geistigen Auge auf, und plötzlich verstand er ihren Blick. Sie schämte sich für ihn. Sie hatte stets gehandelt, sich wie eine Anführerin verhalten, für ihr Volk gekämpft.

Und er? Er lag im Bett. Er wälzte sich in Selbstmitleid. Er wollte sogar alles aufgeben, für ein Mädchen, das er nicht haben könnte.

Er atmete tief durch, und eine Idee keimte in ihm.

Ein König handelte, übernahm Kontrolle. Ein König nutzte die Gelegenheit.

»Was?«, fragte Galo.

»Em plant, Jovita umzubringen.«

»Ich kann nicht behaupten, dass ich das schlimm finde.«

»Nein …« Zum ersten Mal seit Tagen spürte Cas einen Funken Hoffnung. »Lass uns zurück zur Festung gehen.«

»Wieso?«

»Ich werde Jovita zuerst töten.«

22. KAPITEL

Aren hob die Lider und kniff sie gleich wieder zusammen, da das rötliche Licht im Zimmer ihn blendete. Er rieb sich das Gesicht, bis sich seine Augen an das Licht gewöhnten und er alles klar erkennen konnte.

Iria.

Die Erinnerungen an letzte Nacht prasselten auf ihn ein, und er setzte sich auf. Sie saß neben dem Fenster auf dem Boden, die Knie angezogen. Als er sich bewegte, drehte sie sich zu ihm um. Sie sah besorgt aus.

Wäre es wohl komisch, wenn er einfach aus der Tür rannte? *Ich könnte in unter drei Sekunden verschwinden.*

Er sah an sich hinunter. Er trug nur Unterwäsche.

Es wäre also recht lächerlich, wenn er so herumlaufen würde.

Noch lächerlicher, als auf dem Boden zu kauern, während Iria ihm das Blut abwusch? Vermutlich nicht.

Iria stand auf. »Wie fühlst du dich?«

Erniedrigt. Geisteskrank. Besorgt, er könnte den Kontakt zur Realität verlieren.

Er zog die Decke etwas weiter hoch. Er hatte zwar vor einem Mädchen schon mal weniger angehabt, sich aber noch nie so nackt gefühlt.

Sie setzte sich auf die Bettkante. Ihre Hand ruhte neben ihm auf der Matratze, er könnte sie ganz leicht berühren.

Hatte er gestern beim Einschlafen etwa ihre Hand gehalten?

Und er glaubte schon, es könnte nicht peinlicher für ihn werden.

Sie sah ihn an, er hatte ihre Frage noch nicht beantwortet.

»Mir geht's gut«, log er und räusperte sich. »Danke.« Sein Blick wanderte zu der Stelle neben dem Fenster, wo sie eben noch gesessen hatte. »Warst du die ganze Nacht hier?«

»Es waren nur ein paar Stunden. Die Sonne ist gerade aufgegangen. Ich dachte, ich sollte dich lieber nicht allein lassen.«

Er wollte sich bedanken, starrte aber stattdessen an die Decke.

»Willst du mir erzählen, was gestern passiert ist?«, fragte sie.

Wie sollte er erklären, was er selbst nicht verstand? »Ich ... Ich fühle mich komisch.« Was für eine Untertreibung.

»Komisch«, wiederholte Iria.

»Olivia hat mir gezeigt, wie ich meine Kraft nutzen kann, ohne selbst schwächer zu werden. Wie ich mich von den Opfern lösen kann, sodass der Einsatz mir nicht schadet. Aber, es ist als ... als ob ich mich dadurch auch von mir selbst löse.«

»Oh.«

Seine blutverschmierte Kleidung lag in der Ecke. Wie viele hatte er gestern getötet? Er wusste es nicht mal. Früher hatte er immer einen Überblick darüber, wie viele Jäger er umgebracht hatte, aber inzwischen musste die Zahl enorm sein.

»Vielleicht ist es nicht gut für dich, sich auf diese Art von deinen Opfern zu lösen«, sagte Iria. »Vielleicht musst du es einfach selbst fühlen.«

»Aber es macht mich so schwach, und die Leute hier brauchen mich. Neben Olivia bin ich der mächtigste Ruined, alle verlassen sich auf mich.«

»Niemand zwingt dich zu töten. Nur weil es das ist, was Olivia will, ist es noch längst nicht das Richtige.«

Ihre dunklen Augen waren auf ihn gerichtet, und plötzlich hatte er das Bedürfnis, sie an sich zu ziehen und in seine Arme zu schließen. Fast wünschte er sich, sie wäre letzte Nacht zu ihm ins Bett gestiegen. Er hätte sie in den Arm nehmen und mit ihrem Kopf an seinem Hals einschlafen können.

Schließlich brach sie die Stille, die sich über sie gelegt hatte. »Vielleicht solltest du mit Em sprechen. Erzähle ihr, was passiert ist.«

»Und was soll Em tun? Das ist mein eigenes Problem. Es ist ja nicht so, als würde Olivia mich zu irgendetwas zwingen.« Sobald er die Worte laut ausgesprochen hatte, breitete sich ein schreckliches Gefühl in ihm aus. Seine Hände fingen an zu zittern.

Olivia zwang ihn zu gar nichts.

Jedenfalls noch nicht. Er könnte sich vorstellen, dass sie ihn noch dazu zwingen würde, sie zu heiraten. Nervös holte er Luft.

Es musste mit Em darüber reden. Sie war die Einzige, die ihre Schwester aufhalten konnte.

»Und wenn du für eine Weile weggehst?«, schlug Iria vor. »Ich habe überlegt, mich der Gruppe anzuschließen, die nach Norden geht. Du könntest dich als Ruined freiwillig melden, und die Zeit nutzen, um deinen Kopf wieder geradezurücken.«

»Ich glaube, dafür ist es zu spät«, erwiderte er trocken.

Sie legte ihm eine Hand auf den Kopf und lächelte. »Für mich sieht der aber noch ganz in Ordnung aus.«

Er erwiderte ihr Lächeln, ein Hauch von Erleichterung milderte das Grauen in seiner Brust. »Das ist keine schlechte Idee. Ich frage Em mal.«

»Gut.« Iria ließ ihre Hand wieder fallen.

»Ähm, aber du bist auf jeden Fall dabei, oder? Dann würde ich mich wohler fühlen. Du bist die einzige Kriegerin, der ich tatsächlich traue«, fügte er noch schnell hinzu.

Ihre Wangen färbten sich rot, und er versuchte, sich das Lachen zu verkneifen. Ihm war sehr wohl bewusst, dass er viele Mädchen zum Erröten brachte, aber bei Iria war es anders. Sie wurde immer noch rot, obwohl sie gesehen hatte, wie er total am Boden war?

»Ich bin dabei«, antwortete sie.

Fast gegen seinen Willen griff er nach ihrer Hand. Er hatte sich nicht bewusst dazu entschieden, es war, als handle sein Körper eigenständig.

Sie schloss ihre weichen warmen Finger um seine. Die Erleichterung breitete sich weiter in ihm aus, als würde es schon ausreichen, nur ihre Hand zu halten, um von allem geheilt zu werden.

»Danke, Iria«, murmelte er.

»Gern geschehen.«

Dann ließ er sie wieder los, aber nur, um den Moment so lange auszudehnen, dass es peinlich wurde. Sie erhob sich vom Bett, sah ihn aber weiter an.

»Die Zeichen kommen zurück«, stellte sie fest.

Aren schaute auf die zarten weißen Linien, die sich zwischen den Narben auf seiner Brust abzeichneten. Sie sahen anders aus als vorher. Wirr und irgendwie zerrissen durch seine verbrannte Haut.

»Ja, ich habe eine Menge neue gekriegt.«

»Gut. Ich fand es furchtbar, dass sie dir auch die genommen haben.«

Er lächelte ihr zu und wünschte, sie wäre nicht aufgestanden. Wieder wollten seine Finger wie von selbst nach ihr greifen.

»Äh, ich sollte wohl gehen.« Sie wandte sich zur Tür. »Ich versuche, noch etwas Schlaf zu bekommen.«

»In Ordnung.« Nein, das war es nicht, was er eigentlich sagen wollte. Er wollte sie bitten, zu bleiben. Er wollte ihr sagen, dass sie neben ihm im Bett schlafen könnte. Er wollte ihr sagen, dass er sich besser fühlte, wenn sie bei ihm war.

Aber nichts davon brachte er heraus. »Mach's gut«, sagte er nur noch, als sie verschwand.

23. KAPITEL

Vor dem Stall, neben dem Wagen und den Pferden, wartete Em, ihre Brust wie zugeschnürt. Ein Teil von ihr wollte zu Cas rennen und sich entschuldigen. Der andere Teil wollte ihm eine reinhauen und ihm sagen, er solle aufhören, so dumm zu sein. Wollte er wirklich alles für sie aufgeben?

Zusammen mit Galo, Mateo und Violet kam er auf sie zu. Galo und Mateo gingen wortlos an ihr vorbei zum Wagen. Violet blickte zu Em und biss sich dabei auf die Lippe, als wäre sie nervös. Dann kletterte sie in den Wagen.

Cas blieb vor Em stehen. Er schien nicht wütend zu sein. Auch nicht glücklich. Der leere Gesichtsausdruck war vielleicht sogar das Schlimmste, was sie jemals an ihm gesehen hatte.

Er redete nicht lange um den heißen Brei. »Ich hätte nicht fragen sollen, ob ich bleiben kann. Es tut mir leid, dass ich dich in diese Position gebracht habe.«

»Du brauchst dich nicht zu entschuldigen. Es ist nicht so, dass ich nicht möchte, dass du bleibst, nur …«

»Bitte, hör auf«, unterbrach er sich. »Erkläre es nicht weiter.«

Sie holte zitternd Luft.

»Ich habe einen Vorschlag für dich«, sagte er.

»Und zwar?«

»Ich will Jovita umbringen.«

Damit hatte sie nicht gerechnet. »Was?«

»Lass mich Jovita töten. Ich komme an sie heran.«

»Wie?«

»Wir reisen zurück zur Festung«, erklärte er und zeigte dabei auf den Wagen. »Ich werde Jovita erzählen, dass mir klar geworden ist, dass sie recht hat, was die Ruined angeht.«

»Sie wollte dich ermorden. Sie könnte dich wieder einsperren, erst recht, wenn sie misstrauisch wird.«

»Du musst mir erlauben, ihnen Informationen zu geben. Jovita hat behauptet, ich sei verrückt, weil ich die Ruined nicht töten will. Wenn ich zurückkomme, meine Meinung geändert habe und nützliche Dinge über dich verrate, kann sie mich nicht wieder einsperren.«

»Was für Informationen willst du ihnen geben?«

»Die Dyarchie. Deine bevorstehende Heirat mit August. Euer Vorhaben, sie umzubringen. Ich sage, ich hätte mitbekommen, dass ihr plant, die Festung noch innerhalb eines Monats anzugreifen und Jovita zu stürzen.«

»Und wenn wir in einem Monat nicht angreifen?«

»Bis dahin ist sie tot.«

Em schüttelte den Kopf. »Es ist zu gefährlich. Jovita hat viele Leute auf ihrer Seite, und die Informationen reichen nicht aus.«

»Dann gib mir mehr. Eine Landkarte, einen schriftlichen Plan, irgendetwas Handfestes, was ich Jovita geben kann. Dann kann ich behaupten, es gestohlen zu haben.«

Wieder schüttelte Em den Kopf. »Ich weiß nicht, ob ich irgendetwas habe, was …« Sie brach ab und dachte an die Landkarten und Pläne, die sie zu Hause weggeschlossen hatte. »Ich habe einen Brief im Namen der Ruined und Krieger geschrieben, der nach Gallego gebracht werden soll. Da steht etwas über unsere Position, und ich sage auch meine weitere Unterstützung für Olso zu. Es steht nicht ausdrücklich drin, wird aber angedeutet, dass wir Leras Anführer loswerden wollen. Und es ist das Siegel der Flores drauf.«

»Perfekt. Ich behaupte, dass ich den Boten abgefangen habe.«

Em wollte schon loslaufen, drehte sich aber noch mal zu Cas um. »Bist du dir sicher? Du kannst nicht einfach auf Jovita zugehen und ihr ein Messer in den Bauch rammen. Ihre Leute rebellieren dann vielleicht und bringen dich um.«

»Ich weiß. Gib mir etwas Zeit. Ein paar Wochen. Bis ich einige Berater auf meine Seite ziehen kann. Mit Violets Hilfe schaffen wir es vielleicht. Zumindest kann ich die Provinz im Süden übernehmen. Und dann überlege ich mir, wie ich Jovita am besten loswerde.«

»Oder du verschaffst uns Zutritt zur Festung, und wir übernehmen es.«

»Dann würden zu viele Menschen sterben. Wenn du Olivia mitnimmst …« Er schüttelte den Kopf.

»… könnte sie es mit dem Morden übertreiben«, beendete Em den Satz für ihn.

»Ja.«

»In der Zwischenzeit kann ich für euch in der Festung Informationen sammeln. Sie werden bald wieder angreifen, dann müsst ihr Bescheid wissen.«

»Davon gehen wir ohnehin aus.«

»Dann lass mich herausfinden, wann genau damit zu rechnen ist. Ihr wärt vorbereitet, und Jovita würde sich zum zweiten Mal blamieren. Das macht es mir leicht, alle davon zu überzeugen, dass sie den Thron nicht verdient hat. Vielleicht kann ich ihn dann sogar zurückgewinnen und sie als Verräterin hinrichten lassen.«

»Würdest du das fertigbringen?«, fragte Em leise.

»Ja.«

Sie strich mit dem Daumen über ihren Anhänger. Jemanden in der Festung zu haben war das Beste, was ihr passieren könnte.

»Wenn irgendwer herausfindet, dass du den Ruined Hinweise gibst …«

»… würden sie mich köpfen.«

»Du müsstest dich mindestens ein paarmal wegschleichen, um mir Informationen zu geben. Könntest du das?«

»Da fällt mir bestimmt was ein«, sagte er. »Aber dir ist doch klar, dass das alles mit unserem ursprünglichen Abkommen steht und fällt, oder? Dass die Ruined uns nicht angreifen?«

»Natürlich. Sobald du wieder auf dem Thron sitzt, gehen wir alle zurück nach Ruina und lassen euch in Ruhe.«

»Und wenn du August heiratest?«

»Was meinst du?« Sie wurde rot.

»Wirst du dich daran halten können, wenn du mit August verheiratet bist?«

»Ich habe keine Kontrolle über die Krieger, aber ich verspreche, dass ich keine Ruined nach Lera schicke. Dafür werde ich sorgen, falls ... falls ich ihn heirate.« Die Worte blieben ihr fast im Hals stecken. Sie schluckte. »Ich hole dir den Brief.«

Em eilte zu ihrer Wohnung. Glücklicherweise war niemand da. Em seufzte erleichtert. Sie hatte keine große Lust, es Olivia zu erklären.

Sie holte den Brief aus der Schublade in ihrem Zimmer, drehte ihn, um sich zu vergewissern, dass das grüne Siegel noch intakt war, und lief zurück.

Sie hielt Cas noch im Gehen den Brief hin. »Vergiss nicht, das Siegel zu brechen, bevor du in Fort Victorra bist. Sonst hast du vielleicht Schwierigkeiten zu erklären, woher du weißt, was drinsteht.«

Er zog ein zusammengefaltetes Stück Papier aus seiner Tasche. »Ich versuche, mich in fünf Tagen noch mal wegzuschleichen. Hier habe ich eingezeichnet, wo ich dann warten werde.«

Sie faltete das Blatt auseinander und begutachtete die grobe Zeichnung von der Festung und dem Land zwischen hier und dort.

»Kann mich dann jemand treffen? Dann gebe ich die Informationen weiter«, sagte er.

»Ich kann das machen.«

»Falls ich nicht da bin, versuch, am nächsten Tag zu kommen. Sollte ich dann auch nicht auftauchen, kannst du davon ausgehen, dass ich tot bin oder sonst etwas schiefgelaufen ist.«

Sie faltete das Papier wieder zusammen und hielt sich etwas zu stark daran fest. »Bitte sei vorsichtig, Cas. Jovita ist nicht dumm. Sie wird misstrauisch sein.«

»Natürlich wird sie das. Aber sie freut sich bestimmt zu hören, dass sie recht hatte.«

»Sei nicht ...« Sie brach ab, unsicher, ob er ihre Meinung hören wollte.

»Sei nicht was?«

»Sei nicht nett zu ihr. Oder zu sonst irgendjemandem. Geh da rein und drohe allen damit, sie wegen Hochverrats zu köpfen.«

Er sah sie verwirrt an. »Ich glaube nicht, dass ich so Freunde finde.«

»Du brauchst auch ihren Respekt, nicht ihre Freundschaft. Mach dich nicht klein, wenn du zurückkehrst. Du bist ihr König, lass sie das nicht vergessen.«

Einen Moment lang schaute er sie nur an. »Alles klar.« Er wollte an ihr vorbeigehen, doch sie griff nach seiner Hand und hielt ihn auf.

»Ich möchte August nicht heiraten«, flüsterte sie. Er sah ihr in die Augen. »Ich muss die richtige Entscheidung treffen, aber es ist nicht das, was ich will. Ich will nur dich.«

Er schüttelte ihre Hand ab, einen Augenblick lang dachte sie, er würde einfach weggehen. Stattdessen drehte er sich ganz zu ihr, packte sie an der Hüfte und drückte sie an sich. Sie legte ihre Arme um ihn.

Sie spürte seine Hand an ihrem Hinterkopf, als er sie auf die Wange küsste. »Danke für den Anstoß.«

Dann ließ er sie los und eilte davon.

Cas saß hinten auf dem Wagen, zusammen mit Violet, die ihre Beine baumeln ließ. Das blaue Hemd, das Mateo als provisorische Flagge oben am Wagen befestigt hatte, flatterte im Wind, während die Pferde durch den Wald trotteten.

Als sie sich der Festung näherten, riss Cas den Brief auf. Ems Handschrift war unordentlicher, als er erwartet hatte, die Buchstaben waren geschwungen und ineinander übergehend. Der Anblick tat ihm weh. Er steckte den Brief wieder in seine Tasche.

»Ich bin noch nicht sicher, ob das hier mutig oder nur dumm ist«, sagte Violet plötzlich.

»Das werden wir wohl herausfinden.« Inzwischen stand die Sonne recht tief am Himmel, er hielt eine Hand hoch, damit er nicht geblendet wurde. »Danke, dass du zu mir hältst.«

»Gib mir keinen Grund, es zu bereuen.« Sie hatte ein breites Lächeln im Gesicht und stieß ihn mit der Schulter an.

Er musste sich zwingen, zurückzulächeln. »Ich werde es versuchen.«

»Ich kann die Festung sehen!«, rief Galo zu ihnen nach hinten.

»Ich glaube, wir werden beobachtet. Sie lassen uns näher kommen. Willst du zum Haupteingang oder zum Hintereingang?«

»Haupteingang«, entschied Cas. »Bleib aber ein ganzes Stück vor dem Tor stehen, dann gehen wir den Rest zu Fuß.«

Galo gehorchte, und nur wenige Minuten später hielten die Pferde an. Als sie vom Wagen sprangen, bot Cas Violet seine Hand an. Vor ihnen ragte die Festung auf. Die Mauer war inzwischen fast vollständig repariert worden, und vor dem Tor standen fünf Wachen.

»Ich gehe vor«, wies Cas seine Freunde an. Galo, Mateo und Violet reihten sich hinter ihm ein.

Einer der Wachen richtete einen Pfeil auf ihn, Cas hob abwehrend die Hände. »Ich glaube kaum, dass ihr euren König abschießen wollt!«

Langsam ließ die Wache den Pfeil sinken. »Eure Majestät?«

»Schön, dich wiederzusehen, Jared«, sagte Galo.

»Wir wussten nicht, dass Ihr zurückkommt, Eure Majestät«, erklärte Jared. Dann flüsterte er den anderen Wachen etwas zu. Das Tor öffnete sich, und einer der Männer eilte nach drinnen.

»Wieso sollte er denn nicht wiederkommen?«, wollte Galo wissen, woraufhin Jared nur schluckte.

»Soll ich hier warten?«, fragte Cas und blieb ein paar Schritte von der Wache entfernt stehen.

»Äh ...«, offensichtlich verunsichert sah Jared hinter sich. »Die Anweisung lautet, niemanden ohne Jovitas Einverständnis durchzulassen ...«

»Er ist dein König«, fuhr Galo ihn an.

»Ist schon in Ordnung«, beruhigte Cas ihn. »Vorsicht ist immer gut. Ich warte hier.« *Jared, ein Getreuer Jovitas.* Er wiederholte den Namen mehrmals in seinem Kopf, damit er ihn sich besser merken konnte.

Kurz darauf stürmte seine Cousine ungläubig durch das Tor. Ihr folgten Danna und Julieta. Hinter ihnen strömten weitere Menschen in den Hof, Jovita rief ihnen zu, sie sollten wieder reingehen, aber keiner rührte sich.

Jovita stampfte auf Cas zu und seufzte. »Cas.« Die Narbe an ihrer Wange zuckte. »Ich dachte …«

»Du dachtest, ich sei vielleicht noch in meinem Zimmer eingesperrt? Du hast es mir wirklich schwer gemacht, zu fliehen.«

Die Menge hinter ihnen verstummte, ein paar Menschen schienen schockiert.

Jovita funkelte ihn an. »Ich dachte, du hättest dein Königreich im Stich gelassen, so wie du mitten in der Nacht abgehauen bist, wie ein Verbrecher.«

»Ich wurde vergiftet. Ich dachte, es wäre das Beste, wenn ich verschwinde, um wieder gesund zu werden.«

Erstauntes Raunen erhob sich.

»Geht es Euch gut, Eure Majestät?«, fragte Julieta.

»Ja, danke. Galo hat sich bereits um die Wache gekümmert, die verantwortlich war.« Cas schritt nach vorn, an Jovita vorbei. »Berater, folgt mir.« Er warf noch einen Blick über seine Schulter und sah, dass Jovita wie angewurzelt stehen geblieben war. »Jetzt.«

Zügig öffneten die Wachen ihm das Tor, und er ging direkt zum Konferenzraum, wo er sich ans Kopfende des Tisches setzte. Violet nahm neben ihm Platz, die anderen Berater verteilten sich auf die restlichen Stühle. Cas wies Galo und Mateo an, auch im Raum zu bleiben, also stellten sich die beiden in seine Nähe.

»Der Angriff auf die Ruined«, begann Cas, bevor Jovita sich richtig hingesetzt hatte. »Ich habe gehört, dass er nicht besonders gut verlief. Abgesehen von einem Soldaten haben wir alle verloren, richtig?«

»Das stimmt«, bestätigte Danna und schaute wütend zu Jovita.

Die versuchte, sich rauszureden. »Es war nur unser erster …«

»Das reicht«, unterbrach Cas sie scharf. »Du hattest genug Zeit, zu reden, jetzt bin ich dran.«

Jovita wurde knallrot, hielt aber den Mund.

»Ich habe ein paar Entscheidungen getroffen. Erstens, es war extrem dumm, unsere Soldaten ohne richtige Vorbereitungen loszuschicken, um die Ruined anzugreifen. Es war unüberlegt und unreif und hat uns viele Soldaten gekostet, die wir mehr denn je brauchen.« Er richtete seinen Blick auf Jovita, die sich jedoch weigerte, ihn anzusehen. »Zweitens, mich einzusperren und zu behaupten, ich sei verrückt, nur weil ich euch widersprochen habe, gilt als Hochverrat, was in Lera mit dem Tode bestraft wird.«

Angespannte Stille legte sich über den Raum. General Amaros Hals sah man an, dass sie schwer schlucken musste.

»Drittens, ihr hattet recht, was die Ruined angeht, und deswegen werde ich euch am Leben lassen.«

Julieta hob verwundert die Brauen. »Was meint Ihr, wir hatten recht?«

»Die Ruined planen einen weiteren Angriff auf die Festung. Emelina und Olivia haben eine Dyarchie geformt und sich in Sacred Rock eingenistet, wo ich gerade war.«

»Du warst in Sacred Rock?« Jovita richtete sich in ihrem Stuhl auf.

»Nur kurz. Ich wollte mit Emelina über einen möglichen Friedensvertrag zwischen Ruina und Lera sprechen, doch sie ließ sich nicht auf eine Verhandlung ein.«

»Ach was!«, schnaubte Jovita.

»Nichtsdestoweniger, es scheint, als hättet ihr mit eurem Angriff auf die Ruined zumindest etwas erreicht.« Cas wandte sich an Jovita. »Emelina plant, dich umzubringen. Du bist ihre höchste Priorität.«

Der selbstgefällige Ausdruck verschwand aus ihrem Gesicht. »Ich … Ich glaube, das war zu erwarten.«

Cas griff nach dem Brief in seiner Tasche und schob ihn ihr über den Tisch zu. »Auf meinem Weg aus der Stadt heraus habe ich diesen Brief von Emelina abfangen können. Ich gehe davon aus, dass du die Anführerin bist, von der sie schreibt. Sie haben uns Ruined hinterhergeschickt, sie muss also davon ausgegangen sein, dass ich bereits beseitigt wurde.«

Eilig öffnete Jovita den Brief und las ihn konzentriert. »Er ist an einen Anführer der Olso gerichtet. Das Bündnis besteht immer noch.«

»Und das wird sich auch nicht ändern. Emelina hat einen Antrag von August erhalten, Olsos jüngstem Prinzen.«

Julieta drückte sich ihre Hände an die Stirn. »Wir dachten, die Ruined würden sich von den Kriegern trennen, wenn sie erst mal wieder in Ruina sind.«

»Vielleicht hätten sie das auch getan. Aber dann habt ihr angegriffen und ihre Verbindung zu den Kriegern nur noch gestärkt.« Cas sah jeden Berater der Reihe nach an. »Dieser Unsinn über meinen geistigen Zustand hört sofort auf. Ich gestehe, dass ich mich geirrt habe, was die Ruined angeht. Und ihr gesteht, dass der Angriff auf sie ein Fehler war. Von nun an, werden wir vorsichtig und taktisch vorgehen. Wir werden einen Plan erstellen, wie wir die Ruined besiegen und das Schloss zurückerobern können.«

»Das Schloss ist nicht unsere höchste Priorität, im Moment«, sagte Jovita. »Wir haben noch den Süden, also …«

Cas schlug mit der Hand auf den Tisch und unterbrach Jovita so. »Es ist unsere Priorität, weil ich es sage. Wenn du dich noch mal gegen mich stellst, werde ich meine Entscheidung zum Umgang mit eurem Verrat noch mal überdenken.« Er stand auf. »Das gilt für euch alle.« Dann drehte er sich um und marschierte aus dem Zimmer, gefolgt von Galo und Mateo.

Sobald sie draußen waren, wandte Cas sich zu Galo. »Finde alle Wachen, die auf meiner Seite stehen. Schnell. Ich werde Schutz brauchen.«

24. KAPITEL

Em zog die Tür von Cas' Haus hinter sich zu. Auch wenn es nicht mehr sein Haus war, würde es das für sie wahrscheinlich für immer bleiben.

»Alles sauber«, sagte sie. »Sie haben nichts zurückgelassen.« Mariana und Ivanna warteten unten vor der Treppe zur Veranda.

Mariana fing an zu strahlen. »Kann ich dann einziehen?«

»Klar.«

Sie huschte an Em vorbei, öffnete die Tür wieder und schlüpfte hinein.

»Braucht sie wirklich ein ganzes Haus für sich allein?«, fragte Ivanna amüsiert.

»Sie soll die Chance ruhig nutzen. Wahrscheinlich sind wir bald wieder in den Hütten und Zelten.« Sie versuchte, dabei nicht zu seufzen. So schwer es ihr auch fiel, es zuzugeben, sie wollte nicht zurück nach Ruina. Es fühlte sich nicht mehr wie ihr Zuhause an.

Sie machte sich wieder auf den Weg in Richtung Stadtkern, Ivanna an ihrer Seite. Ruined standen in Gruppen vor den Geschäften. Diese Stadt war für die meisten hier vermutlich die schönste Unterkunft seit über einem Jahr, aber auch Sacred Rock fühlte sich nicht wie ein Zuhause an. Em hatte das Gefühl, dass sie die Ruined nur noch mehr in Gefahr brachte, wohin auch immer sie sie führte.

»Ein paar von den Ratsmitgliedern haben sich gestern Abend getroffen«, sagte Ivanna leise.

»Das hört sich nicht gut an. Was heißt ›ein paar‹?«

»Davi, Mariana und ich.«

Em blieb stehen und sah Ivanna ins Gesicht. »Und?«

»Wir machen uns Sorgen um Olivia. Ich habe gehört, dass die Vallosi uns angegriffen haben, weil sie von ihr provoziert wurden.«

Em schwieg. Das reichte vermutlich schon als Bestätigung.

»Es ist uns nicht entgangen, dass du die Einzige bist, die kluge Entscheidungen trifft«, fuhr Ivanna fort.

Das überraschte Em. Nach Cas' Besuch hätte sie nicht gedacht, dass man ihr »kluge Entscheidungen« zugestand.

»Ich werde dich nicht anlügen, ich wollte nicht, dass du Königin wirst. Als Damian die Führung übernommen hat, habe ich auch gegen dich gestimmt. Ich dachte, Olivia hat nur aus Mitleid die Dyarchie vorgeschlagen.«

»Nett ausgedrückt«, kommentierte Em trocken.

»Ich möchte damit sagen, dass ich mich geirrt habe. Ich möchte dich wissen lassen, dass du dich auf unsere Unterstützung verlassen kannst. Selbst wenn es bedeutet, sich gegen Olivia zu stellen. Oder sie vom Thron zu schmeißen.«

Langsam wurde es unangenehm. Em wusste, wie es sich anfühlte, vom Thron gestoßen zu werden, das wollte sie ihrer Schwester nicht antun.

»Ich denke nicht, dass das nötig ist. Sie ist noch aufgebracht wegen ihrer Entführung, sie braucht nur etwas Zeit, sich umzugewöhnen.«

Ivanna wirkte da eher skeptisch. »Das hoffe ich.«

»Du hast gesagt, dass du dich mit Davi und Mariana getroffen hast. Was ist mit Jacobo?«, erkundigte sich Em, obwohl sie schon eine Vermutung hatte. Ihr war aufgefallen, wie er Olivia hinterherlief und immer auf sie hörte.

»Auf seine Unterstützung würde ich mich nicht verlassen. Und was Aren angeht, wäre ich mir da auch nicht so sicher.«

»Aren ist immer auf meiner Seite.«

Ivanna überzeugte das wohl nicht, aber Em war sich wirklich sicher. Aren hielt immer zu ihr.

Ivanna wechselte das Thema. »Wir haben auch über August geredet. Hat Aren darüber mit dir gesprochen?«

»Nein. Was ist mit ihm?«

»Ich gebe zu, am Anfang war ich für eine Heirat zwischen Olso und Ruina, aber die anderen und ich haben es uns anders überlegt.«

Hoffnung stieg in ihr auf. »Wieso das?«

»Olso ist uns noch etwas schuldig – dafür, dass sie uns im Stich gelassen haben, als Lera uns den Krieg erklärte. Ich denke nicht, dass eine Ehe nötig sein sollte, um ihre Unterstützung zu bekommen.«

»Ich weiß nicht, ob sie es genauso sehen werden.«

Ivanna zuckte mit den Schultern. »Dann ist es eben kein langfristiges Bündnis, sondern sie verschwinden wieder, sobald Jovita tot ist. Aber ich möchte nicht, dass du dich gezwungen fühlst, ihn zu heiraten, um uns glücklich zu machen. Du hast schon genug für uns getan.«

Ein Kloß stieg in Ems Hals, und sie musste ein paarmal blinzeln, damit ihr nicht die Tränen kamen. »Ihr findet nicht, dass es wichtig ist, langfristige Unterstützung von Olso zu haben?«

»Ich glaube, im Moment können wir uns auf gar nichts langfristig verlassen. Tut mir leid, es so direkt sagen zu müssen, Emelina, aber es besteht die Möglichkeit, dass August dich umbringen lässt, nachdem ihr ein paar Kinder habt.«

Der Gedanke war Em auch schon gekommen. Sie würde die ganze Ehe damit verbringen, wachsam über ihre Schulter zu schauen, und nur mit einem griffbereiten Dolch schlafen können.

»Ich denke darüber nach«, räumte Em erleichtert ein.

Ivanna griff nach Ems Arm. »Denk daran, dass du zu mir kommen kannst, falls du irgendetwas brauchst. Auch wenn du nur über ein paar Dinge sprechen willst.«

»Danke«, sagte Em. Ivanna lächelte und ging davon.

Em schlenderte weiter den Schotterweg entlang. Sie hatte nie den Eindruck gehabt, alle im Rat stünden auf Olivias Seite, aber noch weniger hätte sie angenommen, dass die meisten sich so entschieden auf ihre Seite schlagen würden.

In der Nähe des Zeltlagers der Krieger entdeckte sie Aren, der zusammen mit Iria vor einem großen Eimer saß. Sie wuschen Kleidungsstücke.

Als Aren sie sah, sagte er noch schnell etwas zu Iria und lief dann auf Em zu. »Gut, dass ich dich treffe«, rief er. »Ich will dich was fragen.«

»Ja?«

»Denkst du, ich könnte mich freiwillig melden, um mit den Kriegern zusammen nach Norden zu gehen?«

»Was?«

»Hast du schon Ruined dafür ausgesucht?«

»Ähm, nein«, antwortete sie. *Aren will freiwillig eine oder zwei Wochen mit den Kriegern verbringen?*

»Dann schick bitte mich mit. Und zwei schwächere Ruined. Ich kann die Krieger beschützen.«

»Wieso?«

Er sah sie dabei nicht an. »Ich möchte eine Weile weg.«

»Weg von was?« Da er nicht antwortete, versuchte sie, seinem Blick zu folgen. Er schaute zu Olivia, die auf der Veranda ihres Hauses saß.

»Weißt du, dass sie plant, mich zu heiraten?«, flüsterte er.

»Habe ich gehört. Wie denkst du darüber?«

Er sah verängstigter aus, als sie ihn jemals gesehen hatte. Als würde er jeden Moment anfangen zu weinen. »Ich kann das nicht, Em. Ich weiß, dass ich immer für eine von euch bestimmt war – und dass es politisch klug wäre, aber …« Er schüttelte den Kopf. »Bitte, Em. Bitte zwing mich nicht dazu.«

»Was? Aren, ich würde dich niemals zu etwas zwingen.« Sie legte eine Hand auf seinen Arm. »Dachtest du, du hättest keine andere Wahl?«

»Ich glaube, Olivia geht davon aus …« Er verstummte. »Und ich weiß, dass ein paar der Ruined finden, es sei meine Pflicht, sie anzuführen, weil ich so mächtig bin.«

»Ich verspreche dir, dass es allein deine Entscheidung ist. Sollte jemand versuchen, dich unter Druck zu setzen, schicke ihn oder sie zu mir.«

Er lachte und atmete erleichtert aus. »Danke.«

»Außerdem glaube ich, du irrst dich, was die Ruined angeht. Ich habe mich gerade mit Ivanna unterhalten. Sie ist nicht wirklich dafür, dass ich August heirate, und ich glaube nicht, dass sie irgendwen zu einer Hochzeit zwingen möchte.«

»Wirklich? Ich habe vor einer Weile mit ihr darüber geredet, und da hielt sie es noch für eine gute Idee.«

»Sie hat ihre Meinung geändert.«

»Das ist gut. Ich will den Typen nicht für immer um mich herum haben.«

»Es ist noch nichts entschieden«, erinnerte sie ihn. »Aber es gibt noch mehr.«

»Was?«

»Die meisten Ratsmitglieder sind nicht glücklich mit Olivia.«

»Das hatte ich befürchtet. Mir gegenüber erwähnen sie nichts, weil sie denken, dass ich Olivia zu nahestehe.«

»Und ich dachte, sie wären wütend wegen Cas, aber sie scheinen sich mehr Gedanken um Olivia zu machen.«

»Das kann ich verstehen.«

»Sie wären vielleicht nicht so begeistert, wenn sie wüssten, dass ich noch Kontakt zu Cas habe.«

Aren sah sie schockiert an. »Was?«

Sie fasste kurz Cas' Plan zusammen, Jovita zu töten, und seine Bitte, sich in vier Tagen zu treffen.

»Ernsthaft?«, fragte Aren. »Er will sie für uns umbringen?«

»Und uns Informationen über Leras Pläne besorgen, damit sie sich beim nächsten Angriff wieder blamiert.«

»Wow.«

»Also ist es eigentlich gut, dass du mit den Kriegern mitgehst, dann kannst du ihn beschützen, falls ihr auf ihn trefft. Ihr müsst nah an der Festung vorbei, und Cas wird bald nach Süden reisen.«

»Ich kann es versuchen. Wirst du ihn in vier Tagen treffen?«

»Ja.«

»Und was will er als Gegenleistung?«

»Nichts. Oder nichts, was ich nicht schon angeboten hätte. Das Versprechen, dass wir keine Ruined zum Angriff nach Lera schicken.«

»Er will wieder auf den Thron, oder? Ich glaube nicht, dass August es gutheißen wird, wenn wir Cas helfen.«

»Sicherlich nicht. Deswegen habe ich es auch niemandem erzählt, außer dir«, erklärte sie. »Unser Geheimnis?«

»Unser Geheimnis.«

25. KAPITEL

Das Küchenpersonal hielt Cas für komplett durchgedreht.

Er hatte viel darüber nachgedacht, wie er verhindern konnte, wieder vergiftet zu werden, und war zu dem Entschluss gekommen, dass es nur eine sinnvolle Möglichkeit gab – er musste sein Essen einfach selbst zubereiten.

Galo hatte ihn angesehen, als wäre ihm ein zweiter Kopf gewachsen, und stattdessen vorgeschlagen, sein Essen immer vorzukosten, aber diesen lächerlichen Plan lehnte Cas kategorisch ab. Galo wies ihn allerdings darauf hin, dass Cas überhaupt nicht wusste, wie man kocht.

Aber daran sollte es nicht scheitern.

»Das ist total schleimig«, beschwerte er sich und hielt ein Stück Fleisch von dem Schwein hoch, das Mateo geschlachtet hatte. Cas stand vor der Arbeitsfläche der kleinen Küche, nicht weit vom offenen Fenster entfernt. Die Küche war einer der wenigen Räume in der Festung, die überhaupt ein Fenster hatten, und wurde schnell zu seinem Lieblingsort.

Blanca versuchte, ihm das Fleisch zu entreißen. »Eure Majestät, lasst mich …«

Aber er hielt es noch höher, sodass sie nicht drankam. »Ich lerne gerade, wie man Schwein zubereitet. Eine wichtige Fähigkeit, oder?«

Schnaufend stemmte sie die Arme in ihre Hüften, während Leticia hinter ihr lachte.

»Ihr müsst es würzen, Eure Majestät«, gab sie schließlich nach und drückte ihm eine Flasche in die Hand.

»Wie viel?«, fragte er und schüttete etwas von der Flüssigkeit über das Fleisch.

»So ist es gut. Jetzt umdrehen und das ganze noch mal auf der anderen Seite.«

Er hielt sich an ihre Anweisungen, ließ dann eine Pfanne heiß werden und das Fleisch hineinplumpsen. »Zeigst du mir morgen, wie ich einen Fisch filetiere? Galo wollte mit mir zum Fluss gehen, um Fische zu fangen.«

»Ihr wollt sie auch noch selbst fangen?«, wunderte Leticia sich.

»Ich kann keinen Fisch essen, wenn ich ihn nicht selbst gefangen habe.« Er zeigte auf das Fleisch. »Wie lange soll das da drinbleiben?«

»Noch ein paar Minuten«, antwortete Blanca. »Und ja, ich zeige Euch, wie man einen Fisch filetiert. Als Nächstes fragt Ihr Leticia noch, wie man Kleidung wäscht.«

Verwirrt zog er die Augenbrauen hoch. »Macht ihr denn mehr, als die Sachen einfach in Wasser mit Seife zu tauchen?«

Leticia musste wieder lachen.

»Dann sollte ich mich wohl mal schlaumachen«, verkündete er, woraufhin Blanca ihre Arme in die Luft warf und etwas grummelte, was er nicht verstand.

»Wurdet Ihr wirklich vergiftet, Eure Majestät?«, fragte Leticia leise. Blanca wedelte ein Geschirrtuch in ihre Richtung und hielt sich einen Finger vor die Lippen.

»Nein, es macht mir nichts aus, darüber zu reden«, beruhigte Cas sie. »Zum Glück hat Galo es bemerkt.«

»Ihr wisst, dass wir Euch nie vergiften würden«, betonte Blanca. »Ich würde Euch auch persönlich das Essen bringen, von nun an.«

»Ich weiß«, sagte er sanft. »Aber ich muss es sowieso lernen. Also gibt es keinen Grund, dass ihr euch zusätzliche Arbeit macht.«

Sie sah ihn verdutzt an, doch dann wich ihre Verwunderung ehrlicher Belustigung. »Wendet Euer Fleisch, Eure Majestät.«

Er gehorchte ihr. Als das Fleisch fertig gebraten war, schnitt er es in Stücke und verteilte sie auf Tellern. Zuvor hatte er schon Gemüse vorbereitet und verteilt. Ein kleines Stück Fleisch tat er extra auf einen Teller, den er Blanca zuschob.

»Das ist für dich.«

»Das kann ich nicht annehmen, Eure Majestät.«

»Du musst mir doch sagen, ob es gut ist!«

Sie zögerte, dann nahm sie ein Messer und schnitt einen Happen ab. Sie schob ihn sich in den Mund.

»Nicht schlecht.«

»Danke.«

»Leticia, bring die Teller für ihn in den Speisesaal«, ordnete die Köchin an.

Leticia sprang auf, schnappte sich zwei Teller, aber Cas nahm sich die anderen beiden, bevor sie widersprechen konnte.

»Geh vor«, sagte er. Er beobachtete sie genau, während sie durch die Küchentür gingen.

Violet, Mateo und Galo saßen bereits an dem kleinen quadratischen Tisch. Eigentlich wurde das Zimmer als Speisesaal für die Angestellten genutzt, aber Cas hatte gebeten, dass er und seine Freunde heute Abend dort essen konnten.

»Ist es genießbar?«, fragte Violet, deren Wangen ein wenig glühten, was vermutlich an den Weingläsern lag, die jeder vor sich stehen hatte.

»Ich hoffe es.« Er stellte einen Teller vor ihr ab. Leticia servierte Galo und Mateo das Essen und huschte aus dem Zimmer, bevor Cas sich bedanken konnte.

Er setzte sich neben Violet. »Woher habt ihr den Wein?«

»Von General Amaro. Alle geben sich plötzlich große Mühe, sich mit mir anzufreunden.« Sie hielt die Flasche hoch und bot ihm etwas an.

»Nein danke.« Er musste jederzeit einen klaren Kopf bewahren.

»Hey, das ist echt gut!«, rief Galo erstaunt und zeigte auf seinen Teller.

»Ich tue mal so, als hätte ich da keine Überraschung rausgehört«, gab Cas zurück. Galo lächelte ihn an.

Cas nahm einen Bissen von seinem Fleisch und sah zu, wie Mateo mit der Schulter gegen Galo stieß und beide sich anlächelten. Wäre er bei Em geblieben, würde er vielleicht neben ihr sitzen, und sie würden sich ebenfalls ohne Worte verstehen. Vielleicht würde er sogar für sie kochen.

Schnell verdrängte er diesen Gedanken. Sein kurzer Traum, bei Em zu bleiben, lag hinter ihm, und die Erinnerung daran bereitete ihm nur noch Scham. Er hätte so einfach sein Volk im Stich gelassen. Alle hier in der Festung, die sich auf ihn verließen. Die

Ruined, die zu beschützen er versprochen hatte. So viele Menschen brauchten ihn als starken König. Er würde sie nicht noch mal enttäuschen.

Nach dem Essen wollte er sich in sein Zimmer zurückziehen, allerdings wartete Jovita schon vor seiner Tür.

»Können wir reden, Cas?«

»Kommt drauf an. Willst du mich wieder vergiften?« Er griff an ihr vorbei nach der Türklinke und ging dann ins Zimmer. Jovita folgte ihm.

»Ich habe dich nicht vergiftet. Wenn ich jemanden umbringen will, ramme ich der betreffenden Person ein Messer in den Bauch. Gift ist für Feiglinge.«

»Da stimme ich dir zu.« Er setzte sich auf die Bettkante und sah seine Cousine vielsagend an.

»Du glaubst mir nicht?«

»Entschuldige, dass mein Vertrauen nicht besonders groß ist, nachdem du alle davon überzeugen wolltest, dass ich verrückt bin.«

»Entschuldige, dass ich immer noch nicht von deiner geistigen Gesundheit überzeugt bin.«

»Soll ich es beweisen?«

»Müssen geistig gesunde Menschen es denn beweisen?«

Er lachte kurz auf. »Ich glaube nicht.«

Es schien sie zu nerven, dass er sich nicht angegriffen fühlte. »Was hast du vor, Cas? Du kannst nicht wirklich von mir erwarten, dir abzukaufen, dass du deine Meinung über die Ruined so schnell geändert hast.«

»Nein. Ich finde immer noch, dass das, was mein Vater getan hat, falsch war. Ich glaube, er und meine Mutter wären noch am Leben, wenn er den Ruined nicht den Krieg erklärt hätte. Aber wir können die Vergangenheit nicht ändern. Wir sind nun mal in diesem Krieg, und wir müssen ihn beenden.«

»Vorher hast du so geredet, als wolltest du dich den Ruined ergeben. Oder dich mit ihnen verbünden, um ehrlich zu sein. Du hast Emelina gehen lassen, nachdem sie und ihre Leute die Festung angegriffen haben.«

»Ich habe Emelina gehen lassen«, bestätigte er. Jovita hob die Brauen. »Ich hatte Gefühle für sie.«

»Deine Mutter hat mir erzählt, dass ihr die Ehe nicht einmal richtig vollzogen habt«, warf sie ihm höhnisch an den Kopf.

»Haben wir auch nicht.«

»Wie traurig.« Sie klang dabei kein bisschen traurig.

»Ich wollte zu ihr. Ich dachte …« Seine Miene verhärtete sich. »Ich dachte, sie würde mich lieben.«

»Wie kommst du denn darauf? Weil sie deine eigentliche Verlobte umgebracht hat? Oder weil sie nicht mit dir ins Bett wollte?«

Cas ignorierte die leise Wut, die sich in ihm meldete. »Ich weiß, dass ich ein Idiot war, Jovita. Kein Grund, darauf herumzureiten.«

»Tut mir leid«, sagte sie, und es klang sogar beinahe ehrlich.

»Sie wollte mich von Olivia umbringen lassen. Sie hat mich ausgelacht. Wir haben es gerade noch mal geschafft, zu entkommen.«

»Ich hätte dir gleich sagen können, dass es so kommen würde. Hättest du mit mir über Emelina geredet, hätte ich dir erklären können, dass die Ruined keine Menschen lieben können. Nicht mal die Unbegabten.«

Cas wusste so viel mehr über die Ruined als sie. Ihre Ignoranz, ihre blinde Überzeugung, dass sie nur böse waren, war Jovitas größte Schwäche. Sie dachte nicht einmal daran, dass er mit Em unter einer Decke stecken könnte. Für sie lag so etwas nicht im Bereich des Möglichen.

»Ich glaube, die Zeit in der wir beide über so was reden konnten, ist vorbei«, sagte Cas.

Jovita verschränkte die Arme vor ihrer Brust. »Es wäre besser für dich, wenn wir zusammenarbeiten würden.«

»Besser für *mich*?« Er lachte.

»Nur weil du den Titel ›König‹ trägst, bedeutet das nicht, dass du wirklich Macht hast. Ich hoffe, das ist dir bewusst. Die meisten Jäger und Soldaten hören immer noch auf meinen Befehl.«

»Ach ja? Selbst nachdem du sie scharenweise in ihren sicheren Tod geschickt hast? Wie sicher ist dir wohl ihre Treue?«

»Sicher genug.«

»Na schön. Sie können alle mit dir hierbleiben, wenn ich das Schloss wieder eingenommen habe. Denn dort wirst du nicht willkommen sein.«

»Du wirst sterben, wenn du versuchst, das Schloss zurückzugewinnen.«

»Dann würde es ja genauso laufen, wie du es dir erhoffst.«

Sie stampfte zur Tür. »Ich habe dich nicht vergiftet, Cas.«

»Dann finde heraus, wer es war. Ich bin mir sicher, dass ihr beide die besten Freunde werdet.«

Sie warf ihm noch einen wütenden Blick zu und donnerte dann die Tür hinter sich zu.

26. KAPITEL

Bei Sonnenaufgang führte Aren die Gruppe aus Ruined und Kriegern aus Sacred Rock hinaus. Er ritt ganz vorn, direkt hinter ihm Iria. Clara und Santino bildeten die Nachhut. Abgesehen von ihm hatte kein Ruined sich freiwillig gemeldet, und Aren brauchte eine Weile, um die beiden zu überzeugen. Sie waren nicht besonders stark, aber Olivia hatte ohnehin allen anderen mächtigen Ruined verboten mitzukommen.

Sie wollten sich erst ostwärts wenden, bis sie Vallos' Küste erreichten, und dann an dieser entlang bis nach Lera reisen. Außerhalb von Sacred Rock gab es noch einige Farmen mit großen Feldern, doch die verschwanden nach und nach, je näher sie der Küste kamen. Es wurde auch immer kälter. Aren knöpfte seine Jacke zu und zog sich Handschuhe an.

Er war schon einmal hier gewesen, vor Monaten, als er zusammen mit Em geflohen war. Das hohe wuchernde Gras bot ein gutes Versteck. Er ritt langsam und suchte dabei die Gegend nach Soldaten ab, die vielleicht das Gras ebenfalls als gutes Versteck betrachteten.

Kurz vor Sonnenuntergang hielten sie am Fuß eines Hügels an. Sie wollten nicht riskieren, ein Feuer zu machen, daher aßen sie nur das mitgebrachte Trockenfleisch. Clara und Santino erweckten den Anschein, als wollten sie allein essen, nicht zusammen mit den Kriegern, doch Aren schüttelte den Kopf und bedeutete ihnen, sich zu den anderen zu setzen. Fast alle schwiegen beim Essen.

»Komm«, sagte Iria, als sie aufgegessen hatten. Sie sprang auf und streckte ihm ihre Hand entgegen.

Er ließ sich von ihr hochziehen. Ein paar der Krieger putzten den gröbsten Dreck vom Boden und legten Decken aus. »Was machen die da?«

»Wir schlafen in Gruppen«, erklärte sie. »Das machen wir immer, wenn es kalt ist. Die Körperwärme hilft allen, besser zu schlafen.«

»Und sind wir auch Teil der Gruppe?« Er zeigte auf die anderen Ruined.

»Wenn ihr nicht die ganze Nacht zittern wollt.« Ihr Blick fiel auf Clara. »Oder kann sie es wärmer machen?«

»Nicht langfristig. Und es wäre unklug, ihre Kräfte dafür zu verschwenden.«

»Dann komm mit.« Sie ging zum Schlafbereich und ließ sich fallen. Er zögerte noch.

»Sollen wir alle zusammen hier schlafen?«, fragte Clara mit gerümpfter Nase.

»Deine Entscheidung«, antwortete Aren. »Offensichtlich sind wir willkommen.«

»Dort drüben ist es mir lieber«, erklärte Santino, woraufhin Clara ihn zustimmend anblickte.

Aren schaute zu Iria. Ein paar andere Krieger hatten sich ebenfalls schon niedergelassen, aber neben ihr war noch Platz. Sein Verlangen, sich neben sie zu setzen, war stärker, als er es sich eingestehen wollte.

»Wie ihr wollt«, sagte er zu den Ruined und versuchte dabei, möglichst locker zu wirken. »Ich glaube allerdings, hier ist es wärmer.«

Er ging von ihnen weg zu Iria. Natürlich nur, weil er nicht frieren wollte. Genau. Das war der Grund, weshalb er zu ihr rüberging.

»Die anderen wollen nicht?«, fragte sie, als er sich neben sie setzte.

»Nein.«

Sie griff nach der Decke zu ihren Füßen und schüttelte noch etwas Sand ab. Dann breitete sie den Stoff aus und ließ ihn über sie beide fallen. Wortlos legte Aren sich auf den Rücken.

Andere Krieger stießen dazu, bis alle Plätze um sie herum besetzt waren. Unmittelbar darauf begann das Schnarchkonzert.

Aren konnte nicht schlafen. Immer wenn er seine Augen schloss, gingen sie wie von selbst wieder auf. Er konnte alle Menschen in seiner Nähe spüren, aber einen ganz besonders. Es war, als würde Iria ein besonderes Signal ausstrahlen, das sein Körper nicht ignorieren konnte. Ihm war beinahe so, als fühlte er ihren Herzschlag in seiner Brust.

Plötzlich drehte sich der Mann neben ihm um, und einer seiner Arme landete auf Arens Brust. Er schob ihn wieder runter. Neben ihm hörte er ein leises Kichern. Iria lag auf der Seite und lächelte ihn an. Er drehte sich auch zu ihr.

»Das hier ist seltsam«, flüsterte er.

»Aber es ist wärmer, oder?«

»Schon.«

»Ruined schlafen nicht zusammen, um sich warm zu halten?«

»Nicht in so großen Gruppen.« Er musste an Damian denken und fuhr etwas heiser fort. »Aber ich habe das manchmal mit Damian und Em gemacht.«

»War das …?« Sie verstummte wieder und biss sich auf die Lippe. »Macht es dir etwas aus, wenn ich frage, wie diese Zeit für dich war? Nachdem das Schloss abgebrannt ist?«

Der Mann auf Arens anderer Seite drehte sich um, stieß dabei gegen ihn. Aren rückte etwas näher an Iria.

»Es ging eigentlich nur darum, nicht zu sterben«, begann er leise. »Damian wusste damals noch nicht, ob seine Eltern noch lebten – sie waren gerade unterwegs, als es passierte –, und Em und ich wussten, dass unsere tot waren. Tagsüber haben wir einfach nur versucht, zu überleben. Aber nachts … Die Nächte waren manchmal schlimm. Nachts hast du Zeit nachzudenken.«

»Habt ihr jemals darüber nachgedacht, nach Olso zu kommen? Nach mir oder anderen Familien zu suchen, die ihr kennt.«

»Ich habe das sogar vorgeschlagen, aber dann sind die Jäger gekommen, und niemand kam, um uns zu helfen. Wir dachten, die Krieger hätten beschlossen, uns unserem Schicksal zu überlassen.« Er versuchte gar nicht erst, die Bitterkeit zu unterdrücken, die in seiner Stimme mitschwang.

Mit ihren dunklen Augen sah sie ihn an, voller Traurigkeit und Reue. »Es tut mir leid, Aren. So sehr. Ich hätte härter kämpfen sollen. Meine Eltern hätten härter kämpfen sollen. Wir hätten versuchen sollen, euch irgendwie zu helfen.«

Ihm war vorher gar nicht bewusst gewesen, dass er eine Entschuldigung wollte, aber als sie das sagte, spürte er Erleichterung. »Danke, Iria«, murmelte er. Seine Hand streifte ihre Finger. Er bewegte sich nicht. »Hast du gekämpft? Das hast du mir gar nicht erzählt.«

»Wir haben oft versucht, mit dem König und seinen Beratern zu reden. Wir haben eine Gruppe an Kriegern zusammengestellt, die uns unterstützen, aber wir hätten noch mehr tun können. Ich habe mir eingeredet, dass es gar nicht so schlimm wäre, dass ihr euch selbst verteidigen könnt.«

»Jetzt seid ihr ja da. Die meisten von uns wissen das wirklich zu schätzen.« Er hielt einen Moment inne. »*Ich* weiß es wirklich zu schätzen.«

Sie lächelte zaghaft. Sie hatte hübsche volle Lippen, und wenn er sich nur ein kleines Stück nach vorn beugen würde, könnte er sie küssen. Es war schon viel zu lange her, dass er ein Mädchen geküsst hatte.

Schnell senkte er die Lider. Selbst wenn er jede Vorsicht vergessen und eine Kriegerin küssen würde, war hier sicher nicht der richtige Ort oder Zeitpunkt dafür. Er konnte den Atem des Mannes hinter sich spüren, und Clara und Santino beobachteten wahrscheinlich die Krieger, anstatt zu schlafen.

Irias Herzschlag wurde langsamer, als sie einschlief. Er spürte ihn immer noch stärker als alle anderen. Er drehte sich wieder auf den Rücken und versuchte ebenfalls einzuschlafen.

Dann berührte ihn etwas am Arm, und als er den Kopf wandte, stellte er fest, dass sie sich so dicht neben ihm zusammengerollt hatte, dass er ihre Stirn auf seiner Haut fühlen konnte. Ihr Atem wärmte ihn durch die Kleidung hindurch.

Er rutschte noch ein winziges Stück näher an sie heran. Wegen der Kälte, redete er sich ein.

Kurz darauf schloss er die Augen und schlief sofort ein.

27. KAPITEL

Em winkte den ankommenden Kriegern zu. August hatte hundert angefordert, aber nur fünfzig trafen ein – mit einem Schreiben vom König, dass noch mehr nachkämen. Fünfzig reichten erst mal. Wahrscheinlich würde Aren auch noch mehr aus dem Norden mitbringen.

»Das ist eine gute Truppe«, bemerkte August, während die Krieger sich verteilten und noch mehr Zelte aufstellten. »Ich denke, du wirst zufrieden sein.«

»Zufrieden« war nicht gerade das Wort, das sie benutzt hätte.

»Es ist gut, dass sie da sind – jetzt, wo Aren weg ist«, fuhr er fort. Offensichtlich wollte er, dass sie schwärmte, wie toll seine Krieger waren.

»Stimmt«, sagte sie nur.

»Nicht dass ich etwas dagegen habe, dass Aren meine Leute beschützt. Wie hast du ihn dazu überreden können?«

»Gar nicht. Er hat sich freiwillig gemeldet.«

»Ich muss mich bei ihm bedanken, wenn sie wiederkommen.«

»Sicher.« Welche Gründe Aren auch immer haben mochte, Em war sich sicher, dass er nicht von dem Wunsch getrieben wurde, August glücklich zu machen. Sie vermutete eher, dass ihm daran lag, von Olivia wegzukommen.

»Hast du Hunger? Ich glaube, unser Abendessen ist fertig.«

Sie verkniff sich ein lautes Seufzen. August hatte bei der morgendlichen Jagd ein Reh erlegt und sich begeistert selbst zum Essen eingeladen. »Nur wir zwei«, hatte er gesagt. Em fiel leider keine gute Ausrede ein.

Sie war noch nicht so weit, August irgendetwas zu sagen. Eigentlich wollte sie unbedingt ihre Unterhaltung mit Ivanna als Vorwand nutzen, um seinen Antrag ohne Umschweife abzulehnen, aber sie hatte Angst, dass er dann zusammen mit den Kriegern abreisen würde. Em war sich nicht sicher, ob die Ruined schon wieder stark genug waren, um allein klarzukommen.

Außerdem wusste sie noch nicht, ob es überhaupt klug wäre,

seinen Antrag abzulehnen. Selbst wenn er vorhatte, sie nach ein paar Jahren zu beseitigen, wären das immerhin ein paar Jahre, die die Ruined dazu nutzen konnten, wieder auf die Beine zu kommen. Davon abgesehen sollte er ruhig versuchen, ihr etwas anzutun. Sie hatte ihn kämpfen sehen, er hätte keine Chance gegen sie.

Zusammen gingen sie zu ihrer Wohnung, die abgesehen von einem Krieger in der Küche verlassen war. Olivia war Ems Bitte gefolgt und hatte sich aus dem Staub gemacht.

Der Krieger stellte die Teller auf den Tisch, dann schickte August ihn weg. Das Fleisch und die Bohnen waren das Beste, was sie seit Wochen in den Magen bekam, aber sie versuchte nicht zu begeistert zu wirken, während sie aß.

Sie lehnte sich zurück und kaute noch ihren letzten Bissen zu Ende. August hatte seinen Kopf an seine Faust gelehnt und schaute ihr lächelnd zu. Das Messer, mit dem sie ihr Fleisch geschnitten hatte, lag auf ihrem Teller. Sie legte einen Finger auf den Griff. Im Messerwerfen war sie zwar noch nie gut, aber August war so nah, dass er ein leichtes Ziel wäre.

»Sag mir, was du möchtest«, fing er an.

Ich will, dass du gehst? dachte sie, nahm aber stattdessen einen Schluck Wasser und sagte: »Was meinst du?«

»Was willst du für die Ruined? Was möchtest du erreichen? Was war dein eigentlicher Plan, nachdem du Lera verlassen und Olivia befreit hast?«

»Ich wollte zurück nach Ruina und unser Leben wieder aufbauen, damit die Ruined in Frieden leben können, ohne gejagt und getötet zu werden.«

»Und danach?«

»Weiß ich nicht.«

»Hattest du vor, zu heiraten? Willst du Kinder?«

»Mir ist wohl bewusst, dass man Kinder von uns erwarten würde«, antwortete sie, wobei sich ihre Brust schmerzhaft zusammenzog. Sie wünschte sich, sie und Cas wären neulich nicht unterbrochen worden. Sie konnte immer noch seine Hände an ihrem Körper spüren, seinen Atem auf ihrer Haut.

»Das war nicht meine Frage. *Willst* du Kinder?«

»Ja«, sagte sie. »Nicht sofort, aber ich hätte sehr gern Kinder.« *Selbst kleine Krieger wären schön. Eine Familie.*

Zu der dann natürlich auch August gehören würde. Sie versuchte, nicht angewidert zu gucken.

»Und du?«, erkundigte sie sich, nur aus Höflichkeit.

Er zuckte mit den Schultern. »Es wurde immer schon von mir erwartet, also werde ich wohl welche bekommen.« Er verzog das Gesicht. »Wenn sie klein sind, finde ich sie aber noch etwas seltsam. Ich glaube, ich mag sie lieber, wenn sie sprechen und ein Schwert halten können.«

Das klang, als würde er so ein Vater werden, wie ihr eigener gewesen war. Der war zwar nett, wirkte aber immer etwas unsicher, was er mit seinen Kindern anfangen sollte. Em konnte sich an kaum eine richtige Unterhaltung mit ihrem Vater erinnern, weil er immer vermied, mit ihr und Olivia allein zu sein.

»Wen hättest du geheiratet, wenn ich nicht gekommen wäre?«, fragte August plötzlich.

Sie sah ihn verwirrt an. »Was?«

»Als älteste Königin müsstest du doch auf jeden Fall bald heiraten. Hattest du schon irgendjemanden im Sinn?«

»Nein. Heirat war nicht die höchste Priorität. Wir sind mitten im Krieg.«

»Ich habe mich nur gefragt ...« Er drehte das Wasserglas vor sich im Kreis. »Du und Aren, ihr seid wie Bruder und Schwester. Es gibt nicht viele geeignete Ruined-Männer. Vielleicht ist es ja gut, dass ich aufgetaucht bin.« Er lachte, als wäre es ein Scherz, aber Em verstand, was er damit sagen wollte. Sie sollte dankbar sein, dass er sich bereit erklärte, sie zu heiraten.

Sie fühlte definitiv etwas in diesem Moment, aber das war ganz bestimmt keine Dankbarkeit.

Die Tür flog auf, und Olivia sprang mit ausgebreiteten Armen ins Zimmer. »Da bin ich! Rennt um euer Leben!«

Em drehte sich zu ihrer Schwester. Ihr Zorn verrauchte bei Olivias Anblick. »Was machst du denn da?«

»Ich übe meinen perfekten Auftritt. Ich will einen guten haben, warte.« Sie breitete ihre Arme wieder aus. »Da bin ich! Fürchtet mich.«

»Das war jämmerlich«, kommentierte Em. »Da hat man gleich weniger Angst vor dir.«

»Ich arbeite noch dran.« Olivia zeigte auf August. »Er sieht aber schon ein bisschen ängstlich aus.«

Em wandte sich wieder August zu. Er schien sich wirklich nicht wohlzufühlen, jetzt wo Olivia da war.

»Danke für das Essen«, sagte sie und stand auf. »Bis morgen?«

August verstand den Wink mit dem Zaunpfahl und stand ebenfalls auf. »Gute Nacht, Em. Olivia.« Dann ging er aus der Tür.

»Habe ich zu lange gewartet?«, fragte Olivia, als er draußen war.

»Nein, gutes Timing.« Em ließ sich aufs Sofa fallen. »Er hat gerade angefangen, über Kinder zu reden.«

»Bah.« Olivia setzte sich neben sie. »Du musst ihn nicht heiraten, weißt du. Ich will nicht, dass du es tust.«

»Das weiß ich. Aber wir brauchen die Krieger.«

»Nein, tun wir nicht.«

»Doch, tun wir. Wir können zumindest nicht gegen sie *und* Lera gleichzeitig kämpfen.«

»Er benutzt dich aber nur.«

»Und ich ihn etwa nicht? Denkst du, ich will August heiraten, weil ich ihn so mag? Ich mag seine Krieger.«

»Die brauchen wir nicht.«

Em seufzte. Sie könnte Olivia nie vom Gegenteil überzeugen. Immer wenn sie diskutierten, drehten sie sich nur im Kreis.

Olivia klopfte ihr auf die Schulter. »Du wirst ihn nicht heiraten müssen. Versprochen.«

»Das ist nicht wirklich deine Entscheidung.«

»Keine Sorge, Schwesterchen, ich verspreche dir, dass du ihn nicht heiraten musst.«

»Was meinst du?«

»Ich meine, dass die Ruined bald so stark sein werden, dass du ihn nicht brauchst. Du kannst ihn natürlich heiraten, wenn du willst, aber das wäre komisch.«

»Wir sind aber im Moment nicht stark genug. Ich weiß, dass du es gern hättest, aber …«

»Ich trainiere ein paar Ruined, sodass sie ihre Macht nutzen können, ohne schwächer zu werden. Ich brauche nur etwas mehr Zeit. Bald sind wir ihn los.«

»Ich will nicht, dass du dir darüber Sorgen machst, Liv. Ihn zu heiraten, wäre nicht das Schlimmste, was mir passieren könnte. Ich übertreibe nur. Er sieht nicht schlecht aus. Und er ist nett zu mir, glaube ich.«

»Selbst wenn du ihn am Ende doch heiratest, könnte ich dir da raushelfen. Sollte er sich als grässlicher Kerl erweisen, reiße ich ihm einfach den Kopf ab!«

Em lachte. »Danke, Liv.«

»Jederzeit.« Ihre Augen fingen an zu leuchten. »Ich hab's.« Sie breitete wieder die Arme aus. »Hier bin ich! Haltet eure Köpfe fest!«

»Das ist der bislang schlechteste Versuch.«

28. KAPITEL

Cas schlich sich aus seinem Zimmer auf den Flur. In der Festung war es dunkel und still, nur eine einzelne Kerze flackerte am Ende des Ganges.

Bei der Treppe traf er auf Galo, zusammen gingen sie hinunter. Aus dem Salon drang Lachen zu ihnen. Sie hielten sich im Schatten. Jovita war mit ein paar Jägern da drin, so wie jeden Abend.

Cas und Galo machten sich weiter auf den Weg durch die Küche in den kleinen Speisesaal. Viola und Mateo waren schon da, zusammen mit Blanca und einem Wachmann, dessen Namen Cas vergessen hatte.

»Das ist Ric«, stellte Galo ihn vor. Die Wache sprang auf.

»Eure Majestät«, sagte Ric.

»Danke, dass ihr gekommen seid«, begann Cas. Er setzte sich an den Tisch, woraufhin die anderen ebenfalls Platz nahmen, Galo neben ihm.

»Wir teilen die Wache in drei Kategorien ein«, erklärte Galo und blickte dabei zu Mateo und Ric. »Wir finden heraus, wer dir treu ist, wer Jovita treu ist und wer noch unentschieden ist. Wir können die Namen aufschreiben, wenn du möchtest.«

»Nein, wir halten besser nichts schriftlich fest. Galo, sag mir einfach jeden Tag die Namen der Wachen, die du mir zeigst, damit ich mir ihre Gesichter merken kann.«

»Klar«, stimmte Galo zu. »Blanca?«

»Fast alle Angestellten sind auf deiner Seite«, berichtete sie. »Aber es gibt ein paar, die sich von Jovita haben überzeugen lassen und denken, du hättest den Verstand verloren. Ich brauche noch etwas Zeit, um herauszufinden, wie treu sie ihr genau sind.« Sie lächelte, wobei die Falten um ihre Augen sich bewegten. »Und die meisten Berater behandeln mich, als wäre ich unsichtbar. Ich kann dir zum Beispiel sagen, dass General Amaro *nicht* glücklich darüber ist, dass du vergiftet wurdest. Sie redet kaum noch mit Jovita. Ich denke, wir können sie auf unsere Seite ziehen.«

»Hervorragend«, kommentierte Cas.

»Bei Julieta ist es schwer zu sagen. Und was die anderen Berater angeht, arbeite ich noch dran.«

»Ich habe gestern mit Pedro gesprochen«, meldete Violet sich zu Wort. Pedro war Gouverneur der westlichen Provinz. »Er hat mehr oder weniger gesagt, dass er mir folgt – und dem Süden.«

»Wir müssen sicherstellen, dass du den Süden auch behältst«, warf Cas ein. »Ich will, dass wir dorthin reisen und uns mit ein paar Leuten treffen.«

»Wäre das denn sicher?«, wollte Violet wissen.

»Die Soldaten, die Jovita hingeschickt hat, um die Gegend auszukundschaften, haben berichtet, dass sie keine Krieger vorgefunden haben. Ich dachte, wir gehen nach …« Er brach ab, da er nicht alle wissen lassen wollte, dass er sich mit Em traf. »Übermorgen«, sagte er stattdessen.

»Dann bleibt uns nicht viel Zeit, die Wachen auszuhorchen«, wandte Galo ein.

Cas schüttelte den Kopf. »Du und Mateo bleibt hier. Nur Violet und ich gehen.«

»Nein«, platzten Galo und Mateo gleichzeitig heraus.

»Es ist nur eine kurze Reise«, beruhigte Cas sie. »Wir sind praktisch schon im Süden, und zu zweit ziehen wir weniger Aufmerksamkeit auf uns.« Er wandte sich an Violet. »Wenn das für dich in Ordnung ist.«

»Kein Problem. Können wir bei mir zu Hause vorbei? Ich würde gern sehen, ob alles noch steht, und nach meiner Großmutter und den Angestellten schauen.«

»Natürlich.« Er wünschte, er könnte auch bei seinem Zuhause vorbei. Er fragte sich, ob wohl irgendein Teil des Schlosses noch existierte.

»Wenn du dich jetzt ohne eine einzige Wache da rauswagst, ist das nicht gerade hilfreich, um die Menschen davon zu überzeugen, dass du nicht verrückt bist«, widersprach Galo.

»Galo!«, rief Violet.

»Was? Es stimmt doch. Welcher vernünftige König würde im Krieg ohne eine Wache herumreisen?«

»Einer, der unauffällig unterwegs sein möchte«, erwiderte Cas. »Die meisten Leute im Süden wissen gar nicht, wie ich aussehe. Und ich kann mich selbst wehren. Violet auch. Ich habe sie schon mit einem Schwert umgehen sehen.«

»Ich bin auch mit Pfeil und Bogen ganz gut«, fügte sie hinzu.

»Gut. Die besorgen wir dir noch, bevor wir gehen.« Er sah sich am Tisch um. »Noch etwas?« Alle schüttelten den Kopf. »Danke für alles. Ich kann euch gar nicht sagen, wie sehr ich zu schätzen weiß, was ihr für mich tut.«

Blanca drückte im Aufstehen seine Hand. Auch die anderen erhoben sich.

»Galo, bleib noch einen Moment«, bat Cas. Er wartete, bis alle anderen verschwunden waren, und drehte sich dann zu seinem Freund um. »Jovita behauptet, sie habe mich nicht vergiftet.«

»Natürlich behauptet sie das.«

»Ich bin ebenfalls davon überzeugt, dass sie lügt, aber kannst du trotzdem ein Auge offen halten? Nur zur Sicherheit.«

»Ich weiß aber nicht, wer es sonst gewesen sein könnte. Es sei denn, einer der Berater hat es auf den Thron abgesehen …« Er dachte angestrengt nach. »Bist du sicher, dass du sie hier allein lassen willst? Du bist gerade erst wiedergekommen.«

»Es sind nur ein paar Tage. Die südliche Provinz ist wichtiger als alles, was hier passiert.«

»Und was machst du, falls es nicht Jovita war, die dich vergiftet hat?«

»Sie war es«, sagte er, obwohl er selbst schon den gleichen Gedanken hatte wie Galo eben. Es bestand eine geringe Chance, dass einer der Berater oder Gouverneure die Gelegenheit nutzen wollte. »Aber falls sie es doch nicht gewesen sein sollte … ändert das auch nichts.«

Aren bückte sich und hielt seine Wasserflasche in den Fluss, um sie aufzufüllen. Dann nahm er gleich einen Schluck. Iria neben ihm tat das Gleiche.

Inzwischen waren sie in der südlichen Provinz von Lera, bald würde es wieder wärmer werden, die Landschaft war bereits grüner. So ungern er es sich eingestand, musste er doch zugeben, dass es ihm gefiel, wieder in Lera zu sein. Um sie herum waren die Bäume schon dichter, ein paar hatten noch alle Blätter.

Soweit er das einschätzen konnte, waren die Krieger noch nicht bis in Leras Süden vorgedrungen. Iria meinte, nachdem sie den Kampf bei der Festung verloren hatten, wären die meisten Krieger in den Norden gerufen worden, in die königliche Stadt oder nach Gallego. Das waren die beiden beliebtesten Gebiete, daher war es am sinnvollsten, die Kräfte dort zu bündeln.

Aren ging zurück zu seinem Pferd und steckte seine Wasserflasche schweigend zurück in seine Tasche. Heute war keiner besonders zu Gesprächen aufgelegt.

Er drehte sich um, weil er auf Iria warten wollte. Sie kam gerade vom Fluss zurück, blieb aber plötzlich stehen und spannte sich an.

Aren legte sofort eine Hand auf sein Schwert. Sie sah zu ihm und dann nach rechts.

Ein Pfeil flog aus einem Baum, direkt auf Iria zu.

»Angriff!«, schrie er und streckte einen Arm aus. Er konzentrierte sich auf Iria, sie hob ab und kam so schnell auf ihn zugeflogen, dass sie ihn fast umwarf. Der Pfeil sauste durch die Luft, wo sie bis eben noch gestanden hatte.

»Clara!«, rief er. Er sah aus dem Augenwinkel, wie sie losrannte, und der Baum, aus dem der Pfeil gekommen war, schwang nach links, dann nach rechts. Schließlich fiel er um, und laute Schreie ertönten. Drei Männer sprangen aus dem Weg, um nicht von den Stämmen zerquetscht zu werden. Sie liefen direkt auf Aren zu.

Er stieß sie alle gleichzeitig zurück, löste sich dabei nicht von ihnen, wie Olivia es ihm gezeigt hatte. Eigentlich müssten seine Beine schon anfangen zu zittern.

Stattdessen spürte er nur die Kraft, die durch seinen Körper schoss, ein angenehmes Kribbeln, das ihn noch kräftiger machte, anstatt ihn zu schwächen.

»Tötet den Ruined!«, brüllte jemand. Ein Jäger aus Lera mit

mehreren blauen Abzeichen zeigte auf ihn. Ein Krieger ging auf ihn los.

»Ich kümmere mich um ihn!«, rief Aren zurück. Er hielt Iria seine Hand hin. »Darf ich?«

Verwirrt sah sie ihn an, streckte aber auch den Arm aus. Er umschloss ihr Handgelenk.

Dann drehte er sich wieder zu dem Jäger, der nun – so schnell er konnte – vor ihm weglief. Aren ließ die Füße des Mannes anhalten, er fiel flach auf den Boden. Ein Krieger lachte.

Anschließend ließ Aren den Mann in die Luft steigen, was ihn normalerweise so viel Kraft kostete, dass ihm schlecht wurde. Aber diesmal fühlte er sich sicher, ruhig, selbst als er dem Mann das Genick brach.

Mit einem dumpfen Knall schlug der Mann auf dem Boden auf. Aren starrte ihn an, von Reue übermannt. Er hatte ihn töten müssen, sonst wäre er zurück zur Festung gelaufen und hätte sie verraten. Trotzdem machte es ihn traurig.

Aber das fand er nicht schlimm, im Gegenteil. Er mochte die Traurigkeit. Nach diesem Mord fühlte er sich wenigstens noch wie er selbst, wenigstens war er nicht wie betäubt.

Die Krieger stürmten auf die restlichen Männer zu. Aren hielt Iria immer noch fest. Er hatte einen Arm um ihre Taille gelegt und drückte sie an seine Seite. Als ihm das auffiel, ließ er sie schnell wieder los.

»Danke.« Sie starrte auf den Boden und trat einen Schritt von ihm weg.

Sobald er sie nicht mehr in den Armen hielt, wollte er sie sofort wieder berühren. Es fühlte sich an, als würde sein ganzer Körper in ihre Richtung streben, ihn anflehen, zu ihr zu gehen.

Er schaute auf seine Hand. Es war fast, als könnte er ihre Haut immer noch spüren. Als würde ihre Wärme noch immer durch seinen Körper strahlen und ihn stärken. Er fühlte sich auch überhaupt nicht schwächer, obwohl er seine Kraft benutzt hatte.

Iria legte ihren Kopf schräg und musterte ihn mit einer Mischung aus Interesse und Verwunderung.

»Was …?« Sie verstummte.

Er wollte es ihr erzählen. Wollte sie wieder in seine Arme schließen und sie fragen, ob er etwas ausprobieren könnte. Aber Clara, Santino und alle Krieger sahen und hörten zu.

Clara stand mit dem Rücken an einen Baum gedrückt, das sah er oft bei Ruined mit Macht über die Elemente. Damian hatte sich immer mit gespreizten Beinen und ausgestreckten Armen auf den Boden gelegt; er meinte, dass die Erde und das Gras ihm Kraft verliehen. Er war auch davon überzeugt, dass er in Vallos stärker war als in Ruina, wegen der vielen Pflanzen und des Wassers. Ruina war zu trocken und karg, um ihm Energie zu geben, behauptete er.

Aren hatte stets gedacht, dass sie sich das nur einbildeten. Ruined mit dieser Fähigkeit sprachen zwar dauernd von ihrer Verbindung zur Natur, aber er mochte nicht glauben, dass sie es so wörtlich meinten.

Er entfernte sich von Iria, dabei spürte er weiter ihren Blick auf sich.

»Clara«, sagte er sanft und blieb vor ihr stehen.

»Was?«

»Wirst du schneller wieder stark, wenn du dich gegen den Baum lehnst?«

»Fühlt sich so an. Manche Ruined sind da anderer Meinung. Ich glaube aber, sie konzentrieren sich nur nicht genug.«

»Darauf konzentrieren?«

»Ja.« Sie griff mit beiden Händen nach hinten, legte ihre Arme um den Baum. »Du darfst dir das nicht so vorstellen, dass wir Energie vom Baum wegnehmen. Wir verbinden uns mit ihm. Man bittet ihn um Hilfe. Wenn man das tut, dann antwortet er.«

»Der Baum antwortet.«

»Hey, mach dich nicht über mich lustig. Du hast keine Ahnung. Ein Baum ist auch lebendig. Und ich kann ihn beherrschen. Du denkst, ich kann nicht mit ihm kommunizieren?«

»Das kannst du bestimmt«, murmelte Aren.

»Das kann ich definitiv.«

»Gibt es da, na ja, ein Gefühl?«

»Natürlich.« Sie lehnte ihren Kopf zurück, an den Baumstamm. »Es ist, als könnte ich seine Energie durch meine Adern fließen spüren.«

Er warf einen Blick zurück zu Iria. War es das, was gerade zwischen ihnen passiert war? Konnte ein Mensch ihm tatsächlich helfen, seine Kraftreserven aufzufüllen?

»Wieso?«, Clara folgte seinem Blick. »Ist mit der Kriegerin etwas passiert?«

»Ich weiß es nicht.«

»Aren! Das ist verrückt.«

Er versuchte sie zum Schweigen zu bringen. »Ich habe gesagt, dass ich es nicht weiß.«

Sie beugte sich wieder vor und fing an zu flüstern. »Finde es heraus. Weißt du, was das für uns bedeuten könnte? Wofür Ruined wie du Menschen benutzen könnten?«

Er spannte sich sofort an, als sie »benutzen« sagte. Wenn es um den Baum ging, redete sie von Kommunikation und Bitten, aber bei Menschen war es »benutzen«?

Er machte einen Schritt zurück. »Ich glaube, ich habe es mir nur eingebildet. Olivia hat mich trainiert. Ich werde einfach nur stärker.«

»Probiere es trotzdem aus, und sag mir, wie es lief.«

»Mache ich«, log er.

Er ging zurück zu Iria, die neben ihrem Pferd stand. Sie sah ihn freundlich an, neugierig, und da fiel ihm plötzlich auf, dass er hier keinem so sehr vertraute wie ihr. Nicht mal den anderen Ruined.

»Ich erzähle es dir später«, sagte er im Vorbeigehen leise zu ihr.

Sie stieg auf ihr Pferd. »Und übrigens, danke, dass du mein Leben gerettet hast.«

»Hast du schon mal gesagt.«

»Wirklich?« Sie lief rot an und senkte den Kopf, während sie nach den Zügeln griff.

Er versuchte, nicht zu lachen. War es falsch, dass es ihm gefiel, sie nervös zu machen?

»Duck dich nächstes Mal«, fügte er lächelnd hinzu. »Ich kann dir nicht ständig das Leben retten.«

Sie versuchte ganz offensichtlich, sich ein Lächeln zu verkneifen. »Hätte ich ja, wenn du mich nicht mit deiner Ruined-Magie durch die Luft gewirbelt hättest.«

»Natürlich hättest du das.«

»Ja! Meine Reflexe sind sehr gut, weißt du!«

Er lachte, und sie lächelte zurück, ihre Wangen waren immer noch rosig.

29. KAPITEL

Em wartete, bis Olivia eingeschlafen war, um sich davonzuschleichen.

Sie befestigte ihr Schwert und ihre Trinkflasche an ihrem Gürtel und wanderte die ruhige, wie ausgestorbene Straße entlang zum Stall. In der Nähe standen Ruined und Krieger Wache, aber sie würde sich später eine Erklärung einfallen lassen. Erst mal musste sie zu Cas und herausfinden, ob Jovita ihm seine Geschichte glaubte.

Sie sattelte ein Pferd und führte es in die dunkle Nacht hinaus. Dann spornte sie es zu einem Galopp an. Die Stadt verschwand hinter ihr, und sie wurde wieder langsamer.

Der Treffpunkt war nicht weit weg, ungefähr auf halbem Weg zur Festung, aber den ganzen Weg lang schlug ihr Herz viel zu schnell. Was, wenn er gar nicht kam? Was, wenn statt seiner Galo auftauchte, um ihr zu sagen, dass Cas tot war?

Der Weg führte hauptsächlich durch offenes Gelände ohne Bäume oder Hügel. Sie musste zugeben, dass es riskant schien, sich mit Cas zu treffen. Zwischen Sacred Rock und der Festung lagen keine weiteren Städte, aber Farmen, von denen aus sie leicht gesehen werden konnte. Hoffentlich schliefen die Bauern schon oder hatten ihr Zuhause längst verlassen, weil die Ruined in ihr Land eingefallen waren.

Endlich erreichte sie den verabredeten Treffpunkt, und ihr Herz machte einen Sprung, als sie einen dunklen Umriss entdeckte.

Es waren zwei, um genau zu sein. Eine etwas kleinere, schmalere Person neben dem Mann.

Sie sprang von ihrem Pferd und rannte praktisch auf sie zu. Es waren Cas und Violet. »Du bist hier.«

»Ich habe doch gesagt, dass ich komme.« Er klang etwas gereizt, aber sie konnte es ihm nicht verübeln. Dennoch tat es ein bisschen weh.

»Wie sieht es aus?«, fragte sie. »Habt ihr es zur Festung geschafft?«

»Ja«, antwortete er. »Jovita hat mich wieder reingelassen und behauptet, dass sie mich nicht vergiftet hätte.«

»Was?«

»Das ist gelogen, da bin ich mir sicher.«

Es war zu dunkel, um seine Mimik richtig zu erkennen, aber seine Stimme klang überzeugt. Der Cas, den sie kannte, wäre sich da nicht so sicher gewesen. Er würde es hinterfragen, grübeln und zögern. Vielleicht machte er sich ja im Moment selbst etwas vor, aber wie wäre es in einem Jahr? In zehn Jahren? Würde er sich, wenn er dann an den Mord an Jovita zurückdachte, nicht doch fragen, ob sie vielleicht unschuldig war?

»Lass es mich tun«, warf Em schnell ein. »Ich töte Jovita. Finde einen Weg, sie nach draußen zu locken, und ich kümmere mich darum.«

»Wieso?«, wollte Cas wissen.

»Du weißt, wieso. Damit du nicht jemanden aus deiner eigenen Familie umbringen musst.«

»Sie ist nicht meine Familie.« Er zuckte mit den Schultern. »Außerdem macht es keinen Unterschied, ob es dein Schwert ist oder meins. Ich werde für ihren Tod verantwortlich sein.«

Em wünschte, sie könnte ihm widersprechen. Sie wünschte, sie hätte sein Angebot angenommen, und er wäre bei ihr geblieben. Egal, was es gekostet hätte. Diese kalte leere Version von Cas war ihr beinahe unerträglich.

»Ich habe noch keine Informationen für dich«, fuhr er fort. »Aber Jovita wartet auf jeden Fall erst mal ab, also braucht ihr euch nicht um einen unmittelbar bevorstehenden Angriff zu sorgen.« Er deutete auf Violet. »Wir machen uns von hier auf den Weg, um ein paar von Violets Leuten im Süden zu treffen, also sollten wir mit dem nächsten Treffen ein bisschen länger warten.«

»Das hat Jovita nicht misstrauisch gemacht?«

»Ich habe ihr gesagt, ich will nach meiner Großmutter sehen«, erklärte Violet. »Es ist nicht weit weg.«

»Und ja, sie war misstrauisch.« Cas lächelte Violet an. »Sie weiß, was für eine Macht Violet über den Süden hat. Unsere Freundschaft macht sie nervös.«

Violet lachte leise, und der Kloß in Ems Hals schwoll zu doppelter Größe an. Sie hatte kein Recht, eifersüchtig zu sein. Sie war praktisch mit einem anderen verlobt.

Dennoch wollte sie sich bei dem Gedanken daran, dass Cas und Violet allein unterwegs waren, einfach nur auf dem Boden zusammenrollen und losschreien.

Sie versuchte, sich nichts anmerken zu lassen. »Wann seid ihr wieder in der Festung?«

»Wir schätzen, so in drei oder vier Tagen«, erwiderte Cas. »Sagen wir, wir treffen uns hier in zehn Tagen wieder. Falls ich nicht wegkomme, schicke ich Galo.«

Sie wollte ihn fragen, wieso er glaubte, er könnte vielleicht nicht selbst kommen. Oder ob er es überhaupt versuchen würde. Sie wollte ihn fragen, ob das hier das letzte Mal war, das sie ihn sah.

»Klingt gut«, sagte sie stattdessen. Diesmal verriet ihre Stimme, dass sie nichts daran gut fand.

»Hast du Informationen für mich?«, wollte Cas wissen.

Sie schüttelte den Kopf. »Wir warten auch ab. Eine Gruppe Krieger und Ruined sind auf dem Weg nach Norden, um nachzusehen, wie es bei den Kriegern in Gallego und der königlichen Stadt aussieht. Aren ist auch dabei. Ich lasse dich dann wissen, was sie herausgefunden haben.«

»Wie weit nach Norden?«, hakte Cas nach.

»Nicht weiter als Gallego.«

»Oh.«

»Wenn ich irgendetwas vom Schloss höre …«

Cas räusperte sich. »Dann sagst du Bescheid. Ich weiß.« Er stopfte seine Hände in die Hosentaschen. »Und August? Seid ihr offiziell verlobt?«

Das musste Violet als ihr Signal verstehen, denn sie drehte sich um und ging zurück zu ihrem Pferd.

»Nein«, antwortete Em leise. »Ich weiß immer noch nicht, ob

das überhaupt passieren wird. Olivia findet die Idee nicht besonders gut und ich auch nicht.«

Er starrte sie an, schwieg aber. Sie wollte unbedingt nach Violet fragen, konnte sich aber nicht dazu bringen, zu offenbaren, wie eifersüchtig sie war.

»Ich sehe dich dann in zehn Tagen«, sagte er schließlich. »Oder Galo.«

»Versuch zu kommen«, brachte sie noch heraus. »Bitte?«

»Mache ich.« Dann drehte er sich ebenfalls um und marschierte zurück zu Violet. Sie winkte Em zu, und Em hob auch den Arm. Wenigstens hatte er sie an seiner Seite. Wenigstens wirkte sie nett, stark und war eine Freundin für ihn. Irgendwann musste Cas jemanden heiraten, und wenn es Violet wäre, wüsste Em zumindest, dass er eine gute Wahl getroffen hatte.

Aber dadurch fühlte sie sich auch nicht besser. Tränen schossen ihr in die Augen, als sie sich wegdrehte.

Sie stieg auf ihr Pferd und ritt zurück nach Sacred Rock, etwas langsamer, als sie hergekommen war. Sie Luft war kalt, aber dennoch spürte sie das Stechen des Windes in ihrem Gesicht nicht.

Die Sonne ging gerade auf, als sie sich dem Stall näherte. Davor stand eine große breite Person mit den Händen auf den Hüften.

»Em?«, rief er, als sie näher kam. August.

»Hey«, sagte sie und versuchte, normal zu klingen. Sie sprang vom Pferd und nahm die Zügel. »Machst du das Tor auf?«

August öffnete es, und sie führte ihr Pferd nach drinnen. »Wo warst du?«

»Ich konnte nicht schlafen.«

»Also bist du mitten in der Nacht losgeritten? Sie sagen, du warst über Stunden weg.«

Sie brachte das Pferd in seine Box und drehte sich zu August um. »Ich war nicht weit weg, habe die Gegend etwas erkundet. Dann saß ich noch eine Weile an einem Fluss.«

»Nachts. Allein.«

Ihr Herz hämmerte wie verrückt, aber ihre Stimme klang weich.

»Olivia macht jeden Tag ihre Streifzüge. Niemand, der noch bei Verstand ist, hält sich hier in der Nähe auf.«

»Erwartest du, dass ich dir glaube, dass du einfach allein rumwanderst? Ich bin nicht dumm, Emelina.« Er wurde so plötzlich wütend, dass sie instinktiv eine Hand auf ihr Schwert legte.

»Das habe ich auch nicht gesagt, August.« Sie ging an ihm vorbei, aus dem Stall heraus, und er folgte ihr. Sie zog das Tor hinter ihnen zu.

Wütend sah er sie an. »Du willst mir wirklich nicht sagen, was du gemacht hast?«

»Ich habe es dir gesagt. Ich habe die Gegend ausgekundschaftet. Das machen die Ruined täglich, das weißt du doch bestimmt.«

»Ich weiß wirklich nicht, was du noch von mir willst.« Er lachte, aber es klang nicht amüsiert. »Ich gebe euch Essen, Verpflegung, Krieger und einen Heiratsantrag, und du kannst mir immer noch nicht richtig in die Augen sehen.«

»Ich habe doch gesagt, dass ich über den Antrag nachdenke.«

»Was gibt es da nachzudenken?«, blaffte er sie an. »Das Bündnis ist für uns beide von Vorteil. Ich schicke einen Krieger zurück – mit der Nachricht, dass du angenommen hast.«

»Das ist lustig, ich erinnere mich gar nicht daran, das getan zu haben.«

Er machte einen Schritt auf sie zu. »Du *brauchst* mich. Und du solltest dankbar sein, dass ich dem zugestimmt habe. In Olso gibt es genug Frauen, die alles dafür geben würden, mich zu heiraten.«

»Wieso hast du dann zugestimmt?« Sie verschränkte ihre Arme vor der Brust und hielt seinem wütenden Blick stand. »Könnte es sein, dass du mich auch brauchst? Vielleicht sogar mehr, als ich dich brauche? Wenn ich dich heiraten sollte, wärst du König der Ruined. In Olso wirst du nie König von irgendetwas sein.«

Sein Gesicht lief rot an. Darauf hatte er offensichtlich keine Antwort.

Sie sah ihn selbstgefällig an. »Ich kann dir keine Antwort versprechen, bevor wir uns um Jovita gekümmert haben. Wenn du nicht mehr warten kannst, könnt ihr jederzeit gehen.«

»Und was würden deine Ratsmitglieder davon halten?«

Sie sah ihn an. »Ich denke, du überschätzt ihre Meinung von dir, August. Sie vertrauen auf mein Urteil.«

Er sah sie böse an, und sie lächelte ihm zu.

Sie würde ihn niemals heiraten.

30. KAPITEL

Violet ritt auf ihrem Weg durch die Provinz voran, und Cas folgte ihr. Sie sprachen nicht viel. Die Nacht nach dem Treffen mit Em reisten sie durch. Violet meinte, dass sie gegen Nachmittag bei ihrem ersten Ziel ankommen müssten, also beeilten sie sich auch am nächsten Morgen, um möglichst zügig voranzukommen.

Als Erstes wollten sie zu einer Farm, auf der einer der Machthaber des Südens lebte. Violet vermutete, dass er wohl am meisten Informationen über das Land und die Leute hatte.

Das Haus war groß, zweistöckig und sah aus, als wäre es noch nicht angegriffen worden. Dahinter erstreckte sich Ackerland. Ein langer, schmaler Pfad führte zum großen Eisentor vor dem Haus.

»Wir müssen zu Fuß zum Tor«, sagte Violet und stieg von ihrem Pferd. »Und eine Hand hoch halten.«

»Wieso?«

»Damit sie wissen, dass wir keine Angreifer sind.«

Cas befolgte ihre Anweisungen und führte sein Pferd mit der einen Hand, während er die andere in die Luft streckte. Durch die Gitterstäbe des Tors konnte er sehen, wie jemand aus dem Haus kam. Der Mann schritt durch den Garten, blieb dann stehen, verschränkte die Arme vor der Brust und sah zu, wie sie sich näherten.

»Ich bin's, Franco!«, rief Violet ihm zu.

Daraufhin rannte Franco los und öffnete das knarrende Tor. Er war ungefähr so alt wie Cas' Vater gewesen war, durch sein schwarzes Haar blitzten vereinzelt graue Strähnen. Außerdem war er ein großer und breitschultriger Mann, der Violet förmlich vom Boden riss, als er sie umarmte.

»Ich bin so froh, dich zu sehen, Süße«, sagte er. Violet lachte, während er sie im Kreis herumwirbelte und dann behutsam wieder absetzte. Dann fiel sein Blick auf Cas, und er wirkte plötzlich verwirrt. »Wo ist dein Vater?«, fragte er Violet.

Sie schüttelte den Kopf und blinzelte ein paarmal. »Er ist beim Angriff auf das Schloss gestorben.«

»Oh nein, das tut mir so leid, Süße.«

»Das hier ist Leras König, Casimir Gallegos.«

Franco riss die Augen auf und verbeugte sich rasch. »Eure Majestät.«

»Freut mich, Euch kennenzulernen«, antwortete Casimir.

Franco sah verwundert an ihm vorbei. »Wo sind Eure Wachen, Eure Majestät?«

»Violet und ich sind allein unterwegs.«

Er versuchte offensichtlich, seine Überraschung zu verbergen. »Kommt rein.« Er rief einem Stalljungen zu, er möge sich um ihre Pferde kümmern und führte seine Gäste ins Haus.

Das Haus war offen und hell, da durch die großen Fenster eine Menge Licht hereinkam. Cas konnte schnelle Schritte hören, dann tauchten zwei kleine Jungs kichernd auf der Treppe auf.

»Carlos, hol eure Schwester«, sagte Franco zu ihnen. »Ich möchte, dass ihr drei runterkommt und unsere Gäste begrüßt.«

Der größere Junge verschwand, und der jüngere lief ihm nach.

»Setzt euch«, bat Franco sie, als sie im Wohnzimmer standen, von wo aus man einen wundervollen Ausblick über die Felder hatte. »Seid ihr hungrig? Ich kann meinen Koch etwas zaubern lassen.«

»Ja, gern«, erwiderte Violet. Sie hatten gestern nur etwas Trockenfleisch gegessen.

Die zwei Jungs kamen wieder runter, diesmal mit einem Mädchen im Schlepptau, das noch ein paar Jahre jünger war.

»Violet!«, kreischte das Mädchen und stürzte sich so enthusiastisch auf sie, dass ihre Umarmung Violet rücklings auf das Sofa warf.

Violet lachte. »Ich freue mich auch, dich zu sehen, Paula.«

»Paula, Carlos, Bruno, ich möchte euch gern den König von Lera vorstellen«, verkündete Franco.

Paula erschrak, sprang von Violet weg und starrte Cas mit offenem Mund an.

»Eu…eure Majestät«, stammelte sie und machte dabei eine unbeholfene Verbeugung. Die Jungs verbeugten sich auch, Bruno stand ebenfalls der Mund offen.

»Ihr seid der König?«, fragte er.

»Ähm, na ja …« Cas lachte leise. »So halb.«

»Nicht ›so halb‹«, sagte Franco entschieden. »Ihr *seid* der König.« Er sah zu Paula. »Bringst du die Jungs wieder nach oben? Ich rufe euch, wenn wir essen.«

Paula lief dunkelrot an, senkte den Kopf und huschte zusammen mit ihren Brüdern aus dem Zimmer.

»Meine Frau besucht gerade die Nachbarn«, erklärte Franco. »Sie sollte in den nächsten Stunden wiederkommen.« Er setzte sich neben Violet und drückte kurz ihre Hand. »Sie wird sich freuen, dich zu sehen.«

Violet kam direkt zur Sache. »Wie ist die Lage hier? Wurdet ihr angegriffen?«

Er schüttelte den Kopf. »Ein paar Krieger trieben sich hier nach ihrer Niederlage bei Fort Victorra herum, aber um die haben wir uns schnell gekümmert. Ruined habe ich keine gesehen.«

Cas beugte sich vor und stützte die Ellenbogen auf seine Knie. »Ich möchte ehrlich mit Euch sein. Ihr wisst, dass ich Emelina Flores geheiratet habe?«

Franco blickte ernst zu ihm hinüber.

»Meine Verbindung zu den Ruined besteht noch.«

»Was meint Ihr?«

»Ich hatte eine Abmachung mit Emelina getroffen. Wenn sie und die Ruined von hier verschwinden, lasse ich sie in Ruhe. Jovita hat natürlich gegen diese Abmachung verstoßen, und dafür rächen die Ruined sich nun. Sie sind nicht weit von hier.«

»Nicht?« Franco klang nervös.

»Nein, ich war auch da«, bestätigte Violet.

»Die Ruined wollen Jovita genauso wenig auf dem Thron sehen wie ich«, fuhr Cas fort. »Ich bitte um die Unterstützung des Südens, aber ich werde Euch nichts vormachen, was meine Verbindung zu den Ruined anbelangt.«

»Denkt Ihr, man kann ihnen vertrauen?«, hakte Franco nach.

»Ich kann Emelina vertrauen. Wenn Ihr mich als König wollt, sollt Ihr wissen, dass ich die Ausrottung der Ruined beenden werde. Was sie betrifft, bin ich entschieden gegen die Politik meines Vaters, und ich glaube, dass wir nur seinetwegen in dieser Situation stecken.«

»Da stimme ich zu«, sagte Franco. »Ich war von Anfang an gegen die Methode. Ich habe die Petition ins Leben gerufen, die wir Eurem Vater geschickt haben.«

»Was für eine Petition?« Cas schaute zu Violet. Sie hatte ihm nahegelegt, Franco gegenüber aufrichtig zu ein, aber keinen Grund genannt.

»Ich habe Eurem Vater einen Brief geschickt, in dem wir ausführen, wieso wir dagegen sind, die Ruined zu jagen. Die meisten Machthaber und Richter hier im Süden haben unterschrieben, darunter auch Violets Vater.«

»Wie hat mein Vater reagiert?«, fragte Cas.

»Gar nicht, ein paar Monate lang. Dann ließ man uns wissen, dass wir unsere Posten verlieren und wegen Verrats angeklagt würden, wenn wir diese Angelegenheit noch einmal ansprechen sollten.«

Cas fuhr sich mit der Hand durchs Gesicht, er schämte sich so sehr für seinen Vater. Hatte er den Brief überhaupt seinen Beratern gezeigt? Wussten sie, dass sie nicht die Unterstützung des Südens hatten? Hatten sie überhaupt die Unterstützung irgendeiner Provinz?

»Versteht mich nicht falsch«, fuhr Franco fort. »Die Ruined machen mir Angst. Meine Ururgroßmutter wurde von ihnen gefangen gehalten und hat ein Tagebuch geführt, das ich noch besitze. Die Dinge, zu denen sie in der Lage sind, sind grauenvoll.«

»Aber diese Ruined sind tot«, entgegnete Cas. »Die Ruined heute … die meisten von ihnen wollen nichts mit uns zu tun haben. Jetzt sind wir die Monster, nicht sie.«

»Das sind wir«, stimmte Franco zu.

»Dann habe ich Eure Unterstützung?«

»Auf jeden Fall.«

Franco ritt zusammen mit Violet zu ihrem Haus, dann kamen sie mit einer Schar Leuten zurück, die alle Cas kennenlernen wollten. Den ganzen Tag lang schneiten Nachbarn herein, bis Francos Haus komplett vollgestopft war und Cas' Kiefer wehtat vom vielen Reden.

»Wir stehen hinter Euch, Eure Majestät«, beteuerte eine Frau namens Antonia. Sie hatte in der Armee ihres Vaters gekämpft und war dabei, als Wenda Flores getötet und Olivia entführt wurde. Wenn sie davon sprach, zitterte ihre Stimme.

»Kann ich mich darauf verlassen, dass ihr hier eine Armee aufstellt?«, fragte Cas. »Ich brauche so viele Leute, wie ihr entbehren könnt. Ein paar können hierbleiben, um den Süden zu beschützen, aber den Rest brauche ich.«

»Natürlich. Wenn Ihr nach Norden zieht, um das Schloss zurückzuerobern, werden die meisten hier helfen wollen.« Um ihre Augen bildeten sich Falten, als sie lächelte.

Er lächelte zurück und stand auf. Dann schlängelte er sich durch die Menge, öffnete die Haustür und seufzte erleichtert, als er draußen war und endlich Ruhe herrschte.

In einem der Schaukelstühle auf der Veranda saß Violet. Er zog die Tür hinter sich zu und setzte sich in den anderen Schaukelstuhl. Hinter ihnen öffneten sich die Vorhänge, und Paula spähte nach draußen, verschwand aber schnell wieder, als Cas ihr zuwinkte.

Violet lachte. »Ich glaube, sie mag dich.«

Cas lehnte sich zurück und stemmte seine Füße gegen das Geländer. »Dann hat sie einen schlechten Geschmack.«

»Ach, bitte.«

»Ich bin ein gedemütigter König, der vor Kurzem eine Frau geheiratet hat, die ihre Identität nur vorspielte.« Er lächelte. »Aber immerhin sehe ich ganz gut aus, oder?«

»Und du bist so bescheiden.«

»Wenigstens eine Sache, die mir bleibt.«

»Das ist lächerlich.« Sie wippte nachdenklich vor und zurück. »Willst du wissen, was wirklich dein Problem ist?«

»Ich bitte darum.«

»Du bist in jemanden verliebt.«

»Na ja, das ist wohl offensichtlich.« Seine Brust zog sich zusammen, als er an Em dachte.

»Ich war noch nicht fertig. Du bist in jemanden verliebt und gibst sie einfach auf.«

»Ich habe ihr angeboten, bei ihr zu bleiben. Das zählt nicht als aufgeben.«

»Ich denke schon. Du hast ihr nur eine Wahlmöglichkeit gelassen – und zwar eine schlechte, wenn ich das so sagen darf, ich bin übrigens immer noch sauer deswegen. Die hat sie abgelehnt, und jetzt bist du beleidigt.«

»Sag mir ruhig, was du wirklich von mir denkst, Violet.«

»Tue ich, danke. Du gibst immer wieder auf, wenn es mal schwierig wird.«

Wut stieg in ihm auf. Ihre Worte trafen ihn, weil sie der Wahrheit so nah kamen. »Ich bin hier, oder? Ich habe nicht aufgegeben.«

»Nachdem du es aber zunächst versucht hast. Du wolltest deine Rolle als König hinschmeißen, weil es schwierig wurde. Jetzt gibst du Em auf, weil es zu viele Hindernisse gibt. Du wirst nie das bekommen, was du willst, wenn du nicht darum kämpfst.«

»Du glaubst, ich könnte Em haben, wenn ich darum kämpfe?«, fragte er skeptisch.

»Das glaube ich, ja. August will sie heiraten, um Olso mit Ruina zu verbünden. Wieso kannst du nicht das Gleiche tun? Wieso sollten Ruina und Lera keine Verbündeten sein?«

»Ich denke, ich spare mir die lange Liste an Gründen, weshalb das niemals funktionieren würde. Wie wäre es nur mit dem Hauptgrund? Weil wir die meisten Ruined abgeschlachtet haben.«

»Und wir sollten unser ganzes Leben lang dafür Abbitte leisten. Das bedeutet aber nicht, dass wir nicht einen Weg finden sollten, Frieden zu schließen. Ich mag Em nicht einmal und unterstütze sie dennoch.«

»Du magst Em nicht?«

»Sie steckte hinter dem Angriff, bei dem mein Vater getötet wurde.« Violet zog eine Augenbraue nach oben. »Das Gleiche gilt allerdings auch für dich, oder? Und du hast ihr vergeben.«

»Ja«, bekannte er leise.

»Ich könnte niemals ihre Freundin sein, aber ich kann nachvollziehen, wieso sie es getan hat. Und ich glaube, dass das anderen genauso geht.«

Er schüttelte den Kopf, alles in ihm sträubte sich dagegen, diesen Hoffnungsschimmer zuzulassen. »Das ist verrückt, Violet. Ich wünschte, es wäre möglich, aber ich kann es mir einfach nicht vorstellen.«

»Na schön.« Sie stieß einen tiefen Seufzer aus. »Aber ich heirate dich nicht.«

»Was?«

»Ich weiß, dass du mich nur zu dem Treffen mit Em mitnehmen wolltest, um sie eifersüchtig zu machen.«

»Das war nicht der *einzige* …«

»Cas, bitte.«

»Es hat sich halt einfach so ergeben, dass du dabei warst.« Er überlegte einen Moment. »Aber ich gebe zu, ich habe auch daran gedacht, dass es sie eifersüchtig machen könnte.«

»Sie war eifersüchtig. Hat es dir Spaß gemacht, sie zu quälen?«

Nein. Er hatte mitbekommen, wie sie Violet ansah. Wie ihr die Worte im Hals stecken blieben, die sie eigentlich aussprechen wollte. Er hatte sich nur noch schlechter gefühlt.

»Ich werde dich nicht heiraten«, wiederholte Violet. »Ich bin kein Trostpreis, für niemanden.«

»Ich habe auch gar nicht gefragt!«

»Ich weiß, dass ich schon vorher als deine Zukünftige im Rennen war. Du musst also irgendwann mal drüber nachgedacht haben.« Sie zeigte mit dem Daumen nach drinnen. »Ich wurde heute bestimmt zehn Mal gefragt, ob wir mehr als nur Freunde sind.«

»Ich habe darüber nachgedacht«, gestand er. »Du wärst die logische Wahl.«

»Romantisch«, entgegnete sie nur trocken.

»Ich bin gerade sowieso nicht an dem Punkt, mich ums Heiraten zu kümmern. Ich bin zu … ich weiß nicht. Geschädigt.«

»Verstehe ich.«

»Aber, ähm, später, wenn …« Er drücke mit dem rechten Daumen gegen den Knöchel des linken Zeigefingers, bis das Gelenk knackte. »Angenommen ich bin über ein paar andere Dinge hinweg. Würdest du jemals wieder in Erwägung gezogen werden wollen?«

»Kein Trostpreis, Cas.«

»Verstehe.«

31. KAPITEL

Aren umfasste Irias Handgelenk. Ein Lächeln trat in ihr Gesicht. Während der letzten paar Tage hatte er genau das ungefähr zwanzig Mal gemacht, und sie schien sich daran zu gewöhnen.

Gestern waren sie in Gallego angekommen und hatten die Krieger über die Situation in Vallos informiert. Er war noch nie zuvor in der Stadt gewesen, aber er konnte sich vorstellen, dass es hier spannender wäre, wenn die Krieger nicht alle Lera vertrieben oder gefangen genommen hätten. Die Straßen waren leer, Essen vergammelte in verlassenen Karren, und vor den Häusern sammelte sich der Müll, weil die Krieger sich nicht darum kümmerten.

Aren teilte sich mit Santino und Clara ein Zimmer in einer Pension. Am nächsten Morgen fühlte er sich seltsam unausgeglichen. Seit sie Vallos verlassen hatten, hatte er fast jede Nacht bei Iria geschlafen. Irgendwie fühlte er sich sicherer, wenn er neben ihr lag, obwohl er wusste, dass es eigentlich keinen Unterschied machte. Dennoch hatte er seit dem ersten Angriff der Lera nicht mehr so gut geschlafen wie an ihrer Seite.

Daher stimmte er dankbar zu, als sie kurz nach dem Aufstehen zu ihm kam und ihn fragte, ob er mit ihr auf die Jagd gehen wollte. Sie gingen ein ganzes Stück von der Stadt weg, in den Wald, und er verbrachte mehr Zeit damit, mit den Fingern über ihre Haut zu streichen, als nach potenzieller Beute Ausschau zu halten.

Er hatte ihr erzählt, was passiert war, als er sie berührte, während er seine Kraft benutzte. Sie hörte sich das geduldig an und sagte schließlich, dass sie das Ganze gern weiter mit ihm ausprobieren würde. Anders, als von ihm befürchtet, wirkte sie eher fasziniert als skeptisch oder ängstlich.

In Wahrheit war vielleicht er derjenige, der skeptisch und ängstlich war. Jedes Mal, wenn er sie berührte, fühlte sich das so richtig an, als ob er eigentlich noch ein bisschen länger an ihr festhalten sollte. Aber er ließ sie dennoch los.

Er versuchte es auch bei ein paar anderen Kriegern, doch bei denen blieb der Effekt aus. Stattdessen hielten ihn jetzt alle für etwas seltsam und gingen lieber auf Abstand.

Seit sie die Stadt hinter sich gelassen hatten, schwiegen Aren und Iria sich an. Er war nicht ganz sicher, ob es ein angenehmes Schweigen war. Er öffnete immer wieder den Mund, um etwas zu sagen, änderte dann aber die Meinung.

»Wie geht es deinen Eltern?«, platzte er plötzlich viel zu laut heraus. Wenn überhaupt Tiere in der Nähe gewesen waren, machten sie sich spätestens jetzt aus dem Staub.

Iria sah ihn überrascht an. »Gut.«

»Mir fällt nur gerade ein, dass ich das bisher gar nicht wusste«, fuhr er etwas leiser fort.

»Es geht ihnen gut. Als wir in Olso waren, konnte ich sie kurz sehen.« Sie schaute ihn an. »Ich wollte mit dir nicht über sie reden, weil ... du weißt schon.«

»Weil meine Eltern tot sind«, beendete er den Satz für sie.

»Genau.« Sie rückte den Bogen auf ihrem Rücken zurecht und wich seinem Blick aus.

»Ich dachte ja immer, du würdest vielleicht einen von den Brüdern des Königs heiraten«, fuhr Aren fort. »Deine Eltern sind doch ziemlich mächtig in Olso, oder? Da musst du doch eine passende Kandidatin gewesen sein.«

»War ich auch. Aber König Lucio wurde schon sehr jung jemandem versprochen, also war er außen vor. George bevorzugt Männer. Dante ist ...« Sie presste die Lippen zusammen und musste sich offensichtlich das Lachen verkneifen.

»Dante ist was?«

»Wirklich nervig.«

Aren lachte. »Und August?«

»August kenne ich am wenigsten von all denen, aber bei ihm habe ich ein unbehagliches Gefühl.«

»Was meinst du?«

Sie blieb stehen und drehte sich zu ihm. »Er ist falsch. Er tut so, als wäre er jedermanns bester Freund, aber sobald du ihm den Rücken zukehrst, rollt er mit den Augen. Außerdem ist er verbittert, weil er der Jüngste ist. Lass nicht zu, dass sie ihn heiratet, bitte. Ich weiß, dass die Verbindung wichtig sein könnte, aber das ist es nicht wert.«

»Keine Sorge. Es überrascht mich eigentlich auch nicht. Ich mochte den Typen noch nie.«

»Du kannst Em alles sagen, was ich dir eben erzählt habe. Ich hätte es ihr sowieso sagen sollen.«

»Wieso hast du es nicht getan?«

»Wenn August herausfände, dass ich schlecht über ihn gesprochen habe …« Sie brach ab.

»… wäre das fatal«, ergänzte Aren.

»Ja. Aber ich finde, es ich wichtiger, dass sie es erfährt.«

»Danke«, sagte er leise. Sie lächelte ihn an.

»Glaubst du wirklich, sie denkst ernsthaft darüber nach, ihn zu heiraten?«, wollte Iria wissen. Sie stieg über ein paar Wurzeln.

»Ja. Ich glaube, sie sieht es als ihre Verpflichtung, zu tun, was am besten für die Ruined ist. Sag es niemanden, aber ich bezweifle, dass Olivia es zulassen würde. Sie will nicht für immer Krieger um sich herumhaben.«

Iria biss sich auf die Unterlippe, und da fiel ihm zum ersten Mal auf, wie sehr seine Haltung in dieser Hinsicht von Olivias abwich. Würde er Iria nach dem Krieg nie wiedersehen? Würden die Ruined sich in Ruina von allen anderen abschotten? Der Gedanke tat ihm weh.

»Aber ich denke da anders als Olivia«, bekannte er schließlich. »Das solltest du wissen.« Während der Reise hatte er es geschafft, Olivia aus seinem Kopf zu verdrängen, aber nun, da sie sich über Hochzeiten unterhielten, brach wieder Panik in ihm aus. »Hast du gehört, dass sie mich heiraten will?« Eigentlich sollte es unbekümmert klingen, aber seine Stimme war angespannt.

Iria wandte den Blick ab. »Habe ich.«

»Aber ich werde es nicht tun. Ich habe vor unserem Aufbruch mit Em darüber gesprochen. Das wird nicht passieren.«

»Das ist gut! Ich meine, Olivia ist nicht …« Sie räusperte sich. »Ich will sagen, dass es gut ist, wenn es das ist, was du willst.«

Er versuchte, nicht zu lächeln. »Das ist es.«

»Emelina Flores!« Olivia stürmte in die Küche und zeigte vorwurfsvoll mit dem Finger auf ihre Schwester.

Em hielt inne, die Gabel schon halb im Mund. »Was?«

»Du hast Augusts Antrag angenommen? Ohne mir etwas zu sagen?«

Die Gabel fiel auf den Teller. »Habe ich nicht. Wer hat das behauptet?«

»Mariana. Sie sagte, dass August einen Krieger mit der Botschaft nach Olso geschickt hat.«

Em seufzte genervt. »Ich habe dem Idioten doch gesagt, dass ich mich erst entscheide, wenn wir uns um Jovita gekümmert haben.«

Olivias Augen leuchteten auf. »Idiot? Heißt das, dass wir die Krieger nach Hause schicken können?«

»Ich weiß es nicht. Nein. Wir brauchen sie noch.«

Olivia setzte sich ihr gegenüber an den Tisch. »Das stimmt nicht. Als die Vallosi angegriffen haben, mussten die Krieger kaum kämpfen. Aren und ich haben uns allein um den größten Teil der Armee gekümmert. Die anderen Ruined sind mehr als in der Lage, den Rest zu übernehmen.«

»Aren ist nicht hier.«

»Aber er kommt zurück.« Olivia beugte sich vor und sah Em ernst an. »Sei mal ehrlich, du hast doch nicht wirklich vor, August zu heiraten. Ich weiß, dass du die Ruined liebst, aber *so* sehr liebst du sie dann doch wieder nicht.«

»Nein«, gestand Em kleinlaut. »Ich werde ihn nicht heiraten.«

»Den Ahnen sei Dank.« Olivia sah hoch zur Decke, drückte ihre Hände zusammen und formte ein wortloses *Danke* mit den Lippen.

Ems Mundwinkel zuckten. »Niemand darf es wissen. Wir müssen August so lange wie möglich mitziehen. Zumindest, bis Aren und die anderen zurückkommen.«

»Na gut, aber …« Dann unterbrach sie plötzlich und schaute nach rechts zum Fenster.

Fragend zog Em ihre Augenbrauen hoch. Olivia stand auf und ging langsam zur Eingangstür. Sie schlug die Tür auf und trat auf die Straße.

Em sprang auf und schnappte sich auf dem Weg nach draußen ihr Schwert. Olivia starrte argwöhnisch auf das Fenster zur Küche.

»Ich habe einen Menschen gespürt«, erklärte sie.

»Der uns belauscht?«, fragte Em.

»Kann sein.« Sie musterte prüfend die Umgebung, dann hob sie den Kopf und sagte sehr laut: »Ich hoffe, die Krieger wissen, dass ich jedem, den ich beim Spionieren erwische, sofort den Kopf abreiße.«

»Komm schon«, sagte Em. »Es ist zu spät für Morddrohungen.«

»Es ist niemals zu spät für Morddrohungen.« Olivia lächelte und folgte Em zurück ins Haus. »Aber ernsthaft, wenn ich da draußen jemanden finde, töte ich ihn. Ohne nachzufragen.«

»Ich wäre dankbar, wenn du wenigstens mich ein paar Fragen stellen lässt, bevor du unsere Verbindung zu Olso zerstörst.«

Olivia lächelte, aber Em hatte nicht das Gefühl, als würde sie ihr diesen Gefallen tun. Ihr Bündnis mit Olso könnte ein dramatischeres Ende nehmen, als sie es geplant hatte.

Em ging wieder in die Küche, nahm ihren Teller und stellte ihn neben den Eimer auf die Arbeitsfläche. Sie hatte keine Zeit, sich Sorgen um Olivia oder Krieger zu machen. Das nächste Treffen mit Cas stand an, und sie musste bald los.

»Ich gehe ins Bett«, log sie. »Schlaf gut.«

»Du auch.«

Sie ging in ihr Zimmer, setzte sich aufs Bett und lauschte Olivias Schritten. Nach ein paar Minuten schloss sich die Tür auf der anderen Seite des Flurs.

Dann wartete sie noch ungefähr eine halbe Stunde, bevor sie über den dunklen Flur schlich. Sie nahm ihr Schwert und ihren Mantel und ging nach draußen. Die Tür fiel hinter ihr lautlos ins Schloss.

Die Gegend um die Wohnung herum schien wie ausgestorben, aber sicherheitshalber drehte sie noch eine Runde um den Block. Nichts. Die Straßen waren leer, dennoch huschte sie in gebückter Haltung zum Stall.

Alle Pferde standen vollzählig in ihren Boxen, also sattelte Em das schnellste und ritt in die Nacht hinein. Diesmal kam ihr die Strecke kürzer vor, obwohl ihr das Herz wieder bis zum Hals schlug. Sie rechnete nur halb damit, dass Cas persönlich auftauchen würde.

Sie erkannte ihn sofort. Der Vollmond schien hell, und sie konnte genau sehen, dass er schon wieder mit den Knöcheln knackte. Violet stand neben ihm.

»Hallo, Em«, begrüßte er sie, als sie abstieg und auf sie zuging. Sein Blick und seine Stimme wirkten diesmal sanfter. Ein Teil der Wut war daraus verschwunden.

»Hallo«, antwortete sie. »Wie war eure Reise?«

»Sehr gut. Die Unterstützung des Südens haben wir.«

»Wart ihr schon bei Jovita?«, wollte sie wissen.

»Nein, das kommt als Nächstes. Aber der Süden unterstützt nicht nur mich, sondern ist auch meiner Meinung, was die Ruined angeht.«

»Wirklich.«

»Ich habe herausgefunden, dass mein Vater die Einwände der Bewohner der südlichen Provinz einfach ignoriert hat, als er den Ruined den Krieg erklärte.«

»Was bedeutet das?«

»Dass ich euch, sobald ich Jovita umgebracht habe, tatsächlich Sicherheit versprechen kann. Vielleicht sogar noch mehr. Vielleicht können wir zusammenarbeiten. Ein Abkommen treffen.«

Das schien fast zu viel des Guten. »Das wäre schön, aber so weit sind wir noch nicht. Lass uns darüber reden, wenn die Sache mit Jovita erledigt ist.«

»Das machen wir«, sagte er leise.

»Aren müsste mit den Kriegern schon auf dem Rückweg sein. Wenn sie zu uns stoßen, werden wir weiter nach Norden ziehen. Sobald sie eingetroffen sind, kann ich dir den genauen Zeitpunkt nennen. Wir sollten uns in drei Tagen noch mal hier treffen.«

»Ist es schwierig für dich, dich wegzuschleichen?«

»Nein«, log sie.

Violet stupste Cas zwischen die Rippen und ging dann weg. Em starrte ihr nach. Was hatte das zu bedeuten? Es war unfair, dass die beiden sich schon ohne Worte verstanden.

»Wie geht es dir?«, wollte Cas wissen.

»Was?«, fragte Em verwirrt.

Er lachte leise. »Wie geht es dir?«, wiederholte er. »Ich habe mich nur gefragt, wie du so zurechtkommst.«

»Oh. Gut, glaube ich.« Ihre Hauptsorge im Moment war August, aber es kam ihr nicht richtig vor, mit Cas darüber zu reden. »Wie geht's Olivia?«

»Wirklich besser. Sie wird langsam ruhiger.«

»Hat sie dir jemals erzählt, dass sie mich besucht hat?«

»Nein. Wann?«

»Ein paar Tage, nachdem wir angekommen waren. Sie wollte wissen, wieso du mich magst.« Er lachte. »Ich glaube nicht, dass sie es herausgefunden hat.«

»Doch. Wenn nicht, hätte sie mir erzählt, wie schrecklich du warst. Ich habe mich schon gefragt, wieso sie plötzlich nicht mehr über dich geredet hat.«

Er sah ihr für ein paar Sekunden in die Augen.

»Ich sollte gehen«, brach Em das Schweigen. »In drei Tagen? Kommst du selbst, oder schickst du Galo?«

»Ich komme«, versicherte er ihr.

Sie machte einen Schritt zurück, und sein Gesicht verschwand in der Dunkelheit. »Bis dann, Cas.«

»Bis dann, Em.«

Schnell drehte sie sich um, ihr Herz hämmerte wie wild. Es war fast noch schlimmer, wenn er nett zu ihr war. Was hatte das zu bedeuten? War er über sie hinweg? Hatte er ihre Beziehung hinter sich gelassen? Dafür war es viel zu früh. Dazu hatte er kein Recht.

Sie legte eine Hand an ihr Pferd und atmete langsam aus. Vielleicht sollte sie sich einfach noch mal zu ihm umdrehen und ihn anbrüllen. Aber seine Fußschritte wurden immer leiser, und sie horchte ihnen nach, bis sie verstummten.

Eine Hand drückte sich über Ems Mund.

Sie wollte schreien, aber die Hand auf ihrem Mund erstickte jedes Geräusch. Sie griff nach ihrem Schwert, doch jemand kam ihr zuvor. Der Griff glitt durch ihre Finger.

»Hältst du mich für einen Idioten?«, raunte ihr jemand ins Ohr. August.

Panisch wand sie sich in seinem Griff. Er hatte sie mit Cas gesehen. Damit hatte sie alle Hoffnung auf ein Bündnis mit Olso zerstört.

Sie stieß ihren Ellenbogen nach hinten in seinen Bauch. Er keuchte, der Griff um ihren Mund lockerte sich.

»Ca...« Ein weiterer Mann rannte auf sie zu und hielt ihr den Mund zu.

»Gib her!«, zischte August.

Eine Schnur legte sich um ihre Handgelenke. Der Mann vor ihr nahm seine Hand von ihrem Mund und knebelte sie mit einem Stück Stoff.

August beugte sich vor, bis er mit ihr auf Augenhöhe war. Selbst im Dunkeln sah sie die Wut in seinem Blick flackern. »Du wirst den Tag noch bereuen, an dem du dich mir widersetzt hast, Emelina.«

Cas stieg auf sein Pferd und schaute noch einmal über seine Schulter, aber Em war bereits zwischen den Bäumen verschwunden.

»Scheint ja gut gelaufen zu sein«, sagte Violet. »Mit Em.«

»Ja. Aber sie ist nicht bereit, über eine Verbindung zwischen Lera und Ruina zu sprechen, solange Jovita noch lebt.«

»Das habe ich auch gehört. Aber du weißt schon, was ich meine.«

»Ich weiß nicht. Ich ...«

Er unterbrach sich, als ein Laut hinter ihnen durch den Wald hallte, und drehte den Kopf.

»Hast du das gehört?«

»Ja. War das ein Vogel?«

Er sprang aus dem Sattel. »Das klang wie Em.«

Auch Violet stieg ab und lief ihm hinterher zu der Stelle, an der sie Em getroffen hatten. Er versuchte, in der Dunkelheit etwas zu erkennen. Er konnte keinen Hufschlag hören, der drauf hingedeutet hätte, dass sie davonritt.

Ein zischendes Flüstern ertönte. Dann noch einmal.

Lautlos zog er sein Schwert und machte noch einen Schritt nach vorn, verdeckt von einem dichten Busch.

Er sah Augusts helles Haar, das im Mondschein leuchtete. Der Prinz stand direkt vor Em, umzingelt von weiteren Kriegern. Einer fesselte Em gerade.

Er wollte losstürzen, aber Violet griff nach seiner Hand und hielt ihn zurück. »Cas, sieh doch«, flüsterte sie.

Sein Blick folgte ihrem ausgestreckten Finger. Eine Gruppe von mindestens zwanzig Kriegern tauchte zwischen den Bäumen auf. Em war wie erstarrt. Ihre Miene verriet nichts, aber er konnte an ihren steifen Schultern erkennen, dass sie Angst hatte. Sein Herz raste förmlich.

»Ich kann sie nicht einfach im Stich lassen«, flüsterte er zurück.

»Wir sind nur zu zweit.« Violet hielt ihn eisern fest. »Du hilfst ihr nicht, wenn du tot bist.«

Er fing an zu zittern. Er konnte nicht zulassen, dass sie Em mitnahmen. Wer wusste schon, was August mit ihr vorhatte!

Er schüttelte Violets Arm an und hob sein Schwert.

»Cas«, zischte sie ihm zu. »Was soll ich deinem Volk sagen, wenn du nicht zurückkommst?«

Er zögerte, Furcht stieg in ihm auf. Er hatte den Leuten im Süden ein Versprechen gegeben. Galo und Mateo hatten vermutlich inzwischen den Großteil der Wache auf seine Seite gezogen. Was würden sie tun, wenn er heute starb?

Er musste hilflos mit ansehen, wie einer der Krieger Em knebelte. Wenn sie Em umbringen wollten, hätten sie es schon getan. Dann hätten sie sie nicht gefesselt. Das redete er sich jedenfalls ein, als er sein Schwert wieder wegsteckte.

Vorsichtig und lautlos machte er einen Schritt nach hinten. Als er ein gutes Stück von den Kriegern entfernt war, rannte er los.

»Reite zurück zur Festung«, flüsterte er Violet zu, bevor er auf sein Pferd sprang. »Sag niemandem außer Galo und Mateo, was passiert ist.«

»Wohin willst du?«

»Olivia holen.«

32. KAPITEL

Ein Mensch war in Olivias Haus.

Sie öffnete die Augen und setzte sich kerzengerade im Bett auf. Durch die Vorhänge fiel Mondlicht. Sollte August hier herumschleichen, würde sie ihm mit Vergnügen den Kopf abreißen. Em könnte sich dann darum kümmern.

Sie stellte einen Fuß auf den Boden, dann den nächsten.

»Olivia?«, rief eine leise Stimme vor der Tür. Nicht August. Aber sie konnte die Stimme nicht einordnen.

»Willst du sterben?«, rief sie zurück. Die Dielen knarrten, als sie durch ihr Schlafzimmer schritt.

»Bitte, es geht um Em.«

Sie schwang die Tür auf, und Cas stand vor ihr. Er hielt eine Kerze aus dem Wohnzimmer, die sein panisches Gesicht in ein weiches Licht tauchte.

»Was ist mit Em?«

»August hat sie entführt. Er und ein Haufen Krieger haben sie gefesselt und mitgenommen. Ich weiß nicht, wohin – oder … oder …« Die Kerze in Cas' Hand zitterte, was ein flackerndes Licht auf die Wände warf.

Sie entriss ihm die Kerze und rannte über den Flur in Ems Zimmer. Leer.

Dann drehte sie sich zu Cas und machte einen Schritt auf ihn zu. Er wich zurück.

»Wieso bist du hier? Wie konntest du sehen, dass August sie verschleppt hat?«

»Wir haben uns heimlich getroffen«, erklärte Cas eilig. »Auf halbem Weg zwischen hier und der Festung. August muss ihr gefolgt sein. Ich kann dir zeigen, wo. Wenn wir uns beeilen, können wir sie vielleicht verfolgen.«

Olivia lief in ihr Zimmer, stellte die Kerze auf dem Nachttisch ab und riss sich ihr Nachthemd vom Leib, ohne daran zu denken, die Tür zu schließen. Sie schnappte sich die ersten Kleidungsstücke, die ihr in die Finger kamen, zog sich hastig an und streifte ihre Schuhe über.

Cas war inzwischen ins Wohnzimmer gegangen, sie packte ihn am Arm und zog ihn mit sich, als sie aus der Tür sprintete.

»Wie bist du an den Kriegern und Ruined vorbeigekommen, die Wache halten?«, wollte sie wissen.

»Da war niemand. Ich bin direkt zu euch gelaufen.«

Sie schaute nach links und rechts. Alles um sie herum war still und grau, der Himmel wurde langsam heller, bald würde die Sonne aufgehen. Die Straßen waren leer, dabei hätte am Ende der Straße ein Krieger stehen sollen.

»Bist du allein gekommen?«

»Ja.«

Er musste wissen, wie unglaublich gefährlich das war. Em war nicht da, um ihn zu beschützen. Sobald er Sacred Rock betrat, hätte ein Ruined ihn umbringen können.

Sie wandte sich ab, hob den Kopf und brüllte, dass alle Ruined aufstehen sollten.

»Schrei mit«, befahl sie Cas. Er gehorchte.

Die Ruined hasteten aus ihren Häusern. Mariana blieb vor ihnen stehen. Als sie Cas bemerkte, fiel ihr fast die Kinnlade runter.

»Geh mit Mariana, sattelt alle Pferde.« Olivia versetzte Cas einen Stoß in den Rücken. »Mariana, ihm soll nichts zustoßen, ich brauche ihn.«

Mariana packte Cas am Handgelenk.

»Aber töte alle Krieger, die du siehst«, fügte Olivia noch hinzu.

Mariana schnappte schockiert nach Luft, bevor sie zusammen mit Cas loslief.

Jetzt traf auch Jacobo ein. »Was ist los?«, japste er atemlos.

Olivia ignorierte seine Frage. »Trommele unsere Leute zusammen. Ich gehe Richtung Osten, du gehst da lang.«

Sie rannte die Straße entlang, schlug gegen jede Tür und schrie, dass alle gefälligst aufwachen sollten. Weit und breit waren keine Krieger zu sehen. Die Türen der Häuser, in denen sie gewohnt hatten, klapperten im Wind.

Olivia eilte zurück zum Marktplatz. Mariana und Cas kamen hastig aus dem Stall.

»Sie sind fast alle verschwunden«, brachte Mariana keuchend hervor. »Die Pferde. Die meisten sind weg.«

»Ich habe eins«, sagte Cas. »Ich habe es da drüben angebunden.«

»Ich reite mit ihm«, verkündete Olivia. Gehetzt erklärte sie Mariana die Situation. Die Augen der Ruined-Frau wurden beim Zuhören immer größer.

»Schick ein paar Leute nach Süden«, ordnete Olivia an. »Nehmt euch so viele Pferde, wie ihr finden könnt. Wie ihr da rankommt, interessiert mich nicht, aber heute Abend müssen alle bereit sein, abzureisen. Verstanden?«

»Verstanden«, bestätigte Mariana und wandte sich zum Gehen.

Cas führte Olivia zu dem Baum, wo er sein Pferd angebunden hatte. Er löste das Seil vom Stamm, stieg auf und streckte Olivia eine Hand hin. Sie ergriff sie, zog sich hinter ihn in den Sattel und hielt sich an seinem Mantel fest. Dann preschten sie davon.

Die Sonne stand schon hoch am Himmel, als Cas sein Pferd zum Stehen brachte. Er deutete auf eine Lichtung.

»Da«, sagte er. »Da waren sie.«

Die Fußspuren führten alle nach Westen. »Sie sind auf dem Weg nach Olso«, stellte Olivia fest.

»Die Grenze ist nicht so weit. Weniger als zwei Tage, wenn man reitet.« Er sprang aus dem Sattel. »Nimm du das Pferd. Allein kommst du schneller voran.«

Einen Moment lang sah sie ihn nachdenklich an und fragte sich, ob das Ganze eine Falle war.

Doch sein Blick wirkte ehrlich besorgt, außerdem konnte er unmöglich so dumm sein zu versuchen, sie reinzulegen.

»Und du?«, wollte sie wissen.

»Ich gehe zurück zur Festung. Das ist nicht mehr weit.«

Tatsächlich war es ein ziemlich gewaltiger Fußmarsch, aber das musste ihm ebenfalls klar sein.

»Na gut.« Sie rutschte im Sattel nach vorn und ergriff die Zügel.

»Wenn du sie findest …« Cas fuhr sich durchs Haar. »Ich weiß nicht, wie, aber lass es mich einfach irgendwie wissen, in Ordnung? Ich muss wissen, dass sie am Leben ist.«

Olivia sah langsam ein, dass es aussichtslos war, Em und Cas zu trennen. Sie könnte ihrer Schwester bis in alle Ewigkeit unter die Nase reiben, dass das eine ganz schlechte Idee war, aber Em würde sich niemals überzeugen lassen.

»Viel Glück«, sagte er noch.

Olivia stieß ihre Fersen in die Flanken des Pferdes und ritt los, warf aber noch einen Blick über ihre Schulter zu Cas, der ihr bedrückt nachsah.

Dann wandte sie sich wieder nach vorn und versuchte, seine besorgte Miene zu vergessen. Sie konnte jetzt keinen Gedanken daran verschwenden, dass Em wahrscheinlich recht hatte, was Cas anging. Sie brauchte in diesem Moment ihre Wut. Denn die war das Einzige, was ihre Schwester noch retten konnte.

33. KAPITEL

Als die Sonne aufgegangen war, nahm August ihr den Knebel ab. Er lächelte ihr selbstgefällig zu, als wollte er sie dazu herausfordern, zu schreien. Beide wussten, dass niemand in der Nähe war, der sie hören konnte.

In diesem Teil von Lera war sie noch nie zuvor gewesen. Sie bewegten sich nach Westen, Richtung Olso, und der Wald wurde immer dichter. Die Straße war fast vollständig überwuchert. Hier kamen nicht oft Menschen entlang.

Sie waren von Kriegern umgeben. August hatte all seine Leute aus Sacred Rock abgezogen und zusätzliche Pferde und Verpflegung mitgenommen. Es waren viel zu viele, um auch nur an Flucht denken zu können.

Aber Olivia müsste inzwischen gemerkt haben, dass irgendetwas nicht stimmte. Wenn sie feststellte, dass Em mitsamt August und sämtlichen Kriegern verschwunden war, konnte sie sich bestimmt denken, was passiert war. Em kannte ihre Schwester. Olivia war auf dem Weg nach Olso, und wenn sie dort ankam, würde es kein gutes Ende nehmen.

»Los, weiter«, sagte August. Er befahl einem Krieger, ihm sein Pferd zu bringen, das gerade aus einem Bach trank.

»Ist dir klar, was du da getan hast?«, fragte Em.

Er schwang sich in den Sattel und bedeutete einem anderen Krieger, er möge Em hochhelfen. Sie hasste es, zusammen mit ihm auf einem Pferd zu sitzen, so nah bei ihm. Sie wich dem Krieger aus.

»Olivia wird euch umbringen«, warnte Em. »Jeden Einzelnen von euch.«

»Die Drohung wirkt etwas leer, wenn man bedenkt, dass sie es allein mit hundert Kriegern aufnehmen müsste«, entgegnete August.

»Du weißt, wozu sie in der Lage ist, August. Sie wird euch töten. Wenn ich nicht zurückkomme und ihr gleichzeitig alle verschwunden seid, weiß sie, dass ihr mich entführt habt.«

»Ja, ohne Zweifel. Und sie ist herzlich willkommen im Schloss von Olso. Ich verlasse mich darauf, dass mein Bruder euch beide etwas zur Vernunft bringt.«

Em lachte kurz auf. Vielleicht hatte sie August zu gut von Olivia abgeschirmt. Ihre Schwester würde niemals zulassen, dass er sie zur Vernunft brachte, was Em ihr nicht verübeln konnte.

»Was genau erhoffst du dir? Wozu soll dein Bruder mich überreden?«, wollte sie wissen.

»Entweder du heiratest mich, oder ich nehme mir Ruina einfach mit anderen Mitteln und regiere allein.«

»Glaubst du wirklich, dass ich dich nach dieser Aktion noch heirate?« Sie hielt ihre gefesselten Hände hoch.

»Darauf stehst du also nicht?« Er lachte lauthals über seinen Witz, und Em rollte entnervt mit den Augen. »Ich bin auch nicht sonderlich erpicht darauf, dich zu heiraten, Emelina. Mir wäre es lieber, Ruina schlicht zu erobern. Hoffen wir, dass mein Bruder sich für diese Lösung entscheidet, ja?«

»Es ist völlig egal, was er entscheidet. Olivia wird euch alle umbringen.«

»Du unterschätzt Olsos Abwehr«, erwiderte August. »Du wirst schon sehen.«

Der Krieger, der immer noch wartete, um ihr auf das Pferd zu helfen, winkte ihr ungeduldig zu. Sie seufzte laut, ließ sich aber von ihm an der Taille packen und in den Sattel heben.

Schuldgefühle übermannten sie. Vielleicht war es eine dumme Idee gewesen, sich mit Cas zu treffen. Dadurch hatte sie die Verbindung zu Olso zerstört. Und auch wenn sie August auf keinen Fall geheiratet hätte, wollte sie das Königreich dennoch nicht zum Feind haben. Sollten die Krieger tatsächlich in Ruina einfallen, war sie nicht sicher, ob die Ruined sich verteidigen könnten. Schon wieder hatte sie ihr Volk eher in Gefahr gebracht, als es zu beschützen.

Sie ritten den ganzen Tag, und Em wurde immer unruhiger. Kurz nach Einbruch der Dämmerung machten sie eine Pause, in der Em aber kaum schlief, sondern immer ein Auge offen hielt, um nach Olivia Ausschau zu halten. Sie hoffte die ganze Zeit, ihre Schwester würde auftauchen. Wenn Olivia sie einholte, bevor sie in Olso ankamen, würde sie vielleicht nur diese Krieger hier töten, statt das gesamte Königreich zu vernichten.

Aber tief im Inneren wusste Em, dass Olivia es niemals so schnell schaffen würde, zu ihnen aufzuschließen. Selbst wenn sie in dem Moment, in dem sie ihr Verschwinden bemerkte, aus Sacred Rock losgeritten war, hatten die Krieger immer noch einen halben Tag Vorsprung.

Am nächsten Morgen, als sie wieder hinter August auf dem Pferd saß, ergab sie sich ihrem Schicksal. Olivia dürfte eigentlich nicht weit hinter ihnen sein. Wahrscheinlich sollte Em sich das Schloss noch mal in Ruhe ansehen, bevor ihre Schwester es zerstörte, denn das würde garantiert nicht lange auf sich warten lassen.

Nachmittags erreichten sie die Grenze zu Olso. An der sollten normalerweise auch Lera-Soldaten stehen, doch jetzt wurde der Übergang zwischen den beiden Königreichen nur von Kriegern bewacht.

Em lehnte sich zur Seite, um an August vorbeizuschauen. Ein wahres Heer an Menschen in rot-weißen Uniformen hatte hier Stellung bezogen. Es waren wirklich unglaublich viele. Ob der gesamte Grenzverlauf so gut bemannt war?

Nicht weit hinter der Grenze lag etwas am Boden, das aussah wie ein riesiger Metallzylinder.

»Was ist das?«, fragte Em.

August lachte. »Das wirst du schon noch sehen.«

Sie rollte mit den Augen. Sie ritten an den Kriegern vorbei zu ein paar Wagen, die auf zwei parallel verlaufenden Metallschienen standen. Diese Schienen schlängelten sich, soweit Em sehen konnte, durch das ganze Land.

August stieg ab und reichte ihr seine Hand. Sie ignorierte die Geste und sprang allein aus dem Sattel, wobei sie wegen ihrer gefesselten Hände aber beinahe das Gleichgewicht verlor.

Die Wagen waren rechteckig und offen, bis auf den vorderen, der ganz anders aussah und eine hohe Säule trug, aus der Dampf aufstieg.

»Das wird dir gefallen.« August lief aufgeregt voran. »Komm!«

Als hätte sie eine Wahl. Sie trottete ihm hinterher und versuchte dabei, sich ihre Neugierde nicht anmerken zu lassen.

In den rechteckigen Karren standen Holzbänke, auf die sich die Krieger setzten. August kletterte in den ersten Karren hinter dem seltsamen ersten Wagen, ließ sich auf eine der Bänke fallen und klopfte auf den Platz neben sich.

Em setzte sich hin und pustete sich eine Haarsträhne aus dem Gesicht. Sie warteten, bis die restlichen Krieger ebenfalls eine Sitzgelegenheit gefunden hatten. Em brannte darauf herauszufinden, warum sie nun alle in Wagen hockten, vor die keine Pferde gespannt waren.

Plötzlich bewegten die Karren sich. August wippte neben ihr auf und ab, als es losging. Sie sah sich verblüfft um, während sie immer schneller wurden.

»Das ist eine Eisenbahn«, erklärte er und zeigte auf den Rauch, der in die Luft stieg. »Sie wird durch Dampf angetrieben. Wir haben schon seit Jahren kleinere Züge in der Nähe des Schlosses, aber das hier ist die erste Bahn, die auch aus der Stadt herausfährt.« Er dachte offensichtlich, dass er sie damit beeindrucken konnte.

Sie war definitiv beeindruckt, wandte sich aber wortlos ab. Die Ruined, die in Olso gewesen waren, hatten Dampfmaschinen und schnelle Schiffe erwähnt. Kein Wunder, dass die Krieger immer so schnell überallhin kamen. Em war in der Tat ziemlich erstaunt gewesen, dass Iria es so schnell nach Olso und wieder zurück nach Ruina geschafft hatte.

»Leras Fehler war es, zu glauben, dass man den Ruined nur beikommen könnte, indem man sie auslöscht«, erklärte August, dessen Brust regelrecht anschwoll. »Wir hingegen haben unsere Zeit damit verbracht, Wege zu finden, um besser zu werden als die Ruined.«

Em war zwar nicht ganz klar, inwiefern die Tatsache, dass sie schnell über Schienen fahren konnten, die Krieger stärker machte als Olivia, aber sie starrte nur schweigend auf die Berge in der Ferne. Sie hatte das Gefühl, dass sie einiges über Olso noch nicht wusste.

Zum ersten Mal, seit sie entführt wurde, machte Em sich Sorgen um Olivia.

34. KAPITEL

»Die Ruined sind in Bewegung! Die Ruined sind in Bewegung!«

Cas' Kopf schoss ruckartig hoch, als der Ruf durch Fort Victorra hallte, dabei ließ er die Kartoffel in seiner Hand fallen, und sie rollte über den Boden, bis Blanca sie aufhob. »Geh«, sagte sie zu ihm. Er rannte aus der Küche.

Im Eingangsbereich stand ein atemloser Soldat vor Jovita. »Die Ruined. Wir haben gesehen, dass die nach Norden ziehen.«

»Kommen sie hierher?«, wollte sie wissen.

»Es sieht nicht so aus. Es wirkt eher so, als würden sie an uns vorbeimarschieren.«

Cas holte tief Luft. Was hatte das zu bedeuten? Stellte Olivia eine Armee auf, um Em zu befreien?

Wahrscheinlich hieß das, dass Olivia ihre Schwester nicht gefunden hatte und zurückgekehrt war, um Verstärkung zu holen, mit der sie nun nach Olso wollte.

»Aber es sind keine Krieger unter ihnen, soweit wir das sehen konnten«, fügte der Soldat noch hinzu.

»Interessant«, murmelte Jovita und starrte Cas vielsagend an.

Cas drehte sich um. Ein paar Meter hinter ihm stand General Amaro und beobachtete sie. Laut Violet war Amaro nicht auf Jovitas Seite, aber auch nicht wirklich auf Cas'. Sie deutete mit einer Kopfbewegung an, dass er ihr folgen sollte, machte dann kehrtum und marschierte los.

Cas lief ihr nach – durch die Festung bis in den leeren Salon. Er schloss die Tür hinter ihnen.

»Wohin wollen die Ruined?«, fragte sie kaum lauter als ein Flüstern.

»Wie kommst du darauf, dass ich das weiß?«

»Du warst in Sacred Rock und bist lebendig wiedergekommen.«

Er starrte sie an, unsicher, wie viel er ihr erzählen konnte, ohne wieder in seinem Zimmer eingesperrt zu werden.

»Ich habe Gerüchte gehört, dass du mit den Machthabern und Richtern im Süden Abkommen getroffen hast. Man erzählte mir, du hast offen eingeräumt, noch Verbindungen zu den Ruined zu haben.«

»Der Süden war immer gegen unser Vorgehen, was die Ruined anbelangt.«

»Beantwortest du bitte einfach meine Frage?«, fauchte sie gereizt. »Wie soll ich dich unterstützen, wenn du mir nicht die Wahrheit sagst?«

»Ja, ich habe Abkommen mit ihnen getroffen. Ich habe noch Verbindungen zu den Ruined. Sie haben mich am Leben gelassen, weil ich versprochen habe, sie in Ruhe zu lassen. Ihre Königin hat im Gegenzug versprochen, sich von uns fernzuhalten.«

»Ihre Königin«, wiederholte General Amaro. »Olivia?«

»Emelina.«

Sie drückte sich eine Hand auf die Brust. »Das mit der Dyarchie schockiert mich immer noch. Zwei Flores-Frauen statt einer.«

»Sei dankbar, dass Emelina auch etwas zu sagen hat. Sonst wären wir längst alle tot.«

Sie musterte ihn skeptisch. »Wohin wollen die Ruined dann?«

»Wahrscheinlich nach Olso.«

»Wieso?«

»Ich bin mir nicht sicher, aber ich glaube, das Bündnis zwischen den Ruined und den Kriegern ist kurz davor, zu zerbrechen.«

General Amaros Augen wurden ganz groß.

»Wenn ich recht habe, wäre das der perfekte Moment, um nach Norden zu ziehen und zu versuchen, das Schloss wiederzugewinnen.«

»Jovita hat das Schloss aufgegeben. Sie sagt, wir bleiben hier, bis die Ruined ausgelöscht sind.«

»Es interessiert mich nicht, was Jovita sagt. Der Süden steht hinter mir, wenn ich nach Norden vordringe. Und auch die meisten Wachen und ein paar Soldaten tun das.«

»Meine Soldaten bekommen nur von mir Anweisungen.«

»Und du bekommst Anweisungen vom König.«

»Wir brauchen Zeit, um einen Plan zu entwerfen, wie wir den Norden wieder an uns reißen können. Eine Strategie, Training …«

»Dann fangt ihr lieber sofort damit an, denn ich mache mich in ein paar Tagen auf den Weg, ob ihr dabei seid oder nicht.«

Einen Augenblick lang starrte sie ihn schweigend an. »Bist du sicher, dass es funktioniert?«, fragte sie dann.

Beinahe hätte er laut aufgelacht. Er war sich in letzter Zeit bei überhaupt nichts sicher, erst recht nicht, wenn es darum ging, eine Armee anzuführen und sein Land zurückzuerobern. Aber wenn er stark genug an sich glaubte, würde das Selbstvertrauen vielleicht irgendwann auch noch kommen.

»Ja«, bekräftigte er. Es klang etwas zu überzeugt, aber das schien General Amaro nicht aufzufallen.

»Dann fange ich an, meine Soldaten vorzubereiten.«

Aren wollte nicht zurück nach Sacred Rock. Jedenfalls noch nicht.

Er sah zu Iria, die neben ihm herritt, vor den anderen Kriegern und Ruined. Bisher war die Rückreise von Gallego nach Sacred Rock ohne Zwischenfälle verlaufen. Aren wünschte sich beinahe, sie hätten irgendwelche Probleme gehabt, damit sie noch ein paar Tage länger unterwegs sein könnten. Er wusste, dass er zu Em und Olivia gehörte, aber ihm gefiel die ruhige Reise mit Iria an seiner Seite. Nicht einmal die Krieger störten ihn. Em würde wahrscheinlich stolz auf ihn sein, wenn er erzählte, wie gut er mit allen auskam.

Plötzlich hielt Iria eine Hand hoch, um allen zu bedeuten, sie sollten anhalten.

Aren schreckte aus seinen Gedanken auf und zog an den Zügeln seines Pferdes. Rasch ließ er sich aus dem Sattel gleiten. Er sah, wie sich zwischen den Bäumen etwas bewegte.

»Wir sind Krieger!«, rief jemand. Ein Mann trat aus dem Wald und hielt lächelnd die Arme hoch. »Hallo, Aren.«

»Holden«, stieß Iria erleichtert aus. »Du hast uns einen Schrecken eingejagt. Was machst du hier draußen?«

Ein paar weitere Krieger tauchten auf, insgesamt waren es acht. Sie stiegen alle von ihren Pferden.

»Wir sind so geritten, wie Emelina es uns gesagt hat. Wir haben Sacred Rock verlassen«, erklärte Holden. »König August und Emelina haben ein paar von uns losgeschickt, um euch zu finden, damit ihr euch nicht verirrt.«

»Warum sind wir denn schon wieder aufgebrochen?«, wollte Aren wissen. Die Stadt war einigermaßen sicher, die Unterkünfte waren gut. Wieso sollte Em sie verlassen?

»Die Lera haben uns angegriffen«, sagte Holden. »Sacred Rock ist halb zerstört. Alle ziehen nach Norden, damit wir einen Gegenangriff planen können.«

»Geht es allen gut?«, erkundigte Aren sich ängstlich. »Gab es Tote?«

»Olivia konnte sie ziemlich gut abwehren.« Holden drehte sich zu den anderen Kriegern aus seiner Gruppe um. »Rodrigo hat einen Brief von Olivia für die drei Ruined. Das stimmt doch, Rodrigo?«

Ein recht kleiner Krieger betastete erst seine Taschen, dann ging er zu seinem Pferd. »Ja, der muss hier irgendwo sein.«

Aren wies Clara und Santino an, ihm zu folgen. Die Krieger ließen sie durch, als hätten sie Angst, ihnen zu nahe zu kommen. Ein paar von ihnen liefen rüber zu Iria und den anderen Kriegern, mit denen sie unterwegs gewesen waren.

Rodrigo wühlte in einem Beutel herum, der an seinem Sattel hing. »Einen Moment noch. Der ist hier irgendwo, da bin ich mir ganz sicher.«

Aren beobachtete ihn. Hatte Cas Em rechtzeitig vor dem Angriff gewarnt? Seltsam, dass die Lera gleich die halbe Stadt zerstören konnten. Vielleicht wusste Cas Bescheid. Vielleicht …

»Aren, lauf!«, hörte er Irias panische Stimme. Aren wirbelte herum, gerade rechtzeitig, um dem Schwert auszuweichen, das direkt auf sein Herz zielte. Holden kam auf ihn zu. Aren brach ihm das Genick, das Schwert des Kriegers fiel klirrend zu Boden.

Diesmal hatte Aren sich nicht auf seine Kraft konzentriert, ihm wurde schlagartig schwindelig. Er stolperte rückwärts und trat gegen etwas.

Ein leiser Aufschrei entfuhr ihm. Clara und Santino lagen tot auf dem Boden, aus tiefen Wunden an ihren Hälsen quoll das Blut.

Als er den Blick hob, sah er, dass drei Krieger Iria zurückhielten, einer von ihnen drückte ihr seine Hand auf den Mund, zuckte aber schnell wieder zurück, als hätte sie ihn gebissen.

»Hinter dir!«, rief Iria.

Er wirbelte herum. Zwei Krieger stürzten sich auf ihn. Er warf sie zurück, so heftig, dass der Baum, gegen den er sie schleuderte, ins Schwanken kam.

Iria. Sie hatte sich gegen die anderen Krieger gestellt. Auf keinen Fall würden sie sie am Leben lassen.

Er versuchte, den Schwindel wegzublinzeln, und stürmte nach vorn. Der Krieger hatte seine Hand inzwischen wieder auf Irias Mund gelegt, sodass Aren ihre erstickten Worte nicht verstehen konnte. Angstvoll sah sie ihn an und schüttelte den Kopf. Sie wollte, dass er sie hier zurückließ.

Die beiden Krieger, die sie festhielten, flogen durch die Luft. Es interessierte Aren nicht, wo sie landeten. Derjenige, der Iria den Mund zuhielt, stellte sich vor sie, als wollte er sie mit seinem Körper schützen.

Aren bückte sich und schob den Mann mit seiner Kraft ein paar Meter weg. Krieger kamen jetzt von allen Seiten auf ihn zu, einer rannte mit erhobenem Schwert direkt auf Iria zu.

Aren griff nach ihrer Hand. Sofort verspürte er Erleichterung, und das Schwächegefühl verschwand.

Gerade noch rechtzeitig zog er sie an sich, und die Klinge, die für ihren Rücken bestimmt war, rauschte an ihnen vorbei.

Sämtliche Krieger um sie herum schwebten nun in die Luft. Aren schleuderte alle gleichzeitig zurück, die vielen dumpfen Schläge, mit denen sie aufprallten, hallten durch den Wald.

Iria hatte sich an seine Brust gedrückt und rang panisch nach Luft. Er hielt ihre Hand fest und rannte los.

Sie lief mit, ohne zu zögern.

Ein paar Minuten lang preschten sie zwischen den Bäumen hindurch, bis der Wald um sie herum still wurde und klar war, dass keiner der Krieger so dumm gewesen war, ihnen zu folgen. Iria ließ seine Hand los und lehnte sich gegen einen Baumstamm, sie atmete immer noch stoßweise und panisch.

»Wieso hast du das getan?«, fragte Aren, ebenfalls nach Luft ringend.

»Sie … hatten … ein Schwert«, brachte Iria heraus.

»Du hättest es mir unauffälliger mitteilen können!«

»Du hast mich nicht angeguckt.«

»Du hast sie verraten. Dafür werden sie dich umbringen.«

Sie beugte sich vor und stützte ihre Hände auf ihre Oberschenkel. »Wir exekutieren keine Menschen in Olso. Ich müsste zur Strafe lebenslänglich ins Gefängnis.«

»Und dadurch soll ich mich besser fühlen?«

Sie lachte angespannt. »Was ich gemacht habe …« Sie richtete sich wieder auf, in ihren weit aufgerissenen Augen glitzerten Tränen. »Ich wollte nur …« Sie wurde wieder panisch.

Aren sprang vor und packte sie am Arm. »Geh zurück. Sag ihnen, dass Santino deine Gedanken kontrolliert hat. Sag ihnen, dass du erst aus der Distanz gemerkt hast, dass er die ganze Zeit in deinem Kopf war.«

Sie schüttelte den Kopf.

»Sie werden es glauben, wenn du nicht zu lange wegbleibst. Soll ich dich schlagen? Ich kann es so aussehen lassen, als hätten wir gekämpft.«

Wieder schüttelte sie den Kopf, Tränen liefen ihr über die Wangen. »Ich will es nicht zurücknehmen. Sie haben euch verraten – und … und …« Zitternd versuchte sie, Luft zu holen. »Ich will es nicht zurücknehmen. Es war das Richtige.«

Sie senkte den Kopf, ihre Schultern bebten vom Weinen. Aren zog sie an sich, legte einen Arm um ihre Taille und die andere Hand auf ihren Hinterkopf. Sie drückte ihre Hände an seine Brust.

»Danke«, sagte er sanft.

Eine lange Zeit blieben sie so stehen, bis ihre Schultern nicht mehr bebten und ihr Atem sich beruhigte. Als sie sich von ihm löste, wirkte sie beschämt. Sie wischte die Tränen von ihren Wangen und wich seinem Blick aus.

Er wollte ihr sagen, dass sie keinen Grund hatte, sich zu schämen. Er wollte sie wieder in seine Arme ziehen und sie festhalten, bis sie nicht mehr traurig war.

»Tut mir leid«, sagte sie und atmete langsam aus. »Sie sagten, dass sie Em haben.«

Das riss Aren aus seinen Gedanken; die ganze Wärme, die sich durch Irias Nähe in ihm ausgebreitet hatte, verschwand schlagartig. »Was?«

»Als Rodrigo so tat, als würde er nach dem Brief suchen, hat ein Krieger mich zur Seite genommen. Er sagte: ›August hat Emelina, und unser Befehl lautet, zurück nach Olso zu kommen.‹«

»Wieso sollte August Emelina mitnehmen? Was hat er mit ihr vor?«

Iria zog ratlos die Schultern hoch. »Ich habe keine Ahnung.«

»Olivia würde niemals in Sacred Rock bleiben, wenn sie weiß, dass die Krieger Em mitgenommen haben. Und wenn sie und alle Krieger verschwunden sind, weiß Olivia, was passiert ist.«

»Das war extrem dumm von August.«

»Ja, war es. Sollen wir nach Olso gehen? Können wir es über die Grenze schaffen?«

»Nein, nicht zu zweit. Auf keinen Fall.«

Er rieb sich den Nacken. »Vielleicht ist es dann das Beste, nach Sacred Rock zu gehen. Ein paar Ruined könnten dortgeblieben sein. Oder …« Er unterbrach sich und sah zum Himmel. Sie waren nach Süden gerannt. Inzwischen müssten sie nah an Fort Victorra sein. Gefährlich nah. »Cas«, sagte er leise.

»Was?« Iria schaute hinter sich, als könnte Cas dort stehen.

»Die Festung ist nicht weit weg. Er und Em haben sich heimlich getroffen, Informationen ausgetauscht. Vielleicht weiß er, was passiert ist. Und selbst wenn nicht …« Er dachte daran, wie Cas voller Überzeugung zu ihm gesagt hatte, dass man ihn und Em nicht auf Dauer trennen könnte. »Em wird ihn finden. Oder er sie.« Falls Olivia sie nicht zuerst fand, würde Em direkt zu Cas gehen. Sie hätte keine andere Möglichkeit, wenn alle anderen Sacred Rock verlassen hatten. Das war der einzige Ort, der Aren einfiel.

»Und wie kommen wir an ihn ran?«, fragte Iria.

»Ich habe keine Ahnung.«

35. KAPITEL

Der Wagen ohne Pferde hielt an, als das Schloss von Olso vor ihnen aufragte. August packte Em und zerrte sie zum Eingang.

Sie schaute erstaunt nach oben. Das Schloss war gewaltig, der höchste Turm ragte so hoch in den Himmel, dass sie ihren Kopf in den Nacken legen musste, um die Spitze sehen zu können. Selbst die niedrigeren Türme waren höher als alle, die sie jemals gesehen hatte. Das Gebäude bestand hauptsächlich aus weißem Stein, die Dächer der hohen Türme waren rot.

Um das Schloss herum verlief ein Graben. Em sah zu, wie eine Brücke heruntergelassen wurde. August versetzte ihr einen Stoß in den Rücken, und sie ging weiter.

Die Wachen vor dem Portal rührten sich nicht, als Em und August die Brücke überquerten. Genau genommen schenkten sie ihnen keinerlei Beachtung. Ihre Uniformen sahen auch anders aus als die der Krieger. Zwar auch rot-weiß, aber aus dickerem, steiferem Material, mit breiten Schulterpolstern und Quasten, die vor der Brust hingen.

Vor der großen Holztür blieben sie stehen. Die Wache in der Mitte drehte sich um und zog an einem Griff. Die Türen öffneten sich knarzend, er machte den Weg frei und starrte unverwandt nach vorn, als Em und August durchgingen.

Sie betraten einen Innenhof, direkt gegenüber führte eine weitere Tür in das Schloss. Diese Tür stand offen, und am Rahmen lehnte ein kräftiger Mann mit kurzen blonden Haaren, die Beine lässig gekreuzt.

»Du bist zurück«, sagte der Mann, dann musterte er Em. »Und du hast eine Gefangene mitgebracht.«

»Das ist Emelina Flores. Emelina, darf ich dir meinen Bruder George vorstellen?«

Georges Blick wanderte von Em zu August. »Typisch.«

»Ich …«

»Wir schicken dich los, um eine der Flores-Schwestern zu heiraten, und stattdessen bringst du uns die eine als Gefangene«, fiel

George ihm ins Wort. »Was hat sie getan? Sich über deine Haare lustig gemacht?«

Em schnaubte belustigt, woraufhin August sie wütend anfunkelte.

»Ich hatte einen guten Grund«, stieß er durch zusammengebissene Zähne hervor. »Wo ist Lucio?«

»Oh, auf dem Weg. Komm rein.« George deutete dabei auf Em. Sie schlurfte nach vorn. Er griff nach ihren Fesseln, um den Knoten zu öffnen.

»Nicht«, fuhr August dazwischen.

»Ach, komm schon.« George löste die Fesseln und warf sie einem Krieger zu, der hinter Em stand. »Du musst sie nicht weiter fesseln, sei nicht so kindisch.«

August stampfte aufgebracht nach drinnen. George zwinkerte Em zu.

»Ihr werdet alle sterben«, sagte Em.

Lachend warf George seinen Kopf nach hinten. »Du bist genauso, wie man dich beschreibt.«

»Wenn ihr mich nicht gehen lasst, wird meine Schwester euch alle umbringen.«

»Spar dir das, meine Liebe. Du bist in Olso. König Lucio ist der Einzige, mit dem du darüber reden solltest.«

George ging ebenfalls hinein, Em folgte ihm. Ihre Augen mussten sich erst an das dämmrige Licht gewöhnen. Dieses Schloss war das komplette Gegenteil von dem in Lera. Düster und bedrückend statt hell und farbenfroh. Es gab kaum Fenster; an den Wänden hingen Lampen, deren Schein auf die weißen Steine fiel.

August führte sie den Flur entlang nach rechts, und plötzlich stand sie in einem runden, helleren Eingangsbereich mit zwei extravagant geschwungenen Treppen, die sich am Fuß beinahe trafen.

Ein Mann kam die linke Treppe herunter. Er trug ein dunkelrotes Hemd und eine schwarze Hose, seine blonden Haare hingen ihm bis auf die Schultern. Er sah August sehr ähnlich, war allerdings etwas kleiner. Das musste Lucio sein.

»August hat einen Gast mitgebracht«, verkündete George. »Gegen ihren Willen.«

Lucio erreichte den Fuß der Treppe und kam, ohne seine Brüder anzusehen, direkt auf Em zu. Er war fast zehn Jahre älter als sie, dem Aussehen nach könnten es aber auch zwanzig sein. Als er sie prüfend musterte, bildeten sich feine Linien um seine Augen.

»Emelina Flores«, stellte sie sich vor, da keiner der anderen es übernahm. »Eine von Ruinas Königinnen. Und ja, ich wurde gegen meinen Willen hergebracht.«

Lucio biss die Zähne zusammen. »König Lucio. Schön, dich endlich kennenzulernen, Emelina«, sagte er gepresst. Er klang, als würde er gleich ausrasten.

Dann drehte er sich um und schlug August ins Gesicht.

August fiel auf den Boden. »Ich kann es erklären! Ich …«

»Ich habe dich als Olsos Repräsentant losgeschickt, und du macht *so was*?« Lucio zeigte so wütend auf Em, dass sie instinktiv einen winzigen Schritt zurückwich.

August setzte sich auf, die Hände hinter sich auf den Boden gestützt. »Sie hat uns verraten! Sie hatte hinter meinem Rücken Kontakt mit Casimir!«

Lucios Blick schoss zu Em. »Stimmt das?«

»Ja.« Es wäre sinnlos, es zu leugnen.

»Also hast du sie geschnappt und gezwungen, herzukommen«, wandte Lucio sich wieder zu seinem Bruder. »Das war die beste Lösung, die dir eingefallen ist.«

August funkelte Lucio finster an, schwieg aber.

»Komm mit mir«, sagte Lucio zu Em und marschierte los. Sie folgte ihm, ihre Schuhe quietschten auf dem Boden. Sie warf einen Blick zurück und sah, dass August sich aufrappelte und Anstalten machte, zu ihnen aufzuschließen.

»Du nicht!«, rief Lucio, ohne sich umzudrehen. August blieb stehen, die Wut war ihm deutlich anzusehen.

Lucio führte Em durch einen gewundenen Flur und öffnete eine Tür auf der linken Seite. Er ging durch das Zimmer und zog die

Vorhänge auf. Im Sonnenlicht sah man den Staub durch die Luft tanzen.

Das Zimmer hatte einen Holzboden, ohne Teppich, und links standen ein paar purpurfarbene Sofas und Sessel. Rechts war ein Regal in die Wand eingelassen. Hinter den Glastüren standen Gläser, Weinflaschen und Flaschen mit einer braunen Flüssigkeit darin.

»Möchtest du etwas trinken?«, fragte Lucio. Er zog eine der Flaschen aus dem Regal.

»Nein danke«, lehnte sie ab.

Dennoch nahm er zwei Gläser und schenkte in jedes etwas von der braunen Flüssigkeit. Eines der Gläser reichte er ihr, dann setzte er sich in den größten Sessel. »Nimm doch Platz.«

Sie stellte ihr Glas auf dem Tisch ab und setzte sich auf ein Sofa. Es war unheimlich weich, und sie sank so tief ein, dass es schwierig werden dürfte, wieder aufzustehen.

Lucio nahm einen Schluck. »Wie hat mein Bruder es geschafft, dich zu entführen?«

»Er ist mir zu meinem Treffpunkt mit Cas gefolgt.« Sie rieb über die roten Striemen, die die Fesseln an ihren Handgelenken hinterlassen hatten. Lucio beobachtete sie.

»Stimmt es, was ich von den Kriegern gehört habe? Du hast dich in Leras Prinzen verliebt?«

Sie schwieg.

Lucio warf seufzend den Kopf nach hinten. »Das ist so schade.«

»Ihr müsst mich gehen lassen, wenn Olivia …«

Lucio redete einfach weiter. »Ich hatte so große Hoffnungen auf dich gesetzt. Als du uns damals von diesem absolut verrückten Plan berichtet hast, Casimir zu heiraten, dachte ich allerdings zunächst, wie ich gern zugebe, dass du tot bist, sobald du einen Fuß in das Schloss setzt.«

»Danke für das Vertrauen«, entgegnete sie trocken.

»Und dann hast du es geschafft.« Lucio schlug sich auf das Knie. »Du hast es geschafft! Du hast das Würmchen geheiratet, die Ruined hergebracht und herausgefunden, wo deine Schwester ist. Alles, was du vorhattest, hast du auch umgesetzt. Und dann kommst du zurück und zerstörst es alles, weil du zulässt, dass dir deine Gefühle in den Weg kommen.«

»Meine Schwester …«

»Deine Schwester«, wiederholte Lucio und sprach lauter, um sie zu übertönen, »hätte ganz sicher keine Gefühle entwickelt. Alle glauben, dass sie so stark ist, weil sie über eine so große Macht verfügt, aber vielleicht liegt ihre wahre Stärke darin, dass sie ihre Gefühle zu unterdrücken weiß.«

Em lachte kurz auf. »Du bist der Meinung, Olivia unterdrückt ihre Gefühle? Du kennst sie wirklich nicht.«

»Sie hätte sich bestimmt nicht in den Prinzen verliebt.«

»Sie hätte ihm das Herz herausgerissen und sich daraus eine Kette gemacht.«

»Klingt fantastisch.«

Em beugte sich vor. »Wenn ihr mich nicht gehen lasst, wird sie euch alle töten. Ich verspreche euch, dass sie bereits auf dem Weg hierher ist.«

»Oh, schön! Ich hatte gehofft, sie kennenzulernen.«

»Du verstehst es nicht. Sie wird keine Fragen stellen. Sie wird hier reinstürmen und alle umbringen, die sich ihr in den Weg stellen. Sie hat nur auf einen Grund gewartet, und jetzt habt ihr diesen Grund geliefert.« Ihre Stimme klang beinahe panisch. Ihr war egal, was mit Lucio und seiner Familie passierte, aber bei dem Gedanken daran, dass Olivia noch mehr Menschen umbringen würde, lief es ihr kalt über den Rücken. Noch ein Massaker, und sie würde vielleicht gar nicht mehr richtig mit Olivia sprechen können.

Lucio nahm noch einen langsamen Schluck.

»Lass mich gehen. Sofort«, beschwor Em ihn noch einmal. »Wenn es mir gelingt, sie abzufangen, kann ich sie vielleicht zur Vernunft bringen. Wenn sie sieht, dass es mir gut geht, kann ich sie davon überzeugen, umzukehren, bevor jemand sterben muss.«

»Das kann ich leider nicht zulassen«, erwiderte er. »Ich hätte das Ganze sicherlich anders geregelt, aber jetzt, wo du nun mal hier bist, kann ich dich nicht wieder gehen lassen. Wenn Olivia dich retten will, dann reden wir noch mal, sobald sie hier ist.«

»Hörst du mir nicht zu? Olivia redet nicht mit Leuten. Sie wird jeden Einzelnen töten, der zwischen ihr und der Grenze steht.«

»Ich werde meinen Kriegern Anweisungen geben, sie durchzulassen. Niemand wird sich ihr in den Weg stellen.«

»Oh, gut, das macht es ihr natürlich viel leichter, dich umzubringen«, gab sie sarkastisch zurück.

Er hob eine Augenbraue. »Du hast kein großes Vertrauen in Olivia, oder?«

»Ich habe sehr großes Vertrauen in meine Schwester. Ich vertraue drauf, dass sie sich nicht einfach zurücklehnt, während ein fremder König mich als Gefangene hält.«

»Du bist keine Gefangene. Es tut mir leid, wie August dich hergebracht hat, aber jetzt bist du unser Gast.«

»Wenn ich euer Gast bin, dann würde ich jetzt gern gehen.«

»Vielleicht ist ›Gast‹ doch nicht ganz das richtige Wort.«

Em verdrehte die Augen.

»Ich wollte damit nur sagen, dass wir dich nicht in eine Zelle stecken«, fuhr er fort. »Ich lasse ein Zimmer für dich herrichten, du kannst ein Bad nehmen und bekommst frische Kleidung gestellt. Wie klingt das?«

»Das klingt, als würdet ihr alle bald sterben.«

Leise lachte Lucio. »Du erinnerst mich an deine Mutter. So feindselige Wesen, diese Flores Frauen.«

»Wir haben gute Gründe.«

Er leerte sein Glas und stand auf. »Ich bin sicher, dass ich noch dazu komme, ein paar Worte zu sagen, bevor Olivia mir den Kopf abreißt. Ich gehe davon aus, dass sie nichts davon wusste, dass du dich mit Cas getroffen hast?«

Em starrte auf den Fußboden.

»Dachte ich mir. Hör zu, Emelina. Ich werde ehrlich zu dir sein. Ich bekomme Ruina, ob nun durch eine Hochzeit zwischen dir und August oder dadurch, dass ich Krieger hinschicke, um es zu erobern. Denk darüber nach, während du auf Olivia wartest.«

Sie drehte sich weg, damit er nicht die Panik sah, die sie überkam. Sollte Olso in Ruina einfallen, wäre es noch mal genauso wie damals beim Angriff der Lera. Selbst wenn Olivia die Krieger am Ende zurückschlagen könnte, würden auf jeden Fall noch mehr Ruined sterben. Und wenn sie auch die Hütten der Minenarbeiter verloren, hätten sie wirklich gar nichts mehr.

Lucio schlenderte zur Tür und warf ihr noch ein selbstgefälliges Lächeln zu. »Ich schicke ein paar Frauen, die dir dein Zimmer zeigen. Nach dem Bad und der frischen Kleidung wirst du dich besser fühlen.«

Sie lehnte sich zurück und versank noch tiefer in den Kissen. »Ich würde mich besser fühlen, wenn du mich nicht gegen meinen Willen hier festhieltest.«

Er öffnete lachend die Tür. »Ich wusste schon immer, dass ich dich mögen würde, Emelina.«

36. KAPITEL

Aren saß auf einem Ast, den Blick starr auf die Festung gerichtet. Seit mindestens einer Stunde hockte er schon zusammen mit Iria hier oben und wartete darauf, dass Wachen oder Soldaten auftauchten.

»Vielleicht wagen sie sich nie hinter ihrer Mauer hervor«, mutmaßte Iria. Sie saß rittlings auf ihrem Ast und ließ die Beine baumeln.

»Das wäre dumm. Man muss doch Leute rausschicken, um die Gegend auszukundschaften, erst recht, wenn man etwas Ungewöhnliches bemerkt. Sie müssen den Rauch gesehen haben.« Den Rauch des Feuers, das er auf der anderen Seite der Festung angezündet hatte. Sie selbst konnten in der Dunkelheit nichts mehr erkennen, aber die Wachposten mussten es bemerkt haben. Darauf setzte Aren, um ein paar Wachen in den Wald zu locken.

»Du hast recht.« Sie streckte seufzend ihren Rücken.

»Ich kann allein Ausschau halten, wenn du runterwillst.«

»Ist schon in Ordnung.« Sie hatte ihr dunkles Haar zu einem unordentlichen Dutt zusammengerafft, aus dem ein paar Strähnen herausgefallen waren, die nun auf ihren Schultern lagen. Eine Strähne schob sie sich aus dem Gesicht, wobei sich ihre Blicke kurz trafen. Er starrte sie an.

Fragend hob sie die Augenbrauen, aber er schaute sie einfach nur weiter an. Er war zu weit weg, um sie anzufassen. Wer hatte eigentlich diese blöden Positionen im Baum ausgesucht?

Richtig. Er.

Sie atmete laut aus, sodass es fast wie ein Lachen klang. Würden sie näher beieinandersitzen, würde er ihr vielleicht die Haare hinter das Ohr streichen und sehen, ob sie lächelte.

Schließlich wandte er widerstrebend den Blick ab. Er musste sich konzentrieren. Iria anzustarren half ihm nicht dabei, in die Festung zu gelangen und mit Cas zu sprechen.

»Glaubst du wirklich, dass Cas irgendetwas weiß?«, fragte Iria.

»Ich weiß es nicht. Aber ich bin mir sicher, dass Em hierherkommt, wenn es ihr gelingt, August zu entkommen. Ich bleibe also in Cas' Nähe, bis wir sie gefunden haben.«

Iria hob einen Arm und zeigte nach vorn. »Da, sie gehen los.«

Er richtete sich auf und folgte ihrem Blick. Die Tore öffneten sich, und ein Wachtrupp kam heraus.

»Perfekt. Los.« Er hielt sich am Ast fest und kletterte schnell herunter. Kurz nach ihm sprang Iria auf den Boden. Beide sprinteten sofort los. Aren lief so leise, wie er konnte, sprang über Wurzeln und behielt Iria neben sich immer im Auge.

Er hatte einen Weg ausgesucht, der gut bewachsen war, daher war es unwahrscheinlich, dass die Wachen sie im Dunkeln bemerkten. Er schaute noch schnell zur Festung, konnte aber keine Rufe hören, was ein gutes Zeichen war.

Als sie sich den Wachen näherten, blieb er stehen und duckte sich hinter einem Busch. Iria kniete sich neben ihn.

Es sah so aus, als hätten sich die Wachen in zwei Gruppen aufgeteilt. Drei Männer und zwei Frauen bewegten sich mit gezogenen Schwertern von ihnen weg. Aren hatte gehofft, dass Galo oder Mateo dabei wären, aber so viel Glück schien er nicht zu haben.

»Hier war's«, sagte eine der Frauen und stieß mit ihrem Schuh gegen die verkohlten Reste von Arens Feuer.

»Kannst du sehen, in welche Richtung sie gegangen sind?«, fragte einer der Männer.

»Nein. Im Dunkeln sicher nicht. Wahrscheinlich war es aber nur irgendein Krieger oder Ruined auf der Durchreise.«

»›Nur‹?«, wiederholte der Mann. »Ich weiß ja nicht, wie du das siehst, aber für mich klingt das nicht gut.«

»Lass uns zurückgehen«, meinte die Frau. »Wir sagen dem König Bescheid, und er entscheidet, was wir tun sollen.«

Die Wachen drehten Richtung Festung ab. Aren nahm einen Stein und richtete seinen Blick auf den letzten in der Reihe, Nico. Aren kannte ihn aus dem Schloss.

Er warf den Stein zwischen die Bäume gegenüber, er kam mit einem dumpfen Geräusch auf. Nico wirbelte herum und öffnete den Mund, um etwas zu sagen. Aren griff nach Irias Hand und konzentrierte seine Kraft auf Nicos Hals. Der Wachmann riss die Augen auf und fasste sich an die Kehle. Er öffnete seinen Mund noch weiter, als wollte er schreien, brachte aber keinen Laut heraus.

Aren lief so leise wie möglich zu ihm und behielt dabei die anderen Wachen gut im Auge. Sie kehrten ihm immer noch den Rücken zu und gingen weiter auf die Festung zu. Man sah Nico an, dass er Aren erkannte.

Aren ließ Irias Hand los, packte Nico am Rücken und zog ihn außer Sichtweite der anderen Wachen. Iria schnappte sich seine Handgelenke und zerrte seine Arme nach hinten.

»Keine Panik«, sagte Aren leise. Er konnte Irias Haut immer noch an seiner Hand spüren, die Kraft pulsierte in seinen Adern. Fast mühelos konnte er Nicos Hals weiter zuschnüren. »Ich halte nur so lange fest, bis du bewusstlos wirst. Wenn du aufwachst, werden wir weg sein. Aber das mit deiner Kleidung tut mir leid.«

Nico runzelte fragend die Stirn, aber für Erklärungen blieb keine Zeit. Kurze Zeit später fiel sein Kopf zur Seite.

Aren und Iria legten ihn vorsichtig ab und zogen ihm die Hose und die Jacke aus. Iria drehte sich weg, als Aren seine Hose abstreifte und in die blaue schlüpfte. Dann zog er seine Jacke aus und die des Wachmanns an. Seine eigenen Anziehsachen reichte er Iria.

»Warte in dem Baum, wo wir eben waren«, sagte er zu ihr.

»Alles klar.«

»Wenn ich zu lange weg bin, verschwinde einfach. Hierzubleiben ist nicht sicher. Besonders nicht für dich.«

Sie lachte leise. »Ich lasse dich nicht im Stich, Aren.« Sie deutete mit dem Kopf zur Festung. »Geh.«

Er lief los, widerstand dabei dem Verlangen, sich noch mal zu ihr umzudrehen. Wahrscheinlich rannte sie schon zu ihrem Treffpunkt.

Er ging in die entgegengesetzte Richtung der Wachleute und kam von der anderen Seite an die Festung heran.

Das Tor stand noch offen, er senkte den Kopf, als er durchging. Er musste Cas schnellstmöglich finden.

Als er sich dem Portal näherte, verdeckte er mit einer Hand das Ruined-Zeichen an seinem Hals. Er zog eine der Türen auf, wobei er sich nicht traute, zu den Männern hochzuschauen, die den Eingang bewachten.

Im Inneren der Festung tobte noch das Leben, daher riskierte er es, behutsam den Kopf zu heben. Zwei Soldaten, ein Mann und eine Frau, eilten an ihm vorbei, hielten aber kurz inne und schauten ihn an. Schnell drehte er sich weg und kratzte sich an der Wange.

»Ich habe einen Bericht für den König, von der Wache«, sagte er.

»Er müsste noch in seinem Zimmer sein«, antwortete die Soldatin. »Habt ihr draußen etwas gefunden?«

Er schüttelte den Kopf und ging zügig weiter. Er hatte keine Ahnung, wo Cas' Zimmer lag, was sich als Problem herausstellte. Er konnte nicht danach fragen, ohne sich zu verraten. Vor ihm tauchte eine Treppe auf, er ging einer älteren Frau aus dem Weg und lief die Stufen hoch. Wahrscheinlich lag das Zimmer des Königs in einem ruhigeren Teil der Festung, so abgeschieden wie möglich. Das Obergeschoss schien eine gute Wahl zu sein.

Aren blieb oben an der Treppe stehen und schaute nach links und rechts. Die meisten der Türen waren verschlossen.

Eine unbekannte Frau mit einem Korb voller Kleidungsstücke kam auf ihn zu.

»Der König?«, erkundigte er sich vorsichtig.

Sie deutete mit dem Kopf zu den Türen hinter sich. »Er ist in seinem Zimmer.«

»Danke.« Er wartete, bis sie die Treppe herunterging, dann räusperte er sich. »Eure Majestät?«, rief er laut.

»Ja, komm rein.« Cas' Stimme kam vom Ende des Flurs. Aren ging zur letzten Tür. Er öffnete sie langsam und hoffte nur, dass er die richtige erwischt hatte.

Cas saß am Schreibtisch, vor ihm lag eine ausgebreitete Landkarte. Galo und Violet waren ebenfalls da.

Erleichtert seufzte Aren, schritt ins Zimmer und schloss die Tür hinter sich. Cas schaute auf, es dauerte aber einen Augenblick, bis seine Augen sich weiteten. Er sprang hastig auf.

»Aren? Wie bist du …? Was hast du …? Warum bist du hier? *Wie* bist du hergekommen?«

»Ich habe mir eine der Wachen geschnappt, die du losgeschickt hast. Es war eigentlich recht leicht. Du solltest wirklich an der Sicherheit hier arbeiten.« Dabei sah er vorwurfsvoll zu Galo, der rot wurde.

»Was meinst du damit – ›geschnappt‹?«, wollte Cas wissen.

»Er lebt. Er wird bald aufwachen, also muss ich schnell sein. August hat Em entführt.«

»Ich weiß. Ich habe es Olivia gesagt, und die ist ihnen hinterhergeritten.«

Aren zuckte zusammen. Wie gut, dass er Iria von den Kriegern getrennt hatte, denn die waren nun alle zum Tode verurteilt.

»Du bist hier, weil du Em suchst?«, hakte Galo verwirrt nach. »Denkst du wirklich, sie würde herkommen?«

»Ich glaube, sie geht dorthin, wo Cas ist.«

»Und ich kann nirgendwo anders hin«, fügte Cas hinzu.

Aren erklärte schnell, was unterwegs mit den Kriegern und Ruined passiert war.

»Iria und ich könnten zurück nach Sacred Rock gehen«, schlug er vor. »Allerdings nur, wenn die Vallosi noch nicht gemerkt haben, dass die Ruined abgezogen sind.«

»Die Wahrscheinlichkeit ist wohl eher gering«, erwiderte Cas. »Ich habe eine bessere Idee.« Er sah Violet an. »Du solltest ihn mitnehmen, wenn du in den Süden reist.«

»Was?«, fragte Violet, offensichtlich schockiert.

Cas wandte sich wieder Aren zu. »Dort habe ich eine Armee zusammengestellt, die ich hierherbringen will. Dann marschieren wir in der königlichen Stadt ein.«

»Dahin möchte ich aber nicht wieder«, gab Aren zurück.

»Hier könnt ihr auf keinen Fall bleiben. Sacred Rock gehört nicht mehr euch. Ihr könnt natürlich versuchen, die anderen Ruined einzuholen, aber sie sind bereits gestern hier vorbeigekommen. Wahrscheinlich sind sie schon in Olso.«

»Allein bin ich schneller«, sagte Aren. »Ich kann sie vielleicht sogar einholen.«

»Wenn du wüsstest, wo sie sind«, betonte Violet.

»Ich nehme an, dass August Em zum Schloss gebracht hat. Olivia wird vermutlich ebenfalls davon ausgehen. Iria kann mir sagen, wie man dorthin kommt.«

»Klingt nach einem einwandfreien Plan, sofern du sterben willst«, kommentierte Cas.

Langsam strich sich Aren durchs Gesicht. »Was soll ich denn sonst tun? Em einfach in Olso lassen?«

»Olivia ist doch schon auf dem Weg. Ich denke, wir sind uns beide einig, dass Olivia mehr als fähig ist, ihre Schwester zu retten.«

Er seufzte genervt. »Ja.«

»Dann hilf du mir. Du hast doch selbst gesagt, dass Em irgendwann zu mir kommt. Du beschützt uns, und wir beschützen dich, bis du sie gefunden hast. Abgemacht?«

»Ich brauche keinen Schutz.«

»Na gut. Aber ich könnte deinen wirklich gebrauchen. Meine Armee im Süden könnte Jovita dauerhaft ausschalten, was auch genau das ist, was Em möchte. Ich bin sicher, dass sie dir, wenn sie hier wäre, sagen würde, dass meine Idee gut ist.« Bei den letzten Worten zuckten seine Mundwinkel, als wüsste er genau, wie sehr der Gedanke Aren ärgern würde.

»Ich glaube kaum, dass Em dumm genug wäre, mich darum zu bitten, Leras Armee zu helfen«, gab er trocken zurück. Aber Cas hatte nicht ganz unrecht. Em wollte ihn auf dem Thron sehen, und sie würde ihm vermutlich helfen, wenn sie hier wäre. Und was blieb ihm denn sonst übrig? An der Grenze zu Olso ausharren – in der Hoffnung, Em zu finden, nachdem Olivia sie gerettet hatte? Er wusste nicht, wann das sein würde oder wie lange er warten müsste. Und er würde ganz bestimmt nicht ohne sie nach Ruina zurückkehren.

»Ich würde das Ganze eher optimistisch als dumm nennen«, bemerkte Cas und lächelte, als wüsste er schon, wie Arens Antwort ausfallen würde.

Aren musste kurz lachen, es fiel ihm selbst schwer, das zu glauben, was er gerade von sich gegeben hatte. »Na schön. Aber nur, bis ich Em gefunden habe.«

»Gut. Ich brauche einen Tag, um alles vorzubereiten. Kannst du warten?«

»Ja.«

»Kennst du den Bach, ein kleines Stück südlich von hier?«

»Ja, ich weiß, wo das ist.«

»Violet wird dich morgen bei Sonnenuntergang mit ein paar Wachen dort treffen.« Er sah zu Violet, und sie blickte ihn bestätigend an.

Von draußen waren Schreie zu hören. Aren griff nach der Türklinke. »Das klingt so, als hätten sie deine Wache in Unterwäsche gefunden. Ich sollte abhauen.«

»Danke, Aren. Töte niemanden auf dem Weg nach draußen.«

»Ich gebe mir Mühe.« Er öffnete die Tür und rannte den Flur entlang.

»Holt die Wachen!«, rief jemand.

Er flitzte die Treppe runter, den Blick auf den Ausgang gerichtet. Um ihn herum liefen und riefen alle durcheinander, bis schließlich einer aufmerkte.

»Da ist er!« Eine ihm vage bekannte Wache zeigte auf ihn. »Das ist einer der schlimmen Ruined!«

Aren hätte ja gelacht, wenn er sich nicht hätte konzentrieren müssen. Er warf die Wache mit einem kurzen Blick aus dem Weg und sprintete auf die Tür zu. Mehrere Leute wichen ihm ängstlich aus, aber eine Frau stellte sich mit erhobenem Schwert zwischen ihn und den Ausgang. Er schob sie nur über den Boden, zur anderen Seite der Festung.

Er rannte nach draußen über den Rasen. Er spürte kaum etwas, obwohl er seine Kraft genutzt hatte. Lächelnd schleuderte er eine der Wachen weg vom Tor.

»Lasst ihn gehen«, hörte er Cas hinter sich rufen.

Er lief weiter von der Festung weg in den Wald hinein, wagte dabei ein paarmal, über seine Schulter zu schauen. Sie folgten ihm nicht.

Als er weit genug von der Festung entfernt war, um sich einigermaßen sicher zu fühlen, wurde er langsamer und blieb unter dem Baum stehen, in dem er vorhin mit Iria gesessen hatte. Als er nach oben blickte, kletterte sie ihm bereits entgegen. Leise kam sie auf dem Boden auf.

»Ist alles …?« Sie brach ab und sah ihn verwundert an. »Wieso lächelst du so? War Em da?«

»Nein. Sie haben mich ›einen der schlimmsten Ruined‹ genannt, das fand ich lustig.«

»Ich finde es eher unfreundlich.«

»Du denkst also nicht, dass ich einer der schlimmsten bin?«

»Nein!«

»Ich glaube, mit ›schlimm‹ meinen sie mächtig.«

»Hmpf.« Sie lächelte. »Ich schließe aus deiner selbstgefälligen Miene, dass alles gut lief?«

»Ja, aber ich habe was getan, das dir vielleicht nicht gefallen wird.« Er erklärte ihr schnell den Plan, wobei Iria immer verwirrter wurde.

»Wir schließen uns Leras Armee an?«

»Vorübergehend. Nur bis ich Em gefunden habe.«

»Hm …«

»Du musst nicht mitkommen, wenn du nicht willst. Ich würde es verstehen.«

»Sei nicht lächerlich. Ich bleibe bei dir.«

Er versuchte, nicht so breit zu lächeln. »Gut.« Er schaute zur Festung. »Wir sollten uns etwas weiter von Fort Victorra zurückziehen. Cas wird mir wohl Leute hinterherschicken müssen.«

Iria griff in ihre Tasche und zog Kleidungsstücke heraus. Sie drehte sich wieder weg, als er sich umzog. Die Uniform ließ er auf dem Boden liegen.

»Dir macht es wirklich nichts aus, wenn Leute dich ›schlimm‹ nennen?«, fragte sie, als sie zusammen Richtung Süden gingen.

»Ich bin daran gewöhnt.« Er hielt kurz inne. »Es, ähm, würde mich stören, wenn jemand, den ich kenne, Angst vor mir hätte. So wie du.«

»Du weißt, dass ich keine Angst vor dir habe. Weißt du noch, wie ich vor ein paar Jahren in der Burg in Ruina zu Besuch war?«

»Ja. Wir haben aber nicht viel zusammen gemacht, oder?«

»Nein, weil ich dich als eingebildeten Mistkerl bezeichnet habe.«

Er musste lachen, als die Erinnerung daran zurückkam. »Stimmt. Warte, Mistkerl? Du hast mich ›Mistkerl‹ genannt?«

»Habe ich. Aber eigentlich passt es nicht so gut, oder?«

»Nicht wirklich. Ich glaube, mir wäre ›Idiot‹ lieber. Oder ›Arsch‹.« Er sah sich um, aber es waren immer noch keine Soldaten zu sehen. Wahrscheinlich bereiteten sie sich auf einen Angriff vor. »Was war noch mal der Grund, warum du mich so genannt hast?«

»Ich habe dich zu einem Duell herausgefordert, und du meintest, Schwertkampf sei etwas für Bauern.«

»Habe ich das ernsthaft zu dir gesagt?«

»Ja.«

»Tut mir leid. Ich war wohl ein eingebildeter Mistkerl.«

»Ist schon in Ordnung. Irgendwie mochte ich das an dir.«

»Casimir!«, brüllte Jovita. Sie stürmte durch die Halle der Festung auf ihn zu. Er stand in der Eingangstür. »Wieso war gerade ein Ruined hier drinnen?«

»Ich weiß es nicht.« Er zeigte auf Galo, der mit ein paar anderen Wachen auf dem Rasen stand. »Organisiert einen Suchtrupp. Bringt ihn mir lebendig, wenn ihr ihn findet. Ich habe Fragen.«

»Wie viel Schwächelkraut haben wir?«, wollte Jovita wissen.

»Sehr wenig«, antwortete ihr ein Soldat. »Wir können eine Ladung abfeuern, die wäre aber nicht besonders nachhaltig.«

»Wir sollten es lieber aufbewahren«, bestimmte Cas. »Wir können bis auf Weiteres nicht nach Ruina zurückkehren, um neues zu holen.«

»Ich weiß«, gab Jovita giftig zurück. Sie wandte sich wieder an den Soldaten. »Erst mal kein Schwächelkraut. Alle sollen Ausschau halten. Ich möchte stündlich über Neuigkeiten informiert werden.«

Cas marschierte an ihr vorbei durch die Halle. »Ich bin mir sicher, dass meine Wachen dich über alles informieren, nachdem sie mich informiert haben.«

Jovita folgte ihm, dabei stampfte sie so laut auf, dass Cas dachte, sie würde sich über ihre Füße abreagieren. »Das war *Aren*«, fauchte sie.

»Habe ich gehört.«

Jovita packte ihn am Arm, sodass er stehen bleiben und sie ansehen musste. Sie stach ihm mit ihrem Finger gegen die Brust. »Ich weiß, dass er mit dir gesprochen hat.«

»Er war bei meinem Zimmer, ja, aber glücklicherweise haben meine Wachen bemerkt, dass etwas nicht stimmte, bevor er mir etwas tun konnte.«

»Ich bin nicht dumm, Cas. Ich weiß, dass der Ruined mit dir reden wollte.« Sie musste sich wirklich anstrengen, um ihn nicht anzubrüllen, und Cas konnte sich kaum das Lachen verkneifen. Zuzusehen, wie seine Cousine langsam durchdrehte, bereitete ihm dieser Tage mehr Freude als alles andere.

»Aren hasst mich«, betonte Cas. »Das hat er oft deutlich gemacht. Ich weiß nicht, wieso er mit mir reden sollte, ich bin mir sicher, dass er mich umbringen wollte.«

»Cas.« Jovita sagte seinen Namen, als würde sie mit einem Kleinkind reden. »Wir müssen zusammenarbeiten. Wenn dieser Ruined etwas plant, und du mir nichts sagst …«

»Wäre es, wenn er etwas plante, nicht unheimlich dumm, hier in die Festung zu spazieren, damit auch ja alle es mitkriegen?«

»Wieso war er dann hier?«, schrie Jovita.

Er zuckte mit den Schultern. »Wenn wir ihn schnappen, fragen wir ihn. Aber er ist weg und hat niemanden umgebracht, wir sollten uns also glücklich schätzen.«

Sie rollte mit den Augen. »Cas, bitte.«

»In der Zwischenzeit sollten wir alle anweisen, in der Nähe der Festung zu bleiben. Keine Exkursionen mehr. Ich schicke Violet und ein paar Wachen los, um im Süden nach dem Rechten zu sehen, abgesehen davon bleiben wir alle hier.«

Jovita musterte ihn misstrauisch. »Du warst doch gerade erst im Süden.«

»Ich weiß, aber Violet wollte zurück, und es ist ihr Land. Es schien mir nicht richtig, ihr zu befehlen hierzubleiben.«

»Du bist der *König*. Lerne, Befehle zu erteilen, Cas.«

»Ich arbeite dran.« Er lächelte sie an. »Bis später, Jovita.«

Er wandte sich zum Gehen. Er winkte Mateo, der sich ebenfalls im Eingangsbereich der Festung aufhielt, zu sich und wies auch Violet an, ihm zu folgen. Er führte die beiden in den Salon und schloss die Tür hinter ihnen.

»Violet macht sich morgen auf den Weg zu Franco«, sagte er zu Mateo. »Begleitest du sie?«

»Ja«, stimmte Mateo sofort zu.

»Ihr werdet unterwegs auf Aren und Iria treffen. Sie begleiten euch.«

»Aren und Iria«, wiederholte Mateo.

»Ist die Antwort immer noch ›ja‹?«

»Natürlich.«

»Wir stellen euch die schnellsten Pferde zur Verfügung, die wir haben. Ich will alle binnen Tagen abmarschbereit hier vor Ort haben.« Er sah Violet an. »Kannst du das einrichten?«

»Kann ich.«

37. KAPITEL

Olivia beobachtete aus der Ferne die Reihen der Krieger, die Olsos Grenze bewachten. Glaubten die wirklich, das würde reichen, um sie aufzuhalten?

Hinter den Kriegern ragten die höchsten Berge auf, die sie je gesehen hatte. Es schneite eigentlich nicht, aber die Bergspitzen waren dennoch weiß. Hoffentlich mussten sie die nicht überqueren, um zum Schloss zu gelangen.

Neben ihr stand Jacobo, der aufgeregt die Krieger begutachtete. Hinter ihnen warteten noch etwa zweihundert Ruined, fast alle, die auch in Sacred Rock gewesen waren.

Olivia war nicht glücklich über die Entführung ihrer Schwester, aber sie konnte auch die Vorfreude nicht leugnen, die sie spürte. Das hier war ihre Gelegenheit, den Ruined zu zeigen, dass sie eine gute Anführerin war. Endlich war sie diejenige, die handelte, statt hilflos in einer Zelle zu kauern. Wenn sie die Krieger besiegt hatten, würden die Ruined gewiss nie wieder an ihr zweifeln.

Ivanna trat neben sie. »Dir ist doch bewusst, was Em in dieser Situation tun würde, oder? Sie würde verhandeln.«

»Em würde verhandeln, weil sie unbegabt ist. Es ist ihre einzige Option.«

»Es ist nicht ihre einzige Option. Es ist die Option, die sie für richtig hält.«

»Ich bin nicht Em.«

»Allerdings nicht«, murmelte Ivanna.

Olivia wirbelte so heftig herum, dass Ivanna einen Schritt zurückwich und die anderen stehen blieben. In ihrem Blick musste sich ihre ganze Wut widerspiegeln, denn nicht wenige Ruined vermieden es, sie anzusehen.

»Wenn ihr nicht dabei sein wollt, könnt ihr alle verschwinden«, fauchte sie. »Ivanna bringt euch sicher gern zurück nach Sacred Rock.«

»Ich bin hier, um meine Königin zu retten«, sagte Ivanna ruhig.

»Das ist genau das, was ich vorhabe! Und ich möchte auch noch mal betonen, dass ich nie Hilfe von den Kriegern wollte. Em wäre nicht in dieser Situation, wenn sie auf mich gehört hätte.«

Ivanna sah auf den Boden, aber mehrere Ruined blickten sie zustimmend an.

»Es wird nicht mehr diskutiert«, fuhr Olivia fort. »Ich bin eure Königin, und ihr werdet tun, was ich euch sage, ohne Widerrede. Wenn ihr ein Problem damit habt, könnt ihr zurück nach Lera gehen und sehen, wie weit ihr allein kommt.«

Niemand rührte sich. Sie musste sich ein selbstgefälliges Lächeln verkneifen. »Gut. Wir sind nicht mehr mit den Kriegern befreundet. Mit *keinem* von ihnen. Ihr tötet alle, die ihr seht. Nachdem wir die Königsfamilie umgebracht haben, könnt ihr euch nehmen, was ihr wollt, aber hauptsächlich Verpflegung.« Vielleicht könnten sie sogar das Schloss übernehmen. Sie konnte sich eigentlich nicht vorstellen, in Olso zu leben, aber eventuell wäre es keine schlechte Idee. Es war nicht weit weg von Ruina, und sie müssten nicht jahrelang warten, bis ihr eigenes Schloss wieder aufgebaut wurde.

Sie sah die Ruined ernst an. »Bezieht hinter mir Stellung, und übernehmt alle Krieger, die ich nicht erwische.«

Dann drehte sie sich um und marschierte auf die Krieger an der Grenze zu, gefolgt von den Ruined.

Die rot gekleideten Männer und Frauen besaßen noch nicht mal den Anstand, nervös auszusehen. Die meisten blickten den Ruined interessiert entgegen, als dachten sie, es gäbe keinen Grund, Angst zu haben.

Olivia ballte ihre Hände zu Fäusten. Das ließ sich ändern.

Ein Krieger machte einen Schritt nach vorn. »Eure Majestät. Wir haben …«

Er flog durch die Luft, seine Schreie wurden immer leiser, je weiter er von ihnen wegflog. Olivia ließ einen Krieger nach dem anderen durch die Luft wirbeln. Jetzt zeigten die Mienen der Roten pure Panik; ein paar versuchten, wegzulaufen.

Das würde ihnen eine Lehre sein.

Sie schleuderte die letzten Krieger aus dem Weg. Ihre Körper schlugen in einiger Entfernung dumpf auf.

»Die Schienen hier führen zum Schloss.« Mariana zeigte auf die Metallstangen am Boden, die sich weiter durch die Landschaft zogen, als Olivia blicken konnte. »Als ich das erste Mal hier war, haben wir einen Schienenwagen benutzt, aber der ist gerade nicht hier.«

Olivia atmete genervt aus. An einem Gatter waren ein paar Pferde festgebunden, aber sie konnte sich nicht eines davon nehmen und die restlichen Ruined im Stich lassen. Sie brauchten ihren Schutz.

Also marschierte sie los, an den Schienen entlang. »Wir gehen zu Fuß.«

Eine ernst dreinblickende Frau führte Em in ihr Zimmer. Es war beeindruckend groß, mit einem riesigen Bett, auf dem eine fluffige weiße Decke lag, einem großen Schrank und einem Tisch, auf dem Obst, Brot und Tee für sie vorbereitet waren. Der Anblick ließ Ems Magen knurren.

»Eure Kleidung ist im Schrank«, sagte die Frau. Sie war vor der Tür stehen geblieben, die Arme vor der Brust verschränkt. »Gleich kommt noch ein Mädchen mit Wasser, für Euer Bad. Ruft, falls Ihr in der Zwischenzeit noch etwas braucht.« Sie ging und zog die Tür hinter sich zu. Das Einrasten des Schlosses hallte durch den Raum.

Em nahm sich ein Stück Brot und öffnete den Kleiderschrank. Zwei Paar Hosen und zwei rote Tuniken hingen bereit. Sie seufzte und musste an ihre hübschen Kleider in Lera denken. Ob die wohl immer noch da waren?

Eine junge Frau kam, brachte ihr Wasser und verschwand wieder, ohne ein Wort zu sagen. Das Wasser war eiskalt, daher badete Em nur kurz und zog sich schnell an. Die Sachen waren weich und bequem. Links auf dem Oberteil war ein Abzeichen aufgenäht: zwei sich kreuzende Schwerter. Olsos Wappen. Sie rollte mit den Augen. Lucio hielt sich sicherlich für besonders lustig.

Es klopfte an der Tür.

»Ich bin eingeschlossen, ihr Idioten!«, rief sie genervt.

Ein Mann lachte, und dann klickte das Schloss wieder auf. Als die Tür sich öffnete, erkannte sie George.

»Hallo. Mir wurde aufgetragen, dir eine Führung durch das Schloss zu geben, vor dem Essen. Wir dachten, mich hasst du vielleicht etwas weniger als meine Brüder.«

»Wie kommt ihr darauf?«

»Na ja, ich habe dich weder entführt, noch gedroht, dein Königreich zu übernehmen, also muss ich doch besser dastehen als August oder Lucio.«

»Kaum.«

»Wunderbar. Folg mir.«

Em überlegte noch, ob sie sich weigern sollte, aber sie musste wirklich einen Überblick über das Schloss bekommen. Vielleicht würde sie ja sogar ein Schwert finden, mit dem sie August den Kopf abschlagen konnte.

Sie stapfte George hinterher aus dem Zimmer. Vor ihrer Tür standen zwei Krieger, die sich aufrichteten, als sie vorbeiging.

»Fangen wir mit dem Ostflügel an«, begann George, als sie die Treppe hinunterstiegen. »Ich denke, der wird dir gefallen.«

Sie durchquerten den offenen Raum, den Em als Erstes betreten hatte. Im Schloss schien das Leben zu toben, überall hörte man Menschen. George führte sie einen dunklen Flur entlang. Gelächter und andere Stimmen folgten ihnen, als sich Em einmal umdrehte, rannte ein Kind an ihr vorbei und verschwand irgendwohin.

Dann öffnete George eine Tür, und Sonnenlicht flutete auf den Gang. Em betrat das Zimmer und sah sich um. Es war ein großer Raum, in dem die Wände fast vollständig mit Kunst behangen waren. In der Mitte war eine Sitzecke aufgebaut, aber so unberührt wie die Sessel aussahen, wurde sie nicht oft genutzt.

Ein großes Gemälde zog sofort ihre Aufmerksamkeit auf sich. Es hing an der Wand zu ihrer Linken und war so hoch, dass es von der Decke bis zum Fußboden reichte. Die Frau auf dem Bild trug ein aufwendiges schwarzes Kleid und Spitzenhandschuhe. Ihr dunkles Haar hing offen über ihre Schultern. Eine Hand hatte sie auf ihre Hüfte gestemmt, und sie starrte mit einer Mischung aus Vergnügen und Ekel aus dem Bild heraus. Em kannte diesen Ausdruck gut. Die Frau war ihre Mutter.

»Wieso hängt hier ein Gemälde von meiner Mutter?« Sie stellte sich davor.

»Es war ein Geschenk.«

»Von wem?«

»Von Wenda Flores.«

Em versuchte, sich das Lachen zu verkneifen. »Meine Mutter hat euch ein Porträt von sich selbst geschenkt?«

»Sie war eine besondere Frau, oder?«, fragte George lächelnd.

So konnte man es natürlich auch ausdrücken. Em legte den Kopf in den Nacken, um in das Gesicht ihrer Mutter blicken zu können. Sie war gut getroffen. Em rechnete damit, von Trauer überwältigt zu werden, doch stattdessen trat sie unbehaglich von einem Fuß auf den anderen und strich mit dem Finger über ihre Kette. Olivia war ihrer Mutter wie aus dem Gesicht geschnitten. Die beiden waren sich in vielerlei Hinsicht ähnlich.

»Wann hat sie euch das geschickt?«

»Ich glaube, das ist fast zehn Jahre her. Mein Vater hat das Bild geliebt. Er fand es unheimlich witzig.«

»Wirklich.«

»Ja. Eine Zeit lang hing es in der Bibliothek, er hat es allen gezeigt.«

»Nichts geht über ein Bild von Wenda Flores, um Gästen Angst einzujagen.«

George lachte. »Genau. Aber Lucio mag es nicht so sehr, deswegen hängt es jetzt hier. Er meint, er fühlt sich unwohl, wenn sie ihn so anstarrt.«

»Ich bin mir ziemlich sicher, dass das ihre Absicht war«, murmelte Em.

»Komm, es gibt noch mehr zu sehen. Du kannst nach dem Essen noch mal hierherkommen, wenn du möchtest.«

Sie folgte ihm aus dem Zimmer und warf beim Rausgehen noch

einen Blick auf das Porträt. Um ehrlich zu sein, fühlte sie sich auch ein wenig unwohl unter dem Blick ihrer Mutter.

George führte sie durch das gesamte Schloss, zeigte ihr die Verhandlungsräume, Ballsäle und Trainingszimmer, wovon es einige gab. In einem der Verhandlungsräume entdeckte sie einen Brieföffner und steckte ihn heimlich ein. Mit dem könnte sie August die Kehle durchschneiden, wenn sie genug Kraft einsetzte.

Als George mit ihr den Speisesaal betrat, saß die Familie bereits am Tisch. Ein Angestellter brachte sie zu dem Platz zwischen Lucio und seiner Frau.

»Wie war die Führung?«, erkundigte der König sich.

»Es ist nicht annähernd so schön wie Leras Schloss«, antwortete sie lächelnd. Ihr gegenüber verdrehte August die Augen.

»Das Schloss gehört jetzt sowieso auch uns«, entgegnete er.

Ein Teller mit Essen wurde vor ihr abgestellt. Em nahm ihr Messer und stach heftiger als nötig auf das Stück Hähnchen ein.

»Das ist schon tot, Em«, sagte August. Seine Brüder und deren Partner lachten.

»Ich habe mir vorgestellt, es wäre dein Gesicht«, gab sie zurück.

George warf laut lachend den Kopf in den Nacken. »Ich mag sie, Auggie. Zu schade, dass du sie nicht davon überzeugen konntest, dich zu heiraten.«

»Eigentlich hätte es gar nicht nötig sein sollen, sie erst überzeugen zu müssen«, antwortete August.

Em runzelte die Stirn. August legte seine Gabel zur Seite und sah sie herausfordernd an.

»Oh, oh«, kommentierte Dante. Der zweitjüngste der Olso-Prinzen lachte vergnügt in sich hinein, während er seinen Blick von ihm zu ihr wandern ließ.

»Du hättest dankbar sein müssen, dass ich dich überhaupt heiraten wollte«, fuhr August fort.

»Ja, ja, ich weiß. Du bist so ein toller Mensch, weil du eingewilligt hast, mich zu heiraten. Ich sollte vor dir auf die Knie fallen und dir dafür danken, dass du mich entführt hast.«

Augusts Nasenflügel bebten. »Verrat hat seine Konsequenzen.«

»Ihr werdet bald alle herausfinden, wie schwerwiegend die Konsequenzen sind«, entgegnete Em.

August ignorierte ihren Einwurf. »Selbst wenn man von den politischen Vorteilen absieht, wäre es immer noch eine großartige Gelegenheit für dich. Du bist nicht gerade wahnsinnig hübsch, außerdem eine Ruined. Und es besteht immer noch die Chance, dass du ein paar von diesen widerlichen Zeichen bekommst und dann noch schlimmer aussiehst als jetzt.«

»August«, fuhr Lucio ihm streng in die Parade. »Es besteht absolut kein Anlass, unhöflich zu werden.«

»Ich werde niemals Zeichen bekommen«, erklärte Em. »Aber wenn ich gewusst hätte, dass du sie so hässlich findest, hätte ich sie mir noch sehnlicher gewünscht.«

Darauf murmelte August etwas, was sie nicht verstehen konnte.

Sie beugte sich nach vorn und stützte ihre Ellenbogen auf den Tisch. »Eines möchte ich aber schon von dir wissen. Hast du mich entführt, weil ich dich hintergangen habe, oder hattest du nur einen kleinen Wutanfall, weil ich dich nicht leiden kann?«

Sein verärgerter Gesichtsausdruck deutete an, dass es Letzteres war. Lachend nahm sie ihre Gabel wieder in die Hand.

George schien das Ganze überaus lustig zu finden. »Also, was hat Casimir, was er nicht hat?«, wollte er wissen. August funkelte seinen Bruder wütend an.

Alles? Em wusste gar nicht, womit sie anfangen sollte. Keine Worte konnten Cas beschreiben. Freundlich, rücksichtsvoll und vernünftig reichten längst nicht mehr aus. Sie hätte eine Stunde lang über ihn reden können. Über seine Bereitschaft, bei ihr zu bleiben, seine Stärke, als er sich entschied, zurück zur Festung zu gehen, sein Lächeln, als er neben ihr aufwachte, die Entschlossenheit in seinem Blick, als er ihr ankündigte, Jovita umzubringen, auch wenn sie tief im Inneren wusste, dass er es niemals durchziehen würde. Aber keiner hier am Tisch könnte es jemals verstehen.

Tränen schossen ihr in die Augen, sie hob den Kopf, damit alle es sehen konnten. Das dürfte Georges Frage beantworten.

»Hört auf, unseren Gast zu quälen«, sagte Lucio.

»Gefangene«, korrigierte Em.

George lachte und schlug Dante auf die Schulter. »Und was ist mit Dante, Emelina? Gefällt er dir? Ich würde dich gern an einen meiner Brüder verheiraten. Die Abendessen wären so viel interessanter.«

»Das entzückende Angebot lehne ich ab. Ihr werdet sowieso alle sterben, wenn Olivia herkommt.«

Lucios Frau hielt inne, mit der Gabel in der Luft, und warf ihrem Mann einen besorgten Blick zu. Er schüttelte aber den Kopf und tätschelte ihre Hand.

»Außerdem glaube ich, dass meine Schwester recht hatte«, fuhr Em fort. »Ich hätte nicht über ein Bündnis nachdenken sollen. Ihr habt nichts für uns getan, als wir abgeschlachtet wurden. Ihr wollt nur unsere Hilfe, wenn sie euch gerade in den Kram passt.«

George schien das wenigstens unangenehm zu sein, aber Lucio fuchtelte nur herablassend mit der Hand. »Wir hatten damals keine Möglichkeiten, euch zu helfen.«

»Natürlich hattet ihr die.«

Daraufhin wechselte Lucio das Thema, und Em fing an zu essen und alles andere um sich herum zu ignorieren. Was wäre passiert, wenn sie auf Olivia gehört und die Krieger weggeschickt hätte? Auf jeden Fall würde sie jetzt nicht in Olsos Schloss festsitzen.

Aber sie war nicht sicher, ob sie dann Sacred Rock erfolgreich hätten einnehmen können. Oder vielleicht hätten die Vallosi ihre Stadt schnell wieder zurückerobert. Womöglich wären die Ruined auch einfach verhungert, ohne die Verpflegung von den Kriegern.

Dafür zumindest war sie August dankbar. Nicht dass sie ihm das jemals sagen würde. Er hielt auch schon ohne ihr Zutun mehr als genug von sich selbst.

Sie sah hoch, merkte, dass er sie beobachtete, und lächelte.

»Was?«, fragte er.

»Ich bin einfach so dankbar, dass ich dich nicht heiraten muss. Ich komme mir wirklich ziemlich schlau vor, weil ich das so gut eingefädelt habe.«

Wieder brachen alle am Tisch in Gelächter aus.

38. KAPITEL

»Em, wach auf!«

»Emelina! Wach auf!«

»Sie greifen an! Wir müssen verschwinden!«, hallte Damians Stimme durch ihren Kopf, als sie angestrengt versuchte, sich aus dem Schlaf zu reißen. Damian. Was machte Damian in ihrem Zimmer?

Sie setzte sich im Bett auf und schnappte nach Luft. August stand neben ihr, die Lampe in seiner Hand schien auf sein angstverzerrtes Gesicht.

»Olivia ist hier«, rief er. »Du musst mit ihr sprechen. Schnell, bevor sie noch jemanden tötet.«

»Ich habe euch doch gewarnt.« Em funkelte ihn finster an und warf ihre Decke zur Seite.

»Beeilst du dich bitte einfach? Sie lässt niemanden mit sich reden.«

Em schnappte sich ihre Hose und zog sie an. August ging zur Tür und ließ sie im Dunkeln stehen, um ihr Nachthemd auszuziehen und das Oberteil und die Jacke überzuwerfen, die Lucio ihr gestellt hatte. Sie schnürte noch rasch ihre Stiefel zu und rannte auf den Flur zu August.

Schreie ertönten. Sie drangen von unten und draußen zu ihnen. Em konnte Rauch riechen.

Damian griff nach ihrer Hand. »Bleib bei mir. Lass meine Hand nicht los, egal, was passiert.«

Zitternd atmete Em durch und schloss die Augen, bis Damian wieder aus ihrem Kopf verschwand.

August packte sie am Handgelenk und zerrte sie unsanft zur Treppe. Sie eilten nach unten, durch den Gang auf die Leute zu, die im verrauchten Eingangsbereich standen. Lucio und seine Familie. Drei Kinder standen zusammengekauert mittendrin, ein kleiner Junge klammerte sich an Georges Bein.

»Wo ist sie?«, fragte Em.

»Draußen. Ich komme mit«, antwortete Lucio.

»Das ist keine gute Idee.«

Er warf ihr einen Blick zu, der unmissverständlich klarstellte, dass ihm das egal war. Er rannte zur Tür, Krieger strömten von allen Seiten zu ihm, um ihn zu begleiten. Em fragte sich, ob sie wirklich glaubten, sie könnten ihren König beschützen.

Die kalte Luft prickelte auf ihrer Haut, als sie die Tür aufschwang. Was sich vor ihren Augen auftat, ließ Em zurückschrecken.

Weit mehr als hundert Ruined bahnten sich ihren Weg zum Schloss. Die Brücke war nicht runtergelassen, daher schwammen viele durch den Graben, während um sie herum Leichen von Kriegern im Wasser trieben. Die Fackeln, die an der Mauer des Schlosses hingen, ließen das Wasser gelblich glitzern.

Viele Ruined hatten es bereits auf die andere Seite geschafft. Sie trugen Fackeln und benutzten ihre Kraft, um die Flammen anzufachen, die sich bereits an der Schlossmauer hochzüngelten.

In der Nähe des Grabens stand Olivia, deren die Kleidung triefend am Körper klebte. Ihr musste eiskalt sein.

»Olivia!«, schrie Em und lief auf ihre Schwester zu.

Olivia drehte sich zu ihr um. Ihr Gesicht war blass, ihre Lippen waren blau, aber ihre Augen waren klar und sprühten vor Wut.

»Mir geht es gut.« Em ergriff Olivias Hand. »Bitte, hört auf.«

Olivia musterte ihre Schwester von oben bis unten, um sich zu vergewissern, dass es ihr wirklich gut ging. »Wieso?«, fragte sie.

Darauf hatte Em keine gute Antwort. Jedenfalls keine, die Olivia überzeugen würde. »Lass uns einfach gehen«, bat sie und drückte Olivias Hand.

»Olivia.« Lucios Stimme klang vorsichtig, als er sich ihnen näherte. »Ich bin König Lucio. Ich …«

»Oh, schön.« Olivia ließ Ems Hand fallen und richtete ihren Blick auf Lucios Brust. Sie fing das Herz des Königs auf, als es aus seiner Brust platzte, und warf es über ihre Schulter. »Und ich dachte, es würde schwierig werden, ihn zu finden.«

Em presste eine Hand vor ihren Mund. Lucios Körper schlug dumpf auf dem Boden auf. Niemand konnte behaupten, sie hätte ihn nicht gewarnt.

Panik brach unter den Kriegern aus, als sie bemerkten, dass Lucio tot war. Die Schreie seiner Brüder übertönten alles andere. Em wollte sich nur noch die Ohren zuhalten.

Olivia machte einen Schritt nach vorn, auf den Rest der Königsfamilie zu. Em hielt sie am Arm fest.

»Nicht«, flehte sie. Die Familienmitglieder liefen in alle Richtungen davon.

Olivia schüttelte Ems Hand ab. »Ist das dein Ernst? Sie haben dich entführt. Sie haben uns hintergangen. Genau wie ich es vorausgesagt hatte.«

»Aber auf diese Weise erreichen wir gar nichts.« Ems Herz schlug wie verrückt, der Qualm brannte ihr in der Nase. Sie wollte das nicht schon wieder durchmachen. Sie hatte bereits einmal vor einem solchen Inferno fliehen müssen.

»Ich habe es auf deine Art versucht«, rief Olivia. »Ich bin es leid, mit Leuten zu reden. Das hier ist der einzige Weg, wie sie es lernen.« Sie hob den Arm und zeigte auf etwas. Em folgte ihrem Finger mit dem Blick. George blieb wie angewurzelt stehen. Sein Kopf trennte sich von seinem Körper.

Dann explodierte alles. Eben stand sie noch neben Olivia, und im nächsten Moment lag sie ausgestreckt auf dem Rasen in der Nähe des Schlosses. Sie versuchte, ihren Kopf zu heben, aber die Welt um sie herum schien sich zu bewegen. Ihre Ohren rauschten.

Wieso war es plötzlich so warm?

Wieso brannte ihr Arm?

Sie blinzelte, etwas lief ihr in die Augen.

In der Nähe hörte sie jemanden nach Luft schnappen. Es war August. Dann stand er vor ihr, riss sich die Jacke vom Leib und warf sich über sie.

Sie kam wieder richtig zu sich. Die gesamte linke Seite ihres Körpers brannte.

August hatte die Flammen schon gelöscht, als sie begriff, was passiert war. Er rappelte sich auf und zuckte leicht zusammen, als er sie ansah. Sie schaute ebenfalls an sich herunter. Ihr linker Ärmel war vollständig weggebrannt, und das Feuer hatte sich tief in ihre Haut gefressen.

Den Schmerz spürte sie kaum, stattdessen jagten Schock und Panik durch ihre Adern.

August starrte sie immer noch an, während sie sich mit ihrem unversehrten Arm über die Stirn wischte. Blut.

»Ich habe dich gewarnt«, flüsterte sie, aber es klang trauriger, als beabsichtigt.

August sah sie mit schmerzerfüllter Miene an. »Es tut mir leid. Es tut mir leid.«

Sie bedeutete ihm mit einer Kopfbewegung, dass er fliehen sollte. Er rannte sofort los und verschwand hinter dem Schloss.

Em kämpfte sich hoch und blinzelte durch den Qualm um sich herum. Was hatte die Explosion verursacht?

»Em?« Olivias panische Stimme drang über die anderen Schreie hinweg zu ihr durch. Ihre Schwester blieb vor ihr stehen und sah sie mit weit aufgerissenen Augen an. Olivia war von Schmutz bedeckt, schien aber unverletzt.

»Ich mache das wieder gut.« Sie sprang zu ihr und hob vorsichtig Ems verbrannten Arm. Dann beugte sie sich vor, um die Verletzungen an Ems Rücken besser sehen zu können.

Em riss ihren Arm weg. Der Schmerz war so intensiv, dass ihr schwarz vor Augen wurde. »Du machst es wieder gut?« Ihre Stimme klang schrill.

»Beruhige dich«, fuhr Olivia sie an. »Ich heile dich, und wir suchen einen Ruined, der dich beschützt, bis wir hier fertig sind.«

»Ich würde keinen Schutz brauchen, wenn du nicht hier eingefallen wärst und den König ermordet hättest!« Sie versuchte, sich auf die Leichen am Boden zu fokussieren. Ein toter Mann in ihrer Nähe hat Ruined-Zeichen am Arm. Em war nicht die Einzige, die Schutz brauchte.

»Er hat es verdient.« Olivia wedelte mit dem Arm. Hinter Em ertönten Schreie. Sie drehte sich nicht um, um die Toten anzusehen.

Ein hysterisches Lachen entfuhr ihr. »Das hat unsere Mutter

immer gesagt, oder? Alle hatten es immer verdient. Ich schätze, sie hatte es auch verdient.«

»Em!« Olivia schnappte entsetzt nach Luft.

Dann brannte Ems Arm so sehr, dass es ihr schwerfiel, aufrecht zu bleiben. Ihr wurde wieder schwarz vor Augen. »Ich wusste, dass du mir folgst. Ich habe sie gewarnt, dass du alles zerstören wirst. Und weißt du, was das Schlimmste daran ist? Ein Teil von mir hat gehofft, du würdest überhaupt nicht kommen.« Fast gegen ihren Willen sprudelten die Worte aus ihr heraus. Olivia sah aus, als hätte sie ihr eine Ohrfeige gegeben. »Ein Teil von mir konnte den Gedanken nicht ertragen, dass du noch mehr Leute umbringst. Du hast da drinnen *Kinder* ermordet, Liv. Ist es das, was eine Königin macht?«

Olivia funkelte sie böse an. »Wer bist du, dass du mir einen Vortrag darüber halten kannst, was eine Königin macht? Du bist nur Königin, weil ich es zugelassen habe ...«

Der Rest des Satzes wurde von einer weiteren Explosion verschluckt. Dann war Olivia plötzlich verschwunden. Em stand nicht mehr aufrecht. Gras kitzelte ihr Gesicht. Sie versuchte, sich auf den Rücken zu drehen, aber das war zu anstrengend. Sie wurde immer benommener, und es schien viel einfacher, sich einfach von der Dunkelheit davontragen zu lassen.

Em schloss die Augen.

39. KAPITEL

Der Mann blieb abrupt stehen, als er Aren sah, und verzog das Gesicht zu einer Grimasse, die wahrscheinlich seine Angst verbergen sollte. Das gelang ihm jedoch nicht.

»Hallo, Franco«, rief Violet. Sie ging um Aren und Iria herum auf das Haus zu, das vor ihnen lag.

Aren fasste sich an die Kehle. Iria hatte ihn auf die zwei neuen Zeichen aufmerksam gemacht, die sich an seinem Hals emporschlängelten, wodurch er noch auffälliger war als vorher, was ihm aber nichts ausmachte.

»Komm«, sagte Iria leise und schob ihre Finger zwischen seine. Er ließ sich von ihr durch das große Tor ziehen, zu dem ängstlichen Mann.

»Franco, das ist Aren«, stellte Violet vor. »Und Iria. Ehemalige Kriegerin.«

Franco ließ seinen Blick zwischen den beiden hin- und herwandern. »Du bringst einen Ruined und eine Kriegerin aus Olso. Das wäre doch nicht nötig gewesen, Violet.« Er zog einen Mundwinkel nach oben.

»Ich habe dir außerdem zwei Wachen des Königs mitgebracht, und eine Botschaft von König Casimir«, fügte Violet hinzu und zeigte auf Mateo und Ric, die gerade mit ihren Pferden durch das Tor kamen.

Franco drehte sich um und deutete mit dem Kopf zum Haus. »Kommt doch rein.«

Aren zögerte einen Moment, er war nicht sicher, ob alle gemeint waren, aber Violet winkte ihm und Iria, ihr zu folgen.

Drei Kinder wuselten um die Tür herum. Alle starrten Aren an.

Das Mädchen und der ältere Junge gingen ihm aus dem Weg, aber der jüngere Bruder schaute nach oben. Sein Mund stand weit offen.

»Was für einer bist du?«, fragte er.

»Bruno«, sagte Franco streng. »Sei nicht unhöflich.«

»Ist schon in Ordnung«, beruhigte Aren. Es störte ihn wirklich nicht. Der Junge sah ihn eher interessiert an als verängstigt.

»Stell dich erst mal vor«, forderte Franco seinen Sohn auf.

Der Kleine gehorchte. »Ich bin Bruno.«

»Aren. Ich habe Macht über den Körper.«

Brunos Augen wurden noch größer. »Das ist das Beste von allem!«

»Danke. Finde ich auch.« Aren lächelte.

Bruno streckte ihm seine Hand entgegen. »Beweg sie. Das kannst du doch, oder?«

Franco lachte und schob Bruno hastig zu seinen Geschwistern. »Wieso geht ihr Kinder nicht eine Weile nach oben. Ich muss mit unseren Gästen reden.«

Die Kinder rannten die Treppe rauf, Bruno drehte sich noch einmal um und winkte Aren zu. Aren winkte zurück, dann drehte er sich zu Franco um.

»Ich hätte meine Kräfte nicht ohne deine Erlaubnis bei ihm benutzt«, sagte er leise.

»Danke. Ich glaube, es wäre besser, wenn du es gar nicht tust.« Franco zeigte auf eine Frau, die vor der Treppe stand, und stellte sie als seine Frau Esperanza vor, dann führte er seine Gäste ins Wohnzimmer.

Aren setzte sich neben Iria. Das Zimmer war groß und hell – mit bunten Möbeln, doch Arens Aufmerksamkeit galt einer kleinen Statue eines der Ahnen, die neben ihm auf dem Tisch stand. Er könnte schwören, dass diese Statuen ihn verfolgten.

Er rutschte ein Stück davon weg, wobei seine Schulter Irias streifte. Sie zappelte unruhig herum, während Violet Cas' Plan erläuterte, eine Armee nach Norden zu führen.

Iria trommelte mit den Fingern einer Hand auf ihrem Oberschenkel herum. Aren legte seine Hand über ihre.

»Du wirkst nervös«, flüsterte er ihr zu. Violet, Franco und Esperanza waren tief in ihre Unterhaltung mit Mateo und Ric versunken; sie debattierten bereits, wie man die Armee zusammenstellen sollte. Es sah nicht so aus, als ob sie noch weitere Meinungen benötigten.

»Ich bin nervös«, flüsterte Iria zurück.

»Ich meinte, du wirkst irgendwie schuldbewusst.«

»Das auch.« Sie zeigte auf Violet und Franco. »Sie vertrauen uns.«

»Anscheinend.« Er hob eine Braue. »Sollten sie das etwa nicht?«

»… doch?« Sie lachte leise. »Ja, doch. Es ist nur …«

»Aren.« Violets Stimme unterbrach Iria, und sie drehten sich beide zu den anderen. »Kannst du zusammen mit Franco, Mateo und Ric losziehen, um so viele Leute wie möglich zusammenzutrommeln? Wir legen eine Route fest, sodass ihr heute Abend wieder hier seid.«

»Was ist mit dir und Iria?«

»Wir bleiben hier. Es muss ja jemand hier sein, um die ankommenden Leute zu begrüßen.«

Er sah kurz zu Iria hin, eigentlich wollte er sie nicht allein lassen.

»Ist schon gut«, versicherte sie ihm.

»Ich kümmere mich um sie«, versprach Violet. »Als Erstes packen wir das Schwert da weg, damit niemand merkt, dass du eine Kriegerin bist.«

»Ehemalige Kriegerin«, korrigierte Iria sie leise.

»Genau. Hängen wir es nicht an die große Glocke.«

»Sicher. Verstehe.«

Violet stand auf. »Gut. Bist du so weit, Aren?«

»Jetzt gleich?«

»Wir haben leider keine Zeit zu verlieren. Ich packe euch etwas Proviant ein.«

Er stand auf. Iria folgte ihm zur Haustür.

»Bist du sicher, dass es in Ordnung ist, wenn ich dich hier allein lasse?«, fragte Aren noch mal nach.

»Ich denke schon.« Iria deutete mit dem Kopf in Violets Richtung. »Sie scheint ganz nett zu sein.«

Er machte noch einen Schritt auf sie zu. »Was wolltest du eben sagen? Du meintest, sie können dir vertrauen, aber da war noch mehr.«

»Du kannst mir vertrauen«, sagte sie entschlossen. »Als ich mich für dich entschieden habe, war mir nicht klar, was das letztlich bedeutet. Es ergibt durchaus Sinn, dass die Ruined sich an die Lera wenden, nachdem wir euch hintergangen haben, ich dachte nur nicht, dass ich ihrer Armee beitrete.«

Er schluckte. Die Worte »… als ich mich für dich entschieden habe« gingen ihm durch Mark und Bein. »Bereust du es?«, fragte er ruhig. »Du kannst jederzeit gehen, das weißt du, oder?«

»Ich weiß. Ich habe doch gesagt, dass ich es nicht bereue.«

»Bereit?«, fragte Mateo und griff an Aren vorbei, um die Tür zu öffnen. Aren blickte ihn zustimmend an.

»Viel Erfolg«, wünschte Iria. Mateo und Ric schoben sich an ihnen vorbei nach draußen und ließen die Tür hinter sich offen. Sonnenlicht fiel auf Irias Gesicht.

Aren nahm für einen Moment ihre Hand. Er drückte sie nur, weil ihm nicht die richtigen Worte einfielen. Sie lächelte. Beim Weggehen schaute er sich noch drei Mal um. Er wollte sich ihr Lächeln einprägen.

40. KAPITEL

Cas hatte schon seine Tasche gepackt. Die Angestellten waren darauf vorbereitet, jederzeit abreisen zu können. Er starrte ständig nach Südosten und wartete auf Violets Rückkehr.

Das Einzige, was er noch erledigen musste, war, Jovita umzubringen.

Es hatte sich noch keine Gelegenheit dazu ergeben, jedenfalls redete er sich das ein. Er war kaum mal allein mit ihr.

In Wahrheit hatte er auch gar nicht nach einer Gelegenheit gesucht. Violet hätte eigentlich schon gestern zurückkommen sollen. Wenn er es also ernst meinte, dann hätte er seine Cousine schon längst getötet.

Seufzend lehnte er seinen Kopf an die kalte Mauer des Turms. Er stand am höchsten Punkt von Fort Victorra, zusammen mit Galo und einer anderen Wache, und hielt nach Violet Ausschau. Abgesehen von ihnen war der runde Turm leer, es gab nur das eine Fenster, dennoch fühlte Cas sich bedrängt. Er konnte es kaum erwarten, von hier zu verschwinden.

Galo verstand sein Seufzen falsch. »Sie wird schon kommen.«

»Glaubst du, Jovita wird versuchen, uns aufzuhalten?« Cas formulierte seine Frage vorsichtig, um die andere Wache nicht zu alarmieren.

Galo sah ihm in die Augen, und in seinem Blick flackerte Mitgefühl auf. Er antwortete nicht, sondern schaute Cas weiter schweigend an, mit einer Miene, die sich nicht recht deuten ließ.

»Eure Majestät!« Die andere Wache zeigte aus dem Fenster.

Cas stützte sich auf den unteren Fensterrahmen und beugte sich so weit vor, wie er konnte. In der Ferne sah er Hunderte Reiter, die sich der Festung näherten. Mehr, als er zählen konnte. Vor und hinter der Armee waren Lera-Flaggen gehisst.

Sofort stürmte er aus dem Turmzimmer und rannte die Treppe herunter. Galo blieb an seiner Seite, die andere Wache eilte davon, um die anderen zu informieren.

Ein Soldat lief an Cas vorbei in den Salon, aus dem kurz darauf Jovitas Stimme zu ihnen drang.

»Was? Mit unseren Flaggen?«, fragte sie.

»Ja. Aus Südosten«, antwortete der Soldat.

Jovita stürzte aus dem Salon, blieb aber abrupt stehen, als sie Cas entdeckte. »Weißt du etwas darüber?«

Er ging wortlos nach draußen. Als er hinter sich hastige Schritte hörte, warf er einen kurzen Blick über die Schulter und sah, dass Wachen und Soldaten an Jovita vorbeieilten, um ihm zu folgen.

»Öffnet die Tore!«, rief er. Eine der Wachen schaute ihn verwirrt an, aber die anderen gehorchten sofort.

»Cas!« Jovita griff nach seinem Ärmel, sodass er sich zu ihr umdrehen musste. »Was hast du vor?«

»Von hier zu verschwinden.« Er schüttelte ihre Hand ab. »Wir reiten nach Norden, um uns wieder das Schloss zu holen. Die Soldaten und Berater können mich gern begleiten. Du nicht.«

Sie öffnete den Mund, als wollte sie widersprechen, aber dann starrte sie auf einen Punkt hinter ihm und erblasste.

Cas drehte sich wieder um. Die Armee hielt auf das Tor der Festung zu. Violet ritt voran, Franco neben ihr. Aber noch vor den beiden ging ein Mann, der Jovitas Aufmerksamkeit auf sich zog. Aren.

»Der schlimme Ruined ist wieder da!«, brüllte Aren und breitete seine Arme aus, als er durch das Tor kam. Jovita stolperte zurück und zischte ein paar Jägern Befehle zu.

Aren zeigte direkt auf sie. »Zwing mich nicht, dich umzubringen.« Dann schlenderte er auf Cas zu, und um seinen Mund spielte ein leichtes Lächeln. Cas war nicht sicher, ob er Aren jemals lächeln gesehen hatte. Auf jeden Fall nicht in seine Richtung.

»Em?«, fragte Cas.

Aber Aren schüttelte den Kopf. »Ich habe sie oder Olivia noch nicht gefunden.«

Cas versuchte, die Panik zu unterdrücken, die ihn überkam. Was wäre, wenn er sie nie wiedersehen würde? Wenn er einfach zugelassen hatte, dass die Krieger sie mitnahmen und ihr etwas antaten?

Alle Blicke waren auf ihn gerichtet. Er hatte jetzt keine Zeit, wegen Em zusammenzubrechen. Er musste daran glauben, dass sie allein zurechtkam, damit er sich auf das konzentrieren konnte, was vor ihm lag. Genau das Gleiche würde sie auch tun.

Julieta und Danna kamen zusammen mit General Amaro aus der Festung. Amaro wurde langsamer, als sie Aren bemerkte. Ihre Soldaten bezogen hinter ihr Stellung.

Cas wandte sich an die Gruppe von Beratern, die um Jovita herumstanden. »Wenn ihr mich begleiten wollt, könnt ihr das gerne tun. Wer jetzt nicht mitkommt, ist nie wieder im Schloss willkommen.«

Daraufhin ging Cas an seiner Cousine vorbei zum Tor, an einer Seite schritt Aren neben ihm her, an der anderen Galo. Man hörte nahendes Hufgetrappel, dann sprang Mateo von seinem Pferd und führte es zu Cas. Er hatte bereits Cas' Tasche am Sattel festgemacht.

»Danke.« Cas übernahm die Zügel.

Eine Gruppe Jäger rannte mit gezogenen Schwertern auf die Angestellten zu, die gerade aus dem Stall geritten kamen. Cas deutete auf die Angreifer.

»Kannst du das übernehmen?«

»Klar.« Aren ergriff Cas' Handgelenk. »Leih mir das nur mal für einen Moment.«

Cas sah ihn verwirrt an, aber Arens Blick war bereits auf die Jäger gerichtet. Sie flogen durch die Luft und landeten auf einem großen Haufen vor Jovitas Füßen.

»Hm.« Aren schaute nachdenklich auf Cas' Handgelenk, das er immer noch festhielt. »Das ist irgendwie verstörend.«

»Was?«

Aren ließ ihn wieder los. »Nichts. Lass uns einfach von hier verschwinden. Es sei denn ...« Er zeigte zu Jovita. »Musst du dich vielleicht noch um irgendetwas kümmern, bevor wir gehen?«

Cas hielt eine Hand hoch, um seine Augen vor der Sonne zu schützen, und sah zu seiner Cousine. Sie stand wie angewurzelt da, ihr Gesichtsausdruck eher schockiert als wütend. Er zog sein

Schwert, hielt es aber locker nach unten, als er auf sie zuschritt. Sie hatte keine Waffe, ihr Blick wanderte von dem Schwert zu Cas' Gesicht.

Er blieb vor ihr stehen. »Hast du mich vergiftet?«

»Ich habe doch gesagt, dass ich es nicht war.«

»Lügst du?«

Sie verzog verächtlich den Mund. »Wieso fragst du mich überhaupt, wenn du sowieso davon ausgehst, dass ich lüge?« Sie schaute wieder auf das Schwert. »Was? Willst du mich abstechen, wenn ich dir nicht die Wahrheit sage?«

»Ich steche dich vielleicht so oder so ab.«

Sie lehnte sich nach vorn, bis sich ihre Nasenspitzen beinahe berührten. »Tu es. Wenn du dir so sicher bist, dass ich dich vergiftet habe, dann töte mich vor allen anderen. Beweise, dass du genauso hart bist wie dein Vater.«

Er holte tief Luft. Jovita lächelte selbstgefällig, als hätten ihre Worte ihn genau dort getroffen, wo sie hingezielt hatte.

Er trat einen Schritt zurück und steckte sein Schwert wieder weg. »Vielleicht habe ich Emelina ja angekündigt, dass ich dich töte, um dich zu beschützen.« Er lachte. »Ich glaube, mir war selbst nicht einmal bewusst, dass das mein Plan war.«

Sie blinzelte. »Was hast du getan?«

»Ich habe ihr gesagt, dass ich dich umbringe.« Er breitete seine Arme aus und zuckte mit den Schultern. »Ich schätze, ich bin nicht so hart wie mein Vater.«

Dann drehte er sich weg und wandte sich seiner Armee zu. Im Vorbeigehen schlug er Aren auf die Schulter. »Los, Abmarsch.«

Em bewegte sich. Aber wohin?

Ihre Lider fühlten sich an, als wären sie zusammengeklebt, aber sie schaffte es irgendwie, sie auseinanderzureißen. Tageslicht. Krieger. Sie war wieder in dem Wagen ohne Pferde. Ihr Kopf lehnte gegen eine Schulter.

Sie setzte sich auf, wogegen ihre linke Körperhälfte gequält protestierte. An der Schulter war ihre Jacke aufgerissen und der Arm verbunden. Schmerz schoss durch all ihre Gliedmaßen, ihre Seite entlang und den Rücken hinunter. Sie musste die Tränen wegblinzeln.

»Du bist wach!«

Sie schaute den Krieger neben sich an. Er war jung, und sie kannte ihn nicht.

»Wie fühlst du dich?«, wollte er wissen. Dann beugte er sich zu ihr und inspizierte ihre Stirn. »Ich hatte schon Sorge, die Beule an deinem Kopf wäre doch schlimmer, als wir dachten.«

Zögernd fasste sie sich an die Stirn und fühlte direkt unter ihrem Haaransatz eine große Wölbung. Der Schmerz der Verbrennungen überdeckte fast ihre pochenden Kopfschmerzen, aber jetzt, wo sie darauf achtete, wurde ihr sofort schlecht.

»Wohin fahren wir?«

»Nach Lera. König August hat uns aufgetragen, dich über die Grenze zu bringen.«

»Was hat er?« *König* August? Sie bewegte ihren Kopf etwas zu schnell, und die ganze Welt schien sich plötzlich zu drehen. »Was ist mit den Ruined? Wo sind sie?«

»Sie haben sich bei Sonnenaufgang zurückgezogen.«

»Waren sie …?« Em schluckte. Ob ihre Schwester noch am Leben war? »Wieso haben sie sich zurückgezogen? Sind viele gestorben?«

»Ein paar. Nicht so viele wie von unseren Leuten.« Quietschend hielt der Wagen an. Der Krieger stand auf und streckte seine Arme nach oben. Dann sah er wieder auf sie herunter. Seine Miene war ernst. »Deine Schwester war noch am Leben, als ich sie das letzte Mal gesehen habe. Sie hat die Ruined zurückgerufen, als die schwer zurückstecken mussten.«

Olivia hatte sie verlassen? Sie war einfach abgehauen und hatte Em den Kriegern überlassen? Wieder stiegen ihr die Tränen in die Augen.

»Prinz – *König* – August hat mir gesagt, ich soll mich persönlich um dich kümmern. Deine Wunden verbinden und dich unversehrt über die Grenze bringen.«

Verblüfft blinzelte Em ihn an. Vielleicht hatte sie doch eine stärkere Kopfverletzung als gedacht.

»Komm jetzt. Kannst du laufen? Ach, vergiss es.« Er beugte sich runter und hob sie hoch. Die Bewegung jagte eine neue Welle Schmerz durch ihren Körper, und sie musste die Zähne zusammenbeißen, um nicht aufzuschreien.

Der Krieger brachte sie zu einem normalen Wagen mit Pferden, der in der Nähe der Schienen wartete. »Wir wollen nach Gallego. Du kannst gern den ganzen Weg mitkommen, oder wir lassen dich früher raus. Deine Entscheidung.« Er blieb vor dem Wagen stehen und legte sie behutsam ab. »Und August hat mir noch eine Nachricht für dich mitgegeben.«

»Was für eine Nachricht?«

»Er lässt dir ausrichten, dass es ihm leidtut, dich nach Olso gebracht zu haben. Und dass du nie wiederkommen sollst.«

Em schaute an dem Krieger vorbei zu den hohen Bergen. Selbst wenn sie die Kraft hätte, gegen den Mann zu kämpfen, würde sie sich nicht die Mühe machen. Vielleicht war Olivia ja noch in Olso, aber Em lief ihr sicherlich nicht hinterher.

»Ich will nach Fort Victorra«, sagte sie.

»Na gut. Das liegt auf dem Weg, also kann ich dich da absetzen.«

»Wieso wollt ihr nach Gallego?«, wollte sie wissen, aber er ignorierte ihre Frage und ging stattdessen zu den Pferden.

Em rutschte ein Stück zurück und lehnte sich gegen das Holz. Ein paar andere Leute stiegen noch dazu, aber sie schloss die Augen, damit sie nicht mit ihnen reden musste.

Auf der Fahrt döste sie immer wieder weg, und die Kutsche bewegte sich so schnell, dass ihr zwischendurch schlecht wurde. Die Krieger machten nur sehr wenige Pausen, daher richtete sie sich auf, als der Wagen anhielt.

Die Tür schwang auf, und davor stand derselbe Krieger wie vorhin. Er wies Em an, rauszukommen.

Sie rutschte zur Kante des Wagens und stellte ihre Füße auf den Boden. Ihre Beine fühlten sich schwach an, aber sie schaffte es, aufzustehen.

»Das ist deine Haltestelle«, sagte er.

Sie warf einen prüfenden Blick auf die grünen, dicht belaubten Bäume um sie herum. Sie hatte keine Ahnung, wo sie war.

»Was meinst du denn?«, fragte einer der Männer im Wagen. Er kraxelte nach vorn und sah zwischen Em und dem Krieger hin und her. »Wieso schmeißt ihr sie hier raus?«

»Ist schon in Ordnung«, sagte Em leise. Offensichtlich wusste niemand im Wagen, wer sie war.

»Die Festung liegt in dieser Richtung.« Der Krieger deutete auf einen Pfad, der sich durchs Dickicht zog. »Es ist von hier aus nicht mal eine Stunde zu Fuß.«

»Was?« Der Mann hielt den Krieger am Handgelenk fest. »Ihr könnt sie doch nicht einfach …« Er verstummte, als der Krieger sich zu ihm beugte und ihm etwas zuflüsterte, und schnappte entsetzt nach Luft.

Ohne Vorwarnung stürmte der Mann aus dem Wagen heraus, sein Schwert war auf Ems Hals gerichtet, bevor sie überhaupt bemerkte, dass er eins hatte.

Instinktiv griff sie an ihre Hüfte, aber da war nichts. Selbst wenn sie ein Schwert bei sich gehabt hätte, wäre sie vermutlich zu schwach, um es zu schwingen.

»Der König hat angeordnet, dass sie unversehrt bleibt«, betonte der Krieger. Er klang dabei fast gelangweilt und machte keine Anstalten, den Mann aufzuhalten. August hatte vielleicht gefordert, dass sie unverletzt blieb, aber er würde sicherlich keine Träne um sie vergießen, wenn es doch anders laufen sollte. Die Krieger wussten das.

Der Mann ignorierte den Krieger. »Meine Familie war in dem Schloss«, rief er. Sein ganzer Körper bebte.

Aber Em hatte nichts mit dem Angriff auf das Schloss zu tun. Sie hatte seine Familie nicht getötet. Sie hatte sogar noch versucht, Olivia aufzuhalten.

All das schien keinen Unterschied zu machen. Sie kannte diesen wilden Gesichtsausdruck. Sie kannte den rachedurstigen Glanz in seinen Augen. Außerdem kam es ihr nicht falsch vor, dass er sein Schwert auf sie richtete.

»Es tut mir leid«, murmelte sie.

Er schnaubte angewidert und ließ sein Schwert sinken. Dann kletterte er zurück in den Wagen, ohne sie noch mal anzusehen.

»Geh«, forderte der Krieger sie auf.

Em hatte nichts bei sich – keine Wasserflasche, kein Verbandszeug, kein Essen –, und der Krieger bot ihr auch nichts an. Wären die Rollen vertauscht, hätte sie ihm wahrscheinlich auch nichts mitgegeben.

»Danke«, sagte sie und meinte es ernst. Der Wagen fuhr wieder an und verschwand zwischen den Bäumen.

Em atmete tief durch und blickte nach vorn. Unter normalen Umständen wäre ein Fußweg von einer Stunde gar nichts, vielleicht wäre sie gerannt, um schneller zu sein.

Aber heute kam sie nur schleppenden Schrittes voran. Sie schlich sich so langsam, dass sie zwischendurch nicht einmal sicher war, ob sie sich überhaupt fortbewegte. Sie musste auf ihre Füße starren und beobachten, wie sie einen vor den anderen stellte. Um sie herum verschwamm alles, ein paarmal wurde sie beinahe bewusstlos.

Sie versuchte, sich auf irgendetwas zu konzentrieren, um wach zu bleiben. Sie dachte an Aren. Ob er noch irgendwo mit den Kriegern umherstreifte und nichts davon wusste, was passiert war?

Dann dachte sie an Olivia. Hatte ihre Schwester sie wirklich im Stich gelassen? Hatte sie nach ihr gesucht und ging nun davon aus, dass sie tot war?

Du bist nur Königin, weil ich es zugelassen habe … Olivias letzte Worte hallten durch ihren Kopf. Vielleicht sollte Em erleichtert sein, dass ihre Schwester sie nicht gefunden hatte. Sie versuchte, den Gedanken zu verdrängen, aber er brannte sich sein. Sie wusste, dass Olivia sich nach alldem kein bisschen schuldig fühlte, und Em war noch nicht bereit, ihr gegenüberzutreten. Sie mochte sich noch nicht eingestehen, dass Olivia ein größeres Problem darstellte, als sie erwartet hatte. Sie konnte die Angst nicht länger leugnen, die sie überkam, sobald sie an ihre Schwester dachte. Olivia war eine Gefahr für jeden, der sich ihr in den Weg stellte, auch für Ruined, und Em wusste nicht, was sie dagegen tun sollte.

Am meisten dachte sie aber an Cas.

Ich biete dir an, alles für dich aufzugeben, um dir zu helfen … Immer wieder gingen ihr seine Worte durch den Kopf. Em hatte ihn abgewiesen, und nicht mal freundlich. Er hatte ihr angeboten, für immer bei ihr zu bleiben. Wieso bestand sie bloß immer darauf, alles kaputt zu machen? Wieso konnte sie nicht einfach die Arme um ihn legen und ihm sagen, dass er nie wieder weggehen sollte? Wenn sie die Krieger weggeschickt hätte und Cas dafür geblieben wäre, dann wären sie vielleicht immer noch in Sacred Rock.

Nein, das wären sie nicht. Olivia hätte das niemals zugelassen. Früher oder später hätte sie ihn umgebracht, trotz Ems Flehen, es nicht zu tun.

Der Gedanke schnürte ihr die Luft ab, sie musste für einen Moment stehen bleiben. Em drückte ihre Hände auf die Oberschenkel. Sie sollte eigentlich immer auf der Seite ihrer Schwester sein, aber zum ersten Mal war sie es nicht.

Plötzlich hörte sie das Geräusch von vielen Pferdehufen. Em versteckte sich hinter einem Baum. Sie lehnte ihre Stirn gegen den Stamm und schloss die Augen. Sie müsste nah an der Festung sein und hatte keine Ahnung, wie sie mit Cas Kontakt aufnehmen sollte, aber vielleicht konnte sie eine Weile schlafen, bevor sie sich etwas überlegte.

Sie zwang sich, die Augen offen zu halten, und blinzelte den näher kommenden Reitern entgegen. Alle trugen Schwarz, und die Pferde galoppierten. An der Spitze ritten zwei Männer, sie sah den dunkelhäutigen genauer an. Es war Aren.

Sie drückte eine Hand gegen den Baum, beugte sich weiter nach vorn und versuchte den Mann daneben zu erkennen. Sein dunkles Haar war noch länger als sonst und schwang beim Reiten mit. Cas. Die Festung musste direkt hinter ihnen liegen.

»Danke«, murmelte sie noch, als sie sich vom Baum abstieß. »Danke.«

Sie stolperte auf den Weg, den gesunden Arm vor sich ausgestreckt.

»Whoa!«, rief Cas. Alle Pferde blieben stehen und wirbelten Staub auf. Cas versuchte, durch die Staubwolke etwas zu erkennen.

»Em?«, rief Aren.

Jemand rannte auf sie zu. Ihr war gar nicht bewusst, dass sie immer noch eine Hand ausgestreckt hatte, bis jemand danach griff. Cas. Seine andere Hand legte er auf ihre Wange, schockiert sah er sie an.

Sie wollte sich an ihn lehnen, sackte aber stattdessen gegen ihn und stieß ein leises Wimmern aus, als sie seinen Körper berührte.

Er legte einen Arm um ihre Taille. Er musste sie stützen, aber das machte ihr nichts aus.

»Was ist passiert?« Das war Arens Stimme. Vorsichtig berührte er ihren Verband. Er wickelte eine Ecke ab und schnappte erschrocken nach Luft.

»Feuer«, stammelte Em. »Olivia hat alle umgebracht.«

»Ist sie hier?«, fragte Cas. Em schüttelte den Kopf. »Sieht es schlecht aus?«, fragte er leiser.

»Ja«, antwortete Aren. »Aber es wurde gut verbunden. Es sieht nicht nach einer Infektion aus. Aber der Schmerz … Es muss schlimm sein.«

»Ich habe ein paar Blätter, die sie schlafen lassen«, sagte eine Em bekannte weibliche Stimme. Ems Gesicht war aber in Cas' Schulter gedrückt, und ihr fehlte die Energie, hochzusehen.

»Ist das sicher?«, wollte Cas wissen. »Was, wenn wir angegriffen werden?«

»So kann sie sowieso nicht kämpfen«, warf Aren ein. »Wir können sie beschützen, wenn es Ärger gibt.«

Wer waren »wir«? Wieso waren Aren und Cas zusammen unterwegs? Ihr gingen so viele Fragen durch den Kopf, aber ihr fehlte die Kraft, sie zu stellen.

»Wäre das in Ordnung für dich?«, flüsterte Cas, eine Hand in ihrem Haar vergraben.

»Mh-hm«, erwiderte sie nur.

»Dann machen wir das so. Aren, hilfst du mir, sie auf mein Pferd zu setzen?«

Hände packten sie an der Taille, und plötzlich stand sie nicht mehr auf dem Boden, sondern saß auf einem Pferd, an einen warmen Körper gelehnt. Sie ließ sich dagegen sinken.

»Danke«, sagte Cas. Er hob ihr Kinn an. »Trink das.«

Sie gehorchte ihm und schluckte das übel riechende Getränk runter. Dann verschwand die Flasche wieder.

»Wie geht es dir?«, wollte Cas wissen. »Tut es weh?«

Es tat weh, aber alles tat weh. Sie lehnte sich wieder zurück und ließ ihren Kopf gegen seine Schulter fallen. Sie schloss die Augen.

41. KAPITEL

Olivia starrte auf den Krieger am Boden. Sie stellte einen Fuß auf seine Brust. Neben ihr hingen ein paar Körper halb aus einem Wagen heraus. Ein Ruined band die Pferde los, damit sie die mitnehmen konnten.

»Ich habe sie gehen lassen«, stotterte der Krieger unter Olivias Stiefel. »Sie wollte nach Fort Victorra, aber habe ich sie so nah rausgelassen, wie ich konnte.«

Hinter Olivia schrie ein Mann auf, und als sie sich umwandte, sah sie gerade noch, wie Jacobo dem Mann sein Schwert in die Brust rammte.

Sie widmete sich wieder dem Krieger am Boden. »Em wollte zur Festung?« Er bestätigte panisch.

Cas. Bei der ersten Gelegenheit rannte Em zu ihm zurück.

Olivia widerstand dem Drang, loszubrüllen. Nichts lief so wie geplant. Sie hatte Olsos Königsfamilie umgebracht, aber das Schloss konnte sie dennoch nicht einnehmen. Ungefähr zwanzig Ruined waren in Olso gefallen, weit mehr, als sie befürchtet hatte. Und die Übriggebliebenen verloren langsam das Vertrauen in sie, das konnte Olivia in ihren Augen lesen.

Und sie hatte Em nicht gerettet.

»Bitte …« Weiter kam der Mann nicht, bevor sie ihm das Genick brach.

Sie stemmte die Hände in die Hüften und sah sich um. Mehr als hundert Ruined blieben ihr noch. Es war kühl, der Boden feucht von einem kurzen Regenschauer, ein paar Ruined zitterten. Die meisten hatten nicht dabei geholfen, sich um die Krieger im Wagen zu kümmern. Das überließen sie Olivia und Jacobo.

Ems Gesicht, so wie sie es das letzte Mal gesehen hatte, tauchte vor ihr auf. Ihre Schwester stand schwankend da, ihre Kleidung zum Teil verbrannt, und darunter blitzte rote zerstörte Haut hervor. Aber sie sah nicht aus, als hätte sie Schmerzen. Sie sah entsetzt aus.

Und ihr ganzes Entsetzen galt Olivia. Sie konnte es immer noch spüren, als würde Em glühende Kohlen nach ihr werfen. Em hatte doch selbst ein komplettes Königreich gestürzt, um Olivia zu retten, aber wenn Olivia das Gleiche tat, verdiente sie Verachtung?

Sie schob alle Gedanken an Em beiseite. Ivanna und Mariana standen etwas weiter weg von den anderen Ruined; sie hatten die Köpfe zusammengesteckt, tuschelten, und ihre Blicke wanderten immer wieder zu Olivia.

»Habt ihr irgendetwas zu sagen?«, fuhr Olivia sie an.

Mariana starrte ihr einen Augenblick lang schweigend ins Gesicht. »Em hätte nicht gewollt, dass du das tust.«

Sie war es so leid zu hören, was Em gewollt hätte. Was auch immer Olivia tat, Em hätte immer das Gegenteil gewollt. Selbst als sie Em rettete.

»Dann trifft es sich ja gut, dass Em mir nichts vorschreiben kann.« Olivia schritt zu ihrem Pferd und stieg rasch auf. »Los. Sie kann nicht weit gekommen sein, zu Fuß.«

Sie ritt so schnell, wie das Pferd nur laufen konnte. Die anderen folgten ihr. Für ein paar Nachzügler müsste sie wohl noch mal zurückkehren, aber sie wurde dennoch nicht langsamer. Das Wichtigste war jetzt, Em zu finden. Trotz allem musste sie einfach wissen, dass Em noch am Leben war.

Danach musste sie überlegen, wohin sie die Ruined führen könnte, die ihr folgten. Sie hatte sie aus Sacred Rock herausgerissen, und sie konnten nicht wieder dorthin zurück. Es war ein erbärmliches Zuhause für sie, aber Olivia hatte das Gefühl, dass sie sich dort zumindest wohlgefühlt hatten. Und jetzt hassten sie sie dafür, dass sie es verlassen mussten.

Olivia spürte die Menschen, noch bevor sie jemanden sehen konnte. Sie brachte ihr Pferd zum Stehen. Die Ruined, die es geschafft hatten, mit ihr mitzuhalten, hielten ebenfalls an.

Sie sprang von ihrem Pferd und hob die Hand, um den anderen zu signalisieren, dass sie dortbleiben sollten. Jacobo bestätigte.

Durch die Bäume hindurch hörte sie Hufgeklapper und das Rascheln von Flaggen. Vorsichtig stieg sie von ihrem Pferd. Um den Weg herum wurden die Bäume dichter, sie hielt zügig darauf zu. Zwischen den Blättern hindurch erkannte sie Leras Flagge.

Sie hatten die Festung verlassen. Olivia hatte angenommen, dass sie sich noch viel länger dort verstecken würden.

Soldaten drängten sich auf dem Weg vor ihr, sie stellte sich auf Zehenspitzen, um zu sehen, ob sie wohl jemanden erkannte. Es waren Hunderte, vielleicht sogar mehr, als sie allein bewältigen könnte. Das nervte sie.

Sie sprang über einen großen Baumstamm und lief in die Richtung, in die die Soldaten gingen. Sie wollte ihren Anführer sehen. Und vielleicht auch töten.

Cas. Sobald sie vorn angekommen war, entdeckte sie ihn. Er ritt auf einem Pferd, mit einem Mädchen vor sich. In einer Hand hielt er die Zügel, die andere lag auf ihrer Hüfte.

Es sah aus, als würde Em schlafen. *Schlafen*. Sie war umgeben von Lera-Soldaten und schlief einfach. Olivias Erleichterung darüber, dass ihre Schwester lebte, wurde unvermittelt von einem Schwall Wut überrollt.

Sie entdeckte noch ein bekanntes Gesicht in der Menge und erschrak. Aren. Er ritt nicht weit hinter Cas und Em auf seinem eigenen Pferd. Er schien auch nicht gefesselt zu sein. Er begleitete sie also freiwillig.

Olivia huschte hinter einen Busch, fiel auf die Knie und ballte ihre Hände zu Fäusten.

Aren half ihnen. Em war direkt von den Kriegern zu Cas gerannt. *Verräter, alle beide.*

Sie atmete tief durch und versuchte, sich zu beruhigen. Erst wollten Em und Aren sich mit Olso verbünden, und jetzt waren sie bei den Lera. Eine Ruined-Königin, die mit Leras Armee reitet. Olivias Mutter würde sich aus ihrem Grab herausbuddeln und noch mal sterben, wenn sie das wüsste.

Ihre Schwester würde ihr jetzt vorschlagen, in Ruhe nachzudenken. Logisch an die Sache heranzugehen. Na schön. Sie konnte das Ganze logisch betrachten.

Cas hatte sein Leben riskiert, um Olivia mitzuteilen, dass Em entführt wurde. Em bedeutete ihm viel, das stand schon mal fest.

Seine Armee ritt nach Norden, und es gab nur einen Grund für

Leras König, jetzt nach Norden zu reisen – er wollte das Schloss zurückerobern. Bei der Größe seiner Armee hatte er auch eine gute Chance. Wenn Aren ihnen wirklich half, sah es sogar noch besser aus.

Em behauptete, Cas würde die Ausrottung der Ruined beenden. Das stimmte vermutlich sogar. Jedenfalls solange er auf dem Thron saß. Was seine Nachfolger anging, konnte er allerdings keine Versprechungen machen. Olivia hatte kein Vertrauen in Leras zukünftige Könige und Königinnen.

Und das sollte ausreichen, um sich die Treue ihrer Schwester zu sichern? Ein »Oh, tut mir leid« und ein Versprechen, damit aufzuhören, Ruined abzuschlachten? Olivia sah nicht ein, wie das genug sein konnte. Nichts wäre jemals genug, aber Cas hätte zumindest anbieten können, ihnen zu helfen. Hatte er etwa Verpflegung nach Ruina geschickt oder Arbeiter, die beim Wiederaufbau helfen sollten? Hatte er ihnen Mittel zur Verfügung gestellt? Hatte er überhaupt irgendetwas getan, um ihnen zu helfen, die Existenz wieder aufzubauen, die durch seine Leute zerstört wurde?

Nein. Seine Reue reichte Olivia nicht. Reue brachte ihr nicht ihre Mutter zurück. Reue machte die Folter, die sie ein Jahr lang ertragen musste, nicht ungeschehen. Keine Entschuldigung, egal wie ernst gemeint, war genug für ihr Volk. Sie anzunehmen würde sie schwach aussehen lassen, und die Ruined beugten sich keiner schwachen Königin.

Auf keinen Fall würden sie sich ihr beugen, wenn sie die Ruined zurück nach Ruina führte. Ruina – mit den erbärmlichen Hütten –, wo nichts wuchs. Sie wollte nicht die Königin eines solchen Elends sein.

Sie vergrub ihre Finger in dem Gras unter ihren Händen. Lera war grün. Die Ruined mit Kräften über die Elemente waren hier so viel glücklicher, umgeben von Bäumen, Pflanzen und Wasser. Sie gab es nur ungern zu, aber Lera war deutlich schöner als Ruina.

Sie beruhigte sich wieder und stand langsam auf. Sie würde nicht zurück nach Ruina gehen. Die Ruined sollten hierbleiben, in Lera, wo sie hingehörten. Schließlich waren es die Menschen gewesen, die ihnen die anderen Königreiche entrissen und sie in das unattraktivste von allen verbannt hatten. Ihr Volk würde nie wieder an ihr zweifeln, wenn sie ihnen nun das allerstärkste Königreich gab.

Olivia ging zurück zu den Ruined, die sie erwartungsvoll anschauten.

»Ich habe Em und Aren gefunden«, verkündete sie.

»Was?« Mariana sah sie verblüfft an.

»Sie sind bei der Armee von Lera.«

»Als Gefangene?«, wollte Jacobo wissen.

»Sieht nicht so aus. Wir werden ihnen folgen. Ich denke, sie sind auf dem Weg in die königliche Stadt, und ich bin gespannt, wie sich das alles entwickelt.«

Ivanna und Mariana wechselten besorgte Blicke.

»Wenn Em dabei ist, heißt das vielleicht, dass sie eine Vereinbarung getroffen haben«, gab Mariana zu bedenken.

»Wahrscheinlich. Aber wie gut lief denn die Vereinbarung mit den Olso für uns?«

Mariana schwieg.

»Em und Aren sind schlau«, fuhr Olivia fort. »Sie könnten nur aus Sicherheitsgründen mit der Armee reisen. Ich mache mir im Moment keine Sorgen um sie. Es geht mir um Casimir und seinen Plan, das Schloss zurückzuerobern.«

»Das schafft er nicht«, erklärte Jacobo voller Überzeugung.

»Nein, das schafft er nicht«, stimmte Olivia zu. »Also halten wir uns zurück, bis wir in der königlichen Stadt sind.«

»Und dann?«, hakte Jacobo nach.

»Hindern wir sie daran, das Schloss einzunehmen, und reißen es selbst an uns.«

»Hier machen wir Rast«, verkündete Cas und brachte sein Pferd zum Stehen. Die Sonne war bereits untergegangen, und sie befanden sich in der ruhigsten Regionen Leras, zwischen Fort Victorra und Gallego. Außerdem war genug Platz zwischen den Bäumen, um Zelte aufzustellen, und nicht weit weg verlief ein Bach.

Em atmete tief durch und bewegte sich, immer noch gegen seine Brust gelehnt. Er legte eine Hand an ihren Kopf und strich ihr eine Haarsträhne aus dem Gesicht.

Aren sprang von seinem Pferd und hielt Iria die Zügel hin. »Kannst du dich eben darum kümmern?«

»Klar.« Sie stieg von ihrem eigenen Pferd und übernahm die Zügel von Arens Reittier.

»Ich suche etwas Zeug zusammen, um ihren Verband zu wechseln«, erklärte Aren. »Leg sie irgendwohin, ein Stück weg von den anderen.«

Cas blickte sich um. Violet tauchte neben ihm auf und streckte ihre Arme aus, um zu helfen. »Kannst du absteigen?«, fragte er Em.

Sie zuckte vor Schmerzen zusammen, als sie sich aufsetzte, nahm aber Violets Hand an und kletterte langsam vom Pferd. Cas sprang aus dem Sattel und legte einen Arm um Ems Taille.

»Geht schon«, murmelte sie. »Ich kann wieder allein gehen.« Ihre Stimme klang immer noch etwas benommen, aber viel besser als vorher.

»Klar. Aber so macht es mehr Spaß, oder?« Er drückte sie sanft an sich.

Sie sah zu ihm hoch, ein trauriges Lächeln trat in ihr Gesicht. »Ich habe dich gefunden.«

»Hast du nach mir gesucht?«

»Natürlich.«

Ein Stück entfernt von dem Rest der Truppe blieb er stehen. Er ließ sie los, holte eine Decke aus seiner Umhängetasche und breitete sie am Boden aus. Em war noch dabei, sich langsam hinzusetzen, als Aren zu ihnen stieß. Er brachte seine Trinkflasche und eine kleine Tasche mit.

»Wieso wartest du nicht da drüben?«, schlug Aren vor und deutete mit dem Kopf hinter sich.

Cas' Blick fiel auf die kleine Tasche. »Ich kann das machen. Gib mir einfach die Tasche.«

»Aren, hier.« Violet kam jetzt ebenfalls dazu. Sie hielt etwas Grünes in der Hand. »Ist das richtig?«

»Perfekt.« Aren stellte die Tasche auf den Boden und nahm Violet die Pflanzen ab. Er sah Cas an und schüttelte den Kopf. »Geh zurück, und hilf den anderen, ihre Zelte aufzustellen. Es sollten auch ein paar Leute Wache halten – die Nacht über.«

»Aber …«

»Cas, vertrau mir«, unterbrach Aren ihn. »Und glaub mir, du willst das hier nicht tun.«

Cas versuchte, sich seine Angst um Em nicht anmerken zu lassen.

»Er hat recht.« Em wirkte viel ruhiger, als er sich fühlte. »Ich habe das früher bei ihm gemacht. Geh lieber.«

»Ich hole dich, wenn wir fertig sind«, versicherte Aren und kniete sich neben Em.

»Komm.« Violet ergriff Cas' Handgelenk und zog ihn weg. Er schaute über die Schulter zurück und sah, wie Aren vorsichtig Ems Verband abzog.

»Sie ist bald wieder gesund«, beruhigte Violet ihn beim Weggehen. »Wenigstens ist es nur ihr Arm, oder?«

Er blieb geistesabwesend. Hinter ihm ertönte Keuchen, gefolgt von einem Schrei. Er blieb stehen. Er wollte zurückrennen und ihre Hand halten.

Sie schrie wieder. Durch die Bäume hindurch bemerkte Cas, wie Franco und ein paar andere in ihre Richtung schauten.

Cas ging hastig zu ihnen und versuchte, ruhig zu bleiben. »Verteilen wir das Trockenfleisch unter den Leuten. Nur die Hälfte. Und wer mag, kann sich gern in der Umgebung umschauen und ein paar Früchte sammeln, geht aber nicht zu weit weg.«

Franco schaute nur an Cas vorbei. »Geht es ihr einigermaßen?«

»Das wird schon wieder«, sagte er und hoffte, dass das stimmte. Dann sah er Franco in die Augen. »Du weißt, wer das ist, oder?«

»Emelina Flores.«

»Ja. Ist das ein Problem?«

»Nicht wirklich. Wie es aussieht, haben sich die Olso nun offiziell zu den Feinden der Ruined gemacht. Es wäre also am besten für ihre Königinnen, auf unserer Seite zu sein, oder nicht?«

»Richtig.«

Franco schlug ihm auf die Schulter. »Gut. Wenn du ihr vertraust, vertraue ich ihr auch.«

Cas musste ein paar Tränen wegblinzeln. Ihm war gar nicht bewusst gewesen, wie sehr er sich gewünscht hatte, dass jemand diese Worte zu ihm sagte, bis er sie aus Francos Mund hörte.

Er räusperte sich. »Bestimmen wir ein paar Leute für die Nachtwache. Mit wem sollten wir anfangen?«

Franco suchte einige Männer und Frauen aus, und Cas gab ihnen Anweisungen.

»Wenn irgendetwas passiert, weckt ihr zuerst Aren«, befahl Cas. »Nicht mich, sondern Aren.«

»Selbstverständlich. Ich bin ja auch viel wichtiger als er.« Arens belustigte Stimme brachte Cas dazu, sich umzudrehen. Er kam auf sie zu, Em an seiner Seite. Sie hatte die Decke unter ihrem gesunden Arm zusammengerollt. Ihre Augen waren rot, aber sie lächelte Cas zaghaft an.

»Er ist viel wichtiger als ich«, wiederholte Cas.

Aren rollte mit den Augen und schob sich an Cas vorbei. »Wenn du zustimmst, macht es keinen Spaß mehr.«

»Ich wusste nicht, dass du das so siehst. Dann stimme ich dir ab jetzt bei allem zu.«

Aren verzog das Gesicht, musste sich aber offensichtlich ein Lachen verkneifen. Dann wandte sich Cas wieder zu Em und nahm ihr die Decke ab. »Komm«, sagte er.

Sie folgte ihm zu einem Rasenfleck und breitete die Decke erneut am Boden aus. »Aren hat mir erzählt, wie ihr euch zusammengefunden habt, aber ich bin nicht sicher, ob ich es glaube.«

»Niemand kann meinem Charme lange widerstehen.« Cas hielt ihr eine Hand hin, aber sie lehnte ab und ließ sich auf die Decke plumpsen.

»Autsch.« Sie zuckte kurz zusammen.

»Ich wollte dir noch helfen.« Er setzte sich neben sie. Sie trug eine Jacke, also konnte er den Verband nicht sehen. »Wie schlimm ist es?«

»Nicht zu schlimm. Nicht so schlimm wie bei Aren. Außerdem ist es nur mein Arm und Teile meiner Schulter und des Rückens.«

»Olivia konnte dich nicht heilen?«

»Sie hat es versucht, dann brach das totale Chaos aus.« Sie legte sich auf ihre heile Seite, und er streckte sich neben ihr aus, den Kopf auf die Hand gestützt. »Die ganze Königsfamilie ist tot, abgesehen von August. Er hat den Thron übernommen.«

Cas versuchte, das nicht an sich heranzulassen. Er wollte nicht mal seinem schlimmsten Feind den Tod wünschen, aber wieso ausgerechnet August? Wieso war er der einzige Überlebende des Königshauses?

»Er hat mir aus Olso rausgeholfen. Ich glaube, er weiß, dass er einen großen Fehler gemacht hat.«

»Wirklich.«

»Aber ich habe mich trotzdem dagegen entschieden, ihn zu heiraten.«

Cas lachte leise. »Was für eine Überraschung.«

»Wir passen einfach nicht zusammen. Immer wenn ich ihn sehe, möchte ich ihn erdrosseln, das würde unsere Ehe vielleicht belasten.«

»Ich weiß nicht. Bei mir hast du diese Phase irgendwann überwunden.«

»Das stimmt. Ich habe mir mehr als einmal ausgemalt, dich mit den Gardinenkordeln zu erwürgen.«

Cas streckte seine freie Hand aus und streichelte ihre Wange. »Hm, die Gardinenkordeln also. Sehr schlau.«

Sie griff nach seiner Hand, zog sie an ihr Gesicht und ließ die Lippen über seine Finger gleiten. »Tut mir leid«, sagte sie leise.

»Wir sind längst darüber hinweg, dass du mich umbringen wolltest, Em.«

»Das meine ich nicht. Sondern, dass ich dich zurückgewiesen habe, als du bei mir bleiben wolltest.«

»Das sollte dir nicht leidtun. Es war das Richtige.«

Sie ließ seine Hand los und sah zu, wie sie auf die Decke fiel. »War es das wirklich?«

»Ja. Es war unverantwortlich von mir, einfach aufzugeben. All diese Menschen …« Er schüttelte den Kopf. »Sie haben alle auf mich gewartet. Sie gingen davon aus, dass ich mich gegen Jovita zur Wehr setze. Stell dir vor, wie enttäuscht sie gewesen wären, wenn ich nie zurückgekommen wäre.«

Em verstand. Er rutschte etwas näher an sie heran und hob ihr Kinn an. Sanft berührten sich ihre Lippen.

»Das bedeutet nicht, dass ich mir nicht wünschte, wir hätten zusammenbleiben können«, murmelte er dicht an ihrem Mund. Dann küsste er sie noch einmal.

»Ich dachte, du wärst böse auf mich«, gestand sie. »Als wir uns das erste Mal danach getroffen haben, hast du ziemlich wütend gewirkt.«

»War ich auch. Es war mir peinlich, und ich war verwirrt. Wütend auf dich zu sein schien in dem Moment das Einfachste zu sein.« Er strich ihr ein paar Haare aus der Stirn und ließ seine Finger einen Moment verweilen. »Violet hat mich zur Vernunft gebracht.«

»Wie meinst du das?«

»Sie hat mir vorgehalten, dass ich dich absichtlich gequält habe, indem ich so kalt zu dir war. Und sie zu unserem Treffen mitgebracht habe.«

Em starrte kurz auf etwas neben seiner Schulter. »Also, ähm, du und Violet, ihr seid nicht …«

»Sie ist kein Trostpreis.«

»Was?«

»Das hat sie mir erzählt. Sie meinte, sie könnte nie mein Trostpreis sein.«

Ein Lächeln umspielte Ems Lippen. »Habe ich eigentlich schon mal gesagt, wie sehr ich Violet mag?«

»Ach ja?«, fragte Cas lächelnd. »Ist sie deine neue beste Freundin?«

»Ich glaube schon. Sie scheint wirklich toll zu sein.«

Er lachte, rollte sich auf den Rücken und breitete die Arme aus. Em rutschte vorsichtig nach vorn und legte ihren Kopf auf seine Brust. Er vergrub seine Hand in ihrem Haar und küsste sie auf den Scheitel.

»Es gab immer nur dich, Em.«

42. KAPITEL

Em wachte in Cas' Armen auf. Die Sonne ging gerade auf, und es war noch still im Zeltlager.

Cas' Brust hob und senkte sich mit seinen Atemzügen. Sie schloss noch einmal die Augen. Sie wollte hierbleiben, mit der Wange an seiner Brust, so lange wie irgend möglich. Sie kuschelte sich noch dichter an ihn und schlief wieder ein.

Während die Sonne langsam höher stieg, standen immer mehr Leute auf. In der Nähe räusperte sich jemand. Em öffnete ein Auge, wollte sich aber noch nicht bewegen.

»Cas.« Es war Galo.

Sie seufzte und stützte sich auf ihren heilen Arm. Beim Aufsetzen durchfuhr sie ein stechender Schmerz.

Cas rieb sich die Augen mit einer Hand, und mit der anderen griff er nach ihr. Behutsam schlossen sich seine Finger um ihr Handgelenk, und er sah Galo erwartungsvoll an.

»Tut mir leid, dass ich euch wecke, aber Franco und Violet wollen mit dir reden. Und wir müssen bald weiter.«

Cas setzte sich auf. »Gib mir ein paar Minuten.«

Galo verschwand wieder. Cas stellte sich hin und reichte ihr seine Hand. »Wie fühlst du dich?«

»Nicht allzu schlimm.«

»Schön.« Er beugte sich zu ihr und küsste sie auf die Stirn. »Brauchst du Hilfe, dich fertig zu machen? Ich kann jemanden holen.«

»Geht schon, danke. Doch ich benötige eine Trinkflasche, wenn du noch eine hast.«

Er zog eine aus seiner Tasche und hielt sie ihr hin. »Die kannst du behalten.«

Lächelnd nahm sie die Flasche an. Im Weggehen streifte seine Hand ihre, und für einen winzigen Moment hielt sie seine Finger weiter fest.

Dann ließ sie ihn los und ging zum Bach, um die Trinkflasche aufzufüllen und sich das Gesicht zu waschen. Als sie wiederkam, entdeckte sie Aren, der an einem Baum lehnte und beobachtete, wie Cas mit Violet und Franco sprach. Neben ihm stand Iria.

»Du siehst besser aus«, begrüßte Iria sie.

»Danke.« Em musterte Aren. »Was ist mit den restlichen Kriegern, die mit euch unterwegs waren? Oder Clara und Santino?«

»Clara und Santino wurden getötet«, berichtete Aren. »Mich hätten sie auch umgebracht, wenn Iria nicht gewesen wäre.« Er streckte eine Hand aus, als wollte er nach der Kriegerin greifen, überlegte es sich aber anders. »Sie bleibt bei uns.«

Bei »uns«? Bei den Ruined? Nicht wenn Olivia etwas zu sagen hatte.

»Aren, können wir kurz reden?«, fragte Em.

»Sicher.« Er entfernte sich ein paar Schritte von Iria, und sie wandte sich ab und ging zu ihrem Pferd.

Em sah sich um, um sicherzugehen, dass niemand in der Nähe war, dann beugte sie sich zu Aren. »Hast du vor, bei Cas zu bleiben?«

Aren runzelte die Stirn. »Wie meinst du das? Ich bleibe bei ihm, wenn du das tust. Ich ging allerdings davon aus, dass du Olivia finden möchtest.«

»Tue ich auch. Aber … du hast sie nicht gesehen, Aren. Man konnte nicht mit ihr reden. Sie hat einfach alle umgebracht.«

»Inwiefern ist das anders als sonst?«

»Es war anders.«

»Denkst du darüber nach, langfristig bei Cas zu bleiben?«

»Natürlich nicht. Olivia braucht jemanden, der sie wieder runterbringt. Außerdem würde ich die Ruined nicht im Stich lassen.«

Aren verstand.

»Ich will bei Cas bleiben, bis wir in der königlichen Stadt sind. Du könntest eine große Hilfe dabei sein, das Schloss wieder einzunehmen«, sagte sie.

»Sind wir denn sicher, dass wir ihnen dabei helfen wollen?«

»Ja, und nicht nur für Cas. Wir sind jetzt offiziell im Krieg mit Olso. Wir wollen auf keinen Fall, dass die Krieger Lera übernehmen.«

»Genau. Der Feind meines Feindes ist mein Freund und so weiter.«

»Lass uns bei Cas bleiben, bis er wieder im Schloss ist und wir sicher sein können, dass Jovita weg ist. Wir werden sicher von Olivia und den anderen Ruined hören, bevor wir in der königlichen Stadt ankommen.« Sie sah kurz zu Iria rüber. »Aber wenn wir Olivia finden … ich weiß nicht, wie sie auf Iria reagieren wird.«

»Ich erkläre ihr, dass sie mich gerettet hat«, schlug Aren vor.

»Ich weiß nicht, ob sie zuhören wird. Vielleicht solltest du mit Iria darüber reden, ob sie nicht lieber in Lera bleiben und Cas helfen möchte.«

»Ich denke nicht, dass sie das will. Sie hat die Krieger für mich und die Ruined verraten und nicht für Lera.«

»Ich weiß, aber es wäre vielleicht die sicherste Lösung, zumindest bis die Lage sich beruhigt.«

Aren rieb sich den Nacken, seine Miene wirkte gequält.

»Du und Iria …« Sie beendete den Satz nicht.

»Was? Nein. Wir sind … Sie ist …« Er räusperte sich und sah auf den Boden.

Em lachte sanft. »Was auch immer es ist, denk dir etwas aus, damit sie sicher in Lera bleibt, bis wir Olivia besänftigt haben.«

»Sie wird mich dafür hassen, wenn ich sie in Lera im Stich lasse.«

»Du lässt sie nicht im Stich. Du beschützt sie, vorübergehend.«

»Ich weiß nicht, ob sie das genauso sehen wird.« Er seufzte. »Ich rede mit ihr darüber.«

»Gut. Ich bespreche es mit Cas und vergewissere mich, dass er sie beschützen kann.«

Em drehte sich wieder um und ging zu Iria, die gerade ihr Pferd sattelte. Sie schaute Em etwas argwöhnisch entgegen.

»Alles in Ordnung?«, fragte sie zögerlich.

»Ja. Danke, dass du Aren gerettet hast. Ich weiß, das muss eine schwierige Entscheidung gewesen sein.«

»Gern geschehen.«

Em machte noch einen Schritt auf sie zu und warf ihren gesunden Arm um Irias Schulter. »Du nervst mich viel weniger in letzter Zeit.«

Iria lachte. »Gleichfalls.«

»Ich bin froh, dass wir uns verstehen, aber glaube ja nicht, dass ich dich gewinnen lasse, wenn wir uns duellieren.«

»Niemals.«

Aren wartete bis zur nächsten Rast, um auf Iria zuzugehen. Den Tag über war er ihr aus dem Weg gegangen, die Schuldgefühle lagen ihm immer schwerer im Magen.

Er würde sie im Stich lassen. Und das ausgerechnet in Lera. Sie hatte alles für ihn aufgegeben, und er ließ sie in dem Land allein, das sie am meisten hasste.

Er kümmerte sich um sein Pferd, dann ließ er seine kleine Tasche neben einem Baum auf den Boden fallen. Letzte Nacht hatte er neben Iria geschlafen, ihre Schulter gegen seine gedrückt, aber er war nicht so dumm, darauf zu hoffen, dass sie das nach ihrem Gespräch auch heute wollen würde. Oder jemals wieder.

Er schnappte sich seine Flasche und nahm einen großen Schluck. Alles, um die schwierige Unterhaltung noch weiter hinauszuzögern.

Die meisten Soldaten hatten bereits ihre Zelte aufgeschlagen. Cas und Em saßen zusammen mit Franco und ein paar anderen Machthabern aus dem Süden um ein Feuer herum. Iria stand ein paar Meter weiter weg. Als ihre Blicke sich trafen, lächelte sie.

Das Lächeln brachte ihn fast dazu, bei ihr bleiben zu wollen. Aber das würde bedeuten, die Ruined zu verlassen und sich Cas anzuschließen. Wenn sie ihn so anschaute, schien das gar keine so schlechte Idee zu sein.

Er wandte den Blick ab und warf seine Flasche zurück in die Tasche. Er konnte Em nicht zumuten, sich allein um Olivia zu kümmern. Er konnte die Ruined nicht Olivia aussetzen.

Er ging langsam auf Iria zu und versuchte, sein rasendes Herz zu beruhigen. Er war noch nervöser als an seinem ersten Tag im Schloss in Lera.

Beinahe wollte er nach ihrer Hand greifen, als er vor ihr stehen blieb. Es schien zu einer richtigen Angewohnheit zu werden, ihre Hand zu nehmen. Beide redeten sich ein, dass sie das nur deshalb taten, um seine Kraftreserven aufzuladen, aber es fühlte sich nach viel mehr an. Jetzt war allerdings nicht der richtige Zeitpunkt, ihre Hand zu nehmen.

»Wollen wir kurz spazieren gehen?«, schlug er vor.

Sie folgte ihm weg von den anderen – zwischen die dichten Bäume. Es war dunkel, und die Stimmen aus dem Lager wurden immer leiser. Schließlich drehte sich Aren zu ihr. In der Dunkelheit konnte er ihre Gesichtszüge kaum erkennen. Das hatte er zwar nicht so geplant, war in diesem Moment aber dankbar dafür.

»Funktioniert deine Kraft auch mit Cas?«, fragte sie, noch bevor er etwas sagen konnte.

»Was?«

»Ich habe mitbekommen, dass du ein paarmal nach seinem Handgelenk gegriffen hast. Funktioniert es mit ihm so wie mit mir?«

»Oh. Ja.« Er rümpfte die Nase. »Ich weiß nicht, wieso. Er ist der Einzige, abgesehen von dir.«

Sie lachte. »Und ich dachte schon, ich wäre etwas Besonderes.« Ihre Finger strichen über seine, aber er zog schnell seine Hand weg.

»Ähm …«

»Was ist los?« Jetzt klang Irias Stimme ernst.

Er schluckte, um den Kloß in seinem Hals loszuwerden. »Em und ich haben geredet, und wir sind der Meinung, dass wir etwas Zeit allein mit Olivia brauchen, bevor wir wieder Krieger in die Nähe der Ruined bringen können.«

»Und mit ›Krieger‹ meinst du mich.«

»Em hat erzählt, dass Olivia in Olso vollkommen ausgerastet ist. Wir müssen sie beruhigen oder uns etwas anderes überlegen.

Em hat Cas gefragt, ob du bei ihm in Lera bleiben kannst, bis ich wiederkomme, um dich zu holen, und er hat gesagt, dass du gern im Schloss bleiben kannst und …«

»Im Schloss der Lera?«

»Ja.«

»Ich kann nicht im Schloss der Lera bleiben.«

»Cas meinte, dass du willkommen bist.«

Iria lachte kurz auf. »Sicherlich. Und im Gegenzug möchte er irgendwelche Informationen?«

»Davon hat er nichts ges…«

»Ich bin ja noch schlimmer geworden als seine Mutter«, unterbrach sie ihn. »Und sie war die berüchtigste Verräterin in Olso, wie du weißt. Wir haben während unseres Trainings Dinge über sie gelernt. Wie sie den Lera geheime Informationen gegeben hat, um den König zu heiraten. Und jetzt bin ich wie sie!« Iria drückte sich ihre Finger an die Schläfen. »Nein, ich bin noch schlimmer, weil ich es sogar während des Krieges gemacht habe.«

»Du musst Cas keine Informationen geben«, betonte Aren.

»Ich will nicht in Lera leben. Ich habe die anderen Krieger nicht für ihn hintergangen, sondern für die Ruined.« Sie sagte nicht »für dich«, aber die Worte hingen dennoch in der Luft.

»Ich weiß«, murmelte er. »Aber es gibt keinen anderen Ort …« Seine Stimme erstarb.

Sie presste ihre Lippen zusammen. »Ich kann nirgendwo anders hin.«

Sie drehte sich weg und blinzelte, als ob sie Tränen verbergen müsste.

»Es wäre ja nur vorübergehend«, redete er auf sie ein. »Ich komme wieder – und dann …«

»Schon gut. Du bist mir nichts schuldig. Du hast mich nicht gebeten, dich zu retten.«

Er packte sie am Handgelenk, sodass sie gezwungen war, ihm ins Gesicht zu schauen. »Ich komme wieder, versprochen. Ich würde bei dir in Lera bleiben, aber ich kann die Ruined jetzt nicht im Stich lassen.«

»Darum habe ich dich auch gar nicht gebeten.« Sie entriss ihm ihren Arm.

»Iria, ich …«

»Keine Sorge, Aren. Ich habe sowieso nie irgendetwas von dir erwartet.« Sie sah sich nicht noch mal nach ihm um, als sie wegging.

43. KAPITEL

Cas und seine Armee brauchten zwei Tage bis nach Gallego. Em hatte gefragt, ob sie sich ihnen vorübergehend anschließen könnte, und er stimmte natürlich gern zu. Sie ritt mal bei ihm mit, mal bei Aren oder bei Iria. Wenn sie hinter ihm im Sattel saß, schlang sie immer ihre Arme um ihn und legte ihren Kopf an seinen Rücken. Er wünschte sich beinahe, die Reise würde nie zu Ende gehen.

In Gallego angekommen, trafen sie keinen einzigen Krieger an, dabei hatte Cas mit einem Kampf gerechnet, sich sogar Sorgen gemacht, dass sie es gar nicht über Gallego hinaus zur königlichen Stadt und dem Schloss schaffen würden. Er hatte Kundschafter vorgeschickt, und seine Armee war angriffsbereit. Alles war vorbereitet, um die Krieger abzuwehren.

Doch die Stadt wirkte wie ausgestorben. Im Stadtkern von Gallego lag ein kleiner Park, und es war so still in der Stadt, dass das Plätschern des Brunnens weit durch die Stadt zu hören war. Die Tür eines der menschenleeren Geschäfte klapperte im Wind.

Cas stieg ab und überquerte die Straße. In dem zweistöckigen weißen Haus vor ihm befand sich das Büro des Statthalters des Landesinneren, aber diese Tür war fest verschlossen. Er spähte durch ein Fenster. In der Ecke des Zimmers stand ein Schreibtisch, der Stuhl daneben war umgekippt.

Er ging zurück zu seinem Pferd und sah zu Em hoch. »Du hast doch gesagt, dass die Krieger, die dich über die Grenze gebracht haben, nach Gallego wollten.«

»Das stimmt auch. Aber sie hatten nur einen Wagen und waren wahrscheinlich schneller. Sie müssten gestern angekommen sein.«

»Und gleich wieder abgereist«, murmelte er. Sein Blick fiel auf eine verlassene Trinkflasche am Boden. Er schaute sich unter seinen Leuten um. Viele saßen noch im Sattel, aber etliche waren zu Fuß unterwegs. Inmitten einer dieser Gruppen erspähte er Iria. Er winkte sie zu sich. Sie kam langsam auf ihn zu. Ihre Miene war hart, als ob sie wütend wäre, das aber nicht zeigen wollte.

»Wohin könnten die Krieger gegangen sein?«, fragte er sie leise. »Wieso haben sie Gallego wieder verlassen?«

Sie presste ihre Lippen aufeinander und zuckte mit den Schultern. »Weiß ich nicht. Ich war die ganze Zeit bei dir oder Aren.«

»Eine Vermutung?«

»Ich möchte nicht … Ich will nicht …« Sie brach ab und blinzelte ein paarmal. Da fiel Cas auf, dass sie kurz davor war, zu weinen. Er legte ihr eine Hand auf den Arm und zog sie sanft weiter weg von den anderen. Sie riss ihren Arm zwar weg, ging aber mit ihm, bis sie auf der Veranda des zweistöckigen Gebäudes standen. Sie stützte ihre Hände auf ihre Hüften und kehrte den Soldaten den Rücken zu.

»Mir gefiel es besser, als Em dich gehasst hat.« Sie wischte sich grob über die Wangen.

»Das hat aber nicht sehr lange angehalten. Ich habe sie schnell von mir überzeugen können.«

Sie rollte mit den Augen, aber ihre Mundwinkel zuckten nach oben.

»Was ist los?«, wollte er wissen. »Mir ist aufgefallen, dass du nicht mehr bei Aren bist, seit er und Em mich gefragt haben, ob du in Lera bleiben kannst. Bist du wütend, weil er weggeht?«

»Ja, aber das ist nicht alles.« Sie trat einen kleinen Stein weg und starrte hinterher, als wäre sie davon fasziniert. »Ich habe diese impulsive Entscheidung getroffen, Aren zu retten, und nun marschiere ich mit einer Armee von Lera zur königlichen Stadt, um gegen meine eigenen Leute zu kämpfen. Ich habe nicht an dich oder Lera gedacht, als ich ihn gerettet habe, ich wollte einfach nur nicht, dass er stirbt. Ich fand es falsch, dass sie ihn umbringen wollten.«

»Aber jetzt bereust du es?«, fragte er etwas unsicher. Er hatte sich auf Arens Einschätzung verlassen, sie aufzunehmen, aber er musste auch daran denken, dass es eine riskante Entscheidung war, eine Kriegerin in seine Armee zu lassen.

»Nein«, antwortete sie und sah kurz auf. »Natürlich nicht. Ich würde es wieder tun. Es wird mir nur langsam erst bewusst, was ich da getan habe. Ich kann niemals nach Olso zurückkehren. Ich werde meine Eltern nie wiedersehen. Nicht dass sie mich sehen wollen würden. Sie werden mich verstoßen, sobald sie hören, was ich getan habe. Und jetzt soll ich Leras König auch noch Informationen über die Krieger geben?«

»Nicht, wenn du nicht möchtest.«

»Ich weiß nicht, was ich möchte.«

»Meine Mutter war auch eine Kriegerin, weißt du.«

»Bitte sprich mit mir nicht über deine Mutter. Bei dem Gedanken, mit ihr verglichen zu werden, möchte ich einfach nur schreien.« Sie schüttelte sich kurz. »Tut mir leid. Ich habe für einen Moment vergessen, dass du sie gerade verloren hast.«

»Ist schon in Ordnung. Niemand scheint etwas Nettes über meine Eltern zu sagen zu haben.«

Ein Hauch von Mitgefühl huschte über ihr Gesicht.

»Meine Mutter hat Olso gehasst. Sie hat gehasst, dass dort nur die Menschen wichtig sind, die stark genug sind, um Krieger zu werden. Sie hasste den König. Ich glaube, sie hat sogar ihre eigene Familie gehasst.« Er zuckte mit den Schultern. »Ich kann also nicht behaupten, zu wissen, wie du dich fühlst. Aber du kannst im Schloss bleiben, solange du möchtest. Egal, ob du mir Informationen über Olso geben willst oder nicht.«

Sie seufzte. »Es ist wirklich nervig, wenn du so nett und vernünftig bist.«

»Ich bin sehr vernünftig. Em findet, es ist eine meiner besten Eigenschaften.« Er lächelte ihr zu und wandte sich zum Gehen.

»Planst du, in Olso einzufallen?«, rief sie ihm hinterher.

Lachend drehte er sich um. »Soll das ein Scherz sein? Ich habe noch nicht mal mein eigenes Land zurück, ich denke jetzt bestimmt nicht darüber nach, ein anderes anzugreifen.«

»Ich werde dir nie etwas über Olsos Abwehr verraten. Oder unsere Strategien, darüber, wie wir kämpfen. Von mir wirst du nichts in der Richtung erfahren.«

»Verstanden.«

»Aber meine Vermutung ist, dass August die Krieger, die hier waren, entweder ins Schloss geschickt hat oder zurück nach Olso«, fügte sie hinzu.

»Willst du mir noch sagen, was davon wahrscheinlicher ist?«

»Hängt davon ab, wie schlimm es in Olso aussieht. August müsste abwägen, ob ihm Olsos Verteidigung wichtiger ist – oder die Position der Krieger in Lera. König Lucio wollte unbedingt Lera einnehmen. Bei August bin ich mir da nicht so sicher. Aber da er von deiner Verbindung zu Em weiß, wird er davon ausgehen, dass ihr Unterstützung von den Ruined habt. Ich schätze, die Chancen stehen gut, dass er die Krieger nach Olso zurückgerufen hat, nach den Verlusten durch Olivias Angriff.«

»Danke«, sagte Cas.

»Eure Majestät!«, rief eine atemlose Stimme. Es war eine der Frauen, die er zum Auskundschaften über die Straße nach Norden weiter ins Stadtinnere geschickt hatte. Ihr Haar wehte im Wind, sie hielt ihr Pferd an, als sie näher kam, und sprang runter.

»Jovita«, stieß sie keuchend hervor. »Wir haben Jovita im Wald gesehen, mit allen Jägern und Soldaten, die wir in Fort Victorra zurückgelassen haben.«

»Auf dem Weg nach Norden?«, hakte er nach.

Sie bestätigte es stumm.

Das hatte er schon erwartet. Dass Jovita einfach in der Festung rumsitzen würde, nachdem er mit einer Armee aufgebrochen war, hatte er sowieso nicht erwartet. Wenn er das Schloss einnahm, gehörte ihm auch der Thron.

Er hatte eigentlich gehofft, den Nachmittag und die Nacht in Gallego bleiben zu können, damit alle sich etwas ausruhen könnten, aber nun sah es nicht danach aus, als ob sich diese Hoffnung erfüllte.

»Wir müssen weiter!« Er marschierte zurück zu seinem Pferd, nahm Ems ausgestreckte Hand und schwang sich in den Sattel.

Als er seine Finger zwischen Ems gleiten ließ, überkamen ihn Zweifel. »Ist es wichtiger, schneller als Jovita in der königlichen Stadt anzukommen oder alle hier ausruhen zu lassen?«

»Jovita zuvorzukommen«, antwortete sie, ohne zu zögern.

»Aber meine Leute müssen ausgeruht sein, um zu kämpfen, wenn wir ankommen …«

»Wir reiten die halbe Nacht durch, danach können sie noch drei oder vier Stunden schlafen. Dann reiten wir den nächsten ganzen Tag und halten an, wenn die Sonne untergeht. So können sie sich eine ganze Nacht ausruhen und sind erholt, wenn wir am nächsten Tag in der königlichen Stadt ankommen. So würde ich es machen.«

»Dann werde ich es genauso machen.«

44. KAPITEL

Als Leras Armee zwei Tage später in der königlichen Stadt ankam, war die Luft kühl und schmeckte nach Salz. Em atmete tief durch. Sie hatte diesen Geruch vermisst.

Die Schotterstraße schlängelte sich durch das Gras und führte zu ein paar einzelnen Häusern. Dahinter konnte Em schon die Gebäude erkennen, die im Zentrum der königlichen Stadt aufragten. Hinter ihnen ging die Sonne langsam unter und tauchte das Land vor ihnen in orangefarbenes Licht.

Hinter einer Reihe von Geschäften erhob sich das Schloss. Es sah unbeschädigt aus.

Em ging zu Fuß neben Cas' Pferd her und lächelte zu ihm hoch. Sein Blick war auf das Schloss gerichtet, und sie konnte ihm die Erleichterung vom Gesicht ablesen. Em sah sich nach den Soldaten um und stellte fest, dass sie ebenso erleichtert wirkten.

»Dein Königreich ist wunderschön, Cas. Habe ich dir das eigentlich schon mal gesagt?«

»Ich glaube nicht. Und wenn, dann nur sehr widerwillig.«

Sie musste lachen. »Diesmal gebe ich es gern zu.«

»Danke.« Einen Moment lang trafen sich ihre Blicke. »Du solltest hierbleiben.«

Sie lächelte traurig, weil sie wusste, dass das unmöglich war, aber Cas schaute sie an, als meinte er es ernst.

»Cas, du weißt, dass das nicht …«

»Em«, unterbrach Aren sie und zeigte nach Westen.

Sie drehte sich um. Die Bäume westlich von der Stadt schwangen hin und her, als bahnte sich ein Sturm an, aber sie spürte keinen Wind um sich herum.

»Ruined.« Ihr Brustkorb zog sich zusammen. »Olivia.«

»Wieso ist sie hier?«, fragte Cas.

Em schüttelte den Kopf. »Keine Ahnung. Vielleicht weiß sie, dass ich hier bin?« Oder sie hatte Olso vollkommen zerstört und wollte nun mit Lera weitermachen.

Em und Aren wechselten einen Blick. Er dachte das Gleiche.

»Ich suche sie«, verkündete Em.

Daraufhin sprang Aren von seinem Pferd. »Nimm mein Pferd. Ich bleibe bei Cas und Iria, bis sie im Schloss sind. Ist das in Ordnung?«

»Natürlich.«

»Ich komme zu dir, wenn alles vorbei ist.« Aren drückte ihren Arm.

Als Em sich wieder umdrehte, sah sie, wie Cas von seinem Pferd stieg. Ein Soldat übernahm die Zügel und führte es zur Seite, sodass sie ein kleines bisschen Privatsphäre hatten. Es war allerdings nicht viel, da hinter ihnen immer noch die Soldaten auf die Stadt zumarschierten.

Ein Kloß stieg ihr in den Hals. »Ich kann Olivia wahrscheinlich davon überzeugen, abzureisen.« Sie sprach so leise, dass nur er sie hören konnte. »Aber ich glaube nicht, dass ich sie jemals davon überzeugen kann, sich noch einmal mit Menschen zu verbünden. Es wäre am besten, wenn wir zurück nach Ruina gingen und nie mehr wiederkämen.«

Cas lächelte, was nicht die Reaktion war, mit der sie gerechnet hatte. Er machte einen Schritt auf sie zu, legte eine Hand an ihren Hals und strich mit dem Daumen über ihr Kinn. »Ich denke nicht, dass du das tun wirst.«

»Was?«

»Ich weiß, was wir den Ruined angetan haben, ist unverzeihlich. Ich werde auch niemals um ihre Vergebung bitten, aber ich möchte einen Weg finden, es besser zu machen. Ich möchte meine Leute dazu bringen, einzusehen, was wir angerichtet haben. Und ich will versuchen, es wiedergutzumachen.«

Em schüttelte den Kopf. »Cas …«

»Und ich möchte, dass du mich heiratest. Diesmal richtig.« Er beugte sich vor und küsste sie sanft. »Ich habe so viel Zeit damit verschwendet, rumzujammern, weil wir nicht zusammen sein können, dass ich vergessen habe, um dich zu kämpfen. Damit werde ich nun anfangen, und ich werde mit aller mir zur Verfügung stehenden Macht versuchen, mein Volk davon zu überzeugen, dass wir uns mit den Ruined verbünden müssen. Dass du die beste Königin bist, die sie jemals hatten.«

Em stockte der Atem. Ein winziger Funken Hoffnung flammte in ihr auf, zwischen all dem Zweifel. »Ich … ich weiß nicht, ob …« Sie wusste gar nichts mehr. Sie wusste nicht mal, wie sie den Satz beenden sollte.

»Du weißt es«, sagte Cas nur. Er stand so dicht vor ihr, dass sich ihre Köpfe fast berührten. »Du musst nur eine Entscheidung treffen. Und ich vertraue darauf, dass es die richtige sein wird.« Er legte beide Hände auf ihre Wangen und küsste sie. Sie umschloss seine Handgelenke und küsste ihn zurück.

Dann löste er sich von ihr und sah ihr in die Augen. »Ich liebe dich. Bis bald.«

Beinahe hätte sie noch einmal nach seiner Hand gegriffen, als er zurück zu seinem Pferd lief. Sie hatte das Gefühl, sie würde einfach in sich zusammensacken, wenn er nicht da wäre, um sie festzuhalten.

»Cas, ich …«, sie sprach nicht weiter, aber die Entschuldigung, die ihr auf der Zunge lag, war nicht zu überhören.

Er lächelte ihr über die Schulter zu. »Du wirst die richtige Entscheidung treffen. Bis bald.«

Schnell drehte sie sich um. Ihr Tränen schluckte sie wieder herunter. Er hatte mehr Vertrauen in sie, als sie verdiente. Sie konnte nicht bei ihm bleiben. Das war nicht die richtige Entscheidung, es stand nicht mal als mögliche Entscheidung zur Debatte.

Oder?

Sie konnte den Gedanken nicht verdrängen, dass Ruina sich für sie nicht mehr wie ihr Zuhause anfühlte, weil er nicht da war.

Sie blieb noch eine Weile so stehen, mit dem Rücken zu ihm, aus Angst, dass sie sofort zu ihm rennen würde, wenn sie noch einmal sein Gesicht sah. Als sie schließlich doch wagte, sich umzudrehen, war er zwischen den Soldaten und Pferden verschwunden.

Sie nahm die Zügel ihres Pferdes und schwang sich in den Sattel. Wenn Olivia Cas tötete und die Stadt niederbrannte, gäbe es erst recht keine Entscheidung.

Sie galoppierte los, Richtung Westen. Die Bäume standen wieder still, aber am Stadtrand stieg Rauch auf. Em spornte ihr Pferd an, damit es noch schneller lief.

»Olivia!«, rief sie, noch bevor sie ihre Schwester oder andere Ruined sehen konnte. Sie rief Olivias Namen, als sie an einem brennenden Bauernhof vorbeikam, während sie den Spuren am Boden weiter folgte. Sie rief ihren Namen, als ob sie das hier alles verhindern könnte, wenn sie nur laut genug schrie.

Schließlich, nach einer Kurve, tauchte Olivia vor ihr auf der Straße auf. Um sie herum standen die erschöpft aussehenden Ruined. Es waren weniger als in Sacred Rock. Sie hatten mindestens noch zwanzig weitere verloren, wie es aussah. Auf beiden Seiten der Straße lagen vereinzelte Wohnhäuser, aber Em konnte keine Menschen entdecken.

»Em«, sagte Olivia. In ihrer Stimme schwang keine Spur von Überraschung mit.

Em sprang von ihrem Pferd und lief zu ihrer Schwester. Sie atmete noch einmal tief durch, um ruhig zu klingen. »Was tust du hier?«

»Was tust *du* hier?« Nach Olivias Ton zu schließen, wusste sie es bereits.

»Die Krieger haben mich in Lera abgesetzt. Es war sicherer, bei Cas zu bleiben, bis ich dich gefunden habe.« Sie machte noch einen Schritt auf ihre Schwester zu. »Bist du uns hierher gefolgt?«

»Ja.«

»Wieso hast du dich nicht früher gezeigt? Ich habe mir Sorgen gemacht.«

Sie konnte in Olivias Blick so etwas wie Reue erkennen, die aber eine Sekunde später schon wie weggeblasen war. »Ich wollte die königliche Stadt selbst sehen.«

»Wenn du die Stadt zerstörst …«

»Ich habe nicht vor, sie zu zerstören. Ich werde hierbleiben.«

»Hierbleiben«, wiederholte Em ungläubig.

»In Ruina gibt es nichts mehr für uns. Ich würde lieber hierbleiben. Was hält Cas wohl davon?«

Em starrte ihre Schwester an. Cas würde sie sicher bleiben lassen, wenn sie versprachen, sich friedlich zu verhalten. Aber irgendwie hatte sie das Gefühl, dass genau das nicht Olivias Plan war.

»Würdest du nicht lieber hier in Lera leben?«, wollte Olivia wissen. Sie trat näher an Em heran, und nun leuchtete Hoffnung in ihren Augen auf. »Ich weiß, dass Ruina unser Zuhause ist, aber ...«

Aber es war zerstört. Außerdem war es noch nie so schön gewesen wie Lera, auch vor dem Angriff nicht. Olivia beendete ihren Satz nicht, vielleicht wollte sie die Worte nicht laut aussprechen, aber Em wusste, was sie meinte.

»Ich würde lieber in Lera leben«, gestand Em. »Wenn du zustimmst, ein Friedensabkommen zu unterschreiben, würde Cas uns bestimmt bleiben lassen. Da bin ich mir sicher.«

Olivias Blick umwölkte sich. »Ich werde kein Friedensabkommen unterschreiben. Nicht, wenn es mir nicht zusammen mit den Köpfen von Casimir und seinen Beratern vorgelegt wird.«

»Nein.« Das Wort kam härter heraus, als Em geplant hatte. Sie war es leid, immer die gleiche Diskussion mit ihrer Schwester zu führen. Sie würde nicht noch mal erklären, wieso Cas ihre Wut nicht verdiente.

»Das dachte ich mir.« Olivia wirbelte herum und ging weiter auf die Stadt zu. Die meisten Ruined folgten ihr, ein paar zögerten aber und sahen besorgt zu Em.

»Halt!«, rief Em.

Olivia blieb stehen, wartete aber noch einen Moment, bevor sie sich umdrehte. Ihre Augen blitzten auf, als sie ihre Schwester ansah.

»Wir haben uns geeinigt, dass ich mich um die Beziehung zu den Menschen kümmere«, fuhr Em fort. »Das hier zählt dazu. Als eure Königin befehle ich euch, nicht anzugreifen.«

Olivia murmelte Jacobo etwas zu. Er schob ihr etwas zu, was Olivia hinter ihrem Rücken versteckte, als sie auf Em zukam.

»Du warst nur Königin, weil ich es zugelassen habe«, fauchte Olivia. »Dieses Recht hast du jetzt verloren.«

Em atmete durch. Beim zweiten Mal taten Olivias Worte noch mehr weh.

»Das Land gehörte einst uns, und ich hole es zurück. Cas kann mir aus dem Weg gehen oder sein Leben zusammen mit seinem Königreich verlieren.« Olivia schnippte mit den Fingern, woraufhin Jacobo und noch ein weiterer Ruined angelaufen kamen. Dann zog sie ein Seil hinter ihrem Rücken hervor.

Em machte einen Schritt nach hinten, aber da war es schon zu spät. Die zwei Ruined hielten jeweils einen ihrer Arme fest, sodass sie sich nicht bewegen konnte.

»Tut mir leid«, sagte Olivia noch, als sie das Seil um Ems Handgelenke wickelte. Em versuchte, sich loszureißen, aber die Männer waren zu stark. »Ich habe die Gegend hier gesäubert, du solltest also sicher sein, bis ich wiederkomme. So ist es am besten. Vertraue mir.«

Tue ich nicht. Tränen stiegen Em in die Augen, als ihr klar wurde, dass sie Olivia tatsächlich nicht vertraute. Nicht einmal ein kleines bisschen.

Die Männer warfen sie auf den Boden, und Olivia wickelte einen Ledergürtel um ihre Knöchel. Dann stand sie auf.

»Gut. Das sollte reichen, bis wir fertig sind.« Sie schaute sich prüfend um. »Ich kann Aren nicht in der Nähe spüren. Er muss bei den anderen geblieben sein.« Sie sah wieder zu Em und wartete auf eine Bestätigung.

Em starrte nur auf den Boden. Es war anmaßend von ihr gewesen, Cas weiszumachen, sie könnte Olivia aufhalten. Hatte sie wirklich geglaubt, dass ihre Schwester vernünftig mit sich reden lassen würde?

Olivia tätschelte Ems Kopf. »Ich komme bald wieder. Keine Sorge.«

Em weigerte sich, Olivia anzusehen, und legte ihr Kinn auf ihre Knie. Olivia marschierte davon, die Ruined folgten ihr. Keiner von ihnen blieb bei Em.

45. KAPITEL

Cas schaute sich um, obwohl es nun schon ein paar Minuten her war, seit er Em zurückgelassen hatte. Ein Teil von ihm konnte sie immer noch spüren, wie sie dastand und ihm hinterherstarrte, als wäre er verrückt.

Sie würde die richtige Entscheidung treffen. Davon war er vorher schon überzeugt gewesen, aber nachdem sie sich so angesehen hatten wie eben, würde er sein Leben darauf verwetten. Bald würde sie zu ihm zurückkommen.

Er ritt weiter Richtung Stadt, schlängelte sich zwischen seinen Soldaten hindurch, bis er wieder ganz vorn war. Sofort war Galo an seiner Seite und sah besorgt zu ihm hoch.

»Ihr solltet zwischen den anderen bleiben, Eure Majestät.«

»›*Eure Majestät*?‹ Sind wir heute so förmlich?«

»Ich habe entschieden, dich ›Eure Majestät‹ zu nennen, wenn wir in die Schlacht reiten.«

»Das kommt mir zwar etwas willkürlich vor, aber na gut.«

»Ich meine es ernst. General Amaro sagt, es wäre sicherer, wenn ein paar Leute vor dir sind.«

Er sah nach hinten und suchte nach General Amaro, aber die Soldaten waren weiter hinten, noch hinter den Wachen der königlichen Garde.

»Ich bin derjenige, der von allen verlangt, für ihn zu kämpfen. Also reite ich voran.« Der Blick, den er Galo zuwarf, gab unmissverständlich zu verstehen, dass Cas nicht weiter darüber diskutieren würde.

Galo seufzte resigniert. »Na schön. Aber ich bleibe neben dir.«

»Gut.« Cas lächelte ihm zu, bevor er seine Aufmerksamkeit wieder nach vorn richtete. Sie waren inzwischen so nah an der Stadt, dass er Stimmen hören konnte und ihm der Duft nach gebratenem Fleisch in die Nase stieg.

Sie bogen in die Straße ein, die zur Stadtmitte führte. Vor den Geschäften und Häusern standen Leute. Cas seufzte erleichtert – die Krieger hatten also nicht alle Bürger getötet. Er wusste bereits, dass viele Menschen von Gallego zur Festung geflohen waren, aber er hatte sich Sorgen um die Bewohner der königlichen Stadt gemacht.

Doch die Stadt selbst sah eigentlich unverändert aus. Ein paar Läden waren wohl ausgebrannt und wurden neu aufgebaut, aber abgesehen davon standen immer noch bunte Häuser zu beiden Seiten der Straße, in deren Fenstern Brot, Süßigkeiten oder Kleidung dargeboten wurden. Die Passanten wirken zwar etwas verängstigt, aber keiner schien verletzt zu sein. Er winkte den Leuten zu, was offensichtlich einige etwas verschreckte.

Er ritt bis ins Stadtzentrum, stieg dann ab und zog sein Schwert. Hier lagen ein paar Tote auf der Straße, ihre Uniformen wiesen sie als Krieger aus.

»Ja, rennt lieber weg!«, schrie eine Frau einigen Kriegern hinterher, die sich Richtung Osten davonmachten – über die Straße, die zum Meer führte. Jetzt entdeckte Cas auch den Grund für die ganze Aufregung. Jovita. Sie stand zusammen mit mehreren Jägern mitten auf der Straße.

»Jovita«, rief er.

Ihr Kopf fuhr zu ihm herum, und sie schürzte abfällig die Lippen. »Cas.«

Erst als einige der Umstehenden überrascht nach Luft schnappten und sich verbeugten, begriff Cas, dass ihn vorher keiner erkannt hatte. Er trug schwarze Kleidung, wie die meisten Soldaten. Nur ein paar wenige waren in der offiziellen blauen Uniform der Lera unterwegs.

»Verschanzt euch in euren Häusern«, ordnete er an. »Olivia Flores ist hier.«

Jovita erblasste schlagartig. »Was? Wo?«

»Am Stadtrand, zusammen mit den Ruined. Sie …«

»Nichts von alledem wäre passiert, wenn du sie nicht hättest laufen lassen«, zischte Jovita. Das Gesicht seiner Cousine war rot vor Wut. »Wärst du nicht so …«

»Jovita, halt den Mund!«, brüllte er so laut, dass sie zusammenzuckte.

»Ich habe keine Zeit, jetzt mit dir darüber zu diskutieren.« Er deutete auf die verdutzten Einwohner. »Los, geht in eure Häuser, sofort. Bleibt dort, bis wir die Glocke vom Schloss läuten.« Die Leute überschlugen sich fast, um seinem Befehl Folge zu leisten. Man hörte, wie entlang der ganzen Straße Türen zuschlugen.

»Cas«, sagte Aren leise. Er zeigte nach Osten – zum Meer, wo Flammen in den Nachthimmel stiegen. Die Ruined waren nicht mehr weit vom Schloss entfernt.

»Em kann Olivia doch aufhalten, oder?« Cas sah Aren fragend an, erntete aber nur einen besorgten Blick.

»Wir sollen uns darauf verlassen, dass Emelina Flores uns rettet?« Jovita ging zu ihrem Pferd. »Dann sind wir alle tot.«

Soldaten eilten an ihnen vorbei zum Schloss. Die meisten zu Fuß, ein paar Reiter galoppierten voraus. General Amaro führte sie an und rief ihren Leuten immer wieder Befehle zu.

Cas rannte zu seinem Pferd, sprang in den Sattel und gab dem Tier die Sporen. Er drehte sich noch einmal zu Jovita um. Sie funkelte ihn zornig an.

Dann schaute er zu den Flammen in der Ferne. Em würde es schaffen. Er wusste es. In allem, was wirklich zählte, war sie stärker als Olivia.

Er ritt zum Schloss, hinter ihm rannten Aren und Galo. Die Krieger hatten die Mauern, die während der Eroberung zerstört worden waren, noch nicht vollständig repariert. Vom Tor war nichts stehen geblieben. Einen Teil davon entdeckte er auf dem Rasen, nicht weit weg. In der Mauer waren mehrere große Lücken, durch die die Soldaten auf den Vorhof des Schlosses marschierten.

Cas zügelte sein Pferd und sprang aus dem Sattel, um ihrem Beispiel zu folgen. Er zog sein Schwert. Galo lief vor und kletterte durch eine der Mauerlücken. Er stellte sich von innen davor, während Cas sich ebenfalls durch das Loch schob. Drinnen angekommen, richtete Cas sich auf und sondierte die Lage.

Er war davon ausgegangen, dass das Schloss von Kriegern bewacht wurde. Er hatte mit Waffen gerechnet, mit der beeindruckenden Technologie, von der Em ihm erzählt hatte.

Doch nur seine eigene Armee verteilte sich auf dem Rasen. Die Eingangstüren des Schlosses standen offen, und er sah noch, wie General Amaro hineinging.

Galo kam an Cas' Seite. »Eine Falle?«

»Ich weiß es nicht«, murmelte Cas.

Hinter dem Schloss waren Rufe und Schritte zu hören. Cas wandte sich an den nächstbesten Soldaten. »Geht in den Garten, findet heraus, was da abgeht.« Der Soldat schnappte sich ein paar Kameraden und lief los. Iria, die nur einige Schritte entfernt gestanden hatte, schloss sich der Gruppe an.

Cas legte den Kopf in den Nacken und ließ den Anblick seines Zuhauses auf sich wirken. Er hatte sich so sehr gewünscht, dass es noch stand, und war nun irgendwie schockiert, dass dieser Wunsch in Erfüllung gegangen war. Von außen sah das Schloss noch genauso aus, wie er es kannte – weißer Stein, große Fenster und an den Ecken vier spitze Türme. Einen Moment lang stand er einfach nur da und starrte nach oben. Ihm war klar, dass sich drinnen wahrscheinlich Krieger verschanzten und es nichts brachte, hier draußen herumzulungern, aber er konnte einfach nicht anders.

Schließlich gelang es ihm, sich loszureißen. Immer noch stürmten Soldaten durch die Eingangstüren ins Innere des Schlosses, und er folgte ihnen, Galo an seiner Seite.

Auch hier waren keine Krieger. Soldaten eilten an ihm vorbei, durch die Flure und die Treppen hoch. Die Lampen an den Wänden brannten und beleuchteten die lang gezogenen dunklen Rußflecke, die das Feuer auf dem hellen Gemäuer hinterlassen hatte. Der Tisch im Eingangsbereich war verschwunden, dort, wo er einmal gestanden hatte, war die Wand ganz schwarz. Außerdem waren ein paar der unteren Stufen verkohlt, aber ansonsten schien die Treppe intakt zu sein. Die Krieger mussten den Brand schnell gelöscht haben.

Plötzlich stand ein Soldat vor ihm. »Eure Majestät«, sagte er. »Lasst Euch von mir in Sicherheit bringen.«

Er schüttelte nur den Kopf, ging um den Mann herum und lief in den hinteren Bereich des Schlosses, in die Küche. Halb volle

Teller standen verlassen auf dem Tisch. Eine Tasse mit Tee dampfte noch.

Cas stieß die Hintertür auf und trat nach draußen. Die Krieger flüchteten. Sie rannten durch den Garten, sprangen über die Mauer und verschwanden.

»Sie besteigen ein Schiff!«, rief jemand von oben. Cas schaute hoch und entdeckte in einem der Türme Franco, der zum Meer zeigte.

»Sie haben nicht mal versucht, sich zu wehren?«, fragte der Soldat neben Cas verblüfft.

»Wegen Olivia. Sie haben offensichtlich den Befehl erhalten, zu fliehen, nicht zu kämpfen.«

»Kluge Entscheidung«, sagte jemand hinter ihm. Cas drehte sich um. Aren stand neben Galo in der Tür.

»Kannst du hier kurz Stellung beziehen?«, bat Cas ihn. »Und schreien, wenn du Ruined oder Krieger ankommen siehst?«

Aren stimmte zu, und Cas ging zurück ins Schloss.

»Sag den Wachen, sie sollen jedes Zimmer im Schloss durchsuchen«, wies er Galo an. »Schaut überall nach, wo sich jemand verstecken könnte. Stellt sicher, dass keiner außer uns mehr im Schloss ist.«

Galo schnappte sich den nächstbesten Wachmann und wiederholte den Befehl. Er selbst blieb bei Cas. Der überlegte noch, ob er auf den Turm steigen und den Kriegern beim Weglaufen zugucken oder lieber in seinem oder Ems Zimmer nach dem Rechten sehen sollte, als seine Füße ihn wie von selbst in eins der Wohnzimmer im Erdgeschoss trugen. Er trat hinein.

Das Blut seines Vaters war noch deutlich auf dem Holzfußboden zu sehen. Das Fenster, durch das Cas entkommen war, war geschlossen, und selbstverständlich hatte man die Leiche des Königs weggeschafft, aber davon abgesehen schien alles noch genau so, wie er es in Erinnerung hatte. Er holte zittrig Luft.

»Wir lassen das sauber machen«, sagte Galo leise.

Aber Cas glaubte nicht, dass es einen Unterschied machen würde. Er drehte sich auf dem Absatz um und verließ das Zimmer.

Irgendwie hatte er gehofft, das Feuer hätte diesen Raum zerstört.

Die Flure waren einst bunt gestrichen – rot, orange, blau und grün, hinter jeder Ecke wartete eine andere Farbe. Jetzt waren sie zum Großteil schwarz. Er ließ seine Finger über eine ehemals grüne Wand gleiten, während er zurück in den vorderen Bereich des Schlosses ging. Cas würde hier wieder alles in den alten Farben streichen lassen. So viele Dinge mussten anders werden, aber er dachte, diese eine Kleinigkeit könnte er so lassen, wie sie gewesen war.

Er betrat wieder die Eingangshalle. Nach und nach fand sich das Schlosspersonal zusammen, und irgendwo im Gebäude lachte jemand. Plötzlich lagen Aufregung und Vorfreude in der Luft, und die strahlenden Gesichter der Angestellten gaben Cas Hoffnung.

Mateo kam herein und suchte Cas' Blick. *Jovita!* formte er lautlos mit den Lippen.

Cas drängelte sich zwischen den Angestellten hindurch, um in den Vorhof zu gelangen. Jovita stand vor den Überresten des Tores, hinter ihr hatte sich eine kleine Gruppe Jäger aufgebaut. Seine Cousine sah ihn an und hob eine Braue.

»Soll ich Wachen holen, die dafür sorgen, dass sie draußen bleibt?«, fragte Galo.

Jovita machte einen Schritt zurück, als wüsste sie, was Galo gerade gesagt hatte. Sie hielt Cas' Blick noch einen Augenblick lang stand, dann drehte sie sich um und stampfte davon, gefolgt von ihren Jägern. Einer der Männer lachte Cas noch schief an und fuhr sich dabei mit dem Finger quer über den Hals.

»Hat er gerade …?« Galo wollte sich auf ihn stürzen, aber Cas hielt ihn zurück.

»Lass sie gehen.«

»Er hat gerade dem König gedroht.«

»Ich habe größere Probleme, um die ich mich kümmern muss.«

»Irgendwann musst du dich aber um sie kümmern«, beharrte Galo.

»Ich weiß.«

Cas ging wieder rein, und Galo schloss die Türen hinter ihm. Die Angestellten hatten sich vor der Treppe versammelt und schauten ihn freudig erregt an. Im Vorbeigehen drückte er Danielas Arm.

Er lief zügig zurück zur Küche und von dort aus in den Garten. Aren stand noch da, zusammen mit ein paar Soldaten und Franco. Alle schauten zum Himmel, Cas tat es ihnen nach.

»Was ist los?«, fragte er.

»Die Ruined sind in der Nähe«, erklärte Aren.

Franco schaute erst zu Aren, dann zu Cas. »Hatten die Krieger recht? Sollten wir fliehen?«

»Wir können nirgendwo anders hin.« Cas' Stimme klang ruhig. »Habt Vertrauen in Em.«

Er schloss für einen Moment die Augen. *Du wirst die richtige Entscheidung treffen.*

46. KAPITEL

Aren hatte alles Vertrauen der Welt in Em, aber er konnte auch nicht leugnen, dass der Wind, der ihn ins Gesicht traf, von Ruined hervorgerufen wurde. Sie waren nicht mehr weit.

Jenseits der Mauer hörte man Schreie. Erst vor ein paar Minuten hatte er gesehen, wie Iria durch den Garten zur hinteren Mauer flitzte.

Er sah Cas an. »Geh ins Schloss. Und bleib da, bis ich sage, dass es hier draußen sicher ist.«

Cas zog sich zurück, gefolgt von Franco und seinen Soldaten.

Aren rannte über den Rasen zu den Überresten der Mauer. Große Teile standen noch aufrecht, aber vieles war beim Angriff der Olso weggesprengt worden. Er sprang über das Geröll.

Hinter dem Schloss lag nichts als offenes karges Land. In einiger Entfernung konnte er noch ein paar flüchtende Krieger sehen. Er folgte ihnen.

Links und rechts von ihm tauchten Häuser und Geschäfte auf, aber er rannte weiter in Richtung Meer, wo er mehrere große Schiffe sehen konnte. Die roten Flaggen von Olso wehten im Wind.

Iria würde doch sicher nicht versuchen, zurück nach Olso zu kommen? Er hatte längst nicht alle Krieger ihrer Reisetruppe getötet. Es gab viele, die wussten, dass sie ihre Leute verraten hatte und zusammen mit Aren geflohen war.

Er sprintete einen Hügel hoch und blieb schlitternd stehen. Vor ihm tat sich ein solches Chaos auf, dass er ein paarmal blinzeln musste, um zu erkennen, was passierte. Krieger rannten in alle Richtungen und brüllten sich gegenseitig Befehle zu. Einige von ihnen hasteten auf die Schiffe, während andere mit gezogenen Schwertern von Bord sprangen. Olivia schlenderte auf das Hafenbecken zu, eine Gruppe von Ruined im Schlepptau. Ihr Mantel bauschte sich im Wind, und selbst aus dieser Distanz sah Aren die Wut in ihrem Blick. Seine Königin hinterließ eine Spur toter Krieger.

Em war nicht bei ihr.

»Zielt gut, Krieger! Zielt genau auf sie!«

Zehn Krieger hatten direkt vor dem Hafen Stellung bezogen. Jeder von ihnen trug eine lange Metallröhre auf einer Schulter, und hinter ihnen stand ein weiterer Krieger, der eine kleine Fackel hielt. Alle starrten gebannt auf die Ruined.

Aren rannte, so schnell er konnte, den Hügel hinunter, aber noch bevor er unten ankam, hielt ihn jemand fest.

»Bleib stehen«, sagte Iria und zog an seiner Hand, als hätte sie Angst, er würde nicht auf sie hören.

»Was ist das?« Er zeigte auf die Metallstäbe der Krieger.

»Tragbare Kanonen. Sag den Ruined, sie sollen weglaufen.«

Aren fragte nicht weiter nach. »Rennt weg!«, rief er. »Ruined, rennt weg!«

Einige wenige schauten zu ihm hoch, aber keiner hörte auf ihn.

»Aren, schieb die Krieger weg. Lass sie nur …«

Feuer sprühte aus den Kanonen, der Boden bebte unter der Gewalt der Explosion. Instinktiv hob Aren einen Arm vors Gesicht.

Ruined flogen durch die Luft und landeten unsanft im Dreck. Durch den aufsteigenden Rauch konnte er nicht erkennen, was den anderen passierte. Aber er hörte ihre Schreie, und Panik stieg in ihm auf.

Plötzlich schwebten sämtliche Krieger in der Luft, ihre Körper bewegten sich Richtung Meer und landeten platschend im Wasser. Olivia schritt durch den Rauch, kein Erbarmen im Blick, während sie ihre Magie benutzte, um den Hafen von allen Kriegern freizuräumen. In ihrem linken Arm steckte ein Stück Metall, Blut floss aus der Wunde und tropfte von ihren Fingern, aber das schien sie nicht zu interessieren.

Langsam verflüchtigte sich der Rauch, und er konnte die toten Ruined hinter ihr sehen. Aren schloss die Augen und drückte sein Gesicht an Irias Schulter.

»Aren, sie wird alle umbringen«, flüsterte Iria.

Er holte keuchend Luft und zwang sich, die Lider wieder zu öffnen. Er ließ Irias Hand los. »Versteck dich. Ich komme gleich wieder.«

Sie duckte sich ein Stück weiter unten hinter einen Balken am Rand des Hafens. Aren wartete noch, bis man sie nicht mehr sehen konnte, dann rief er Olivias Namen.

Olivia drehte sich zu ihm um, und ihr Gesicht leuchtete förmlich auf. Sie breitete ihre Arme weit aus, als wollte sie ihn umarmen. »Aren!«

Langsam ging er den Hügel hinunter. Seine Hände zitterten, und er atmete ein paarmal tief durch, um sich zu beruhigen. Olivia duldete keine Schwäche.

Er blieb vor ihr stehen und legte die Hände hinter seinen Rücken. »Em geht es gut. Ich habe sie gefunden.«

»Ich weiß. Wir haben schon miteinander gesprochen.«

Ein mulmiges Gefühl breitete sich in ihm aus. »Wo ist sie?«

»In Sicherheit. Ihr geht es gut.« Sie schaute an ihm vorbei zu einigen Kriegern, die sich in ein Boot flüchteten. »Willst du mir nicht helfen?«

»Lass sie einfach ziehen.«

»Nein.« Sie drehte sich auf dem Absatz um und ging weiter. Plötzlich machte sie schmale Augen, fixierte sich auf ein neues Ziel.

Eine Gruppe Krieger rannte an der Hafenkante entlang. Ein paar wollten zum Boot, aber einer lief direkt auf den Balken zu, hinter dem Iria sich versteckte. Aren streckte seine Hand aus und rief etwas. Olivia schaute erst zu ihm, dann zu den Kriegern, die das Boot schon fast erreicht hatten. Ein Mann schrie auf, als plötzlich Blut aus seiner Brust spritzte.

»Olivia, nein! Lass sie gehen!« Aren stellte sich vor sie und verdeckte ihr die Sicht.

Sie funkelte ihn zornig an, packte ihn an den Schultern und stieß ihn zur Seite. Dann konzentrierte sie sich auf Iria.

Aren sprang Olivia an. Sie schrie auf, als beide zusammen auf dem Boden landeten. Er setzte sich auf ihre Beine und hielt ihr mit beiden Händen die Augen zu.

»Was machst du?«, fauchte sie und krallte ihre Fingernägel in seine Handgelenke.

»Hör mir einfach kurz zu. Iria hat mir geholfen. Sie hat mir das Leben gerettet.«

»Das ist mir egal. Ich bin es leid, dir oder Em zuzuhören – und all den Entschuldigungen, die ihr für diese Menschen in petto habt.« Es gelang ihr, eine seiner Hände wegzureißen. Sie starrte ihn an, und er spürte ein Kribbeln am ganzen Körper. Schockiert sah er sie an.

»Versuchst du etwa, deine Kraft gegen mich zu benutzen?«

Sie befreite ihre Hände und stieß ihn von sich. Wieder war da dieses Kribbeln. Ein Schauder lief ihm über den Rücken.

»Wenn du dich wie ein Mensch verhältst, behandle ich dich auch so«, sagte sie.

Die Ruined konnten ihre Kräfte nicht gegen andere Ruined einsetzen, jedenfalls normalerweise nicht. Aber Olivia war nicht normal.

Er allerdings auch nicht.

Er schaute zu Iria hin, um die sich inzwischen einige Krieger versammelt hatten, die versuchten, sie dazu zu überreden, mit ihnen ins Boot zu steigen. Sie sah ihn an. Er konnte immer noch die Wärme ihrer Hand in seiner fühlen – und auch den unwiderstehlichen Drang seines Körpers, sich in ihre Richtung zu neigen, sobald sie in der Nähe war.

Er konzentrierte sich wieder auf Olivia und nahm seine ganze Kraft zusammen.

Ihre Füße rutschten nach hinten weg. Sie schnappte nach Luft.

Er machte einen Schritt auf sie zu, drängte sie zurück. Es war anders als bei Menschen. Jede noch so kleine Bewegung, die er ihr aufzwang, verbrauchte kostbare Energie.

»Aren …« Was immer sie hatte sagen wollen, ging in einem Keuchen unter, als er sie mit aller Macht wegschleuderte. Sie flog in hohem Bogen weg vom Hafen und landete zusammengekrümmt am Fuß des Hügels. Dann hob sie ruckartig den Kopf. Aren war heilfroh, dass er ihr Gesicht aus der Entfernung nicht erkennen konnte, andernfalls hätte sie ihn womöglich mit einem Blick getötet.

Er drehte sich um, wollte weglaufen, aber alles drehte sich um ihn. Er stolperte und wäre fast gefallen.

»Aren!« Iria rannte auf ihn zu. Er nahm sie nur verschwommen wahr, streckte aber eine Hand nach ihr aus. Sie griff danach und legte ihre andere Hand an seine Wange. Er beugte sich zu ihr, und eine Welle der Erleichterung durchströmte ihn. Iria schaute auf etwas hinter ihm, und ihre Augen weiteten sich.

Schritte. Er packte sie an der Taille und wirbelte herum. Olivia rannte auf sie zu.

Er warf sich mit Iria auf den Boden, legte seine Arme und Beine um sie, versuchte ihren ganzen Körper mit seinem abzudecken. Eine Hand legte er ihr auf den Hinterkopf, um ihren Kopf gegen seine Schulter zu drücken.

Neben ihnen hielten die Schritte an.

»Bitte nicht. Nicht sie. Bitte, Olivia.« Er presste Iria fester an sich.

Schweigen. Iria klammerte sich an sein Hemd und rang nach Luft.

Olivia stieß einen angewiderten Laut aus. »Du bist schwach, Aren.«

Er konnte nur ihre Schuhe sehen, die sich mehrere qualvolle Sekunden lang nicht vom Fleck rührten. Schließlich drehte sie sich um. Beim Weggehen stolperte sie etwas, als wäre ihr schwindelig.

»Du bist schwach!«, schrie sie noch mal.

Er rappelte sich hoch und legte seine Hände an Irias Gesicht. »Geht es dir gut?«

Tränen liefen ihr über die Wangen, während sie versuchte, ihren panischen Atem zu beruhigen.

Ein Krieger blieb hinter ihr stehen, packte sie am Arm und zog sie hoch.

Aren schoss hoch, kam dabei fast wieder ins Taumeln. Noch immer drehte sich alles um ihn. Zwei weitere Krieger kamen. Er erkannte sie. Sie waren dabei, als Iria sie hintergangen hatte.

Ein Schwert. Auf Arens Brust war ein Schwert gerichtet.

»Er hat euch gerettet«, brüllte Iria. »Er hat uns alle gerettet!«

Erschrocken blinzelte Aren und sah der Kriegerin, die mit der Klinge auf sein Herz zielte, in die Augen. Ihr Gesicht war schmutzig, die Augen waren blutunterlaufen, und ihre Hand zitterte.

»Es tut mir leid«, sagte er leise. »Es tut mir leid, was Olivia getan hat.«

»Lass ihn gehen«, sagte ein anderer Krieger. Mindestens sechs von ihnen standen um sie herum, soweit Aren sehen konnte. »Wir müssen von hier verschwinden.«

Die Kriegerin ließ ihr Schwert sinken. Iria seufzte laut.

Dann schleiften sie Iria weg. Weg von ihm.

»Nein.« Er schwankte nach vorn, streckte eine Hand nach ihr aus. Für einen kurzen Moment berührte er ihre Finger.

Ein Krieger drängte ihn zur Seite. »Misch dich nicht ein, sie ist jetzt eine Gefangene der Olso.«

»Lasst sie mit mir mitkommen. Bitte.«

»Geh. Sofort.« Der Krieger stieß Aren leicht mit dem Schwert gegen die Brust.

»Ist schon in Ordnung«, sagte Iria.

Er schüttelte heftig den Kopf. Sie weinte, ihm stiegen auch Tränen in die Augen. Hätte er nicht seine ganze Kraft für Olivia verbraucht, könnte er jeden einzelnen dieser Krieger ins Meer werfen.

»Geh einfach, Aren!«, rief sie.

Er sprang nach vorn, legte eine Hand an ihren Nacken und beugte sich vor, um mit seinen Lippen zart über ihre zu streichen. Ein Krieger packte ihn an der Schulter, aber er hielt sich mit seinem anderen Arm an Irias Taille fest.

»Ich werde dich finden. Selbst wenn ich in jedes Gefängnis in Olso einbrechen muss. Ich werde dich finden. Versprochen.«

Eine weitere Hand drückte gegen seine Schulter, und zwei Krieger zogen ihn unsanft von ihr weg. Er landete auf seinem Hintern.

Sie sah ihn an, und hinter all den Tränen erhellte ein Lächeln ihr Gesicht.

47. KAPITEL

Em zerrte an den Fesseln um ihre Handgelenke, bis ihre Haut wund und aufgescheuert war. Sie bewegten sich kein Stück.

Dann strampelte sie mit den Füßen. Wenn sie ihre Beine frei bekäme, könnte sie wenigstens laufen. Was war denn, wenn Soldaten oder Krieger vorbeikamen? Wie sollte sie sich Olivias Meinung nach wehren?

Der Gürtel um ihre Knöchel ließ sich nicht lockern. Sie stieß einen frustrierten Schrei aus. Olivia hatte sie einfach hilflos hier liegen lassen.

Von Osten her ertönte ein lauter Knall, und sie reckte den Kopf. Dieses Geräusch hatte sie schon mal gehört, und zwar in Olso.

Sie presste ihre Lippen zusammen und kämpfte mit den Tränen. Einen Moment lang überwältigte sie ihre Angst um Cas und Olivia, am liebsten hätte sie sich einfach zusammengekauert und geweint.

Plötzlich näherten sich Schritte. Em erstarrte. Sie versuchte noch einmal vergeblich, ihre Hände zu befreien.

Dann standen Mariana und Ivanna vor ihr. Mariana fiel vor ihr auf die Knie und griff nach den Fesseln.

»Wir haben uns so schnell wie möglich von den anderen getrennt«, erklärte sie. »Wir wollten nicht, dass Olivia etwas davon mitkriegt.« Sie befreite Ems Hände.

Em löste den Gürtel um ihre Knöchel. »Sind sie am Schloss?«

»Inzwischen müssten sie eigentlich dort sein«, erwiderte Ivanna. »Aber mindestens die Hälfte der Ruined haben kein Interesse daran, noch mehr zu kämpfen. Sie kann uns nicht dazu zwingen zu töten.«

Em warf den Gürtel zur Seite und sprang auf. »Ich sage ihr nicht, dass ihr mir geholfen habt.«

»Sag's ihr ruhig«, gab Mariana entschlossen zurück. »Wir schämen uns nicht dafür, unserer Königin zu helfen. Wir haben uns nur deshalb heimlich weggeschlichen, damit sie uns nicht aufhält.«

Em schluckte ein paar Tränen herunter und lächelte den beiden dankbar zu. Dann rannte sie los, auf die königliche Stadt zu.

Mariana und Ivanna blieben dicht hinter ihr. Rechts von ihr ragte das Schloss empor, die Fenster leuchteten hell in der Dunkelheit. Im Vorbeilaufen gönnte sie sich einen Blick zu dem Zimmer hoch, das einmal ihres war. Auch hinter diesem Fenster brannte Licht.

Als sie sich dem Meer näherten, durchbrachen Schreie die nächtliche Stille. Em rannte, so schnell sie konnte.

Sie entdeckte ihre Schwester sofort.

»Wieso steht ihr alle da rum? Schnappt ihn euch!« Olivias Stimme zitterte. Sie deutete auf jemanden, der vom Hafen wegging. Aren.

Olivias Aufforderung galt einer Gruppe Ruined. Die meisten kauerten völlig erledigt am Boden. Olivia stand vornübergebeugt, die Hände auf die Knie gestemmt. Sie ließ den Kopf hängen, sodass ihr Gesicht von ihren dunklen Haaren verdeckt war. Augenscheinlich hatte es irgendetwas schließlich doch geschafft, sie zu erschöpfen.

Hinter ihr lief gerade ein Schiff aus, ein zweites lag zwar noch im Hafen, aber der panische Tumult an Bord ließ darauf schließen, dass es ebenfalls gleich ablegen würde.

Olivia hatte sie noch nicht bemerkt, daher eilte Em zunächst zu Aren. Er war offenbar auf dem Weg zu einem der verbliebenen Schiffe. Em packte ihn am Arm, um ihn aufzuhalten. Seine Schultern waren zusammengesunken, als wäre es beinah zu viel für ihn, sich aufrecht zu halten.

»Was ist passiert?«, flüsterte sie.

»Sie wollte Iria töten. Ich habe meine Kraft gegen sie eingesetzt, Em.«

»Was?« Ems erschrockener Ausruf ließ Olivia aufmerken.

»Ich dachte mir schon, dass die Fesseln dich nicht lange aufhalten«, kommentierte Olivia mit einem Anflug von Stolz. »Es gibt nicht viel, was dich zurückhalten könnte, oder?«

Em schluckte und sah zu den anderen Ruined. Ein paar wirkten immer noch stark, bereit zu kämpfen, aber viele sahen besorgt aus. Ivanna und Mariana standen oben auf dem Hügel und starrten voller Horror auf ihre Toten.

Olivia zeigte auf Aren. »Hat er dir gesagt, was er getan hat?«

»Ja«, antwortete Em leise.

»Ein Ruined hat noch niemals einen anderen Ruined hintergangen«, fuhr Olivia fort. »Was sollen wir mit ihm machen?«

»Eins nach dem anderen«, betonte Em. »Lasst uns hier verschwinden. Gegen die Krieger und Cas' Armee können wir nicht gewinnen. Erst recht nicht, wenn viele Ruined so erschöpft sind.«

»Ich kann mich allein um sie kümmern«, versicherte Olivia höhnisch. »Und ich habe noch ein paar, die kämpfen können.«

»Es ist vorbei, Olivia. Lass uns nach Hause gehen und das Schloss wieder aufbauen.«

»Es ist *nicht* vorbei.« Olivia zeigte erneut auf Aren. »Und wenn er uns nicht verraten hätte, könnten wir ganz leicht den Sieg erringen. Steht denn keine Strafe für den Verrat an einem anderen Ruined in unseren Gesetzen? Ich glaube schon. Ich glaube, Verrat wird mit dem Tod bestraft.«

In Ems Brust zog sich etwas schmerzhaft zusammen. Sie wusste nicht, welche Strafe das Gesetz vorsah, aber allein die Tatsache, dass Olivia davon sprach, Aren zu exekutieren, war beängstigend. Em konnte sich nicht daran erinnern, dass jemals ein Ruined zum Tode verurteilt worden war.

Du musst nur eine Entscheidung treffen. Und ich vertraue darauf, dass es die richtige sein wird.

»Wir können nicht noch mehr Ruined verlieren«, sagte Em. »Gehen wir zurück nach Ruina und …«

»Wir gehen nicht zurück nach Ruina.« Olivia breitete ihre Arme aus. »Mir gefällt es hier besser.« Sie zeigte zum Schloss. »Unsere Leute haben dieses Schloss verdient, und ich werde es ihnen geben.«

Em umklammerte den Griff ihres Schwertes. Es wurde ihr erst bewusst, als ihre Hand bereits an der Waffe lag, bereit, die Klinge zu zücken.

Vier Schritte bis zu Olivia, eine Sekunde, um ihr Schwert zu ziehen, und noch eine, um es ihrer Schwester in die Brust zu rammen. Kinderleicht.

Em schluckte die Welle des Entsetzens herunter, die plötzlich in ihr hochbrodelte. Sie könnte Olivia niemals etwas antun.

Aber sie hatte trotzdem recht. Es wäre wirklich einfach. Ihre Schwester war noch nie gut mit dem Schwert gewesen, und sie konnte ihre Kraft nicht auf Em anwenden, jedenfalls nicht, solange Em es nicht zuließ. Sie war anders als Aren oder die übrigen Ruined und auch anders als die Menschen. Em war die einzige Person, über die Olivia keine Macht besaß.

Sie holte tief Luft und ließ ihr Schwert los. Olivia schien von ihrem Dilemma nichts mitbekommen zu haben. Sie achtete nie auf Waffen, die waren schließlich selten eine Bedrohung für sie.

Während Em langsam auf ihre Schwester zuging, legte sie sich zurecht, was sie ihr sagen wollte. Sie würde Olivia daran erinnern, dass Cas ihr von Augusts Verrat erzählt hatte. Und dass er derjenige gewesen war, der sie aus der Gefangenschaft entlassen hatte.

Olivia sah sie an, und alle Worte blieben ihr im Hals stecken. Diesen Gesichtsausdruck hatte sie völlig vergessen, dabei hatte sie ihn so oft an ihrer Mutter gesehen. Sie hatte ihn tief in ihrem Gedächtnis vergraben, weil sie ihn immer so sehr hasste. Vielleicht hatte sie aber auch nur Angst davor.

Olivias Blick war hart, ihr Mund zu einer schmalen Linie verzogen, und sie sah Em herausfordernd an, als hätte sie bereits eine Antwort auf alles, was Em sagen wollte. Man konnte nicht vernünftig mit ihr reden. Olivia würde niemals ihre Meinung ändern. Sie konnte sich entweder ihrer Schwester anschließen – oder sie verraten.

Du wirst die richtige Entscheidung treffen.

»Wenn ihr jetzt das Schloss angreift, dann verliert ihr«, sagte Em. Ihre Stimme klang zu leise, sie musste sich räuspern. »Schau dich doch mal um, sieh die Ruined an, und sag mir, ob du wirklich glaubst, dass sie in ihrem jetzigen Zustand einen Kampf überleben würden.«

Olivia blickte kurz über ihre Schulter. Sie versuchte offensichtlich, sich nichts anmerken zu lassen, aber man konnte die Enttäuschung in ihren Augen sehen.

»So will ich Lera nicht angreifen«, fuhr Em fort. »Nicht, wenn wir wahrscheinlich den Kürzeren ziehen. Lass uns erst mal von hier verschwinden und einen Plan ausarbeiten. Wir greifen nur an, wenn wir eine Chance haben, zu gewinnen.«

Olivia öffnete den Mund, schloss ihn aber wieder, ohne etwas zu sagen. Sie starrte Em an, als sei sie nicht sicher, was gerade passierte.

»Ich verlasse Lera nicht«, sagte sie schließlich.

»Na gut. Dann bleiben wir eben in der Nähe.«

»Du willst mir weismachen, dass du mir helfen willst, einen Angriff auf Lera zu organisieren?«, fragte Olivia skeptisch.

»Das habe ich schließlich schon mal gemacht.«

»Und du bereust es. Sag mir nicht, dass du es nicht bereust.«

»Ich bereue es, Cas wehgetan zu haben. Also habe ich eine Bedingung.«

»Eine Bedingung.«

»Er gehört mir. Ich erzähle dir alles, was ich über Lera und seine Verteidigungsstrategie weiß. Ich helfe dir bei allem, was du möchtest. Du kannst sein Schloss haben, sein Land, alles andere. Aber ich bekomme ihn, lebendig.« Die Lügen gingen ihr leicht über die Lippen. Sie konnte gut lügen, offenbar sogar ihrer eigenen Schwester gegenüber.

»Denkst du wirklich, dass er dich noch haben will, nachdem du ihm das antust?«

»Ich glaube, du unterschätzt seine Liebe zu mir.«

Olivias Gesichtsausdruck veränderte sich, sie legte den Kopf schräg, während sie über Ems Vorschlag nachdachte. »Na gut, in Ordnung«, stimmte sie dann zu. »Wenn es so weit ist, wird er ohnehin machtlos und nutzlos sein.« Sie seufzte und sah zu den Ruined, die am Boden lagen. »Ich gebe es nur ungern zu, aber die Technologie der Krieger hat mich überrascht. Ich habe mehr Ruined verloren, als ich dachte. Wir könnten etwas Zeit gebrauchen, um uns zu überlegen, wie wir uns dagegen schützen können.«

Em stieß einen erleichterten Seufzer aus, natürlich ganz unauffällig. In Gedanken suchte sie schon verzweifelt nach einer Möglichkeit, Cas' Königreich zu retten, ohne ihre Schwester für immer zu verlieren.

Olivia sah Aren an und verzog das Gesicht. »Und was ist mit ihm?«

»Er wollte Iria nicht deshalb beschützen, weil er Gefühle für sie hat«, erklärte Em. »Sondern weil sie ihn stärker macht, deswegen wollte er sie weiter in seiner Nähe haben. Warum glaubst du wohl, dass er seine Kraft gegen dich benutzen konnte?«

Olivia schnappte überrascht nach Luft, und Em wusste, dass sie ihrer Schwester gerade die bisher gefährlichste Information geliefert hatte. Wahrscheinlich müssten sie nun ein paar Gefangene nehmen, mit denen Olivia experimentieren konnte.

»Er hätte seine Kraft trotzdem nicht auf mich anwenden dürfen«, beharrte Olivia.

»Das stimmt. Lass mich mit ihm reden. Ich verstehe, wie sehr einem Gefühle manchmal in den Weg kommen können. Ich bringe ihn zur Vernunft. Und wenn er nicht mit sich reden lässt, stecken wir ihn in eine Zelle. Aber wir können es uns nicht leisten, auch nur einen weiteren Ruined zu verlieren.«

»Gut. Das gefällt mir. Wir sollten ihn noch nicht aufgeben, da er so mächtig ist. Ich sage es den anderen.« Olivia wirbelte herum, und Em wandte sich ab und drückte eine Hand vor ihren Mund, damit niemand ihr Schluchzen hörte.

Aren starrte sie mit weit aufgerissenen Augen an. »Em, du willst nicht wirklich …«

Sie sah ihn ernst an, und er verstummte sofort. »Schrei mich an. Sag mir, dass du Iria brauchst.«

Er wirkte kurz verwirrt, folgte ihrer Aufforderung aber sofort. »Ich brauche sie!«, brüllte er. »Iria ist eine von uns!«

»Es tut mir so leid«, flüsterte sie ihm noch zu, dann holte sie aus und verpasste ihm eine schallende Ohrfeige. »Reiß dich zusammen!«, schrie sie zurück, laut genug, dass alle es mitbekamen.

»Sie ist nur ein Mädchen! Sie ist nichts, verglichen mit dir! Verglichen mit uns!«

Schweigend rieb Aren seinen schmerzenden Kiefer.

»Ich kann sie nicht überzeugen«, wisperte Em. »Und ich weiß nicht, was sie tun würde, wenn wir sie jetzt verlassen.«

Er runzelte fragend die Stirn, aber sein verängstigter Blick sagte ihr, dass er sich schon denken konnte, worauf sie hinauswollte.

»Wir können das alles hier nur beenden, wenn wir bei ihr bleiben. Wenn wir die Ruined auf unsere Seite ziehen, hat sie nicht genug Leute, um irgendjemanden anzugreifen. Mir fallen direkt ein paar ein, die schon jetzt zu uns halten.«

»Mir auch«, bestätigte Aren. Dann schaute er wieder zu Olivia. »Wenn das hier schiefgeht …«

»Sind wir wahrscheinlich tot.«

»Ruined wenden sich nicht gegen andere Ruined.«

»Dann werden wir eben die ersten sein, die es doch tun.« Sie machte noch einen Schritt auf ihn zu. »Wenn du weglaufen willst, kann ich das verstehen. Cas würde dich aufnehmen.«

Aren schüttelte den Kopf. »Auf keinen Fall. Ich bleibe bei dir, immer.« Dann zuckte er mit einer Schulter. »Außerdem ist diese Angelegenheit wohl kaum gefährlicher als der Plan, sich in Leras Schloss einzuschleichen, oder?«

Em schaute über ihre Schulter zu Olivia. Die zog gerade ein Stück Metall aus ihrem Arm und zuckte etwas zusammen, als Blut über ihre Haut lief.

Em holte tief Luft. »Da bin ich mir nicht so sicher.«

Sie sah zu, wie die Schiffe der Olso nach und nach den Hafen verließen. Die Krieger würden wahrscheinlich nicht so schnell wiederkommen. Die Ruined waren wohl oder übel auf sich allein gestellt.

Sie ließ ihren Blick zum Schloss wandern. Es gab kein anderes Königreich, bei dem Cas und die Lera Hilfe suchen konnten. Em war vielleicht ihre einzige Verbündete.

Fast hätte sie laut aufgelacht. Emelina Flores, Leras wichtigste Verbündete.

Aber ihre Belustigung erstarb, sobald sie sich zu ihrer Schwester umdrehte. Olivia starrte sie und Aren an. »Gehen wir endlich?«, rief sie. »Oder müssen wir dich hinterherschleifen, Aren?«

»Ich komme«, erwiderte Aren und hakte sich bei Em unter.

»Gut.« Olivia verschränkte ihre Arme vor der Brust, und ihr Blick bohrte sich förmlich in Em. Sie war noch nie im Leben mit einem derart abgrundtiefen Misstrauen bedacht worden. »Geh vor, Schwesterchen«, sagte Olivia. »Ich vermute, du hast einen Plan?«

Em schaute ihrer Schwester in die Augen. »Und ob!«